Knaus
K

Martin Burckhardt

SCORE

Roman

Wir schaffen das Paradies auf Erden

Knaus

MIX
Papier aus verantwortungsvollen Quellen
FSC® C014496

Verlagsgruppe Random House FSC® N001967
Das für dieses Buch verwendete
FSC®-zertifizierte Papier *Holmen Book Cream*
liefert Holmen Paper, Hallstavik, Schweden.

2. Auflage

Umschlaggestaltung: Sabine Kwauka
Satz: Buch-Werkstatt GmbH, Bad Aibling
Druck und Bindung: GGP Media GmbH, Pößneck
ISBN 978-3-8135-0643-3

www.knaus-verlag.de

Für Philipp

1

§ 1. Wir, die Bewohner des ECO-Systems, erklären, dass Begriffe wie Geschlecht, Rasse, Religionszugehörigkeit, Kultur oder Identität dem Dunklen Zeitalter angehören, ebenso wie der Kapitalismus, der die Menschheit unter das Joch der Ausbeutung gezwungen hat. Demgegenüber vertreten wir die Überzeugung, dass der Mensch nur dort ganz Mensch ist, wo er spielt. Die Freiheit des Spiels endet dort, wo der Mitspieler psychisch oder physisch verletzt wird. Die Strafe für ein Zuwiderhandeln besteht darin, am eigenen Leib zu erleben, was man dem anderen zugefügt hat.

Sein Auge hatte zu tränen begonnen. Dummerweise hatte ein Staubkorn das linke Auge erwischt und Damian den klaren Blick auf die Datenbrille genommen. Mehr noch als die verschwimmende Zeichenkette lenkte ihn die Frage ab, wie dieses Staubkorn die Filteranlage hatte überwinden können. Zwar befanden sich die Räume der *Social Design Planning Group* weitab von den Serverfarmen, dennoch hatte man die hohen Lufthygienestandards auch auf die Verwaltungsräume übertragen. Vielleicht hatte das Staubkorn mit dem Kandidaten Einlass gefunden, dessen voller Name ihm entfallen war. »Und Sie sind«, sagte er tastend und dehnte die Silben des Vornamens über Gebühr in die Länge: »Symeon …« Seine Kollegin setzte ihr makelloses Lächeln auf und vollendete seinen Satz, wie ein Tennisspieler, der einen Volley verwandelt: »Castoriadis.« Als zwanghafte Perfektionistin hatte Carmen sich schon seit geraumer Zeit angewöhnt, die betreffende Personalakte gleich in ihren Zerebralspeicher zu laden. Damian hingegen misstraute der Technik. Grundlos eigentlich. Es fühlte sich einfach merkwürdig an, aus dem Nichts über ein Wissen zu verfügen, das mit keinerlei Empfindung verknüpft war. Natürlich ging auch er vorbereitet in ein solches Gespräch. Allerdings wusste er aus Erfahrung, dass sich bei ihm erst in dem Moment, da er die Stimme des Kandidaten hörte, so etwas wie ein Charakterbild einstellte. Und vielleicht war dies, neben der Existenz des Staubkorns und seinem eingeschränkten Sichtfeld, die dritte Irritation. Denn der Mann, der den Namen Symeon Castoriadis trug, war ohne ein Wort in den Raum getreten, hatte sich gesetzt und sich von jenem Moment an nicht mehr gerührt.

Ob er etwas zum Absacken seines Scores sagen könne? Diesmal klang Damians Stimme sehr viel fester. Was die Einhaltung der Inquisitionsregeln anbelangte, war er penibel. Entscheidend war, dass er mit wenigen Worten, ohne sich anzubiedern, ein Klima des Vertrauens herstellte. In der Regel war das nicht schwer. Er musste bloß erwähnen, dass er selbst wegen gewisser Irregularitäten in seiner Amygdala unter Beobachtung stand. Nicht nur, dass ein solches Eingeständnis die Zunge des Gegenübers löste, die Erwähnung dieser kleinen Anomalie schmückte ihn selbst, wie ein kleiner Schönheitsfleck. Jetzt freilich kam ihm diese Einleitung unpassend vor. Er schwieg. Gesenkten Hauptes, die Finger fest gegeneinandergepresst, stierte Castoriadis auf die Spitzen seiner Schuhe. Sein schwarz gelocktes, etwas zu langes Haar fiel ihm in einzelnen Strähnen über das schmale Gesicht. Auf seiner Oberlippe hatte sich eine Schweißperle gebildet.

»Wie kommt es, dass Ihr Score so abgesackt ist?«, wiederholte Carmen noch einmal. Wieder keine Antwort, nicht einmal ein Zeichen, dass er die Frage verstanden hatte. Carmens routiniertes *Hasslächeln* (woher fielen ihm nur diese Wörter ein?) wich einem Kopfschütteln. Weil Damian dies als Aufforderung verstand, die Gesprächsführung zu übernehmen, starrte er mit seinem tränenden Auge auf die Personalakte im Display, auf der Suche nach irgendeinem Anhalt für eine neue Gesprächsstrategie. Bis auf die Tatsache, dass vor drei Wochen dieser rasante Abfall seines Scores eingesetzt hatte, war Castoriadis kein besonderer Fall. Ein Statistiker wie Damian selbst, den man vor einem halben Jahr in die Desambiguisierungsabteilung aufgenommen hatte. Der einzige Ausreißer war vielleicht, dass in Castoriadis' Vita die Stadt Beirut auftauchte, ein Punkt, der eigentlich, wie jede Verbindung zur Zone, ein Ausschlusskriterium hätte darstellen müssen. Dass man ihn bei *Nollet* trotzdem akzeptiert hatte, war seinen hervorragenden mathematischen Fähigkeiten zu verdanken. Allerdings waren dem keine besonderen Karrieresprünge gefolgt. Sein Psychogramm zeigte keinerlei Spitzen, nur eine geradezu auffällige Unauffälligkeit.

In Gedanken wog Damian ab, ob er Castoriadis auf seinen Vornamen oder auf Beirut ansprechen sollte – doch dieser kam ihm, mit einem merkwürdig lauten Schluckgeräusch, zuvor. Ob er vielleicht ein Glas Wasser bekommen könne? Symeon Castoriadis hielt den Kopf noch immer gesenkt. Seine Stimme, ein tonloses Flüstern, blieb so unergründlich wie seine Augen, die hinter schwarzen Strähnen verborgen lagen. »Selbstverständlich«, hörte Damian sich sagen. Er spürte ein Zucken im Finger, bezwang aber den Wunsch, sich das tränende Auge zu reiben. Stattdessen ließ er die Kameraeinstellung seiner Datenbrille näher an das Haupt des Kandidaten heranfahren. Sein ganzes Gesicht war jetzt von glänzenden Schweißperlen bedeckt. Ein Rinnsal rann seine Schläfe hinab und tropfte auf den weißen Arbeitsanzug, direkt neben das Logo der Firma *Nollet.*

Während sie auf das Wasser warteten und Damian noch einmal die Schritte dieses bislang so einseitigen Gesprächs durchging, wurde ihm klar, dass Castoriadis die ganze Zeit über nicht auf seine Fußspitzen geschaut, sondern mit geschlossenen Augen dagesessen hatte. Als die Tür aufging, erschien statt des Service-Bots eine jener Schönheiten, die für die Bedienung der Hierarchen zuständig waren. Gelegentlich wurden sie auch zur Deeskalation eingesetzt. Damian nahm es als Zeichen dafür, dass auch die Kollegen der Supervision das Befremdliche der Situation erfasst hatten. Mit einem hingehauchten »Bitte schön!« reichte sie dem Kandidaten das Glas. Er nahm es entgegen, ohne aufzuschauen. Sein Handrücken war von feinen schwarzen Härchen überzogen. Als die Tür sich mit einem kaum hörbaren Klicken schloss, führte er das Glas zum Mund und trank es in einem Zug aus.

»Verstehen Sie uns nicht falsch«, sagte Damian, »es wirft Ihnen doch niemand was vor.« Als Castoriadis das Glas absetzte, bemerkte Damian, dass sich sein Mienenspiel verändert hatte. Als säße da plötzlich ein anderer Mensch. Gelöst sah er aus. Ja, gelöst, das war das Wort. Als Castoriadis erst den Kopf, dann die Lider hob und ihm ins Gesicht schaute, schien ein Lächeln seinen Mund zu umspielen, eine spöttische Heiterkeit. »Wir fragen uns nur«, sagte Damian, »wie Ihr Score in so kurzer Zeit so dramatisch hat absacken können.« Noch während Damian diesen Satz aussprach, so steif, als ob er ihn von seinem Display abläse, begann er, sein tränendes Auge zu reiben; zugleich sah er, dass die Augen von Castoriadis sich röteten. Carmen, die bislang leicht vornübergebeugt dagesessen hatte, warf sich mit einem unterdrückten Schrei in ihren Sessel zurück. Im selben Augenblick ging das Wasserglas zu Boden und zersplitterte auf dem spiegelglatten Stein. In Damians rechtem Ohr war die Stimme des Supervisors zu hören: »Scheiße, was macht dieser Typ?« Instinktiv drehte er sich um, dorthin, wo sich die versteckte Kammer des Supervisors befand. Erst als er das Überwachungsbild auf seiner Datenbrille sah, begriff er, dass nicht eine äußere Störung, sondern Castoriadis die Ursache der ausbrechenden Panik war. Es waren seine Augen, die sich mit blutigen Tränen gefüllt hatten. Es war auch kein Schweiß mehr, der aus seinen Poren hervortrat, nein, es war Blut. Blut, das aus seinen Mundwinkeln lief, das tropfenweise aus seinen Haarwurzeln zu quellen schien, in langen Bahnen über Stirn und Schläfen hinabrann und auf seinen weißen Anzug tropfte. Als Castoriadis, von einem Krampf geschüttelt, urplötzlich einen Blutschwall erbrach, begann Carmen zu schreien. Für einen Moment richtete sich Symeon Castoriadis wieder auf, mit blutverschmiertem, unkenntlich gewordenem Gesicht. Kaum einen Atemzug später sackte er vom Stuhl, ganz langsam, seitwärts, ohne Anstalten zu machen, den Fall abzumildern. Der Klang, mit dem sein Schädel auf den Steinfußboden krachte, war so heftig, dass Damian das Bersten der Schädeldecke zu hören glaubte. Mit einem Stöhnen zog Castoriadis die Beine an und brachte den Körper in Embryonalstellung. Für einen Moment war Damian wie erstarrt. Als die Geräusche in ihn zurückströmten, Carmens hysterische Schreie, das Stimmengewirr aus der Supervision, sprang er auf. In dem Augenblick, als sich sein Körper in Bewegung setzte, zerfiel die Gegenwart in Einzelbilder, so schmerzhaft und grell, als hätte man ihm die Lider abgeschnitten. Das geschwollene Gesicht. Die Ödeme unter den Augen. Ein aufgerissener Mund. Seine eigenen blutbefleckten Handinnenflächen. Der Gestank von Kot und Erbrochenem. In seinen Gedanken ein Abgrund. Die gespreizten Beine einer Frau, die Schädeldecke eines Neugeborenen, ein verendendes Tier. Und während sein Hirn sich in einem Mahlstrom von Bildern verlor, spürte er, wie Panik von den Füßen aufstieg und die Gegenwart in eine allumfassende Schwärze einhüllte.

*

Entspann dich! Ruhig! Ganz ru-hig! Alles ist gut. Dein Herz schlägt ruhig und gleichmäßig. Du atmest ein, dann atmest du aus. Spürst du das? Es wird warm in deinem Arm. In deiner Hand. In deinen Fingerkuppen. Es war das erste Mal, dass er die Stimme seines PsychoBots im Audio-Extender hörte. Zunächst hatte es ihn verwirrt, denn er hatte sie keinem der Umstehenden zuordnen können. Dann erinnerte er sich, dass er sie sich selbst ausgesucht hatte: eine weiche Frauenstimme, die ihm, warum auch immer, wie ein Windhauch erschien, der über eine Sanddüne zieht.

»Geht es Ihnen besser?«

»Ich denke schon«, sagte Damian.

»Kann ich Ihnen etwas zu trinken bringen? Wollen Sie eine Kleinigkeit essen?«

»Nein danke, es geht.«

»Es tut mir leid«, sagte die Psychologin, »aber wir müssen diesen Fragenkatalog durchgehen, das ist Vorschrift.«

»Verstehe«, sagte Damian. Tatsächlich aber verstand er nicht, sondern musste sich das Gehörte Wort für Wort erneut aufsagen. Zudem war er mit der Frage beschäftigt, woran ihn der kleine Kreuzanhänger erinnerte, der an dem Hals der Frau, vor ihrer hochgeschlossenen Uniform, hin und her baumelte.

»Haben Sie das Gefühl, dass Sie sich während des Interviews, ob willentlich oder nicht, eines Fehlverhaltens schuldig gemacht haben?«

»Nein, ich glaube nicht.«

Damian zwang sich, den Blick von dem Anhänger abzulenken. Er fragte sich, ob sie das Kreuz als modisches Accessoire oder als Glaubensbekenntnis angelegt hatte.

Die Psychologin schien seine Fahrigkeit zu bemerken, jedenfalls machte sie sich eine kleine Notiz.

»Standen oder stehen Sie unter dem Einfluss von Medikamenten, Drogen oder sonstigen Substanzen, die eine Beeinträchtigung der Hirnaktivität zur Folge haben?«

Damian schüttelte den Kopf.

»Sie müssen mit Ja oder Nein antworten.«

»Nein. Ich meine, jetzt schon. Man hat mir irgendetwas verabreicht, damit ich aus der Ohnmacht erwache.«

»Haben Sie Castoriadis vor diesem Gespräch schon einmal gesehen? Gab es einen fernmündlichen oder holografischen Austausch?«

»Nein, nichts dergleichen.«

»Wenn Sie eine Hypothese formulieren sollten: Was könnte zu dieser Gesprächsstörung beigetragen haben?«

»Ich weiß nicht. Ist das die genaue Formulierung: Gesprächsstörung?«

»Ja, genau so lautet die Frage. Und was ist Ihre Antwort?«

»Ich habe nicht die geringste Ahnung.«

Jetzt fiel es ihm ein! Auch seine Großmutter hatte ein solches Kreuz getragen, an jenem Morgen, als sie nach endlosem Klingeln die Haustür geöffnet und durch einen Spalt hinausgeschaut hatte.

Die Psychologin arbeitete unbeirrt ihre Liste ab. Das Geschehen, so klärte sie ihn auf, werde den Regeln der Firma gemäß als Vorfall der Kategorie A eingestuft.

»Um Sie vor einer posttraumatischen Belastungsstörung zu bewahren, müssen Sie eine Amnesiakapsel nehmen und sich einer ersten Desensibilisierungsmaßnahme unterziehen. Keine Angst! Auch wenn wir von Amnesia sprechen, so wird die Erinnerung nicht gelöscht. Was die Kapsel bewirkt, ist eine Neutralisierung der traumatogenen Anteile. Sie können sich noch immer an das Geschehen erinnern, aber es wird keine Panikanfälle mehr auslösen.«

Als es passiert war, hatte seine Großmutter im Salon gesessen und eine Partie Solitaire gelegt. Nachdem sie die letzte Karte ausgespielt hatte, hatte sie sich das Haar gerichtet und eine Weile aus dem Fenster geblickt. Damian hatte im Nebenzimmer seine Mailbox abgerufen. Als er aufgeschaut hatte, hatte sich sein Blick mit dem ihren gekreuzt. Sie schüttelte den Kopf und lächelte, dann setzte sie die Pistole, die sie urplötzlich in der Hand hielt, gegen die Stirn und drückte ab.

»Haben Sie das verstanden?«

»Ja«, sagte er und nahm die Kapsel entgegen, die sie ihm reichte.

»Können wir sonst noch etwas für Sie tun?«

Damian schüttelte den Kopf, so heftig, als wollte er die Erinnerung an die klebrige Masse aus Hirn und Blut verscheuchen.

»Dann alles Gute!«, sagte die Psychologin, stand auf und machte einen Schritt Richtung Ausgang.

Damian bedankte und verabschiedete sich. Vor dem Büro wartete schon der Abteilungsleiter, Takao Tashimoto, auf ihn. Er würde ihn zum Hygieneraum geleiten und die Einnahme der Amnesiakapsel protokollieren. Eigentlich war Tashimoto ein Kollege, der schon aus Gründen der Höflichkeit stets ein Gespräch begann. Jetzt aber trotteten sie schweigend nebeneinanderher. Auf dem Weg zum Hygieneraum kamen ihnen zwei Männer von der Reinigungsbrigade entgegen. Die Tür zum Besprechungszimmer stand offen. Alles sah aus wie heute früh, bevor Castoriadis den Raum betreten hatte. Als wäre nichts weiter passiert.

*

Ganz ruhig. Konzentrier dich auf deine Fingerspitzen, und du wirst spüren, wie die Wärme in deinen Körper strömt. Damian hielt die Hände in den Partikelstrom der Reinigungsanlage und schaute zu, wie die Blutschlieren abgesaugt wurden. Bis auf das linke Auge, das blutunterlaufen war, war er, äußerlich betrachtet, wiederhergestellt. Die Uniform, als Resultat des Selbstreinigungsprozesses: blütenweiß. Allein die Körperdaten, die oberhalb seines Kopfes auf dem Spiegeldisplay eingeblendet wurden, muteten noch immer wie Ausschläge eines seismischen Bebens an. Jetzt, da er allein im Hygieneraum stand, erschien ihm der Zwischenfall wie eine jener Spielszenen, mit denen *Nollets* Erfahrungsdesigner die Welt unterhielten. Nur dass es kein Spiel gewesen war, sondern ein gewaltsamer, sinnloser Akt. Als er aus der Ohnmacht erwacht war, hatte ihm der Supervisor mitgeteilt, dass Castoriadis mit dem Wasser eine Kapsel geschluckt habe. Er müsse sie beim Betreten des Raums unter der Zunge versteckt haben. Ganz offenbar hatte er gewusst, dass die Fremdkörpererkennung im Bereich der Schleimhäute unvollkommen war und die toxische Substanz unbemerkt bleiben würde. Aber warum? Warum nur hatte Castoriadis das getan?

Den Blick auf seine Körperdaten gerichtet, löste Damian die

Kapsel aus ihrer Verschweißung und schob sie sich in den Mund. Der glatte gelbe Kunststoff auf der Zunge verursachte eine Übelkeit, die ihn selbst überraschte. Da war der Blutschwall, den Castoriadis erbrochen hatte. Das Muster eines Samtbezugs. Das Loch auf der Stirn der Großmutter und das dünne Rinnsal Blut, das über Nase und Wange rann, bis es auf ihre weiße Bluse tropfte, dort, wo das kleine Kreuz hing. Da war ein Stück Himmel im Fenster – und das Gefühl, den Boden unter den Füßen zu verlieren.

Er atmete einmal tief durch, dann nahm er die Kapsel aus dem Mund. Einen Moment hielt er sie zwischen den Fingerspitzen, brach sie auf und entleerte das feine gelbliche Granulat ins Toilettenbecken. Er betätigte die Spülung und schaute zu, wie die Schliere mit einem hohlen Schlürfgeräusch abgesaugt wurde. Dann steckte er die leeren Kapselhälften in den Mund und schluckte sie hinunter. Die Anhaftungen des Amnesia hinterließen einen metallischen Geschmack. Zum ersten Mal, registrierte Damian verwundert, hatte er eine Vorschrift gebrochen, ohne einen Gedanken an die Konsequenzen zu verschwenden.

*

Als er aus dem Hygieneraum trat, hatte sich Takao ein Arzt zugesellt, der für die Desensibilisierungsmaßnahme zuständig war. Noch bevor Takao ansetzte, wusste Damian, was er sagen würde. Was mit Castoriadis passiert war, war ein ernst zu nehmender Störfall, Damian würde zwei, drei Tage zu Hause bleiben und sich dann einem Wiedereingliederungsprogramm unterziehen müssen.

»Wenn wir dich suspendieren, so ist das keine Reaktion auf ein Fehlverhalten, sondern geschieht nur zu deinem Schutz.«

Suspendiert. Schon dieses Wort ließ ihn zusammenzucken. Er kannte nur eine einzige Person, der dies widerfahren war: eine Kollegin aus der *Penalty Group,* die sich bei einer Dienstreise in die Zone den Anti-Baby-Chip hatte entfernen und schwängern lassen. Zwar war sie der Firma wiedereingegliedert worden, aber dann eines Tages spurlos verschwunden. Man munkelte, sie habe sich einer jener Terrorgruppen angeschlossen, die die ausländischen Stützpunkte des ECO-Systems mit Bombenanschlägen heimsuchten. Ganz offenkundig stand Damian der Schreck ins Gesicht geschrieben, denn Takao hielt inne und versuchte ihn zu beschwichtigen.

»Niemand wirft dir etwas vor, Damian. Es geht allein darum, dich vor einer posttraumatischen Stressreaktion zu beschützen.«

»Ich verstehe schon!«, sagte Damian tapfer. »Vorschrift. Nicht persönlich gemeint.«

Takao lächelte dankbar und fuhr dann in seinem Vortrag fort, so mechanisch, dass klar war, dass er die Instruktionen von seiner Datenbrille ablas.

»Ein wesentlicher Punkt, den ein traumatisierter Mitarbeiter häufig übersieht, betrifft den Umstand, dass er nicht nur sich selbst, sondern die Firma repräsentiert. Nichts von dem, was geschehen ist, darf nach außen dringen. Selbst in Hinblick auf die Angestellten anderer Abteilungen musst du absolutes Stillschweigen bewahren. Ausgenommen davon sind nur die Mitglieder des Vorstandes.«

Takao machte eine Pause, als wollte er fortfahren oder die Seite umblättern, aber dann war doch schon alles gesagt.

»Wie hat es Carmen verkraftet?«, fragte Damian.

»Sie hat das Haus schon verlassen. Wir haben ja eine ganze Weile gebraucht, um dich wieder auf die Beine zu bringen.«

Takao versuchte ein aufmunterndes Lächeln. Weil ihm dies allzu förmlich erschien, versetzte er Damian einen kollegial gemeinten Stoß gegen die Schulter und sagte, er müsse jetzt gehen, er werde ihn der Fürsorge dieses Herrn überlassen. Er winkte ihm zu und ging mit schnellen Schritten davon.

Damian fragte den Arzt, was mit Castoriadis geschehen sei. Der Arzt zuckte die Schultern und setzte eine Miene auf, die bekundete, dass schon die Frage überflüssig sei.

Damian schaute auf den Kittel seines Gegenübers. Kein Namensschild.

»Wie heißen Sie?«

Der Arzt schüttelte den Kopf und sagte, es sei ein Prinzip, dass der Arzt, der die Desensibilisierungsmaßnahme durchführte, namenlos bleibe. Das habe die Wirksamkeit der Behandlung deutlich erhöht.

Der Arzt bedeutete Damian, ihm zu folgen. Ganz offenbar war er um die Vermeidung eines Gesprächs bemüht. Ohne sich auch nur ein einziges Mal umzusehen, ging er mit ausgreifenden Schritten voran. Unter seinem ausrasierten Nacken war ein kleines Feuermal zu sehen. Im Fahrstuhl drückte er den Knopf für das dritte Untergeschoss, das laut Anzeige die Gebäudetechnik beherbergte.

»Wir fahren in die Gebäudetechnik?«, fragte Damian.

Ein knappes Nicken. Keine Erklärung. Stattdessen fixierte er die Anzeige, so angestrengt, dass sich über seiner Nasenwurzel eine Falte bildete. Ein Glockenton, dann öffnete sich die Fahrstuhltür und ein Geruch von feuchtem Beton und Metall schlug ihnen entgegen. Durch eine Reihe schwach beleuchteter langer Gänge gelangten sie zu einer Treppe, die zu einer schmalen, leicht rostigen Metalltür hinabführte. Darauf prangte ein *Biohazard*-Aufkleber. Umso erstaunter war Damian, dass das Erste, was er dahinter zu sehen bekam, ein großer Zitteraal war, der hinter einem Stein lauerte. Tatsächlich schien es, als ob sie sich nicht in einem Kellertrakt, sondern in einer riesigen Unterwasserstation befänden. In einiger Entfernung sah Damian zwei große Haie durchs Wasser gleiten. Überzeugt, dass auch die Frage nach dem Sinn dieses Ortes unbeantwortet bleiben würde, folgte er dem Arzt, der in unvermindertem Tempo voranschritt. Sie gingen, begleitet von einem Heringsschwarm, durch einen langen schlauchartigen Gang. Durch eine Schleuse gelangten sie in einen runden Trakt, der wie ein Lichttrichter anmutete und von dem aus Damian tatsächlich in den Himmel schauen konnte. In Kreisform waren hier mehrere Behandlungszimmer angeordnet. Allesamt unbeschildert.

Man hatte sie erwartet. Ein schlanker älterer Herr kam auf ihn zu und reichte ihm die Hand, an der ein großer Siegelring prangte. Sein Händedruck war fest. Dann lockerte er den Griff und berührte auf sonderbar intime Weise seinen Zeigefinger. Das Blau seiner Augen entsprach der Farbe des Rings. Damian bemerkte verwundert, wie ein Lichtschein über das Gesicht seines Gegenübers wanderte und eine solche Benommenheit ihn erfasste, dass er sich rücklings, wie ein Taucher, in die Tiefe hinabsinken ließ. Carmen war dort und Castoriadis und jemand Dritter, der, wie er verwundert bemerkte, er selbst war. Alles war still, die Bewegungen zeitlupengleich. Als Carmen den Namen *Castoriadis* aussprach, sah er, wie Luftblasen aus ihrem rot geschminkten Mund hervorsprudelten, wie sie aufstiegen und auf dem Weg ins Licht wieder zerplatzten. Selbst als Castoriadis von seinem Stuhl fiel, wirkte es nicht wie ein Sturz, sondern eher wie das Austrudeln eines Astronauten. *Alles wird leicht,* hörte er eine Stimme sagen. Als er wenig später wieder zu sich kam, lächelte ihn sein Gegenüber an und sagte jovial, er habe es schon hinter sich. Der Kollege werde ihn wieder ans Tageslicht bringen. Auf dem Rückweg zum Fahrstuhl versuchte Damian sich zu vergegenwärtigen, welche Wirkung die Hypnose auf ihn gehabt hatte. Der Vorfall mit Castoriadis stand ihm noch klar vor Augen, nur dass es ihm vorkam, als ob er die Ereignisse wie hinter Glas beobachten könnte, wie all die Fische, die hier kaum eine Handbreit entfernt an ihnen vorüberglitten.

Am Fahrstuhl angelangt, nickte ihm der Arzt militärisch knapp zu und sagte: »Sie finden allein wieder zurück, nicht wahr?«

Die Fahrstuhltür schloss sich, und Damian spürte einen Druck in den Ohren. Als der Fahrstuhl sich mit einem Ruck in Bewegung setzte, kehrte die Erinnerung an jenen 21. März des Jahres 2023 zurück, als er in San Francisco ins Flugzeug gestiegen war. Erleichtert darüber, dass er den Flug noch erreicht hatte, hatte er während der Startvorbereitungen seine Textnachrichten abgerufen. *Storniere den Flug und komm nicht!!!,* hatte seine Großmutter geschrieben. Aber dafür war es zu spät. Die Stewardess hatte schon damit begonnen, die Notfallhinweise zu verlesen. Als er nach dem Start die Nachrichten sah, begriff er den Grund. Überall in London war es zu Plünderungen, Brandschatzungen und gewalttätigen Ausschreitungen gekommen. Mit Knüppeln und Smartphones bewaffnete Hundertschaften drängten in die Stadtviertel, um die Verursacher des neuerlichen Bankencrashs heimzusuchen. Als Damian die Adresse seiner Großeltern in die Suchmaske eingab, *Belgrave Square, London,* sah er, dass der vornehme Straßenzug sich in ein Schlachtfeld verwandelt hatte. Ein abgestürzter Polizeihubschrauber, Rauchschwaden, brennende Häuser. Vor allem ein Video hatte es binnen Minuten zu ikonischer Bekanntheit gebracht: Aus dem Park kommend, war eine Menge in einer Wohnstraße aufmarschiert. Während Vermummte sich anschickten, die parkenden Autos in Brand zu setzen, machten sich einzelne Trupps daran, die Türen der Häuser aufzubrechen. Als sie sich dem Gebäude mit der Nummer 31 näherten, trat ihnen ein kleiner Mann entgegen und verwickelte die Rädelsführer in eine kurze Diskussion. Das Kamerabild war verwackelt. Ein Lidschlag jedoch hatte Damian gereicht, um in diesem kleinen Mann seinen Großvater zu erkennen. Wenige Sekunden lang schien die Bewegung des Mobs ins Stocken geraten. Dann aber löste sich ein einzelner Mann aus der Gruppe. Er sprintete auf Damians Großvater zu, schwang seinen Baseballschläger und ließ ihn auf dem blanken Schädel des alten Mannes niedersausen. Der Schlag traf ihn mit einer solch fürchterlichen Wucht, dass der Körper einfach in sich zusammensackte. Zugleich löste sich die Erstarrung der Menge. Plötzlich drängten sich die Umstehenden heran und fielen mit ihren Knüppeln über den reglos am Boden Liegenden her. Der Initiator, der sich nach seinem Schlag abgesondert und eine Art Tanz aufgeführt hatte, hatte ein Selfie gemacht und es in die sozialen Netzwerke eingespeist. Darauf war das beseelte Gesicht eines rothaarigen jungen Mannes zu sehen, der seinen Schläger triumphierend gen Himmel reckte, das *Gesicht der Revolte,* wie begeisterte Kommentatoren notierten.

Als Damian in den frühen Morgenstunden in Heathrow ankam, hatte er Schwierigkeiten, einen Fahrer zu finden, der gewillt war, ihn zum Belgrave Square zu fahren. Man hatte die Toten fortgeschafft, aber überall sah man verkohlte Autowracks, zerbrochene Bierflaschen, Blut und Erbrochenes. Als Damian die riesige Blutlache vor den Stufen der Treppe sah, wusste er, dass er sich nicht getäuscht hatte. Nach mehrmaligem Klingeln öffnete seine Großmutter die Tür. Obwohl sie das Rauchen lange schon aufgegeben hatte, hatte sie eine Zigarette zwischen den Lippen. Ihr Atem roch nach Rotwein, und das Kostüm, das sie trug, war so zerknittert, als hätte sie darin geschlafen.

Die Fahrstuhltür öffnete sich, und Damian sah sich dem überlebensgroßen Porträt von Cheng gegenüber. Darüber der Slogan: WIR SCHAFFEN DAS PARADIES AUF ERDEN. Wie hatte er das nur vergessen können?! Heute war die Generalprobe, bei der Khans geheimnisumwitterte *Resurrection*-Technik vorgestellt werden sollte. Und wirklich herrschte in den Gängen eine ungewohnte Betriebsamkeit. Schon nach wenigen Schritten traf Damian auf eine Gruppe Entwickler, in deren Mitte er Olsen entdeckte. Jedes Mal, wenn Damian ihn sah, war er fasziniert von der Hässlichkeit dieses Mannes. Und jedes Mal ertappte er sich bei dem Gedanken, dass dieses Gesicht nach den heutigen Standards Anlass zu einer Genveränderung, wenn nicht gar zu einer Extinktion gegeben hätte. Mit seinem pferdeähnlichen Gesicht, einem gewaltigen Überbiss und schief stehenden Zähnen erschien Olsen wie das Überbleibsel eines fantastischen Mittelalters: eine Versammlung physiognomischer Übertreibungen, die nur übertroffen wurde von der Schärfe seines Verstandes. Von Haus aus Psychiater, war Olsen Leiter der *Penalty Group,* deren Aufgabe darin bestand, statistisch abweichendes Verhalten zu identifizieren und mit einer Sanktion zu belegen.

Eigentlich mochte Damian ihn. Heute allerdings fand er die Aussicht, sich eines seiner Fallbeispiele anhören zu müssen, höchst abschreckend. Tatsächlich begann Olsen, kaum dass sie einander begrüßt hatten, von einer *rechtsphilosophischen Delikatesse* zu erzählen.

»Was machen Sie mit einem Wiederholungstäter, der mehrfach eine Schäferhündin vergewaltigt hat, aber jetzt einen Rüden zu sexuellen Aktivitäten animiert. Was machen wir damit? Sie können den Hund ja nicht danach fragen, ob er den Delinquenten freiwillig bespringt oder nicht!«

Die Frage schien ihn zu belustigen, denn er ließ ein wieherndes Gelächter folgen. Zum Glück wurde jede weitere Erörterung des Falles von Olsens Assistentin vereitelt, die ihn schon eine Weile gesucht hatte und sogleich in ein dringliches Gespräch verwickelte. So fand sich Damian in einer Gruppe junger Leute wieder, die allesamt in Richtung Haupthalle strebten. Währenddessen tauschten sie sich in ausgelassener Stimmung darüber aus, was sie bei der Vorstellung des *Resurrection*-Programms wohl erwarten würde. Ein junger Mann, der ihn schon während der Unterredung mit Olsen aufmerksam gemustert hatte, näherte sich Damian und fragte: »Sind Sie Damian Christie?«

»Ja, warum?«

»Na ja, ich dachte, Sie wissen vielleicht, was uns erwartet. Immerhin haben Sie und Khan, Sie wissen schon …«

Weil Khan in der Firma, aber auch im gesamten ECO-System so etwas wie eine lebende Legende war, war die Frage nicht ungewöhnlich. Jeder, der auch nur in entferntem Kontakt zu ihm stand, musste ein solches Interesse gewärtigen. Seit er sich mit seiner Tochter Justine angefreundet hatte, wurde Damian bei allen erdenklichen Fragen herangezogen; aber ebenso gut konnte dieser Popularitätsschub mit dem hartnäckigen Gerücht zusammenhängen, dass Khan ihn dazu ausersehen hatte, eine größere Mission zu leiten.

Damian schüttelte den Kopf.

»Tut mir leid, ich weiß nicht viel mehr als Sie.«

»Stellen Sie sich vor, was das fürs Gamedesign bedeuten wird«, sagte der junge Mann, »unglaublich! Eine Revolution!«

Wie alt mochte er sein? Zwanzig, einundzwanzig vielleicht. Wahrscheinlich war er eines dieser Wunderkinder, die sich über ihre Spielleistungen für die Entwicklungsabteilung qualifiziert hatten. Und dennoch, oder vielleicht gerade deswegen, unbedarft. Wie konnte man den Sinn dieser Feier zu einer Frage des *Gamedesigns* machen?! Als Damian das Gesicht seines toten Großvaters gesehen hatte, war es nichts weiter als ein blutiger Brei gewesen. Dass man diesen Schrecken vergessen und *Nollet* als bloßen Unterhaltungskonzern missverstehen konnte, erschien ihm unbegreiflich, wie eine Herabwürdigung dessen, was *Nollet* für die Welt getan hatte. Wie viele Menschen hatten dafür ihr Leben lassen müssen! Schon als er 2018 nach Amerika gegangen und sich in Stanford für Angewandte Statistik und *Machine Learning* eingeschrieben hatte, war fühlbar gewesen, dass da ein Weltbeben heraufzog. Nicht bloß, dass die Bewohner der Bay Area die Internetkonzerne für die überteuerten Mieten und den dramatischen Verlust an Arbeitsplätzen verantwortlich machten, auch in der Politik hatte eine Bürgerkriegsstimmung um sich gegriffen. Mit dem jungen Senator Williams hatte sich ein kryptofaschistischer Politiker für das Präsidentenamt beworben, der nicht nur die Verstaatlichung Googles versprach, sondern eine Rückkehr zu amerikanischen Werten beschwor. Schon bei der Einreise in San Francisco war Damian aussortiert und einer peinlichen Leibesvisitation unterzogen worden. Und während man ihn, mit Blick auf seinen Geburtsort, verhörte, erbosten sich die Beamten der Homeland Security über die Aliens, die man aus dem Land herausschaffen müsse. Später im Taxi sah er, wie ein Mann auf offener Straße von einem

Einsatzkommando umringt und niedergeknüppelt wurde. In der Wohnung, die er bezog, hatte sich der Vormieter, ein Wertpapierhändler, erschossen. Seine Kommilitonen, denen er von diesen ersten Eindrücken erzählt hatte, hatten sich über sein Befremden belustigt. Und auch er selbst hatte nach einer Weile ihren Spott darüber geteilt, wie er, dieser unschuldige Absolvent einer englischen Boarding School, mit der großen Welt in Berührung gekommen war. Erst später, als mit dem Großen Crash die Metropolen in Flammen aufgingen, hatte er begriffen, dass die Vorzeichen die ganze Zeit über am Himmel gestanden hatten.

*

Als sie die große Eingangshalle betraten, war schon ein Großteil der Belegschaft versammelt. Die Fensterfront war abgedunkelt. Auf der Bühne waren die Konturen eines holografischen Käfigs zu sehen. In der Mitte zählte ein Timer die verbleibende Zeit herunter, 4:23, 4:22, 4:21. Alle Mitarbeiter der Firma hatten diesem Augenblick entgegengefiebert. Auch wenn jeder über die Ziele des *Resurrection*-Programms unterrichtet war, hatte Khan alles dafür getan, die Einzelheiten geheim zu halten. Da er sein Büro, und mit ihm die Entwicklungsstudios, vor Jahren schon vor die Tore der Stadt verlagert hatte, war ihm das weitgehend gelungen. Damian spürte, wie die Spannung auch auf ihn übergriff. Automatisch stimmte er in den Chor der Menge ein, die die letzten Sekunden des Countdowns herunterzählte.

»Drei – zwei – eins – null!«

Die Ziffer verschwand, und die Gestalt Chengs erschien. Unter den Versammelten brach frenetischer Jubel aus. Die Erscheinung war so überzeugend, dass Damian sich regelrecht einreden musste, dass hier nicht ein wiederauferstandener Cheng, sondern eine Simulation stand: ein kleiner, zierlicher Mann, der, um die Begeisterung seines Publikums einzudämmen, abwehrend die Arme hob. Am überraschendsten war, dass dieses Simulacrum mit seiner Gestik auf die Bewegungen im Publikum reagierte. Als der Applaus abebbte und Stille einsetzte, lösten sich Chengs Züge. Er grimassierte kurz, schloss die Augen und fuhr sich, bevor er zu sprechen begann, mit der Hand an die Nasenspitze.

Als kleiner Junge, so sagte er, habe er sich für Comics begeistert und keinen größeren Wunsch gehabt, als Primatenforscher zu werden. Unversehens aber habe er sich in der Informatik, in der Sprach- und Intentionsanalyse wiedergefunden. »Und trotzdem war ich noch immer derselbe, ein schüchternes, vielleicht etwas zu wissbegieriges Kind.«

Seine Stimme war leise und verhalten. Im Saal wurde es mucksmäuschenstill, wie früher, wenn Cheng den Raum betreten hatte. Jetzt, da Damian ihn wieder vor sich sah, fluteten Erinnerungen in sein Gedächtnis zurück: mit welcher Aufgeregtheit er die Räume der Firma betreten und hinter jeder Tür Chengs Anwesenheit gespürt hatte.

»Mein Vater«, so fuhr Cheng fort, »war ein chinesisches Einwandererkind. Er war stolz darauf, ein Amerikaner zu sein, stolz auf das, was er sich in seinem Leben erarbeitet hatte. Hätte ihm jemand gesagt, dass nicht nur die Banken, sondern die Staaten in kurzer Zeit zusammenbrechen würden, hätte er denjenigen für verrückt erklärt. Und doch ist es passiert!«

Sein Vater freilich habe dies nicht mehr erlebt, denn er sei schon zu Beginn der ersten großen Finanzkrise 2008 aus dem Leben geschieden.

»Damals«, sagte Cheng, »ist der Amerikanische Traum zu Ende gegangen.« Die schnöde Wahrheit war, das hatte Khan einmal erzählt, dass Chengs Vater sich aus Scham über seine Fehlspekulation umgebracht hatte. Für *Nollet* allerdings, hatte Khan lachend hinzugefügt, sei das ein Segen gewesen, denn Cheng sei endlich genötigt gewesen, selbst ein bisschen Geld zu verdienen.

Cheng begann nun davon zu sprechen, wie sehr es ihn überwältigt habe, dass ihm die Mitglieder der Weltbank auf ihrer letzten

Krisensitzung im Jahr 2024 angetragen hatten, den Score zu einer Not-, ja zu einer Weltersatzwährung zu machen. »Es war nicht die Technik, die mich hat zweifeln lassen! Nein, wenn ich eine Heidenangst ausgestanden habe, so deswegen, weil unklar war, ob die menschliche Psyche auf ein solches Experiment vorbereitet ist, ein Experiment, das mir radikaler erschien als alles, was mir aus der Geschichte bekannt war. Wenn es schiefgeht, so habe ich gedacht, wird man uns für das Elend, ja für den Tod Abertausender Menschen verantwortlich machen.«

Sonderbar, dachte Damian. Da ist ein Lichtbündel und eine Stimme – und man fühlt sich zurückversetzt, spürt das Gewicht einer Zeit, die längst vorüber ist. Selbst der junge Mann neben ihm konnte sich dem nicht entziehen.

»Man hat gesagt, ich sei ein Genie. Was wir *Genie* nennen, ist eine Einbildung, oder wenn es doch existiert, so ist es eine Idee, die in der Luft liegt, die wir alle, so oder so, schon einmal gedacht haben.«

Chengs Erscheinung, seine Bescheidenheit und sein zurückhaltendes Wesen hatten den ganzen Raum still werden lassen. Natürlich wusste Damian, dass diese Rede eine grandiose Inszenierung war, eine Erfindung, die Khan in Szene gesetzt hatte. Trotzdem erschien sie ihm wahr – als wäre Cheng wiederauferstanden, um der Welt seine Mission begreiflich zu machen.

»Ursprünglich«, so erzählte Cheng, »bestand unsere Motivation allein darin, dem Computer beizubringen, was Menschen sich mit ihrer Sprache, ihrem Mienenspiel und ihren Gesten übermitteln. Die Ergebnisse waren ermutigend. Trotzdem hatten wir nicht vor Augen, dass Banken und Versicherungen unsere Bots zur Kundenberatung einsetzen würden. Nicht um Geld ging es uns, sondern um Geist, darum, der Maschine beizubringen, von den Menschen zu lernen. Die Entdeckung des Menschen, das war die Revolution!«

In der Tat lag hier die Geburtsstunde *Nollets,* die Innovation, mit der sich die Firma von allen Konkurrenten abgesetzt hatte. Weil es nicht um eine abstrakte künstliche Intelligenz, sondern um jeden einzelnen Menschen ging, musste jeder Sprechakt des Nutzers festgehalten und analysiert werden. Dadurch entstanden Psychogramme, die präziser waren als alles, was die bis dato avanciertesten Algorithmen hatten festhalten können. Und da das neuartige System sensorbestückten Mobilgeräten implantiert wurde, die vom Blutzucker bis zum Hämoglobinwert alles festhielten, hatte das Programm Zugriff auf fast alle Lebensäußerungen seiner Benutzer, kam so etwas wie ein personenbezogener Lifestream zustande. Folglich lag es nahe, diesen Lifestream zur Verschlüsselung zu benutzen. Der Identitätsausweis war nicht mehr ein beliebiger Schlüssel, sondern das, was jemand tatsächlich gedacht, gesagt oder getan hatte. Anders als bei den biometrischen Verfahren, die auf die Unverwechselbarkeit eines einzelnen Körpermerkmals setzten, lag hier nicht fest, welche Körperdaten oder Kommunikationsakte zur Generierung eines Schlüssels genutzt wurden.

»Als man uns vorschlug, unseren Score zu einer Währung zu machen, hat es uns nicht überrascht. Denn das Verfahren bot sich zur Authentifizierung von Botschaften oder Tauschakten geradezu an.«

Über Chengs Kopf erschien, aus einer Gedankenblase heraus, der Slogan IDENTITÄT IST VERSCHLÜSSELUNG. Die kleine Anspielung auf die Comicwelt verfehlte nicht ihre Wirkung. Die Umstehenden lachten, Cheng jedoch schüttelte unwillig den Kopf, als ob er die Störung seines Gedankengangs verscheuchen wollte. Stattdessen stand er bloß da, mit ausgestreckten Armen, und rang nach Worten. Seine Stimme zitterte, ja sie schien ihm zu versagen, als er nach einer langen Pause die Frage stellte: »Aber haben wir all dies geplant?« Und als er, nach einem noch längeren Schweigen, die Antwort gab – »Nein, wir haben nichts von alledem geplant!« – spürte Damian, wie ihm ein Schauder über den Rücken lief. Ja, das war die Wahrheit! Was passiert war, war keine

Zwangsläufigkeit, sondern eine zufällige Laune oder eine Fügung des Schicksals, wer konnte das wissen? Obwohl all dies fünfzehn Jahre zurücklag, stand ihm die Erinnerung an die Geschehnisse noch deutlich vor Augen, so deutlich wie der Moment, da sich seine Großmutter die Pistole an die Stirn gesetzt und abgedrückt hatte. Mit der Einführung des Scores war alles anders geworden. Was man ehedem die *industrialisierte Welt* genannt hatte, war zum ECO-System geworden, wobei ECO für den *Enriched Cybernetic Organism* stand. Dieses Akronym sollte deutlich machen, dass die Welt nicht mehr den Nationalstaaten gehörte, sondern dass man sie als einen globalen Organismus verstand. Der Krieg war vorbei. Die Unruhen in den Metropolen hatten schlagartig aufgehört, auch die Meldungen über Terrorakte waren zurückgegangen. Wie ein Vorbote des Frühlings hatte eine Zukunftsgewissheit die Menschen erfasst, die Überzeugung, dass man gemeinsam in eine neue Zeit aufbrechen könnte.

Offenbar ging es allen Anwesenden wie ihm. War Chengs Rede zuvor von gelegentlichem Juchzen unterbrochen worden – einer Begeisterung, die weniger der Rede als der technischen Perfektion galt –, war es plötzlich mucksmäuschenstill. Denn die Behauptung stand in ihrer Schlichtheit in einem fundamentalen Widerspruch zu der Art und Weise, wie sich *Nollet* in den letzten Jahren präsentiert hatte. Mochte sie ihre Wirkung auch nicht verfehlen, so schien sie doch nicht allen zu gefallen. Damians Nachbar zischte, es sei eine Unverfrorenheit, Cheng einen solchen Satz in den Mund zu legen. Freilich, die Unmutsäußerungen blieben spärlich. Denn nun begann Cheng davon zu reden, dass der Aufstieg der Firma in einer dunklen Zeit vielleicht das größte Wunder gewesen sei und dass dieser Glücksfall wiederum gefeiert werden müsse, eine Bemerkung, die in einen langen Applaus einmündete. Nachdem er verklungen war, leitete Cheng langsam zum Ende der Rede über. Denn der Mensch müsse sich endlich klar darüber werden, dass er die Welt nicht ausbeuten dürfe. Im Gegenteil, er müsse lernen, der Natur zuzuschauen. »Das Gras wachsen zu hören, das ist die Aufgabe, die uns bevorsteht. Nur wenn wir das Unerhörte erhören, das Undenkbare denken, werden wir das Paradies auf Erden schaffen!«

Obwohl er schon zehn Jahre in der Firmenzentrale arbeitete, hatte Damian Cheng nur ein einziges Mal aus nächster Nähe erlebt. Er habe, so hatte er ihm damals erzählt, ursprünglich Primatenforscher werden wollen. Aber dieser extravagante Berufswunsch hätte in seinem strengen Elternhaus nicht einmal artikuliert werden können. So sei ihm nichts anderes übrig geblieben, als sich mit dem *Homo digitalis* herumzuschlagen, jener Spezies, die manche, so fügte er mit einem feinen Lächeln hinzu, auch als *typewriting chimps* titulierten. Ein paar Monate nach dieser Begegnung hatte Cheng, zur Überraschung aller, die Leitung der Firma aus den Händen gegeben und sich auf eine Farm in New Mexico zurückgezogen. Eine Handvoll Bediensteter kümmerte sich um die Besorgung der Ranch, er verbrachte die Zeit vor allem mit seinen Schimpansen. Der Kontakt zu *Nollet*, seinem Lebenswerk, brach fast vollständig ab. Nur Khan, der mit ihm zusammen die Firma ins Leben gerufen hatte, hatte ihn gelegentlich noch besucht. Eines Tages hatte man ihn tot auf der Terrasse seiner Ranch gefunden, erschlagen von seinem Lieblingsaffen.

Nachdem Chengs Double sich unter dem frenetischen Jubel der Angestellten verabschiedet hatte, ging das Licht an und ein Mitarbeiter aus Khans Arbeitsgruppe trat vor, um sich bei den Entwicklern, aber auch bei allen Anwesenden zu bedanken. Khan selbst habe der heutigen Veranstaltung leider nicht beiwohnen können. Ein Murmeln ging durch den Raum, zwei oder drei Zuschauer begannen zu pfeifen. Dennoch war die Demonstration der *Resurrection*-Technik so überzeugend gewesen, dass sie für seine Abwesenheit entschädigte. Überall begannen lebhafte Diskussionen. Damians Nachbar verkündete pathetisch, das Zeitalter der Silikon-Geminoiden sei mit dieser Technik Geschichte, niemand werde sich jetzt noch mit solch billigen Theatereffekten begnügen. Als irgendjemand seinen Namen rief, erkannte Damian einen Kollegen aus der *Social Design Planning Group,* ein paar Meter weiter Takao Tashimoto. Ihr Anblick rief ihm ins Gedächtnis, dass er suspendiert worden war. Weil der Eindruck von Chengs Rede damit schlagartig verblasste, tat Damian so, als sähe er die beiden nicht. Stattdessen bahnte er sich seinen Weg durch die noch immer begeistert klatschende Menge und ging mit schnellen Schritten Richtung Ausgang.

2

§ 2. Ziel allen Lebens ist die Glückseligkeit. Insofern ist das Streben nach Glück die Pflicht jedes Einzelnen. Es ist die einzige Pflicht, der die Bewohner des ECO-Systems unterliegen. Die Wege, auf denen sich das Glück finden lässt, liegen nicht von vorneherein fest. Fest steht nur, dass das Glück eine Sache der Gemeinschaft ist. Aus diesem Streben erwächst der Wunsch nach persönlicher Vervollkommnung, der Wunsch, sich vor anderen auszuzeichnen, all die nützlichen Dinge, die frühere Gesellschaften nur unter Einsatz von Zwangsmitteln oder Geldanreizen haben bewerkstelligen können. Der Score ist der Träger des Wertes, aber zugleich Ausdruck der sozialen Wertschätzung. Folglich geht das Streben nach Glück einher mit der Sorge um den eigenen Score. Vernachlässigt ein Mensch diese seine Bestimmung, begeht er ein Verbrechen an sich selbst und der Gemeinschaft.

Als er hinaustrat, empfing ihn gleißender Sonnenschein. In der Frühe, als er in die Firma gefahren war, hatte es geregnet. Jetzt war der Asphalt so heiß, dass er zu flimmern schien. Normalerweise ließ sich Damian, wenn er die Firma verließ, gleich zu seinem Apartment kutschieren. Jetzt, da man ihm einen Zwangsurlaub auferlegt hatte, fand er es angemessen, ein paar Schritte zu gehen. Vielleicht lag es daran, dass er sich als Statistiker ohnehin mehr in der Welt der Zahlen aufgehoben fühlte, auf jeden Fall fühlte sich der Gang in die Außenwelt noch immer fremdartig an. Das lag nicht unbedingt an der Stadt. Nachdem *Nollet*, wie Google, Facebook und andere Internetfirmen, Opfer von Bürgerprotesten im Silicon Valley geworden war, hatte man die Zentrale nach Berlin verlegt. Dort hatte man sich mit dem Berliner Senat über den

Kauf des Tempelhofer Flugfeldes einigen können. Der Londoner Architekt Usman Haque hatte hier ein Gebäude errichtet, das wie ein riesenhaftes Ufo aussah, das nur zufällig auf diesem Flugfeld gelandet war. Damian, der nie zuvor in Deutschland gewesen war, hatte sich von Anbeginn in diesen Anblick verliebt. Als er sich ein Büro hatte aussuchen dürfen, hatte er eines gewählt, von wo er auf das alte Terminal sehen konnte: ein steinernes Halbrund, das wie eine Art Bugwelle vor dem landenden Raumschiff wirkte.

Wie immer war der Firmensitz von Neugierigen umgeben. Neben Touristen, die wegen des monumentalen Bauwerks, der Ikone des ECO-Systems, gekommen waren, waren es Fans, die auf der Suche nach irgendeinem Hinweis, was im Innern des Raumschiffs ausgetüftelt wurde, in Scharen hierherpilgerten. Hätte sich Damian normalerweise umgezogen, so fiel er in seiner blütenweißen *Nollet*-Uniform schon von Weitem auf. Schon nach wenigen Schritten poppten auf seiner Datenbrille diverse Kontaktangebote auf, und das, obwohl er die üblichen Sexangebote geblockt hatte. Da die Anbieter bereits für ihre Offerte einen Obolus entrichten mussten, konnte er an den Bewegungen des Balkens das Steigen seines Scores verfolgen. Veranlasste diese Aussicht vor allem die jungen Entwickler dazu, des Öfteren ein Bad in der Menge zu nehmen, stellte sie überhaupt eine Motivation dar, bei *Nollet* arbeiten zu wollen. Selbst Carmen, die ansonsten alles dafür tat, um den Eindruck der Unnahbaren zu kultivieren, war, wie er gerüchteweise gehört hatte, von Zeit zu Zeit den Angeboten muskulöser *Nollet*-Aficionados erlegen.

Weil Damian das Aufsehen, das sein Erscheinen erregte, höchst unangenehm war, betrat er eines jener luxuriösen Etablissements, die vor allem von Lobbyisten genutzt wurden. Hatte die Gegend um das Tempelhofer Feld vor einigen Jahren noch eine kleinbürgerliche Prägung besessen, so hatte die Landung des Ufos eine tiefgreifende Veränderung des Stadtteils bewirkt. Überall waren Hotels und Prachtbauten entstanden, die der Ästhetik des extraterrestrischen Flugkörpers nacheiferten. Jetzt freilich hatte Damian keinen Blick für die Raffinesse der Architektur. In seinem Kopf stand, wie eine große, dunkle Wolke, nur ein einziges Warum. Warum hatte Castoriadis sich auf diese schreckliche Weise getötet? Hatte er irgendetwas übersehen? Lag es vielleicht daran, dass Castoriadis, in einer völligen Verkennung der Situation, das Inquisitionsgespräch als eine Disziplinarmaßnahme aufgefasst hatte? War sein Freitod also die Vorwegnahme einer Strafe, die niemals im Raum gestanden hatte?

Auf sonderbare Weise fühlte sich Damian von dem, was passiert war, selbst befleckt. Zudem ging ihm nach, dass er, als er seine Kollegen von der *Social Design Planning Group* entdeckt hatte, einfach das Weite gesucht hatte. Schon der Umstand, dass man ihn suspendiert hatte, rief ein ebenso tief sitzendes wie unbestimmtes Schuldgefühl in ihm wach. Negroponte, bei dem er wegen der Störungen seiner Amygdala in Behandlung war, hatte behauptet, dass sich in diesem Schuldgefühl die Überreste des vergangenen Zeitalters artikulierten, wie Damian überhaupt, mit seinem übertriebenen Pflichtgefühl und seiner Ernsthaftigkeit, ein altmodischer Charakter sei.

Wenn es so war, war es nur die halbe Wahrheit. Gewiss hatten seine Großeltern Sorge getragen, ihm eine, wie sie es nannten, *ordentliche Erziehung* zukommen zu lassen. Die Lebensumstände seiner Eltern hingegen waren unorthodox. Schon seine Mutter hatte dem Reichtum ihrer Eltern den Rücken gekehrt. Mit einem Künstler-Intellektuellen, den sie in der *City of Dreams,* einem Casino in Macao, kennengelernt hatte, hatte sie sich in Marrakesch niedergelassen, dieser Stadt, die Damian noch heute als märchenhaften Kindheitsort in Erinnerung hatte. Als Damian vier Jahre alt gewesen war, war seine Mutter an einem Hirnschlag gestorben. Danach hatte sich sein Vater, der eine schlecht bezahlte Stelle an der Cadi-Ayyad-Universität innehatte, um ihn gekümmert. Trotzdem hatten die Großeltern alles darangesetzt, den einzigen Enkel dem Einflussbereich seines, wie sie fanden, vollkommen verantwortungslosen Vaters zu entziehen. Letztlich war es zu einem Kompromiss gekommen: Als Gegenleistung für sein Einverständnis, den Sohn auf die St. Edwards Boarding School in Oxford zu bringen, hatten die Großeltern seinem Vater ein Besuchsrecht und eine finanzielle Unterstützung eingeräumt.

Was das Arbeitsethos anbelangte, hatte der großelterliche Einfluss Damian nachhaltig geprägt. Dass man, wie es die Masse im ECO-System tat, sich den Genüssen des Rollenspiels und damit einem durch und durch hedonistischen Lebensentwurf hingeben konnte, widerstrebte ihm zutiefst. Natürlich wusste er um die Paradoxie dieser Empfindung. Denn als Mitglied der *Social Design Planning Group* war er an der Gestaltung dieser Wirklichkeit maßgeblich beteiligt. Fast alle Gespräche drehten sich darum, wie sie das Spielerlebnis optimieren könnten. Mochte Damian auch unfähig sein, die Früchte der eigenen Arbeit genussvoll zu konsumieren, so zweifelte er nicht im Mindesten am Sinn dieser Aufgabe. Schon als er sich während seines Studiums in Chengs Sprach- und Interaktionstheorien versenkt hatte, war ihm klargeworden, dass sich die alte Welt überlebt hatte, hatte er im Zeitraffer verfolgen können, wie sie zusammenbrach. Mithilfe intelligenter Programme und einer kleinen Schar von Systemarchitekten ließ sich eine riesenhafte Maschinerie betreiben, die ehedem die Arbeit von Abertausenden, ja Millionen von Menschen eingefordert hätte. Nunmehr wurde nicht mehr bloß die Muskelkraft der Industriearbeiter durch Roboter ersetzt, auch akademische Qualifikationen fielen der Rationalisierung zum Opfer. Der Hass, der sich in den Bürgerkriegen von 2023 bis 2024 entlud, galt also nicht den Profiteuren der Krise allein, sondern war Symptom einer tiefen Entwürdigung, dem Gefühl, letztlich nutzlos und überflüssig zu sein. Erstaunlicherweise war die Maschine, die die Menschen überflüssig gemacht hatte, zugleich ihre Rettung. Denn der ungeheure Erfolg der neuen Währung war nur die Folge einer radikalen Digitalisierungsmaßnahme: der Ersetzung der Arbeit durch Spiel. Im Spiel löste sich ein, wovon die Politiker nur hatten träumen können: das bedingungslose Grundeinkommen, Zugang zu Bildung, eine freie, gerechte und solidarische Gesellschaft.

Hatte Cheng mit seiner Verschlüsselungstechnik die Grundlage für eine neuartige Weltwährung geschaffen, so hatte sein Weggefährte Khan mit seinem Nachkriegsspiel *Amnesia* eine neue Form der Unterhaltung entwickelt, bei der die Realität selbst zur Spielfläche geworden war. Im Schatten des Erfolgs, der alle Maßstäbe sprengte, wurde der Konzern nicht mehr als Garant des Scores und der Währungsstabilität betrachtet, sondern als Unterhaltungskonzern, der die Spieler mit immer neuen Thrills und Sensationen bespaßte.

Die Bedienung brachte den Eistee, um den Damian gebeten hatte. In den gewöhnlichen Restaurants hatten längst Service-Bots derlei Aufgaben übernommen, hier erklärten sich die astronomischen Preise vor allem dadurch, dass Bedienen zu einer kultischen Verrichtung geworden war. So wetteiferten die Kellner darum, den Kunden ihre Wünsche von den Augen abzulesen. Als er einmal mit Justine hier gewesen war, hatte sie ihm erzählt, das *Aldebaran* habe sich vor allem als *Schule der Devotheit* einen Ruf erworben. Wollte man in ein höheres SM-Level aufsteigen, galt es, hier eine zweiwöchige Ausbildung zu absolvieren. Neben zehn Stunden hingebungsvoller Gästebetreuung bestand die Herausforderung darin, dass die Aspiranten für die Dauer der Ausbildung jeder sexuellen Aktivität entsagen mussten. Die junge Frau, die ihm den Eistee servierte, schenkte ihm, als er sie musterte, ein dankbares Lächeln. Dann stöckelte sie hüftschwingend zu ihrem Tresen zurück. Auch dieser Gang war ein *Catwalk,* der allein seinem Pläsier diente und ihr wiederum einen erklecklichen Score-Betrag einbrachte. Als er die Abbuchung auf seinem Konto registrierte, erfüllte ihn das mit einer gewissen Befriedigung. Denn dieser Mechanismus war alles andere als trivial. Ganze zwei Jahre hatte die

Abteilung daran gearbeitet, diese unterschwelligen Tauschakte in eine Ökonomie der Mikrogefühle zu übersetzen.

Am Nebentisch saß eine ältere Dame, die ihrem bleichgesichtigen Kellner leise, aber unmissverständlich klarmachte, dass sie an einem Ort wie diesem sehr viel besser manikürte Fingernägel erwarte. Der junge Mann errötete. Dennoch bedankte er sich höflich für die Zurechtweisung, ja gab der Dame zu verstehen, dass er begonnen habe, an seiner Physis zu arbeiten.

»So?«, sagte sie zweifelnd und kräuselte ihre Nase.

»Aber ja, ich zeig's Ihnen gerne«, sagte der junge Mann beflissen und bot ihr das Screensharing eines Videos an. Reflexhaft versuchte Damian, in den Supervisionsmodus überzuwechseln. Auf diese Weise konnte er sich einen Überblick darüber verschaffen, ob die Psychodynamik zwischen den einzelnen Spielern funktionierte. Dieses Privileg stand allein den Mitgliedern der *Social Design Planning Group* zu. Während gewöhnliche Nutzer nur die allgemeinen Spielerinformationen einsehen konnten, war ihm und seinen Kollegen erlaubt, Einblick in den Lifestream der Nutzer zu nehmen und sich über alle Aspekte eines Nutzerkontos zu informieren. Heute allerdings erhielt Damian eine Warnmeldung, die ihn daran erinnerte, dass er suspendiert sei. So blieb das Video der älteren Dame vorbehalten. Ob sie mochte, was ihr darin präsentiert wurde, war nicht auszumachen. Sie strich sich mit dem schwarz lackierten Fingernagel über ihre trockenen Lippen und entfernte einen Krümel, der sich im Mundwinkel festgesetzt hatte.

*

Für einen Moment hatte Damian das beinah körperliche Bedürfnis, Justines Stimme zu hören. Bis vor ein paar Tagen hatten sie täglich miteinander gesprochen, manchmal hatte Justine ihm auch Zeichnungen geschickt, die sich, wie Storyboards, im Laufe des Tages zu kleinen, absurden Geschichten auffächerten. Manche waren düster, andere von einer großen Heiterkeit, wie die Geschichte jenes dilettierenden Chirurgen, der, wie sie behauptete, dem heiligen Damian nachempfunden sei: einem Märtyrer, der sich als Schutzpatron der Kranken, Friseure und Zuckerbäcker einen Namen gemacht habe. Folglich waren auf den Zeichnungen lauter Personen zu sehen, die auf falsche Weise zusammengenäht worden waren, sah er Kopffüßler, Dreibeiner oder solche, die sich auf allen vieren bewegten.

So wenig Damian hätte sagen können, worin ihre beiderseitige Anziehung bestand, so dunkel war ihm, was genau dazu geführt hatte, dass sich in einer einzigen Nacht eine so große Barriere zwischen ihnen aufgebaut hatte. Das ganze Wochenende über hatte er nachgedacht, ob es nur daran gelegen hatte, dass er ihrer Bitte, sie zu würgen, nicht hatte nachkommen können. Um die beiderseitige Enttäuschung zu überspielen, hatten sie einen Trip genommen. Er war eingeschlafen. Als er aufgewacht war, war Justine verschwunden. Seither hatte er nichts mehr von ihr gehört. Plötzlich hatte er das Gefühl, übergenau hören und sehen zu können, spürte er, wie die Erinnerung an diese Nacht eine Migräneattacke heraufbeschwor. Der Kellner am Nebentisch beugte sich hinab und flüsterte der älteren Dame etwas in Ohr. Sie lachte und entblößte ein makellos weißes Gebiss. Im Gegenlicht sah Damian einen Speichelfaden aufblitzen, der von ihrem spitzen Kinn herabhing. Ihr Gelächter hatte einen durchdringenden, metallenen Klang, der sich tief in seinen Kopf hineinbohrte.

Damian stand auf und stieg die Treppe zu einem der luxuriösen Hygieneräume im Untergeschoss hinab. Er setzte sich in einen der geräumigen Clubsessel, die neben den Hologramm-Kabinen standen, nahm eine Relax und wartete darauf, dass die Wirkung einsetzte. Es war still. Von irgendwoher wehten sanfte Klänge herüber. Während er mit geschlossenen Augen der besänftigenden Stimme seines PsychoBots nachhing, spürte er, wie sich der Anfall wieder legte. Als er die Augen öffnete, sah er, dass sich auch seine Körperdaten wieder eingepegelt hatten: Alles im grünen Bereich.

Da er allein war und die Zeit nutzen wollte, stellte er Takao Tashimoto ein paar Vorschläge zusammen, die bei der Nachmittagssitzung diskutiert werden könnten. Weil die meteorologischen Institute vorausgesagt hatten, dass Atlantic City vom Wirbelsturm *Stanley* getroffen werde, regte er an, dort eine Sondermission zu organisieren. Seiner Einschätzung nach wären dafür die Absolventen der *Catastrophe-III*-Levels bestens geeignet. Schon die letzten Einsätze hatten gezeigt, dass die Spieler herausragende Leistungen erbracht hatten, die denen der berufsmäßigen Katastrophenhelfer kaum nachstanden. Damit aber waren sie der lebendige Beweis, dass nicht nur alltägliche Verrichtungen wie die Arbeit in einem Café oder in einer Bäckerei als Spielhandlung organisiert werden konnten, auch Katastropheneinsätze funktionierten als Spielmissionen und konnten entsprechend gestaltet werden. Die wirklichen Toten und Verwüstungen, denen man gegenüberstand, waren kein Problem gewesen. Im Gegenteil. Der Ernstfall hatte jene Spielertypen auf den Plan gerufen, die ansonsten, ihrer Gewaltfantasien wegen, eher als kritisch eingestuft wurden. Wenn es aber möglich war, eine Gewaltneigung zu sublimieren, war das Dogma der *abweichenden Spielerpsychologie* hinfällig. Fortan würde die Aufgabe *der Social Design Planning Group* darin bestehen, die verschiedenen Spielertypen mit passenden, aber auch sozial nützlichen Aufgaben zu versorgen.

So wie Arbeit zum Spiel, das Spiel zur Arbeit geworden war, war auch der Unterschied von Geld und Score aufgehoben. Jede Interaktion bedeutete einen ökonomischen Akt, auch wenn es den Menschen häufig nicht mehr bewusst war. Das Lächeln, das die junge Frau einem Bewunderer in der Menge zuwarf, hatte eine ökonomische Transaktion zur Folge, ebenso wie der Umstand, dass jemand sich den Namen eines anderen gemerkt hatte. Gewiss, es gab noch immer Unbelehrbare, die in der Ökonomie der Mikrogefühle vor allem eine perfide Unterdrückungsmaßnahme sahen. Hatten sich diese Stimmen zu Anfang mit Gewalt und Terroranschlägen Gehör verschafft, so waren auch die ärgsten Kritiker weitgehend verstummt. Gedanken dieser Art waren nur noch in der Zone zu vernehmen, wo religiöse Eiferer oder Warlords mit ihrer Kritik das eigene Versagen maskierten. Nicht einmal die Voraussage, dass die Menschheit zu einer Masse gleichförmiger und dumpfer Konsumenten herabsinken würde, hatte sich eingelöst. Im Gegenteil. Mithilfe des Scores hatte sich in der Gesellschaft eine Rangordnung ausgebildet, war der Score letztlich das Medium, mit dem man sich vor anderen auszeichnen konnte. Fand jemand eine besondere Befriedigung darin, andere Menschen zu unterrichten, durchlief er die entsprechenden Levels und war ab einem bestimmten Grad tatsächlich als Lehrer einsetzbar. Genauso lief es im Gesundheits- und Pflegesystem. Nirgends herrschte mehr Mangel, und auch die Qualität hatte sich rapide verbessert, schließlich gab es für jede Interaktion Punkte, und wie viele, konnten Damian und seine Kollegen bestimmen. Einzig die Mitarbeiter *Nollets,* die für die Aufrechterhaltung des Systems zuständig waren, wurden mit Score-Punkten entlohnt, ohne sich im Gegenzug in Spielhandlungen verwickeln lassen zu müssen.

Wenn Damian, etwa weil er mit seinen Kollegen die Funktionsweise einzelner Module simulierte, sich die ablaufenden Transaktionen vor Auge führte, so stellte er sich das System wie einen gigantischen Schwamm oder eine von Adern durchzogene Qualle vor. Obwohl er all das, in tausenderlei Variationen und statistischen Visualisierungen, tagtäglich vor sich hatte, wurde er nicht müde, dieses System zu bestaunen. Nein, mehr noch, es sprach ein tiefes Gefühl von Ehrfurcht in ihm an, wie es die Menschen der Vergangenheit großen Naturschauspielen gegenüber empfunden haben mochten.

Umso verstörender erschien ihm, was mit Castoriadis geschehen war. Wie hatte der Score eines Kollegen so tief sinken können? Eigentlich war das unmöglich. Niemals zuvor hatte er von einem Fall gehört. War es denkbar, dass jemand seinen Score manipuliert hatte? Oder war Castoriadis mit seiner Selbstopferung nur den bösen Absichten eines anderen zuvorgekommen?

Damian schickte seine Vorschläge ab und bekam wenig später ein kleines Dankschreiben Takaos. Selbstverständlich werde er seine Anregungen in die Diskussion einfließen lassen. Gleichwohl müsse er ihn, der Form halber, daran erinnern, dass er suspendiert sei. »Vielleicht«, so schloss er, »entspannst du dich einfach ein bisschen.« Pflichtbewusst, wie Takao war, hatte Damian so etwas erwartet, gleichwohl warf es ihn auf seine Gegenwart zurück. Als er die Treppe hinaufstieg, die ins Café zurückführte, poppte ein Schreiben auf. Es bestand nur aus einem einzigen Satz und trug als Absender das Logo der Firma: *»Eine Gesellschaft, die den Anblick des Blutes so scheut wie der Teufel das Weihwasser, ist totalitär.«* Derlei Schreiben waren nicht ungewöhnlich. Immer wieder wurden kleine Merksprüche von Cheng oder anderen Größen der Weltgeschichte an die Mitarbeiter versandt – Gedanken, die sie motivieren oder sonst wie anregen sollten. Was *dieser* Text allerdings sollte, war ihm vollkommen rätselhaft. Vielleicht war er ja witzig gemeint, und er verstand die Pointe bloß nicht. Kopfschüttelnd schloss er die Anwendung, durchquerte das *Aldebaran* und trat ins Freie.

*

Vom hellen Sonnenlicht geblendet, bemerkte er das Wesen, das sich ihm in den Weg stellte, erst, als es beinahe zu einem Zusammenstoß gekommen war. Ob Mann oder Frau, war nicht auszumachen. Die Personendaten zeigten das Bild eines Mannes, der erst kürzlich aus der Zone in das ECO-System eingewandert war. Sein Score war so niedrig, dass er auf der Ebene eines Parias rangierte. Auf jeden Fall tänzelte dieses merkwürdige Wesen, das in ein Paillettenkostüm aus altmodischen Chips gekleidet war, wie ein Sambatänzer vor ihm her. Mochten die Bewegungen des Körpers auch selbstverliebt scheinen, begriff Damian schnell, dass sie allein ihm galten. Versuchte er an ihm vorüberzuziehen, so stellte er sich ihm in den Weg. Offenkundig arbeitete das Wesen mit einem Rückspiegel, denn als Damian stehen blieb, hielt es in der Fortbewegung inne und tänzelte einfach auf der Stelle vor sich hin, bückte sich und ließ zum Amüsement der Umstehenden das Gesäß kreisen. Um die Einladung zu unterstreichen, lupfte es das Röckchen und entblößte, oberhalb altmodischer Netzstrümpfe, einen behaarten Hintern. Entnervt machte Damian kehrt und wandte sich zurück in Richtung Haupteingang. Schon nach ein paar Schritten hörte er die klickenden Absätze des Tänzers hinter sich. Als er im Gedränge der Menschenmenge kurz innehalten musste, spürte er den Atem des anderen in seinem Nacken. Dann drängten sich ein Unterleib und ein erigiertes Glied gegen sein Gesäß. Er löste sich, begann zu rennen, überquerte den breiten Boulevard und fand endlich, zu seiner Erleichterung, die Firmenlimousine, die er im Augenblick seines Richtungswechsels bestellt hatte.

Zu seiner Überraschung war es nicht die komfortable Version, die seinem Status angemessen war, sondern das Basisgefährt, das ansonsten vom Wachpersonal der Firma genutzt wurde. Kein eisgekühlter Orangensaft, nur eine kleine Flasche Mineralwasser, eine defekte Klimaanlage und Flecke auf den Sitzen, die wie Körperflüssigkeiten aussahen. Gewiss, er hätte sich sofort eine standesgemäße Limousine kommen lassen können, aber er war erleichtert, der Zudringlichkeit des Tänzers entkommen zu sein. Eigentlich war es merkwürdig, dass es überhaupt zu diesem Vorfall gekommen war. Von Rechts wegen hätte seine vom System protokollierte Gegenreaktion den Verursacher mit der entsprechenden *Penalty* abstrafen müssen. Damian rief sich noch einmal die Personalakte des Mannes auf den Schirm. Als er sie jedoch genauer studieren wollte, erschien abermals die Nachricht, dass ihm der Eintritt in den Supervisionsmodus verwehrt sei.

Was war das nur für ein Tag? Mit dem Augenblick, da Symeon Castoriadis in den Raum getreten war, war alles durcheinandergeraten. Um sich zu beruhigen, rief Damian seinen täglichen Nachrichten-Feed auf. Auf dem Schirm erschien das Logo der Marsexpedition und die Information, dass die Crew der *Terra Nova* nur noch zehn Tage, sieben Stunden und zweiundfünfzig Minuten vom Eintritt in die Marsatmosphäre entfernt war. Der Commander hatte eine kleine Videobotschaft übermittelt. Sie hätten einen kleinen Sonnensturm überstanden, ansonsten aber laufe alles nach Plan. Die Habitate auf dem Mars seien vorbereitet, das kleine Kraftwerk produziere Methanol, sie hätten genug Sauerstoff, um die sechsköpfige Crew ein Jahr lang zu versorgen. Eigentlich liebte es Damian, sich über den Fortgang der Expedition zu informieren, selbst der Anblick des Logos bereitete ihm Vergnügen. Heute freilich konnte er dem Geschehen nicht viel abgewinnen. Sein Auge tränte wieder, und Schweiß hatte sein Gesicht mit einem regelrechten Film bedeckt.

Vielleicht hatte er ja etwas übersehen. Er holte sich noch einmal die Akte von Castoriadis auf den Schirm und studierte sie. Zu seiner Erleichterung hatte seine Suspendierung keine Auswirkung auf das Material, das er bereits heruntergeladen hatte. Beim Einstellungsgespräch war Castoriadis, wie Damian sehen konnte, heiter und aufgeräumt gewesen, ein junger Mann, der sich eloquent über die Widersprüche der Stringtheorie, Chengs Intentionsanalyse und über das Konversationsparadigma tragbarer Chips auslassen konnte. Er war braun gebrannt, mit hochgekrempelten Ärmeln und einer Sonnenbrille, die er lässig in den Kragen seines offenen Hemdes gesteckt hatte. Als Damian im Lifestream von Castoriadis vorspulte, schien es ihm, als ob er in sein eigenes Leben schauen könnte: all die Tests, das Warten auf die Ergebnisse, ein Sich-Vertiefen in die Datenmassive, bis sie in Graphen und Kurven zerlegt und das Problem lokalisiert war, schließlich die endlosen Stunden des Grübelns, der Gespräche und Problemlösungsversuche, die wiederum in neue Tests, neue Daten und einen neuerlichen Arbeitszyklus einmündeten. Nichts deutete auf irgendeine Anomalie hin.

Weil Damian dem Augenschein zu misstrauen gelernt hatte, unterzog er den Datenstrom einer Musteranalyse, die nicht die wahrscheinlichsten, sondern die unwahrscheinlichsten Ereignisse zur Grundlage nahm. Die Sequenz von Fehlleistungen, Stolperern und umgeworfenen Wassergläsern, die er als Resultat bekam, rauschte an ihm vorbei wie die Häuser der Stadt, wahllos und zusammengewürfelt. Ein übergroßes Insekt klatschte gegen die Scheibe, eine Pferdebremse, *Tabanus sudeticus,* wie das Log-Display der Fahrt protokollierte. Das abweichende Längenmaß zeigte an, dass es sich um eine hypertrophe Mutation handelte, ein Phänomen, das in jüngster Zeit häufiger zu beobachten war.

Als sich sein Blick wieder Castoriadis' Datenstrom zuwandte, stach ihm eine kleine Unregelmäßigkeit ins Auge. Er hielt den Stream an und spulte an die entsprechende Stelle zurück. Tatsächlich war, der Schliere vergleichbar, die das Insekt auf der Windschutzscheibe hinterlassen hatte, ein kleiner Schatten zu erkennen: eine farbliche Unregelmäßigkeit. Eigentlich tauchten solche Bildartefakte nur in Gegenden auf, die sich einer veralteten Übertragungstechnik bedienten. Eine andere Erklärung wären Interferenzen, als Folge einer atmosphärischen Störung. Aber da diese Störung sich immer nur auf Einzelbilder bezog, blieb als einzige Antwort die Möglichkeit, dass da jemand eine versteckte Botschaft in den Bilderstrom hineingeschmuggelt hatte. Als er den gesamten Datenstrom nach dieser Unregelmäßigkeit durchsuchte, fand er genau dreizehn Bilder, die ein solches Merkmal aufwiesen, und zwar, was überaus auffällig war, immer an der gleichen Stelle. Vielleicht handelte es sich um eine Nachricht. Aber wenn das der Fall war: Von wem stammte sie? Und an wen war sie gerichtet? Wie war es überhaupt möglich, dass jemand den Stream manipuliert hatte? Und gab es da einen Zusammenhang mit Castoriadis' seltsamem Tod?

*

Ganz offenbar war in seiner Wohnung nichts Nennenswertes vorgefallen, denn sein Home-Bot begann drauflloszuplappern. »Wie kann ich dir behilflich sein, Master? Massage? Eine kleine Thailänderin? Was? Keine Gespielin? Ein Toy Boy mit Sixpack? Nein? Dann eine Partie Schach? Was hältst du von Fußball? Fußball ist wie Schach, nur ohne Würfel, hehe! Ich sehe, du brauchst Ablenkung, Master. Serotonin. Dopamin. Adrenalin, β-Endorphin. Ich könnte dir auch eine kleine Qualle zubereiten, mit Erdnussöl oder Hühnerbrust. Oder einen Quallensalat. Oder wir nehmen einen getrockneten Quallenkopf. Ohne Ohren, Augen, ohne Gehirn. Und garantiert ohne Kalorien.«

Damians Apartment stammte noch aus einer Zeit, da die meisten Architekten Chengs Konversationsparadigma noch nicht in ihre Planung aufgenommen hatten. Folglich hatte das Programm zwar alle Nutzerdaten seines Bewohners gesammelt, aber keinesfalls verdaut. Insofern war es weder besonders intelligent noch sonderlich praktisch. Eher verhielt es sich wie ein Mitbewohner, der die absurdesten Ticks auslebte, der zwanghaft das Licht an- und ausschalten musste, beim geringsten Windstoß gleich die Jalousien herunterließ und grundsätzlich unfähig war, das Unbedeutende vom Bedeutenden zu unterscheiden. Hatte Damian oder irgendeiner seiner Gäste einmal aus Jux eine bestimmte Speise bestellt, konnte er sicher sein, dass sie immer wieder auf dem Speiseplan auftauchen würde. Der Verkäufer, peinlich berührt vom sinnlos quasselnden Bot, hatte gesagt, selbstverständlich werde man ein Update des Betriebssystems vornehmen. Aber Damian hatte gesagt, das sei okay. Tatsächlich hatte gerade der Vorkriegscharakter dieser idiotischen Software den Ausschlag dafür gegeben, dass Damian sich für das Apartment entschieden hatte. Es belustigte ihn. Wo gab es schon einen Hausmeister, der eigens dazu eingestellt war, fehlerhafte Software zu beaufsichtigen?

Als er sein Arbeitszimmer betrat, sah er, dass sein Drucker die Skulptur der Athena Lemnia fertiggestellt hatte, die er am Morgen in Auftrag gegeben hatte. Er wusste nicht viel über die Antike; wenn, so waren es Erinnerungsfragmente, Kindermärchen, die ihm sein Vater daheim in Marrakesch erzählt hatte. Trotzdem ließ er seinen Drucker tagtäglich eine Götterstatuette erstellen. Um die Wohnung nicht vollzustellen, waren die Gebilde kaum größer als ein Daumen. So war im Laufe der Zeit eine regelrechte Armee der Götter aufmarschiert und hatte zunächst seinen Schreibtisch, dann verschiedene Regale, schließlich auch Teile des Bodens erobert. Wenn ihn irgendetwas beschäftigte, nahm er eine dieser Figuren zur Hand, ließ sie im Handballen hin und her rollen und vertiefte sich gleichermaßen in seine Gedanken wie in die Formen dieses Körpers.

Jetzt holte er sich einen Orangensaft und legte sich auf das Bett. Überreizt, wie er war, war an Schlaf nicht zu denken. Seine Gedanken fühlten sich an wie ein Mahlstrom, bei dem sich sein Kopfinneres langsam gegen den Uhrzeigersinn drehte. Immer wieder kam ihm dieser sonderbare gelöste Gesichtsausdruck von Castoriadis in den Sinn, seine Heiterkeit im Angesicht des bevorstehenden Endes. Wie konnte er dem Tod mit einem Lächeln begegnen? Warum war er selbst, als er im Hygieneraum gestanden hatte, dem Impuls gefolgt, die Amnesiakapsel zu zerbrechen? All das ergab nicht den geringsten Sinn. Er überlegte, ob er Carmen kontaktieren und sie zu ihrer Einschätzung des Geschehens befragen sollte. Sie war seine Leidensgenossin, außerdem würde er bei der Gelegenheit in Erfahrung bringen, welche Desensibilisierungsmaßnahme man ihr auferlegt hatte. Doch dann verwarf er den Gedanken: Mochte Carmen in der Erörterung von fachlichen Fragen überaus offen, ja nicht selten von geradezu brutaler Direktheit sein, so war sie, was private Dinge anbelangte, zugeknöpft wie kaum jemand sonst.

Als er einen Schluck des eisgekühlten Orangensafts trank, hatte er wieder den bitteren Nachgeschmack des Amnesia auf der Zunge. Er schloss die Augen und versuchte, die Konturen seiner kleinen Statuette in ein Bild zu übersetzen. In der Ferne war das Geräusch eines Flugzeugs vernehmbar. *Hör zu,* ließ sich die Stimme seines PsychoBots vernehmen, *hör einfach zu!* Also konzentrierte er sich auf das Geräusch. Nach ein paar Sekunden verschwand der bittere Geschmack in der Mundhöhle, konnte er, mit dem verklingenden Flugzeugbrummen, spüren, wie auch seine Gedanken verstummten.

In der darauffolgenden Stille war plötzlich Justines Stimme zu hören: »Damian?«

Sie klang vorsichtig, als ob sie auf der Hut wäre. Tatsächlich jedoch war Damian erleichtert, ja fast glücklich, dass sie sich gemeldet hatte; zugleich aber rang er nach einer passenden Begrüßung.

»Ach, du bist's!«

Das klang so töricht, dass er sich wie ein Schüler vorkam – als ob nicht Justine, sondern er der Jüngere und Unerfahrenere wäre. Er merkte, wie das Blut in seinen Ohren zu rauschen begann.

»Eigentlich wollte ich dich nur daran erinnern, dass wir heute eine Verabredung haben«, sagte sie. »Und auch Papa würde sich freuen, dich zu sehen.«

»Aber ja, ich hab's nicht vergessen, ich komme, bestimmt.«

»Ist alles in Ordnung bei dir?«

»Ja«, sagte er und fand, dass er nicht gerade überzeugend klang.

»Wie schön«, sagte sie.

Er wusste nicht recht, was er sagen sollte, spürte bloß ein Kratzen im Hals, das sich in einem nervösen Hüsteln entlud.

»Ich habe dich vermisst«, sagte sie, »und habe gewartet, dass du dich melden würdest.«

Er habe, hörte Damian sich sagen, ein schwieriges Gespräch führen müssen. Das habe ihn abgelenkt. Noch während er seine Entschuldigung vorbrachte, fühlte er sich schuldig, ihr nicht die Wahrheit zu sagen. Heute Abend, dachte er bei sich, werde ich ihr von Castoriadis erzählen.

»Ich habe eine Überraschung für dich«, sagte sie.

»Was Gutes?«

»Ich weiß nicht, ob es dir gefällt. Aber ich hoffe doch, ja.«

Natürlich musste Justine bemerkt haben, dass er unaufrichtig gewesen war. Seitdem man das Mienenspiel der Akteure analysierte, konnte man die Aufrichtigkeit der Sprechakte evaluieren. Jedoch ließ sich Justine nichts anmerken, sondern erzählte etwas von einem Kostüm, das sie anziehen werde. Er liebte die Leichtigkeit, mit der Justine eine Grenze erfasste und zu überspielen vermochte. Tatsächlich hatte Damian nie zuvor einen Menschen erlebt, der so fein in den Gefühlen anderer Menschen zu lesen verstand. Als sie ihn einmal in seinem Büro besucht und bei dieser Gelegenheit Carmen kennengelernt hatte, hatte sie ihn mit einer Bemerkung überrascht, die in wenigen Worten Carmens ganzen Charakter zusammenfasste. Ihr Spürsinn, davon war er überzeugt, war dem Umstand zuzuschreiben, dass sie allein mit ihrem ebenso genialischen wie egozentrischen Vater aufgewachsen war. Ihre Mutter war in den Wirren des Jahres 2023 umgekommen, als Justine gerade drei Jahre alt gewesen war. Man munkelte, sie sei entführt und nach einer gescheiterten Lösegeldübergabe hingerichtet worden. Es gab auch Stimmen, die Khan einer Mittäterschaft bezichtigten. Es war ein unstetes Leben, mit wechselnden Orten, Kindermädchen und Domestiken, die Khan, wenn sie ihm lästig fielen, durch neue ersetzen ließ. Denn sie alle waren nur dazu eingestellt, seine ständig wechselnden Launen zu bedienen: Köche, Rechercheure, Gespielinnen, Experten aller Couleur. Nicht zuletzt trieben sich in diesem Hofstaat eine Reihe von Gestalten aus der Halbwelt herum, Söldner, Huren und Waffenhändler, die Khan bei seiner Suche nach der *perfekten Szene* das entsprechende Anschauungsmaterial zu liefern vermochten. So war Justine zwar im Herzen eines sozialen Bienenschwarms aufgewachsen, dennoch war ihre Kindheit vor allem ein Hort der Einsamkeit gewesen.

Als Khan in der Endphase seines *Vertigo*-Projekts ein neues Programmmodul benötigt hatte, mit dem sich psychoseähnliche

Störungszustände simulieren ließen, hatte Damian zum Entwicklerteam gehört. Weil sie gut zusammenarbeiteten, hatte Khan ihn eines Abends zu sich zum Essen gebeten. So war er Justine begegnet. Sie hatte den ganzen Abend über kein einziges Wort gesagt, sondern gesenkten Kopfs vor ihrem Teller gesessen und nur dann und wann einen Bissen zu sich genommen. Trotzdem war sie ihm in der Folge immer wieder, wie zufällig, über den Weg gelaufen. Jedes Mal, so fiel ihm auf, hatte sie ein kleines, altmodisches Notizheft bei sich, in das sie immerfort etwas eintrug. Als er ihr ein Programm empfahl, mit dessen Hilfe sich Gedanken visualisieren ließen, erklärte sie ihm sehr ernsthaft, dass sie nicht etwa ihre Ideen festhalten wolle, sondern im Gegenteil dasjenige einzukreisen versuche, was sie noch nicht denken könne. Das habe sie von ihrem Onkel Moxie gelernt, mit dem sie und ihr Vater früher segeln gewesen seien. Als er das erste Mal ihr Zimmer betreten hatte, hatte Damian begriffen, was sie damit gemeint hatte: Wände, Decken und Boden, ja selbst die Möbel waren übersät mit kleinen Zeichnungen, Symbolen, Notizen, die sie mit Bleistift oder Spray aufgebracht, gelegentlich auch in das Material eingeritzt hatte. Sie war das rätselhafteste Wesen, dem Damian je begegnet war. Erschien sie ihm in der Klarheit ihres Denkens gelegentlich wie ein Kind, so überraschte sie ihn immer wieder mit Bemerkungen, die fast altersweise, manchmal geradezu resignativ oder zynisch klangen. Anders als ihre Altersgenossinnen war sie nicht in einer jener Erziehungsanstalten aufgewachsen, in denen die Kinder des ECO-Systems auf das Spiel des Lebens vorbereitet wurden, sondern war von Privatlehrern oder Mitarbeitern Khans unterrichtet worden. Als Khan seinen Arbeitsschwerpunkt vor die Tore der Stadt verlagert und sich in seiner *Transcendent City* mit Vertrauten umgeben hatte, war Justine alt genug gewesen, um ihre Erziehung in die eigenen Hände zu nehmen. War sie der Meinung, Altgriechisch lernen zu müssen, fand sich sogleich jemand ein, der sie darin unterrichtete. Begeisterte sie sich für die

Geisterfotografie des 19. Jahrhunderts, so gab sie nicht Ruhe, bis der entsprechende Experte herbeigeschafft worden war. Sie hatte, was ihre Vorlieben betraf, durchaus altmodische, ja geradezu unzeitgemäße Vorstellungen. So hatte sie ihren Vater so lange bearbeitet, bis sie gemeinsam mit ihm und ihrem Onkel Moxie Rimbauds Grab in Aden besucht hatte. Dass es sich dabei, weil Aden in der Zone lag, um eine gefährliche Exkursion handelte, hatte sie nicht im Mindesten beeindruckt.

Dass Damian eine englische Boarding School besucht hatte, hatte sie so begeistert, dass sie sich alles, vom Morgengebet bis zu den Masturbationsseancen im Schlafraum, haarklein von ihm erzählen ließ. Sofort, das behauptete sie jedenfalls später, habe sie sich in ihn verliebt, in seine ruhige, bestimmte Art. Mochte es auch Liebe sein, so stellte ihr Verhältnis doch ein merkwürdiges Labyrinth dar. Schon kurz nach ihrem Kennenlernen hatte Justine ihn gebeten, mit ihr eine Reihe von Szenen durchzuspielen, bei denen es, wie bei einem Blickduell, stets darum ging, den entscheidenden Augenblick hinauszuzögern. Von Anbeginn hatte Justine kein Hehl daraus gemacht, dass das Ganze als Einführung in den Masochismus verstanden werden müsse. »Du musst wissen, ich bin eine schwer erziehbare Masochistin«, hatte sie gesagt und ein glockenhelles Lachen nachfolgen lassen. Was ihre Fantasie, aber auch die Beweglichkeit ihres Intellekts anbelangte, stand sie ihrem Vater in nichts nach. Sie konnte eine Situation chirurgisch zerlegen, beißenden Spott versprühen, zu guter Letzt eine Einzelheit hervorholen, die niemandem sonst aufgefallen wäre. Dann wieder gab es die Augenblicke, da Damian urplötzlich in das schreckhafte Gesicht eines Kindes schaute, ein Anblick, der ihn vielleicht mehr als alles andere berührte, ihr Witz, ihre Schönheit, ihr scharfer Verstand.

Gerade als er auflegen wollte, fragte sie noch: »Hast du eigentlich schon über Papas Vorschlag nachgedacht?«

»Ja«, sagte er, »ich werde mit ihm reden.«

Dass er über Khans Vorschlag nachgedacht habe, hatte Justine aufrichtig gefreut. Ihre Freude wiederum bereitete ihm Gewissensbisse, denn in Wahrheit hatte er alles dafür getan, um der Frage auszuweichen. Schon während ihrer ersten Zusammenarbeit hatte Khan ihm gesagt, dass seine Arbeit in der *Social Design Planning Group* eine Unterforderung sei und dass Damian sehr viel besser im kreativen Feld aufgehoben sei. Damian hatte eingewandt, ihm fehle es an Fantasie und psychologischem Spürsinn. Gewiss, er könne sich ein soziales System vorstellen, auch, wie man es über bestimmte Mechanismen austarieren und optimieren könne, aber es aus dem Nichts erschaffen? Nein, diese Freiheit mache ihm Angst. Khan hatte gelacht und gesagt, genau deswegen halte er ihn für qualifiziert. Jeder, dem Damian von Khans Angebot erzählt hatte, hatte ihn für verrückt erklärt, galt eine solche Offerte doch als das größte Privileg, das einem Mitarbeiter *Nollets* zuteilwerden konnte.

Dennoch war Damian in seinem Zweifel an seinem psychologischen Einfühlungsvermögen nur ehrlich gewesen. Schon die Nacht mit Justine hatte unter Beweis gestellt, dass er in dem Augenblick, da er sich in einen emotionalen Wirrwarr verstrickte, verloren war. Eine Weile blieb er reglos auf dem Bett liegen. Erst jetzt, da sich das Schweigen gelöst hatte, wurde ihm klar, wie sehr ihn die Spannung, die sich zwischen ihnen eingestellt hatte, belastet hatte. Vielleicht war auch dies ein Grund dafür, warum er die Situation mit Castoriadis nicht hatte kommen sehen. Freilich, das erklärte nicht, dass irgendjemand Chengs Verschlüsselungsmechanismus geknackt hatte. Im Grunde war dieser Umstand, wenn er sich denn bewahrheiten sollte, beängstigender als alles, was mit Castoriadis geschehen war.

Um nicht weiter darüber nachdenken zu müssen, nahm Damian eine Relax, die zweite am heutigen Tag. Schon nach wenigen Sekunden spürte er die Wirkung. Er zog sich aus und ging in den rückwärtigen Teil der Wohnung. Hier befand sich der Balkon, von dem er auf einen kleinen, in einer Senke gelegenen Park hinausschauen konnte. Dieser Teil war der einzige Bereich der Wohnung, in dem Damian eine große Veränderung vorgenommen hatte. Hatte sein Vormieter, ein Politiker, hier einen ebenso luxuriösen wie altmodischen Salon unterhalten, mit Billardtisch, Bibliothek und Raucherecke, so hatte Damian einen einzigen Badebereich daraus gemacht. Es gab Massageroboter, eine kleine Sauna, ein Solebad, in dem er liegen und Musik hören konnte. Trotzdem hatte der Raum, der mit dunklem Tropenholz ausgelegt war, nichts Aseptisches. An den Seiten standen hohe Vitrinen, in denen Obst und Kräuter, verschiedene Gemüse wie Tomaten, Paprika, Zucchini, aber auch Algen und Fische gezüchtet wurden. Zwar hatte diese Anlage, die ihm eine Selbstversorgung mit Obst und Gemüse ermöglichte, eine durchaus praktische Seite, allerdings war sein Beweggrund für die Installation eher ästhetischer Natur gewesen. Durch die Pflanzenwelt bekam der Raum etwas geradezu Traumhaftes, eine Ergänzung jenes körperlichen Schwebezustandes, den er im Solebad fand.

Er nahm eine Dusche und legte sich in das Solebecken, bis die Sonne untergegangen war und nur noch das magentafarbene Licht seiner *Aqua Farming Unit* den Raum illuminierte. Sein kleiner HomeBot hatte den eleganten Anzug bereitgelegt, den Justine ihm geschenkt hatte. Vielleicht ist er doch nicht so blöd, dachte Damian, zog ihn an und lächelte seinem Spiegelbild zu.

Damian wusste, dass er mit seinen fast achtunddreißig Jahren das war, was man als einen gut aussehenden Mann bezeichnete. Aber diese Kategorie hatte in seiner Selbstwahrnehmung keinen Platz. Jede Form zudringlicher Körperlichkeit bereitete ihm Unbehagen. Während die Männer seines Alters ihrem Körper eine athletische Statur verpassten, vermied er die üblichen Ertüchtigungsprogramme. Das verlieh ihm eine schlaksige Jugendlichkeit, die ihn weit jünger wirken ließ, als er tatsächlich war. In dem eleganten, ein wenig altmodisch geratenen Anzug kam er sich vor wie der letzte Repräsentant einer Zeit, da es noch eine Kleiderordnung gegeben hatte. Zwar waren die Abende, die Khan veranstaltete, nur einem ausgesuchten Kreis von Menschen zugänglich, dennoch herrschte, was Geschmacks- oder Kleiderfragen anbelangte, die vollendete Lässigkeit. So konnte es passieren, dass Khan verschwitzt und in Tenniskleidung erschien, ganz abgesehen von seiner Entourage, die er nicht selten in den Elendsvierteln der Zone aufgelesen hatte und deren Geschmack entsprechend abenteuerlich war.

Um nicht ganz im Erscheinungsbild eines Bürokraten aufzugehen, legte Damian statt seiner Datenbrille Kontaktlinsen an. Schon seit seinem zwölften Lebensjahr, als er sich heimlich die *Google Glass* gekauft hatte, hatte Damian stets die fortschrittlichste Technik genutzt, war er mit seinem Gerät, das sich auf seine Hirntätigkeit einstellte, unterdessen so verwachsen, dass er es kaum mehr als Fremdkörper auffasste. Als Jugendlicher hatte er seinem Großvater prognostiziert, dass der Computer binnen Kurzem so klein wie ein Reiskorn sein werde. Sein Großvater hatte nur milde gelächelt, heimlich jedoch, wie Damian später erfuhr, die Aktien eines Unternehmens gekauft, das sich auf Quantum Computing und Nanoprozessoren spezialisiert hatte.

*

Damian verließ das Haus und stieg in die Limousine, die ihn zu Khans Anwesen bringen sollte. Er schaute seinen Kalender durch und entdeckte, dass für den Folgetag ein Treffen mit Olsens *Penalty Group* angesetzt war. Die verhandelte Fragestellung, *Über den Umgang mit empathieunfähigen Spielern*, war hochinteressant, dennoch würde er wegen seiner Suspendierung nicht teilnehmen können. Weil Takao ihm eingeschärft hatte, niemandem von dem Vorfall mit Castoriadis zu erzählen, schrieb er Olsen eine kleine Nachricht, er sei leider erkrankt, ob er ihm nach der Sitzung das Protokoll zukommen lassen könne. Dann wandte er sich nochmals der Personalakte von Castoriadis zu. Während dessen Tätigkeit hatte es so gut wie keine Beanstandungen gegeben. Das System hatte nur ein einziges Mal eine *Penalty* vermerkt. War es üblich, dass der Täter normalerweise die Schmerzen des Opfers zu erleiden hatte, war es in diesem Fall bei einem geringfügigen Punktabzug geblieben. Eine junge Frau hatte ihn zum Sex gebeten, aber er hatte ihr mit einem Hinweis auf ihre großen Brüste eine Abfuhr erteilt – ein Verhalten, das als ungehörig, aber nicht als strafwürdig gewertet wurde.

Was aber hatte es mit den seltsamen Schlieren in Castoriadis' Lifestream auf sich? Um die Möglichkeit auszuschließen, dass sie eine versteckte Botschaft in sich bargen, schrieb Damian ein kleines Testprogramm. Allerdings milderte dies seine Befürchtungen nicht. Tatsächlich stellte die Fälschungssicherheit des Lifestreams das Fundament des ECO-Systems dar. Nicht einmal den Mitarbeitern von *Nollet*, die jeden einzelnen Parameter des Systems modifizieren konnten, war es möglich, den Score irgendeines Menschen zu verändern. Genau deswegen hatte der Score zu einer Währung werden können. Und bis zum heutigen Tag hatte niemand einen Zweifel daran geäußert, geschweige denn, dass ein Fall erfolgreicher Manipulation bekannt worden wäre. Der Gedanke ließ ihm keine Ruhe. Wenn jemand den Lifestream manipuliert und eine Botschaft hineingeschmuggelt hatte, wer käme letztendlich als Adressat einer solchen Nachricht infrage? Nur jemand, der diese Nachricht entschlüsseln könnte – jemand wie er selbst.

Mit einem kleinen Seufzer schickte er den Befehl ab und erhielt auf dem Display der Kontaktlinse die Antwort, dass die Berechnungen bis weit nach Mitternacht dauern würden. Ins Polster der Limousine zurückgelehnt, schaute er in den schwarzen Nachthimmel, an dem die blinkenden Drohnen über dem Häusermeer dahinglitten wie Insekten. Irgendwann verschwanden die Häuser, ging es durch einen Wald, dann an einem Golfplatz und einer Villensiedlung vorbei. Nachdem der Wagen einen kleinen birkengesäumten See passiert hatte, erschien eine Lichtskulptur: *Transcendent City*. Hier befand sich Khans Anwesen. Als er das erste Mal hier gewesen war, waren es nur eine Handvoll Gebäude gewesen. Mit der Ausweitung des *Transcendence*-Projekts waren Studiogebäude, aber auch weitere, durchweg luxuriöse Wohnhäuser hinzugekommen.

In der Auffahrt zu Khans Villa parkten einige Fahrzeuge, die noch zur Generation der handgesteuerten Vehikel gehörten. Als offen zur Schau gestellte Anachronismen waren sie ein beliebtes Distinktionsmerkmal der technischen Elite. Auf dem dahinterliegenden Landeplatz sah Damian ein paar jener Helikopter, die *Nollet* den Managern der Kommunikationsabteilung zur Verfügung stellte. Bereits der Fahrzeugpark machte Damian klar, dass sich die Gespräche des Abends vor allem um politische Fragen drehen würden. In einem nicht enden wollenden Lamento würde man die Gefahren beschwören, die von der Zone ausgingen. Wie die gewöhnlichen Nutzer *Nollets* langweilten Damian diese Fragen, ganz abgesehen davon, dass ihm die Zone, trotz Khans Begeisterung, ein Inbegriff gesellschaftlicher, technologischer und ökonomischer Rückständigkeit schien. Schon die Möglichkeit, dass man sich aus ideologischen, religiösen oder machtpolitischen Gründen der Vernunft eines Algorithmus verschließen konnte, erschien ihm als unerklärliche menschliche Torheit, eine Form des Wahnsinns geradezu.

Damian warf die Tür der Limousine hinter sich zu und stieg die Treppen empor, die zu Khans Villa führten. Er war schon häufig hier gewesen. Jetzt aber, in der Dunkelheit, mit all den Gästen, die sich wie ein großer, träger Insektenschwarm hinter der Glasfassade bewegten, erschien ihm das Gebäude noch imposanter als jemals zuvor. Wie ein gigantischer Eiswürfel strahlte es in die Nacht hinaus, eine Skulptur, die nicht nur von atemberaubender Schönheit war, sondern auch die gesamte technische Intelligenz in sich trug, über die *Nollet* verfügte. Streng genommen war es kein

Haus mehr, sondern eher eine Membran, die sich je nach Licht, Wetter und Temperatur anders verhielt und der Stimmung ihrer Bewohner anpasste. Die Bauleute, die es errichtet hatten, hatten kaum zwei Tage gebraucht, um es aufzubauen, und nicht viel länger sollte es dauern, um es wieder auseinanderzunehmen. Wie ihm der Architekt erzählt hatte, war der nomadische Zeltbau eine Inspirationsquelle für diese Ultraleichtbauweise gewesen. In diesem energetischen Wunderwerk, das mehr Energie erzeugte, als es verbrauchte, gab es weder Türklinken noch Schlösser. Alles wurde über Magneten und durch Geisteskraft gesteuert. Wollte man einen Raum verändern, musste man lediglich das Magnetfeld neu ausrichten. Um seinen Rücken zu schonen, hatte Justine erzählt, schlafe ihr Vater seit ein paar Wochen nun auch in der Schwebe – in einen hauchdünnen magnetischen Schlafanzug eingehüllt. Weil Damian überzeugt war, dass sie sich einen Scherz mit ihm erlaubte, hatte sie ihm einen Fotobeweis zugesandt.

Als Damian in das Gewoge der Menschen eintauchte, hörte er eine Stimme, die seinen Namen rief. In einer Gruppe jüngerer Frauen entdeckte er Carlotta DiBroca, die mächtige Aufsichtsratsvorsitzende, die seit dem Tode Chengs als mögliche Kandidatin für den Präsidentenposten galt. Damian hatte sie kennengelernt, als er sich 2018 in Stanford eingeschrieben hatte. DiBroca, damals Dekanin des Fachbereichs, war eine zierliche Frau, deren Selbstdisziplin nur von der Strenge überboten wurde, mit der sie den Tierschutz, eine nachhaltige Lebensweise und veganes Essen verfocht. Damian gegenüber hatte sie eine fast mütterliche Haltung eingenommen, hatte ihn gefördert und nach seinem Examen dafür gesorgt, dass er bei *Nollet* hatte anfangen können.

»Mein Lieber«, sagte sie, »wie geht es dir?« Der Klang ihrer Stimme war besorgt, und wie um die Anteilnahme zu unterstreichen, legte sie ihre Hand auf die seine.

»Du weißt, was passiert ist?«

Sie nickte kaum merklich, wohl um nicht die Aufmerksamkeit

der Umstehenden zu erregen. Ob es der Klang ihrer Stimme war oder die Berührung ihrer trockenen Haut, auf jeden Fall hatte Damian den Schädel von Castoriadis vor Augen, hörte er den Nachklang jenes Geräuschs, mit dem er auf den Fliesenboden aufgeschlagen war. DiBroca fing seine Irritation sogleich auf.

»Damian, was ist los mit dir?«

»Keine Sorge, es geht schon wieder.«

Er bemühte sich, das Zittern in seiner Stimme zu unterdrücken. Wenn der Vorfall die Chefetage alarmiert hatte, so handelte es sich um mehr als bloß einen Zwischenfall.

DiBroca zog ihn zur Seite und bat ihn, zu erzählen, was denn genau passiert sei. Nach Worten ringend, versuchte Damian wiederzugeben, was er erlebt hatte und wie er die Situation einschätzte. Zuletzt fügte er hinzu, dass er bei der Sichtung von Castoriadis' Lifestream auf ein paar merkwürdige Muster gestoßen sei.

»Muster?«

»Ja, ich habe in seinem Lifestream vereinzelte Artefakte gefunden. Vielleicht ist es unsinnig, aber ich hatte plötzlich die Vorstellung, dass es sich dabei um eine Botschaft handeln könnte.«

DiBroca legte ihre Stirn in Falten.

»Offen gestanden bin ich überzeugt, dass das eine blödsinnige Annahme ist. An wen sollte sich eine solche verschlüsselte Botschaft auch richten? Aber um sicherzugehen, habe ich ein Testprogramm geschrieben.«

Sie nickte, aber dann verengten sich ihre Augen zu schmalen Schlitzen. »Aber wenn es so wäre, so hieße das doch, dass man sich in einen Lifestream einhacken könnte?«

»Ja. Aber wie gesagt, das ist nur eine Hypothese. Persönlich glaube ich nicht daran.«

Carlottas Stimme nahm einen geradezu beschwörenden Tonfall an. »Wenn du irgendetwas herausfinden solltest, sag mir Bescheid, ob Tag oder Nacht, versprichst du mir das?«

»Aber gewiss!«

Ein Herr mit grauer Mähne gesellte sich zu ihnen und beglückwünschte DiBroca zur glücklichen Wahl des Lichtkünstlers, den sie für die Feierlichkeiten zur Überwindung des Dunklen Zeitalters ausgesucht habe. Wenig später trat DiBrocas Assistentin hinzu und flüsterte ihr etwas ins Ohr. DiBroca zog leicht entnervt, mit einem gleichermaßen ironischen wie fatalistischen Lächeln, die Augenbrauen hoch.

»Damian, du musst mich entschuldigen!«, sagte sie.

Um sich zu verabschieden, strich sie Damian mit einer zärtlichen Geste einmal kurz über die Wange, dann war sie mit ihrer Assistentin verschwunden. Der Herr mit den eisgrauen Haaren, der einen Schnauzbart à la Einstein trug, bemerkte, DiBroca sei zweifellos eine herausragende Führungsgestalt. Mit ihr an der Spitze werde *Nollet* all den Gefahren trotzen, die aus der Zone drohten. Damian hörte nur mit einem Ohr zu. Stattdessen ging ihm die Frage durch den Kopf, weshalb der Vorfall mit Castoriadis das Interesse des Vorstands geweckt hatte. War es so ernst? Und wenn ja, was bedeutete das für ihn selbst? Reflexhaft überprüfte er, ob sein Testprogramm schon ein erstes Ergebnis gezeitigt hatte. Der Fortschrittsbalken hatte noch nicht einmal die 10-Prozent-Hürde übersprungen. Der Einstein-Kopist war unterdessen bei den Gesetzen der menschlichen Dummheit angelangt. Cipolla zufolge, der die unbestrittene Instanz auf diesem Gebiete sei, sei die menschliche Dummheit gefährlicher als das Verbrechen.

»Nehmen Sie einen Banditen! Ein Bandit ist an einer Umverteilung des Wohlstands interessiert, und weil das ökonomisch ein Nullsummenspiel ist, richtet das gesellschaftlich keinen Schaden an. Ein Trottel hingegen bringt es fertig, anderen einen Schaden zuzufügen, ohne selbst einen Vorteil daraus zu ziehen. Das wiederum bedeutet einen Schaden für die Gesellschaft. Woraus wir, logischerweise, schließen können, dass eine Gesellschaft, in der die Dummheit regiert, furchterregender ist als eine Räuberbande. Was meinen Sie?«

Damian sagte, er habe niemals über diese Frage nachgedacht und könne sich schon deswegen kein Urteil erlauben. Angestrengt schaute er sich nach Justine um. Ganz offenbar hatte auch sie nach ihm Ausschau gehalten, denn im nächsten Moment hörte er ihre Stimme im Ohr. »Da bist du ja endlich!«

Sein Blick folgte dem Orientierungskreuz auf seiner Kontaktlinse, dann entdeckte er sie am Rande einer Gruppe, die sich um Khan versammelt hatte. Sie war umgeben von drei älteren Herren, die auf sie einredeten. Damian entschuldigte sich bei dem graumähnigen Genie und bahnte sich seinen Weg durch die Menge der Gäste. Dabei überflog er die Informationen, die ihm das System zu den Herren um Justine anbot. Einer war der Architekt des Gebäudes, der zweite Mann ein leitender Angestellter des Katastrophenschutzes, der dritte, ein Mann namens Schmitt, ein ehemaliger Zentralbankier, der so klein war, dass er Justine nicht einmal bis zur Schulter reichte. Schon beim Näherkommen hörte Damian Khans dröhnende Stimme, die über die Köpfe der Anwesenden hinwegwogte. Nicht nur im Geistigen, auch in seiner körperlichen Statur war Khan, was man einen leibhaftigen Exzess nennen könnte. Ein übergewichtiger Mann mit nah beieinanderstehenden Glupschaugen, die umso nachdrücklicher wirkten, weil sein Gesicht von einem mächtigen Vollbart eingehüllt war. Trotzdem konnte kaum jemand, der ihm nur ein paar Minuten zuhörte, seinem Charme widerstehen. Jetzt aber befand sich Khan in einem heftigen Wortgefecht. Mit wem er sich angelegt hatte, war nicht gleich auszumachen. Erst auf den zweiten Blick begriff Damian, dass es der schmale Mann war, der Khan gegenüberstand, die Fingerspitzen gegeneinandergerichtet, mit gerunzelter, kahler Stirn. Damian kannte ihn flüchtig. Zumindest glaubte er, ihn bei einer jener holografischen Transkontinentalsitzungen gesehen zu haben, bei denen es stets um technische Details, um Zeitbudgetierungs- und Effizienzfragen ging. Allerdings hatte er bloß im Hintergrund gesessen und sich kein einziges Mal zu Wort gemeldet.

Wie er beim Näherkommen verstand, ging es bei dem Streit um die Ausrichtung jenes geheimen *Transcendence*-Projekts, an dem Khan seit ein paar Monaten arbeitete.

Damian freilich hatte nur Augen für Justine, die, von ihren Verehrern umringt, einfach hinreißend aussah. Das Kleid, das sie trug, war schlicht und ging ihr bis zum Knöchel. Spektakulär daran war, dass es von seiner Trägerin via Gedankenkraft in etwas anderes gemorpht werden konnte, eine Technik, an der sich die Nanoforscher fast zwei Jahrzehnte lang die Zähne ausgebissen hatten.

»Du siehst wunderbar aus«, sagte Damian.

Weil der Architekt gerade auf Justine einredete, sah sich Damian unversehens in ein Gespräch mit Schmitt verwickelt.

»Vielleicht können Sie mir das erklären!«, sagte Schmitt. »Wer, wenn nicht jemand von der *Social Design Planning Group*, wäre auch sonst dazu in der Lage?!«

Das Problem sei, wie Schmitt wortreich erläuterte, dass er unerwünschte Nachrichten bekomme, merkwürdiges Zeugs, das er nicht einordnen könne. Es komme ihm vor wie der Agitprop des vergangenen Zeitalters, verquaste Ideen, wie sie nur in der Zone überlebt hätten.

Aus der Zone könne es nicht kommen, sagte Damian, denn man habe schon vor langer Zeit die Verbindungen gekappt. Ob er vielleicht ein Beispiel parat habe?

»Na ja, da geht es um die totalitäre Gesellschaft, hier zum Beispiel«, Schmitt begann zu lesen. *»Die Gesellschaft, die aus der Todesgewissheit eine Lebensversicherung macht, zerstört die Würde des Todes* – in dieser Art!«

Der Satz ließ in Damians Gedächtnis irgendetwas anklingen, aber er wusste nicht, was. Tatsächlich fiel es ihm schwer, Schmitt zu folgen, hatte er doch die ganze Zeit über Justine im Auge. Sie bemerkte seinen Blick und lächelte ihm zu, teils entschuldigend, teils geschmeichelt von der vollkommenen Aufmerksamkeit, die der Architekt ihr darbot. Es war merkwürdig. Wo auch immer

Justine erschien, schmolzen die Herzen der Männer, während sie bei Frauen auf geradezu eisige Ablehnung stieß.

»Sind Sie sicher«, fragte der Mann vom Katastrophenschutz, »dass es sich wirklich um Texte handelt, die der politischen Aufwiegelung dienen?«

Als Schmitt bejahte, wandte sein Gegenüber ein, dass ein solcher Satz ebenso gut einem Memo des Katastrophenschutzes hätte entnommen sein können. Der Anblick eines Leichnams, der von einem Brückenpfeiler zermalmt worden sei, sei nichts, was man einem Normalsterblichen gerne zumute. Bald befanden sich die beiden Männer in einem angeregten Gespräch, und als der Architekt sich entschuldigte, um den Hygieneraum aufzusuchen, konnte Damian endlich ein paar Worte mit Justine wechseln.

»Wie schön, dass du da bist. Schau, das habe ich für dich angezogen!«

Sie drehte sich einmal im Kreis. Als das Kleid plötzlich seine Textur veränderte, begriff Damian, dass es sich um eines jener intelligenten *Wearables* handeln musste, von denen er gehört, die er aber noch niemals in Aktion gesehen hatte. Begeistert wie ein Kind führte Justine ihm die verschiedenen Modi vor, den Projektionsmodus etwa, bei dem nicht ihr eigener Assoziationsapparat, sondern der ihres Gegenübers darüber befand, wie sie gerade erschien: ob splitternackt, zu einer Kalligraphie oder zu einer Sternenkarte gewandelt. »Warte, warte, warte!«, sagte sie, und dann konnte er verfolgen, wie ihr Äußeres sich den Kleidungsstücken der Umstehenden anpasste und sie, Gesicht und Hände ausgenommen, gleichsam durchscheinend wurde. Es war, gerade in der Beiläufigkeit, mit der es geschah, ein so verblüffender Effekt, dass die Umstehenden spontan zu applaudieren begannen. Selbst die heftige Auseinandersetzung um Khan verstummte für einen Moment. Khan selbst schaute zufrieden. Justines Auftritt war eine Bestätigung dafür, dass zumindest dieser Baustein eine große Wirkung versprach. Khans Kontrahent allerdings bemerkte, er wage zu bezweifeln, dass es im fünfzehnten Jahr nach Einführung des Scores sinnvoll sei, die Gesellschaft mit solchen Mätzchen zu unterhalten.

»Mätzchen?«, wiederholte Khan. »Mätzchen?« Bevor es wieder aus ihm herausbrach, eine wüste Suada, die Khan seinem Gegenüber ins Gesicht schleuderte, war da ein kurzer Moment der Fassungslosigkeit. Auch Damian spürte, dass hier ein Tabu gebrochen worden war, dass dieses kleine Wörtchen, so trocken in den Raum geworfen, nicht nur das Projekt, sondern die Bedeutung Khans überhaupt in Frage gestellt hatte. Wer war dieser Mann, der es wagte, sich Khan gegenüber eine solche Unverfrorenheit herauszunehmen? Mätzchen! Nach dem Tode Chengs war Khan auch im Innern der Organisation zu dem geworden, was er für die breiten Massen immer schon gewesen war: der Frontmann von *Nollet.* Als Mitgründer der Firma war er von Anbeginn ihr *Spiritus Rector* gewesen, nicht das mathematische, aber das kommunikative und künstlerische Genie. Wie konnte dieser Mann sich erdreisten, vor aller Augen Khans Autorität in Frage zu stellen? »Komm, lass uns nach oben gehen«, sagte Justine und zog ihn mit sich, »lassen wir die Streithähne streiten.«

*

Justine nahm seine Hand und zog ihn mit sich. »Ich habe doch gesagt, ich habe eine Überraschung für dich!«

Während er hinter ihr herging, ihren schmalen Nacken vor Augen, schossen ihm lauter Gedanken durch den Kopf, Gesprächsanfänge, die er sich zurechtgelegt, aber wieder verworfen hatte. Vor allem fragte er sich, ob er sie auf die letzte Nacht ansprechen sollte, die sie miteinander verbracht hatten. Irgendwie war das Rollenspiel, in das ihn Justine hineingezogen hatte, außer Kontrolle geraten; oder er hatte nicht sehen wollen, dass er nicht der Richtige war, um ihre Bedürfnisse zu befriedigen. Als sie ihn während des Aktes gebeten hatte, sie zu würgen, war das keine Überraschung gewesen. Sie hatten lange darüber geredet. Auch wenn es ihn anfänglich befremdet hatte, schien der Wunsch, beim Sex stranguliert zu werden, kein Fremdkörper, sondern etwas, das zu ihrem Wesen passte. Aber als er seine Hände um ihren Kehlkopf gelegt und zugedrückt hatte, war der spielerische Gestus urplötzlich verflogen, hatte er stattdessen gespürt, wie ihm kalter Schweiß ausgebrochen war und jede Lustempfindung sich zu nichts verflüchtigt, nein, schlimmer noch: zur tiefsten Versagensgewissheit verwandelt hatte. Als er sich, um sich das Geschehen zu erklären, später die Bilder des Lifestreams angeschaut hatte, konnte er sich seine Panik in diesem Moment nicht erklären. Gewiss, Justine rang nach Luft, aber ihre Gesichtszüge verrieten keinerlei Angst, im Gegenteil! Niemals zuvor hatte er so etwas Vertrauensseliges gesehen wie diesen Augenblick, als sie die Augen schloss und geflüstert hatte: »Bitte! Du musst mich jetzt würgen!« Aber als sich seine Hände um ihren Hals schlossen und er zugedrückt hatte, hatte sich sein ganzer Körper verkrampft. Ohne dass er hätte sagen, woher diese Todesgewissheit rührte, wusste er, dass er, wenn er nicht augenblicklich aufhörte, die Kontrolle über sich verlieren würde.

Sie traten durch eine gläserne Tür, die sich lautlos vor ihnen öffnete, auf die große Dachterrasse hinaus. Im Wasser des Swimmingpools spiegelten sich die Sterne. Mit einem sachten Luftzug gerieten sie in Bewegung. Er schaute, bis sich die zittrigen Reflexionen beruhigten und die Wasserfläche dalag wie ein stiller schwarzer Spiegel.

»Justine, ich weiß nicht ... dieser Abend ...«

Sie legte ihm einfach ihren Finger auf den Mund. »Sag nichts!«

Die Überraschung, die Justine vorbereitet hatte, war eine kleine Pille, die sie ihm zwischen die Lippen steckte.

»Jetzt ist es so weit«, flüsterte sie – und ohne dass sie etwas hätte sagen müssen, wusste Damian, worum es sich handelte. Wann immer sie sich in letzter Zeit gesehen hatten, hatte Justine darüber gesprochen, wie es wäre, gemeinsam einen SymBios-Trip zu unternehmen. Weil man dabei, je nach Gegenüber, unschöne Überraschungen riskierte, galt die Einnahme als gefährlich. Ein Mann war über seine Geliebte hergefallen und hatte ihr, wie ein Raubtier, das halbe Gesicht weggefressen; eine Frau wiederum hatte ihre beste Freundin bis zur Bewusstlosigkeit gewürgt, hatte sie anschließend mit einer Flasche penetriert und ihr die blutende Vagina zugenäht. Das Dilemma der SymBios-Erfahrung, wie Olsen in einem Vortrag dargelegt hatte, bestand darin, dass sich mit der Droge ein Perspektivwechsel ereignete und man die Körperempfindungen des anderen erlebte. Weil die Einheit von Denken und Empfinden aufgelöst war, konnte es zu psychotischen Aussetzern kommen, zur vollkommenen Ausschaltung des Frontallappens und dementsprechend zu animalischem oder sonst wie unkontrolliertem Verhalten. Das allerdings waren nur Einzelfälle. Gelang der Austausch, war das Erlebnis spektakulär.

Zu seiner Überraschung bemerkte Damian anfänglich nicht viel. Da war nur eine Gliederschwere und die merkwürdige Empfindung, den Blutfluss im Herzen spüren zu können. Dann erschien es ihm, als ob die Gegenwart in die Vergangenheitsform hinüberrutschte. Der Himmel, die Sterne, das Gemurmel der Gesellschaft, das in kleinen Wellen zu ihnen heraufdrang, all das war nicht mehr als eine lang zurückliegende Erinnerung. Und sein Kopf: ein großes, weites Nichts. Dann aber war da plötzlich ein Zucken im Ohrläppchen. Er wandte seinen Kopf zu Justine und sah, dass ihre Finger ihren Ohrring berührt hatten. Sie ließ ihren Zeigefinger den Hals hinabfahren, und Damian sah in ihrem verschatteten Gesicht ein Lächeln.

»Spürst du das?«

Ja, er spürte das. Und noch viel mehr. Er spürte ihren Hals. Ihr Handgelenk. Die Rundung ihrer Brüste. Jede Berührung hatte eine Serie von kreisförmig sich ausbreitenden Empfindungen zur Folge, Wellen von Zärtlichkeit, die sich brachen und neue, unerhörte Empfindungen erzeugten. Als sie irgendwann, ohne irgendeine Form der sexuellen Anspielung, die Hände zwischen ihre Beine legte, hatte er plötzlich das Gefühl, als ob sie ihn nicht bloß auf eine Erkundungsreise durch ihren Körper, sondern in ihre Kindheit mitgenommen hätte. Eine ganze Weile schaute er ihr zu, wie sie ein- und wieder ausatmete. Auf ihrem Gesicht lag ein Ausdruck von purem Entzücken.

»Ich will deinen Schwanz spüren«, sagte sie schließlich.

Er strich mit der Hand über sein Glied – und als er an sich hinabschaute, sah er an der Wölbung der Hose, dass es steif war. Sie gab ein glucksendes Geräusch von sich, und zugleich spürte er, wie schön und befreiend sich ihre Heiterkeit anfühlte. Irgendwann hörten sie ganz auf, sich zu bewegen, und ließen bloß den Wind der Septembernacht über ihre Körper fahren. Als Damian nach einer langen Weile sein Gesicht im Dunkeln betastete, war es tränenfeucht. Er schaute zu ihr hinüber und sah, dass auch über ihr Gesicht Tränen flossen.

»Warum weinst du?«, flüsterte er.

»Ich bin glücklich«, sagte sie schließlich.

Damian schien es, als hätte nicht Justine, sondern als hätte es aus ihm selbst gesprochen. Eine Zeitlang gab es nichts als dieses innige Glücksgefühl, das sie verband wie ihre Tränen. Wann und wie dieses Glück aufgehört hatte, konnte Damian später nicht sagen. Irgendwo auf einem nahe gelegenen Baumwipfel hatte sich ein Vogel von einem Ast erhoben, und Damian hatte den Flügelschlag und das Geräusch nachzitternden Holzes gehört.

*

Es war weit nach Mitternacht, als sie sich der Gesellschaft wieder anschlossen. Trotzdem war der Streit in der Gruppe um Khan nicht abgeebbt. Er hatte nur einen weiteren Diskutanten auf den Plan gerufen, der der außenpolitischen Planungsgruppe angehörte und immer wieder Bezug auf die Koexistenz der beiden Blöcke nahm. In Anbetracht der allgemeinen Volatilität, so dozierte er, sei es sinnvoll, auf das Geschenk hinzuweisen, das *Nollet* der Welt gemacht habe. Denn was wäre passiert, wenn der Score seine segensreichen Wirkungen nicht hätte entfalten können? So wie in der Zone wären alle Gesellschaften der Willkür der Warlords anheimgefallen, wären sie erstickt in einer Orgie aus Blut und Gewalt.

»Weißt du, was für einen Blödsinn du da faselst?«, wollte Khan wissen. »Jede Gesellschaft ist geboren aus Blut und Gewalt, und ist sie es nicht, handelt es sich bestenfalls um eine Interessengemeinschaft.«

Khan war deutlich angetrunken und wohl auch längst nicht mehr an einem wirklichen Gedankenaustausch interessiert. »Und ganz nebenbei«, lallte er, »ich weiß nicht, wer sich diesen idiotischen Slogan ausgedacht hat. WIR SCHAFFEN DAS PARADIES AUF ERDEN! Dass ich nicht lache! Ha! Als ob man das Paradies ohne den Teufel und die Hölle haben könnte! Lä-cher-lich!«

Während sein Gegenüber ihn daran erinnerte, dass er selbst von einer *Zivilisierung der Gesellschaft durch das Spiel* gesprochen habe, widmete sich Khan demonstrativ dem Dekolleté seiner Begleiterin, einer üppigen Rothaarigen, deren Gesicht ein Schlachtfeld der plastischen Chirurgie darstellte, wie man es nur noch in der Zone finden konnte. Es war ein offenes Geheimnis, dass Khan seine Entourage meist daher rekrutierte. Und es schien, dass dieser Hofstaat der Vulgarität nur den Sinn hatte, seine Gegenüber zu verschrecken. Weil es der Mann gewagt hatte, sich über die Zone zu erheben, fühlte sich nun Khans Begleiterin angegriffen. Sie begann, ihn wüst zu beschimpfen, nannte ihn einen *kleinen Wichser*, ja schreckte nicht einmal davor zurück, mit ihrer Handtasche nach ihm zu schlagen. Der Mann protestierte, aber Khan lachte nur und fragte, was er diesem Argument entgegenzusetzen habe. Ganz offenkundig genoss er diesen Augenblick, ja labte sich förmlich an den Qualen, die derlei Entgleisungen in den Köpfen der *Apparatschiks* hervorriefen, denen seine besondere Verachtung galt.

Es waren Auftritte wie dieser, die Khan mit einer dunklen Aura umgeben hatten. Als Damian sich zu ihrem ersten Treffen aufgemacht hatte, hatte er, nach den Gerüchten, die in der Firma zirkulierten, erwartet, einem unberechenbaren Egomanen zu begegnen. Umso erstaunter aber war er, einem älteren Herrn zu begegnen, der, die Liebenswürdigkeit in Person, sich eingehend nach seinen Kindheitserinnerungen erkundigt und jedem noch so geringfügigen Detail Aufmerksamkeit geschenkt hatte.

Als Damian sich umschaute, sah er, Justine war verschwunden. Das wunderte ihn nicht. Szenen wie diese versetzten Justine in regelrechte Panikzustände, hasste sie doch nichts mehr als die Entgleisungen ihres Vaters. Aber bevor er Gelegenheit fand, nach ihr zu suchen, hatte Khan ihn entdeckt. So befand er sich, eskortiert von zwei martialisch ausschauenden Männern aus Khans Gefolge, auf dem Weg zu seinem Tisch, der übersät war mit allerlei Weinflaschen und sonstigen Spirituosen.

»Welch Überraschung!«, ließ Khan sich vernehmen. »Damian! Erklär diesem Wichser endlich, dass es niemals in der Geschichte eine Gesellschaft gegeben hat, die aus einem solchen – Gott, was rede ich bloß? Sag nichts! Komm, trink was mit mir!«

Damians Befürchtung, dass Khan auf den Vorschlag, den er ihm vor ein paar Wochen unterbreitet hatte, zu sprechen kommen könnte, war unbegründet. Denn Khan war vor allem damit beschäftigt, seine Verärgerung in Unmengen von Alkohol zu ertränken. Schon während des Streitgesprächs hatte er, wie eine Prätorianergarde, einige Trinkkumpane um sich versammelt. Neben seiner rothaarigen Begleiterin war da ein Zwerg, der sich in seiner Jugend als Wurfgeschoss beim Zwergenwerfen zur Verfügung gestellt, später als Waffenhändler reüssiert hatte, einfach deswegen, weil niemand einem Zwerg ein Kapitalverbrechen zutraute. Zwei Russen waren da, die behaupteten, Zwillinge zu sein, einander aber gar nicht ähnlich sahen. Ansonsten sagten sie nichts, schütteten bloß in seltener Einmütigkeit ein Glas nach dem anderen in sich hinein. Dann stand da der greise Imitator eines Popstars, an den sich niemand mehr erinnern konnte. Und natürlich, wie immer, war Khan von seinen engsten Mitarbeitern umringt. Es war eine kleine, eingeschworene Schar. Der eine oder andere war Damian noch aus der Zeit des *Vertigo*-Projekts bekannt. Ein paar Minuten unterhielt er sich mit einem Programmierer, der an der Mimiksteuerung von Cheng gearbeitet hatte. Sie waren sich einig; in ein paar Jahren konnten sie das System nutzen, um jedes beliebige Mitglied des ECO-Systems wieder zum Leben zu erwecken. Als eine hinkende kleine Rumänin unter allgemeinem Gejohle auf einem Tisch zu tanzen begann, nutzte Damian die Gelegenheit und stahl sich davon.

Die Gesellschaft hatte sich gelichtet. Da und dort saßen kleine Gruppen im Gespräch, tranken oder schauten den Tänzern zu, die sich zu Klängen bewegten, die nur sie allein hörten. Wo steckte Justine? Weil Damian mit den Gegebenheiten vertraut war, schaute er sich im Haus um. Justines Zimmer war dunkel. Im Arbeitszimmer Khans lag eine halb nackte junge Frau auf einem Sessel, während ihr Begleiter sich vor das Aquarium gesetzt hatte und mit stierem Blick einen Rochen fixierte, der unbeweglich auf dem Grund des Aquariums ruhte. Der Hygieneraum war verschlossen. Damian ging hinaus in den Park, hinunter zum schwarzen See und zum Steg, wo ein ineinander verschlungenes Paar saß, so absorbiert voneinander, dass sie seine Gegenwart gar nicht bemerkten. Justine war nirgends zu sehen. Vielleicht, so dachte er sich, würde sie sich darüber freuen, wenn er ihr einen kleinen Gruß hinterließ. Weil er erwartet hatte, dass ihr Schlafzimmer, wie zuvor, leer sein würde, war er überrascht, Justine nun anzutreffen. Allerdings war sie nicht allein, sondern in Begleitung eines Mannes. Damian hatte ihn im Zusammenhang mit dem *Vertigo*-Projekt kennengelernt. Wie er sich erinnerte, war er Szenograf und galt als Spezialist für Psychodramen – was Damian nicht hinderte, in ihm einfach nur einen schmierigen, unangenehmen Zeitgenossen zu sehen. Ohne dass Justine irgendetwas hätte erklären müssen, war Damian klar, dass ihr Zusammensein der Besprechung eines Geheimnisses diente. Also entschuldigte er sich und sagte, er habe ihr nur einen Gutenachtgruß hinterlassen wollen. Auch Justine schien das Treffen peinlich zu sein. Sie hob umständlich an, die Anwesenheit des anderen Mannes zu erklären. Damian winkte ab, küsste sie auf die Wange und ging.

In der Vorhalle stellte sich ihm eine junge Frau in den Weg. Sie kam auf Stilettos aus dem Hygieneraum getorkelt und ließ sich ihm einfach in die Arme fallen. »Helfen Sie mir, bitte, Sie müssen mir helfen!« Ihr Lippenstift war verschmiert, ihr Atem roch nach Alkohol, dazu hatte sie Unmengen eines billigen Parfums aufgetragen. Wenig später erschien ein Sicherheitsmann und behauptete, sie habe sich bei der Gesellschaft eingeschlichen und mehrere Gäste belästigt. Die unterschwellige Aggressivität des Sicherheitsmanns, der ihn als Begleiter der jungen Frau ansah, war Damian unangenehm, ebenso wie die Art, wie sie mit kleinen Gesten der Intimität diesen Eindruck zu bestärken suchte. Er wusste nicht, wie er mit der Situation umgehen sollte. Ihre lackierten Fingernägel strichen über das Revers seines Jacketts: »Hat dir schon jemand gesagt, dass du einen schönen Anzug anhast?«

»Schaffen Sie diese Dame hier raus«, sagte der Wachmann. Die Art, wie er das Wort Dame aussprach, hatte etwas so Verächtliches, dass Damian, ohne weiter nachzudenken, ihr den Arm um die Schulter legte. Sie kicherte und sagte: »Ich wusste, dass du ein Gentleman bist!« Im selben Augenblick fuhr schon die Limousine vor.

*

Der Wagen hatte kaum das Anwesen verlassen, da war sie schon eingeschlafen. Ihr dunkles Haar hing ihr in Strähnen ins Gesicht, und das hautenge, sehr kurze Kleid entblößte einen Teil ihrer Unterwäsche. Um sich von diesem Anblick abzulenken, versuchte Damian, sich in die Untersuchung des Lifestreams von Symeon

Castoriadis zu vertiefen. Allerdings wanderte sein Blick, von ihrem Schnarchen angezogen, immer wieder zu ihr hinüber. Auf ihrer Unterlippe war ein kleines Speichelbläschen zu sehen. Sie war, wie er fand, auf eine billige Weise anziehend. Weil sein Testprogramm, so schien es zumindest, kein Ergebnis gezeitigt hatte, schaute er in ihr Profil. Sie hieß Vittoria und hatte einen eher überdurchschnittlichen Score. Sie kam also nicht aus der Zone. Als er ihre Akte einsehen wollte, erhielt er die übliche Fehlermeldung: Er sei suspendiert. Also schaltete er wieder zur Akte von Castoriadis. Nur um sicherzugehen, dass er sein Testprogramm auf die richtige Bildsequenz angewandt hatte, ließ er die Bildfolge noch einmal an sich vorüberziehen. Schon beim ersten Bild stockte ihm der Atem. Das konnte nicht wahr sein! Überall dort, wo Artefakte das Bild verunreinigt hatten, waren nun einzelne Buchstaben zu lesen, T – I – O – N. Er spulte zurück und ließ die einzelnen Bilder nacheinander abspielen, so langsam, dass er die Buchstaben aneinanderhängen konnte. Zusammengenommen ergab sich ein Wort: ASSASSINATION.

Kein Zweifel, er hatte sich nicht getäuscht! Irgendjemand, möglicherweise Castoriadis selbst, hatte in seinem Lifestream eine Botschaft versteckt, wohl im Vertrauen darauf, dass irgendjemand Verdacht schöpfen und die Sequenz untersuchen würde. Der Gedanke jedoch, dass diese Botschaft an ihn persönlich adressiert worden sein könnte, erschien ihm absurd. Bis zu dem Tag, da Castoriadis das Zimmer betreten hatte, hatte er kein einziges persönliches Wort mit ihm gewechselt. Aber mehr noch als der Umstand, dass der Tod des Mannes mit einer Botschaft verknüpft war, schockierte ihn, dass es überhaupt möglich gewesen war, den Lifestream zu manipulieren. Damit hatte sich DiBrocas Befürchtung bestätigt. Konnte die Codierung des Lifestreams gehackt werden, so war die tragende Säule der gesamten Gesellschaftsarchitektur in Gefahr. Wie hatte Khan es formuliert? *Identität ist Verschlüsselung.* War dieser Schlüssel zu knacken, würde dies unübersehbare

Konsequenzen haben, Konsequenzen, die er sich nicht im Entferntesten auszumalen vermochte.

Als jemand zu husten begann, zuckte Damian zusammen. Dann begriff er, dass es nur die junge Frau gewesen sein konnte. Sie öffnete ihre Lippen ein wenig, aber dann schlief sie ruhig weiter. Er musste, das war klar, unverzüglich ein Memo an Carlotta DiBroca schicken. Also verfasste er einen kurzen Text, in dem er die Schritte auflistete, die ihn zur Aufdeckung der Manipulation geführt hatten. Er überlegte, ob er auch Khan einweihen solle, fand aber, es wäre besser, dies nicht schriftlich, sondern nur gesprächsweise zu tun. Was hatte Carlotta DiBroca gesagt? Sag mir Bescheid, ob Tag oder Nacht! Also vergaß er seine übliche Zurückhaltung und sandte den Text ab.

Die Limousine verlangsamte ihre Fahrt und hielt schließlich an. Als Damian aufblickte, sah er, dass der Wagen die Hauptstraße verlassen und vielleicht hundert, hundertfünfzig Meter tief in einen Waldweg hineingefahren war. Es war still. Nur die schwarzen Wipfel der Kiefern schwankten leicht hin und her. Im Kegel der Scheinwerfer sah er neben einem Stapel von Baumstämmen einen umgestürzten Campingstuhl; davor, auf einem Stein, ein einzelner Schuh, von Moos überwachsen. Einen Atemzug lang war er vollkommen verblüfft, dann stieg Panik in ihm auf. Er rief seinen PsychoBot auf, doch das System funktionierte nicht. Um sich zu beruhigen, begann er zu zählen. Aber selbst als die wild herumtanzenden Gedankenfetzen sich wieder zu einer Reihe fügten, ergab all dies nicht den mindesten Sinn. Wie war es möglich, dass die Limousine ihre Route verlassen hatte? Schon der Gedanke daran war absurd. Immerhin fiel ihm ein, dass es eine Notfallvorrichtung gab, mit der sich der Autopilot auf Gedankensteuerung umstellen ließ. Aber als er versuchte, seine Steuerungseinheit mit der des Gefährts zu verbinden, erschienen blinkende Warnzeichen auf dem Display: Icons, die aus den Kindertagen des Systems herrühren mussten und deren Bedeutung ihm schleierhaft war.

Die junge Frau öffnete einmal kurz die Augen, murmelte etwas und schlief gleich wieder ein. Wir werden Hilfe rufen müssen, dachte er. Das »Wir« fühlte sich für einen Moment beinahe tröstlich an. Der Versuch, ein Signal abzusetzen, hatte lediglich Fehlermeldungen zur Folge. Ein paar Minuten saß er da, reglos und schwitzend, ohne jeden Gedanken. Dann tastete er mit der Hand nach der Tür und fand so etwas wie einen Griff. Als er ihn betätigte, öffnete sich der Wagenschlag. Das Rauschen des Waldes brandete ins Wageninnere. Im kühlen Luftzug bemerkte er, dass sein Körper schweißgebadet war. Jetzt, da die Tür offen stand, war er unschlüssig, was er tun sollte. Er stieg aus und machte ein paar Schritte durchs Laub. Die Scheinwerfer des Wagens, zum Abblendmodus heruntergedimmt, zeigten, dass der Weg nicht befestigt war. Er überlegte, ob er zur Hauptstraße zurücklaufen sollte. In der Ferne, zwischen den Bäumen, erschien der Scheinwerfer-Halo eines anderen Fahrzeugs. Wahrscheinlich war es einer von Khans Gästen, der sich auf den Heimweg gemacht hatte. Als der Wagen vorbeifuhr und die Scheinwerfer einen kurzen Moment in seine Richtung zeigten, glaubte Damian die Silhouette eines Mannes zu sehen. Er stolperte zurück zum Wagen und ließ sich in den Sitz fallen. Dort, wo er den Mann zu sehen vermeint hatte, herrschte wieder vollendete Schwärze. Ich sehe Gespenster, versuchte er sich zu beruhigen. Nichts weiter. Die Ziffern auf dem Display spielten verrückt. Die junge Frau atmete einmal tief aus. Just in dem Augenblick, da er sicher war, einer Halluzination aufgesessen zu sein, entdeckte er ihn. Er war nur ein paar Schritte vom Auto entfernt, dann war es so weit: Die Gestalt öffnete die Wagentür.

Tarnanzug. Festes Schuhwerk. Ein kräftiger Körper. Eine blaue Ader auf einer braun gebrannten Hand. Ein kantiger Schädel, unter einer Kapuze verborgen. Er schüttelte die junge Frau an der Schulter. Sie öffnete die Augen, schien ihn zu kennen, denn sie gurrte und sagte etwas, das klang wie »Da bist du ja endlich«.

»Tut mir leid, wenn ich Sie erschreckt haben sollte.«

»Wie haben Sie es fertiggebracht, den Wagen anzuhalten?«

Statt einer Antwort grinste er bloß.

»Wie haben Sie das gemacht?«

»Vergessen Sie's. Es reicht doch, dass Sie wissen, dass wir Mittel und Wege haben, das zu tun. Castoriadis hat es gereicht.«

Die Erwähnung dieses Namens ließ in Damians Kopf ein Gewitter losbrechen.

»Sie stecken dahinter?«

»Nein, das war ganz allein seine Entscheidung. Aber Sie werden das alles noch begreifen, vielleicht früher, als Ihnen lieb ist. Wenn es so weit ist, sollten Sie wissen: Wir sind für Sie da!«

Die Frau war unterdessen erwacht und hatte sich aufgerichtet.

»Er war süß! So süß! Als die versucht haben, mich rauszuwerfen, hat er sich vor mich gestellt. Ein richtiger Gentleman!«

»Lass uns gehen!«, sagte der Fremde und zog die Frau aus dem Wagen. Bevor er die Tür schloss, steckte er noch einmal seinen Kopf zu Damian hinein.

»Nehmen Sie das!«, sagte er und reichte ihm einen Gegenstand.

Zu Damians Überraschung war es die Statuette der Athena Lemnia, die er vor ein paar Stunden selbst ausgedruckt hatte.

»Kontaktieren Sie uns, wann immer Sie wollen. Alle weiteren Instruktionen finden Sie darin, es erklärt sich von selbst.«

»Wie komme ich weg von hier?«

»In drei, vier Stunden ist es vorbei. Dann fährt Sie der Wagen nach Hause.«

Ein paar Schritte, dann war das rätselhafte Paar in der Dunkelheit verschwunden. Damian schloss die Augen und ließ die Bilder des vergangenen Tages an sich vorüberziehen. Er sah, wie Castoriadis zusammenbrach, wie sich Takao über ihn beugte, wie das Granulat der Amnesiatablette abgesaugt wurde. Er sah das behaarte Gesäß des Tänzers und wie das Insekt auf die Windschutzscheibe klatschte, er sah die Athena Lemnia in seiner Handfläche,

DiBrocas Hand auf der seinen und wie in Justines verschattetem Gesicht ein Lächeln zu schimmern begann. Er sah Khans mächtige Stirn. Und während der frühe Morgen dämmerte, senkte sich eine tiefe Nacht in sein Denken hinab, wich die Klarheit einem raumlosen Nebel aus Zweifel und Angst.

Das letzte Bild, das sein Lifestream gespeichert hatte, zeigte die junge Frau, die ihm gegenübergesessen hatte. Auf dem Leder war noch immer der Abdruck ihres Körpers zu sehen. Beides erschien ihm rätselhaft, so rätselhaft wie die Figur der Göttin, die er jetzt in seiner Hand hielt. Ich werde warten müssen, dachte er sich, vielleicht ist es gut, einfach ein wenig zu schlafen. Aber es war unmöglich. Also saß er bloß da, wartete und schaute zu, wie es über den Bäumen hell wurde. Wie der Mann im Tarnanzug gesagt hatte, sprang der Wagen unverhofft an und setzte die Route fort. Auch die Systeme waren alle wieder verfügbar. DiBroca hatte ihm ein Dankeschön geschickt, Justine eine kleine Sequenz ihres Lifestreams, auf der er sein eigenes Gesicht sehen konnte. Darauf sah er so glücklich aus wie niemals zuvor.

*

Als er die Wohnungstür öffnete, war alles wie immer. Das System begann verrücktzuspielen. Die Jalousien öffneten und schlossen sich wieder, Musik setzte ein, und zugleich begann der HomeBot loszuquäken. »Hast du einen Wunsch, Master? Kann ich dir behilflich sein? Wenn du willst, gehe ich dir gerne zur Hand.« »Halt deine Schnauze«, fluchte er in den Raum. Der Bot und die Musik verstummten.

Damian setzte sich an den Schreibtisch. Übermüdet und zugleich überreizt, schweifte sein Blick über seine kleine Götterarmee. Seine Athena Lemnia stand noch an ihrem Platz. Erstaunt zog er die andere Athena Lemnia aus der Hosentasche und betrachtete das Double. Es entsprach in allen Einzelheiten seinem gestrigen Ausdruck. Er wog die beiden Figuren in der Hand. Die

Kopie, die ihm der Fremde gegeben hatte, war etwas leichter. Als er daraufklopfte, hörte er, dass die Skulptur hohl war. Er schüttelte sie und vernahm ein leises Rasseln. Irgendwo in der Wohnung musste ein kleiner Hammer sein, ein Werkzeug, das er kein einziges Mal benutzt hatte. Wenig später schon kam der kleine HomeBot mit dem Hammer hereingerollt. Damian vollzog zwei, drei präzise Schläge gegen den Kopf der zweiten Athena Lemnia. Beim letzten Schlag brach sie in zwei Hälften entzwei. In der Mitte ihres Schädels befand sich tatsächlich ein Hohlraum und darin eine Tablette. Das also war die Botschaft. Ganz offenbar erwarteten diese Leute, dass er so verrückt wäre, sie zu nehmen. Warum aber diese Statuette? Beim Durchsuchen der *Nollet*-Datenbank stieß Damian auf den Artikel eines deutschen Archäologen, bei dem es um die Frage ging, ob man bei einer Athena Lemnia generell einem Original oder bereits einer Kopie gegenüberstehe, eine Frage, die nach dem gegenwärtigen Forschungsstand nicht zu beantworten sei. Damian stand auf, ging ins Schlafzimmer und fiel, kaum dass er sich hingelegt hatte, in einen tiefen, traumlosen Schlaf.

3

§ 3. Sich einer traumatisierenden Erfahrung auszusetzen bedeutet, dass sich ein Stressor dem Gehirn einschreibt. Diese neuronale Inschrift begrenzt die Aufmerksamkeit, sie ermöglicht die Wiederkehr des Verdrängten. So beschleunigt das Opfer, dass eintritt, was es fürchtet. Eine solche Erinnerung ist eine Form der Erbsünde. Ihr entkommt nur, wem es gelingt, die Spuren von Gewalt, Erniedrigung und Versagen zu löschen. Die Desensibilisierung für das Leid muss mit einer Sensibilisierung für den Erfolg einhergehen. Wir müssen lernen, das, was wir erstreben, in Gedanken vorwegzunehmen.

Negroponte schaute nicht auf, er ließ seine Finger, getrieben vom Thema der Fuge und den Muskeln seines Exoskeletts, über die Tastatur des Flügels gleiten. Wie immer ließ sich Damian auf dem schwarzen Drehstuhl nieder und hörte geduldig zu, bis der Professor sein Spiel beendet hatte. Damians Blick wanderte zum Terrarium hinüber, wo sich ein paar Grillen über einen Apfelschnitz hermachten. Ein merkwürdiger Zeitvertreib, dachte er. Aber als das Thema der Fuge, diesmal im Bass, einsetzte, wandte er seine Aufmerksamkeit wieder der Musik zu, die sich wie ein Computerprogramm entfaltete, ein kompliziertes Gewebe, bei dem alles mit allem zusammenhing. Jedes Mal, wenn er ihn spielen hörte, war er überrascht, wie schnell Negroponte sich an sein Exoskelett gewöhnt hatte. Als man ihn im vergangenen Jahr von seinem Trip nach São Paulo zurücktransportiert hatte, war es zu spät für eine Nanooperation gewesen – die Nervenzellen waren durchtrennt, die Lähmung irreversibel. Irgendein Drogensüchtiger hatte ihn über eine Brüstung gestürzt. Negroponte hatte zwei Tage im Innenhof eines verlassenen Gebäudes gelegen. Irgendwann hatte man ihn, halb verdurstet, gefunden und aus der Zone heimverfrachtet. Obwohl über Nacht zum Krüppel geworden, war ihm die Heiterkeit geblieben, die ihn schon immer ausgezeichnet hatte. Im Grunde, sagte er, sei er nur zu seinen Anfängen zurückgekehrt.

Als junger, ehrgeiziger Forscher an der Duke-University hatte er im Team des berühmten Miguel Nicolelis jene neurophysiologischen Studien durchgeführt, die zur Gedankensteuerung von Robotern, aber eben auch zur Fertigung jener Exoskelette geführt hatten, die es erlaubten, dass Querschnittgelähmte sich wieder bewegen konnten. »Der Kreis schließt sich«, hatte er gesagt. War Damian der Anblick befremdlich vorgekommen, so war sein Befremden bald einem Staunen darüber gewichen, wie konsequent Negroponte seinen künstlichen Körper trainiert hatte, ja dass er sich eigens einen Flügel angeschafft und binnen Kurzem Klavier spielen gelernt hatte. Der Schlussakkord verklang, Negroponte klappte den Flügel zu und erhob sich, die Gelenke seines Exoskeletts gaben dabei ein leises Quietschen von sich.

Es war ein festgelegtes Ritual. Damian setzte sich die Kappe auf, die eine Kartierung seiner Hirnaktivität erlaubte, und legte sich dann auf die Couch. Von hier konnte er die Monitore beobachten, die in verschiedenen Perspektiven sein Hirn spiegelten. Negroponte nahm hinter ihm Platz – es war an einem leichten Pfeifen zu erkennen, mit dem die Luft aus dem Sessel entwich.

»Wirklich sonderbar«, sagte Negroponte.

»Stimmt irgendwas nicht?«, fragte Damian und bemerkte, dass seine Stimme zitterte.

Negroponte, den Blick immer noch auf die Anzeige fixiert, murmelte etwas vor sich hin, justierte den Kartenausschnitt und sagte dann, es gebe da eine kleine Anomalie, ein kleines Loch, aber vielleicht habe er das bislang auch nur übersehen.

»Haben Sie eine Synkope erlitten, ich meine, sind Sie kürzlich ohnmächtig geworden?«

»Ja. Kann das die Ursache sein?«

»Wissen Sie, wie lange Sie ohnmächtig waren?«

»Keine Ahnung, ein paar Minuten vielleicht.«

»War ein Arzt in der Nähe?«

Man habe ihn untersucht, sagte Damian, danach sei er einer Desensibilisierungsmaßnahme unterzogen worden.

»So?« Negroponte schaute überrascht auf.

Er hörte aufmerksam zu, während Damian das Geschehen rekapitulierte. Als er erzählte, wie ihm beim Anblick von Castoriadis' blutüberströmtem Gesicht schwarz vor Augen geworden war, nickte Negroponte. Ja, der Zusammenhang von Hämotophobien und Ohnmachtsanfällen sei bekannt, das sei eine durchaus plausible Erklärung.

»Gab es in diesem Zusammenhang sonst irgendwelche Assoziationen?«

»Meine Großeltern. Wie sie umgekommen sind. Sie erinnern sich?«

»Aber ja, die Großeltern! Sonst nichts? Was ist mit Ihrer Freundin, wie heißt sie noch? Justine!«

Schon beim Blick auf die Hirnkarte wusste Damian, dass Negropontes Frage ein Feuerwerk ausgelöst hatte.

»Ich glaube nicht, dass Justine etwas mit dieser Geschichte zu tun hat.«

»Hm«, sagte Negroponte und machte eine Pause. »Ihr Kopf spricht da eine andere Sprache.«

»Nein, mit Justine, das ist eine andere Geschichte.«

»Wollen Sie, dass wir über Justine sprechen?«

Wo eben noch ein Flackern zu sehen war, folgte jetzt eine Serie von aufflammenden Explosionen.

»Es wird Ihnen bessergehen, Damian, wenn Sie mir einfach erzählen, was passiert ist.«

Natürlich. Negroponte hatte recht. Aber während Damian versuchte, sich den ersten Satz zurechtzulegen, wusste er, dass es unmöglich war. Auf seiner Stirn brach der Schweiß aus. Zugleich fluteten Stresswellen durch seinen Körper, spürte er, wie ihm das Atmen schwerfiel. Seine Augenlider begannen zu flattern. Beim Griff nach dem Wasserglas griff er daneben und hörte, wie es am Boden zersplitterte.

»Beruhigen Sie sich, Damian! Alles ist gut!«, hörte er Negropontes Stimme. »Wir werden jetzt gleich von zehn bis zur Null herabzählen, Sie werden müde, und wenn Sie ruhig und entspannt sind, werden Sie mir alles erzählen.«

*

Als er wieder zu sich kam, saß Negroponte neben ihm.

»Kein Sorge, alles ist gut.«

»Was habe ich Ihnen erzählt?«

»Sie haben mir von Ihrem Mathematiklehrer erzählt.«

»Dr. Slater?«

»Ja, Dr. Slater.« Geduldig, als säße er einem Kind gegenüber, führte Negroponte aus, dass die Art und Weise, wie Damian den verehrten Lehrer idealisiert habe, psychoökonomisch besehen als Versuch gedeutet werden müsse, ein Vaterideal vor seiner Nachtseite abzuschirmen.

»Was verstehen Sie unter *Nachtseite*?«

»Aber Damian! Wie sollen wir das anders nennen, wenn der hingebungsvolle, väterliche Freund sich des Nachts in ein Raubtier verwandelt, das sich in den Schlafsälen der Knaben herumtreibt? Verstehen Sie? Diese Gewalterfahrung ist der Grund, warum Sie Justine nicht haben geben können, wonach sie verlangte.«

Letztlich aber, so fuhr Negroponte fort, sei das eine Frage von drei oder vier Sitzungen. »Schlimmstenfalls werden wir Madame Gilette mit ihrer bezaubernden Sophie konsultieren – aber hehe, was sage ich? Schlimmstenfalls, was für ein Unsinn! Das wird ein Vergnügen, Damian, das kann ich Ihnen versprechen!«

Über sein Gesicht, das für einen Moment bei dem Gedanken an ein solches Ereignis gestrahlt hatte, wanderte ein Schatten, auch seine Stimme klang plötzlich sehr ernst. Was ihm weit mehr Sorgen mache als diese kleine Malaise, seien die Zwangsgedanken, die Damian infolge des traumatischen Erlebnisses entwickelt habe.

»Zwangsgedanken? Was meinen Sie?«

»Aber Damian, die Idee der Sicherheitslücke – das ist unmöglich! Meinen Sie nicht, dass all die Wissenschaftler, die für die Kryptosicherheit zuständig sind, einen solchen Fehler längst hätten auffinden müssen?«

»Sie meinen, ich rede mir all das bloß ein?«

»Ja, aber das ist eine Folge des Traumas. Das wird verschwinden.«

»Und diese Leute im Wald?«

»Sie haben einen Schock erlitten, Damian. Darauf müssen wir uns konzentrieren. Dass wir Ihr Wohlbefinden wiederherstellen. Madame Gilette ist das eine, das andere, dass wir ihren Wahrnehmungsapparat stabilisieren.«

*

Als die Tür der Praxis sich hinter ihm schloss, spürte Damian eine Taubheit hinter der Stirn, die sich mit jedem Schritt weiter ausbreitete. Hatte ihn die beinahe frivole Art, wie Negroponte das Problem mit Justine angepackt hatte, auf sonderbare Weise erleichtert, so war der Befund, dass sich auf dem Frontallappen seines Gehirns ein Loch gebildet hatte, höchst alarmierend. Wie alt war seine Mutter gewesen, als sie an einem Hirnschlag gestorben war? Vierunddreißig, vielleicht auch dreiunddreißig, auf jeden Fall jünger als er selbst. Zwar hatte Negroponte gesagt, dass ein solches Loch nichts bedeuten müsse, diese Bemerkung hatte ihn jedoch nicht beruhigt. War es möglich, dass er sich die Szene im Wald eingebildet hatte? Und wenn, konnte dies bereits eine Folge davon sein, dass eine Hirnregion ausgefallen war? Immerhin hatte Negroponte, was Slater anbelangte, recht gehabt. Schon sein Vergleich mit dem Raubtier hatte eine Reihe von Szenen in seine Erinnerung zurückfluten lassen: wie er, wenn er sich beim Einschlafen das Gesicht seiner Mutter vorgestellt hatte, zugleich ängstlich in die Dunkelheit hineingehorcht hatte, ob da nicht jemand auf dem Gang sich dem Schlafraum näherte.

Um ungestört zu sein, stellte sich Damian in einen Hauseingang und navigierte in seinem Lifestream zu der Stelle zurück, als er sich von Justine verabschiedet und Khans Villa verlassen hatte. Tatsächlich, da war diese junge, betrunkene Frau mit den Stilettos. Schon ihr Anblick ließ ihn ihr Parfüm riechen. Und da war die Szene, wie der Wagen in den Waldweg eingebogen und das Bild abgebrochen war, genau so, wie er es in Erinnerung hatte. Nein, das waren keine Zwangsgedanken, das alles war wirklich passiert. Oder konnte jemand gar einen Lifestream fälschen? Unsinn! Hier war die Sequenz, auf die er sein Testprogramm angewandt hatte: Dort, wo die Artefakte gewesen waren, waren jetzt Buchstaben zu lesen! ASSASSINATION.

Für einen Augenblick verspürte Damian den Drang, kehrtzumachen und Negroponte diese Beweise vorzuführen. Aber dieser Augenblick ging vorüber und wich der nüchternen Betrachtung, dass Negropontes Reaktion keineswegs ungewöhnlich war. Was zum Beispiel würde passieren, wenn er die Kollegen der *Social Design Planning Group* zusammenriefe und ihnen erläuterte, es sei gelungen, Chengs Verschlüsselungsmechanismus zu knacken? Bis zu dem Augenblick, da er die Beweise vorgelegt hätte, würden sie ihn für übergeschnappt halten. Und wenn er ehrlich war: Hätte ein anderer eine solche Behauptung vorgebracht, so hätte er keine Sekunde gezögert, den Betreffenden für verrückt zu erklären. Überhaupt gab es auf der ganzen Welt etwa fünfzig, maximal hundert Personen, die fähig waren, die Abstraktionshöhe von Chengs Verschlüsselungsalgorithmus nachzuvollziehen, und der Kreis derer, die diesen Mechanismus nicht nur zu lesen, sondern zu verändern vermochten, war noch kleiner. So oder so, er war suspendiert, außerdem hatte er DiBroca Geheimhaltung versprochen. Ihm schoss durch den Kopf, dass er sich Tashimoto gegenüber verpflichtet hatte, niemandem vom Vorfall mit Castoriadis zu erzählen – und dass er dieses Versprechen vor ein paar Augenblicken gebrochen hatte. Er überlegte, ob er ihn über diesen Vorfall informieren sollte, fand dann aber, dass das die Situation nur unnötig verkomplizierte. Was hatte Takao gesagt: »Vielleicht entspannst du dich einfach ein bisschen!«

Also ging er, um die an ihn gestellten Erwartungen zu erfüllen, in ein nahe gelegenes Restaurant. Khan hatte ihn einmal genötigt, ihn dorthin zu begleiten, als sie gemeinsam am *Vertigo*-Projekt gearbeitet hatten. Er müsse endlich begreifen, was es heiße, wirkliches Fleisch zu essen. Anders als in den voll automatisierten Restaurants wurden hier die Gerichte nicht von Automaten zubereitet, sondern von Köchen. Statt der üblichen Quallen oder In-vitro-Burger bekam man hier, wie in der Zone, blutiges Fleisch von handgeschlachteten Rindern serviert. Obwohl Damian befürchtet hatte, sich beim ersten Bissen übergeben zu müssen, war er überrascht gewesen, dass es ihm, trotz des Blutes, das sich im Teller angesammelt hatte, geschmeckt hatte. Khan hatte während des Essens darüber schwadroniert, dass er, um Reinheit überhaupt goutieren zu können, vom Unreinen gekostet haben müsse. Obwohl ihm die gemeinsame Arbeit, bei der sie *psychoseähnliche Zustände* in Regelsysteme überführt hatten, viel Freude bereitet hatte, hatte er begriffen, was ihn von Khan unterschied. Hatte Khan die *Verkostung* des Unreinen vor Augen, so sah Damian vor allem den Schrecken darin: die Masse aus Blut und Hirn, die gegen eine Wand spritzte oder aus einer Schädelwunde hervorquoll.

Das Restaurant war, bis auf einen Gast, der vor einem Bierglas saß und auf jemanden zu warten schien, leer. Für Alkohol oder sogenanntes *schädliches Essen* musste man einen empfindlichen Score-Abzug hinnehmen, eine Maßnahme, die in der *Social Design Planning Group* mit seltener Einmütigkeit beschlossen worden war. Während Damian auf sein Steak wartete, unternahm er eine kleine Recherche, was sich über Madame Gilette in Erfahrung bringen ließ. Zwar konnte er, aufgrund seiner Suspendierung, nur ihre öffentlichen Seiten einsehen. Dennoch erfuhr er, dass schon ihr Name für *absolute Perfektion* stehe und dass sie fähig sei, *ihre Härte, je nach Ausbildungsstand, zu steigern.* Von Sophie wiederum hieß es, sie sei *naturdevot veranlagt,* liebe es, als *geiles Objekt* behandelt zu werden, zudem könne sie mit ihren Schamlippen Gewichte bis zu vier Kilogramm halten. Als der Ober ihm das Steak vorsetzte, hatte er den Appetit schon wieder verloren. Es roch vielversprechend, trotzdem säbelte Damian lustlos an dem Stück Fleisch auf seinem Teller herum. Er dachte darüber nach, wer für das Schlachten des Tieres mit einem Punktabzug bestraft worden war. Der Koch? Da fiel ihm ein, dass das Fleisch ja aus der Zone importiert wurde. Ab und zu ließ er seinen Blick zu dem Mann am Nebentisch schweifen, der unterdessen Gesellschaft bekommen hatte: eine junge Frau, die in eine Art Kampfkostüm gekleidet war. Kurz nach ihrem Eintreffen verschwanden beide in Richtung Hygieneraum, kamen aber ziemlich bald wieder zurück. Als Damian auf seinen Teller schaute, hatte sich um das Steak eine kleine Blutlache gebildet. Er schob den Teller beiseite.

Auf einmal hatte er das Bedürfnis, Carmen anzurufen und sich nach ihrem Befinden zu erkundigen.

Sie meldete sich unverzüglich.

Das Erste, was ihm auffiel, war, dass ihre Stimme klar und aufgeräumt klang. Dann hörte er im Hintergrund Takao sprechen. Kein Zweifel, sie war in der Firma. Aber wieso?

»Ich bin's«, sagte er. Schweigen am anderen Ende, dann ein nervöses Hüsteln.

»Damian?«

»Ich wollte nur wissen, wie es dir geht. Ich meine, nach gestern …«

Er ließ den Satz im Unbestimmten verklingen und horchte stattdessen, ob er sich nicht vielleicht doch geirrt hatte. Aber Carmen hatte sich schon von ihrem Standort entfernt. Das Klacken ihrer eiligen Schritte – in Gedanken sah er sie vor sich, wie sie in ihren kleinen Glaskasten eilte.

»Danke, das ist lieb. Ein, zwei Tage, dann bin ich wieder wohlauf. Und du, wie geht es dir?«

»Besser, viel besser«, behauptete er. »Bist du schon wieder in der Firma?«, fragte er, um einen möglichst beiläufigen Tonfall bemüht.

Nein, sagte sie hastig, sie sei jetzt bei Freunden zu Besuch. Nur einmal sei sie kurz ins Büro gesprungen, weil sie ein wichtiges Medikament im Schreibtisch vergessen habe.

»Verstehe«, sagte er. Aber tatsächlich verstand er nichts. Hatten sie allein ihn suspendiert, Carmen aber nicht?

*

Als er in der Limousine saß, die ihn nach Hause bringen sollte, gab er einem plötzlichen Impuls folgend nicht die eigene Adresse an, sondern ließ sich stattdessen ziellos durch die Stadt fahren. Vor ihm lag ein ereignisloser Tag. Letztlich war es gleichgültig, ob er nun eine sinnlose Fahrt durch die Stadt unternahm oder nicht. Was hatte Carmen nur in der Firma gemacht? Dass Carmen und Takao ein Tête-à-Tête miteinander hatten, war ausgeschlossen. Nein, Carmen war in der Firma gewesen, dennoch hatte sie es abgestritten. Aber warum?

Damian schaute aus dem getönten Fenster. Für einen kurzen Moment erschien dort das Gesicht einer Fahrradfahrerin, die einen Blick ins Innere warf. Aber dann beschleunigte der Wagen, und er war wieder allein mit dieser Frage, die in seinem Kopf kreiste. Als Justine mit Carmen zusammengetroffen war, hatte sie leichthin gesagt, eine Eisprinzessin, die mit hektischen Flecken zu kämpfen habe, sei ein Widerspruch in sich selbst. Von ihrer Stellung her war Carmen, obwohl zehn Jahre jünger als er, Damian gleichgestellt. Während er für die Systemarchitektur zuständig war, hatte sich Carmen auf psychologische Fragen spezialisiert. Anders als Damian hatte sie kein klassisches Studium absolviert, sondern war ein Produkt der internen Schulungsmaßnahmen: eine junge, ehrgeizige Frau, die in der Firma ihren Lebenssinn gefunden hatte. Im Grunde war *Nollet* so etwas wie eine schimmernde Rüstung, die sie sich angelegt hatte. Genau so hatte eine kleine Zeichnung ausgesehen, die Justine nach ihrem Treffen gemacht hatte: eine Frau, die aus ihrem Körper einen Tresor gemacht hatte.

Um sich abzulenken und die Erinnerung an die kleine schwarze Stelle auf seiner Hirnkarte zu vertreiben, memorierte Damian die Speisen, die er auf der Speisekarte im Restaurant vor sich gehabt hatte, dann das Interieur von Negropontes Behandlungszimmer, schließlich den Inhalt von Castoriadis' Personalakte. Beim Blick auf seine Adresse wies er das Navigationssystem der Limousine an, ihn dorthinzubringen. Dass er jetzt ein Ziel vor Augen hatte, beruhigte ihn merklich, und so schaute er aus dem Fenster und ließ das Weichbild der Stadt an sich vorüberziehen. Nach einer halbstündigen Fahrt hielt der Wagen vor einem etwas heruntergekommenen Mietshaus aus dem letzten Jahrhundert. Statt der üblichen Eingangssensorik gab es hier noch eine altmodische Klingelanlage. Ein Blick auf die Klingelschilder zeigte keinen Castoriadis. Allerdings war, das war unübersehbar, ein Schild entfernt worden.

Eine Weile stand er unschlüssig da und rätselte, was er sich von diesem Besuch erhofft hatte. Ein älteres Ehepaar trat aus dem Haus und hielt ihm zuvorkommend die Tür auf. Er trat ein. Dunkelheit empfing ihn, der Geruch von orientalischen Gewürzen, der Riff einer elektrischen Gitarre, den ein Dilettant gerade einzuüben schien. Der Flur war vollgestellt mit Kisten, aus denen Kleider hervorquollen, aber auch eine Sammlung historischer Masturbationsapparate. Ein ausrangierter Geminoid saß zusammengesunken in einem Sessel, zu seinen Füßen eine zersplitterte Sanduhr. Ganz offenbar war hier gerade ein Umzug im Gange. Er hatte, wie ihm jetzt auffiel, nicht darüber nachgedacht, ob Castoriadis tatsächlich allein oder mit einer Freundin zusammengelebt hatte. Damian stieg die Treppe hinauf, wo das Gitarrenspiel merklich lauter wurde. Als er vor der Tür innehielt, um den schwer lesbaren Namen auf dem Schild zu entziffern, brach das Gejaule ab, stattdessen entbrannte ein lautes Wortgefecht. Unvermittelt wurde die Tür aufgerissen und eine leicht bekleidete Frau schoss aus der Wohnung heraus, so ungestüm, dass sie Damian einen heftigen Stoß an der Schulter versetzte. Der Mann, der im dunklen Flur auftauchte, rief ihr eine Beleidigung hinterher und warf Damian einen bösen Blick zu, bevor er die Wohnungstür zuschlug. Damian stieg die Treppe hinauf und stand schließlich vor einer Wohnung, an der noch ein Schild mit dem Namen Castoriadis angebracht war. Als er die Wohnungstür berührte, bemerkte er, dass sie bloß angelehnt war. Merkwürdig. Wenn Castoriadis einen HomeBot besaß, hätte der die Tür schließen müssen, dazu war selbst sein idiotischer Gefährte imstande. Damian klopfte und lauschte, ob sich im Innern etwas rührte. Nichts. Kein Laut. Dann öffnete er die Tür und sah in einen langen, dämmrigen Flur.

»Ist jemand da?«

Keine Antwort. In der Wohnung darunter stimmte der Gitarrenspieler wieder seinen Riff an. Vorsichtig betrat Damian die Wohnung. Gleich beim ersten Schritt quietschte eine Diele, so laut, dass er zusammenschrak. Zur Rechten lag ein Hygieneraum, dann folgte eine kleine Küche. Nach ein paar Schritten trat er in ein großes Zimmer, das komplett leer geräumt war. Kein Stuhl, kein Karton, nicht einmal ein Reinigungsmittel. Das einzige Objekt war ein kleiner zusammengequetschter Tischtennisball, auf dem als Logo ein Schmetterling prangte. Der Gitarrist in der Wohnung unter ihm ließ einen Akkord folgen, so laut, dass das Fensterglas zitterte und der Boden in Schwingung geriet. Da war noch immer ein Geruch, eine immaterielle, geisterhafte Präsenz. Ansonsten aber sah dieses Zimmer aus, als hätte Castoriadis niemals existiert.

Auf der Rückfahrt sann Damian darüber nach, wie ein Mensch

ohne jede Spur verschwinden konnte. Weil er noch immer suspendiert und in seinen Recherchemöglichkeiten eingeschränkt war, rief er Olsen an, um sich zu erkundigen, wie die Sitzung zu den empathieunfähigen Spielern gelaufen sei.

»Einfach großartig«, sagte Olsen. Damian sah in Gedanken vor sich, wie sein pferdeähnliches Gebiss ihn anbleckte. Weil er sicher war, dass Olsen weder Kenntnis von seiner Suspendierung noch von Castoriadis hatte, kam er schnell auf den Punkt. Er sei gerade, aufgrund eines Programmfehlers, in seiner Recherchemöglichkeit eingeschränkt. Ob Olsen so nett sei, ihm den sozialen Graphen eines gewissen Symeon Castoriadis zuzuschicken?

Wie immer, wenn Olsen Gelegenheit fand, Damian in die Abgründe seines Metiers einzuweisen, zeigte er sich entgegenkommend. Als Damian jedoch den Namen von Castoriadis wiederholte, wurde er stutzig.

»Castoriadis, Castoriadis … Komisch, da war doch was …«

»Sie kennen diesen Mann?«

Ja, er habe eine Korrespondenz mit einem Menschen dieses Namens geführt. Dieser Mann habe eine Reihe höchst merkwürdiger Fragen gestellt. Zum Beispiel habe er sich nach der Strafwürdigkeit von Gedankeninduktionen erkundigt.

»Bitte was? Gedankeninduktionen?«

»Na ja, wenn jemand beispielsweise von einem Hypnotiseur, aber auch über sonstige Induktionstechniken falsche Erinnerungen eingepflanzt bekommt. Interessante Frage … aber warten Sie, hier hab ich sein Schreiben. Sehr geehrter Blablaba – hier haben wir's. Störung durch einen elektromagnetischen Puls, EMP, ja, das ist eine berechtigte Frage. Aber dies zum Beispiel! Identitätsdiebstahl! Unberechtigte Einsicht in einen persönlichen Lifestream! Widerrechtliche Aneignung von Score-Punkten! Ich weiß nicht, wann wir uns zuletzt mit solchen Fragen beschäftigt haben, 2024 vielleicht!«

Ob Olsen so nett wäre, ihm dieses Schreiben sowie die Sozialkontakte des Mannes zukommen zu lassen? Aber gewiss, sagte Olsen und erwähnte, die Frage des elektromagnetischen Pulses habe ihn, unter dem Gesichtspunkt höherer Gewalt, beschäftigt, allerdings habe schon Nicola Tesla, mit einem selbst gebastelten EMP-Generator, 1922 ganz Manhattan einen Blackout beschert.

»Ich frage Sie, Damian, wann haben wir es mit Mutwillen zu tun? Wann mit höherer Gewalt?«

Als Olsen aufgelegt hatte, schaute Damian flüchtig die Kontaktliste durch, die Olsen ihm geschickt hatte. Insgesamt waren es nicht sehr viele Namen, auch die Häufigkeit und Dauer der Gespräche war überschaubar. Sonderbar war nur, dass Castoriadis einen Tag vor seinem Tod Khan kontaktiert hatte. Wo aber hatte er nur Khans Kontaktdaten her? Sie zählten zu den am besten gehüteten Geheimnissen, von denen Damian wusste.

*

Eigentlich war es unmöglich, genau wie Negroponte gesagt hatte. Aber als er sich, wieder zu Hause, hinsetzte und die Bilder aus Castoriadis' Lifestream noch einmal den verschiedensten Testalgorithmen unterzog, gab es keinen Zweifel mehr: Irgendjemandem war es gelungen, den Lifestream zu knacken. Bis zu diesem Tag hatte er, wie jedermann, geglaubt, dass Chengs Verschlüsselungstechnik eine uneinnehmbare Bastion darstellte. Dieser Glaube hatte sich als Illusion erwiesen. Doch wenn jemand auf die Zerstörung des ECO-Systems aus war, warum diese Botschaft? Wäre es nicht viel besser gewesen, sich im Geheimen zu bereichern? Seine Macht auszuspielen? Wussten die Betreffenden nicht, dass sie mit der Preisgabe des Geheimnisses den Programmierern die Möglichkeit gaben, die Sicherheitslücke wieder zu schließen? Und war ihnen dies bewusst, so konnte der einzige Sinn der Botschaft nur in der Beweisführung liegen, dass der Lifestream keine sichere Verschlüsselungstechnik war. Dass Castoriadis der alleinige Urheber dieses Coups war, schien Damian ausgeschlossen.

Kein Mensch hätte im Alleingang ein solches komplexes Problem bewältigen können. Möglicherweise kamen hier diese Leute ins Spiel, die ihn nach Khans Party in den Wald entführt hatten. Was hatte der Mann im Tarnanzug gesagt: *»Sie werden alles begreifen, vielleicht früher, als Ihnen lieb ist.«* War das eine Drohung? Ein Versprechen?

Gedankenverloren starrte Damian auf das weißlich schimmernde Display seines Schreibtisches, auf dem sich eine Fliege niedergelassen hatte. Obschon er den Vergrößerungsfaktor änderte und die Buchstaben anschwellen ließ, schien ihr diese Veränderung nichts auszumachen. Ihre Bewegungen folgten einem Gesetz, das sich ihm nicht erschloss. Er rief seine MessageBox auf und las, was es Neues gab. Nichts, was ihn interessierte. Die Firma, die ihn täglich mit einer kleinen Götterstatuette belieferte, hatte ihm auch heute ein Modell geschickt, eine aztekische Gottheit, die auf den merkwürdigen Namen Huitzliopochtli hörte. Entgegen seiner Gewohnheit unterließ er es, die Statue auszudrucken. Stattdessen holte er die Tablette, die er aus der Athene herausgelöst hatte, hervor und legte sie vor sich auf den Tisch. Es war nichts Auffälliges daran. Sie sah genauso aus wie die SymBios-Pille, die Justine ihm gestern Abend auf die Zunge gelegt hatte. Die Fliege näherte sich ihr, befühlte sie kurz mit ihren Vorderbeinen, zeigte dann keinerlei weiteres Interesse. Was hatte der Mann im Tarnanzug zu ihm gesagt? *»Es erklärt sich von selbst.«* Erwartete man ernstlich, dass er sich einem solchen Risiko aussetzen würde? Andererseits, was war sein persönliches Wohlbefinden im Vergleich zu der Gefahr, die der Gesellschaft drohte? Warum eigentlich hatte Carlotta DiBroca sich noch nicht gemeldet? Sie jedenfalls hatte ihm geglaubt. Dass Negroponte, der Arzt, dem er stets blind vertraut hatte, seinen Worten keinen Glauben geschenkt hatte, war etwas, was sich wie ein bitterer Nachgeschmack in seiner Mundhöhle ausbreitete. Und dennoch: Was Negroponte Zwangsgedanken genannt hatte, war wirklich passiert. Hier, vor seinen Augen, lag der Beweis, die Pille, die ihm der Mann, in der Göttin versteckt, in die Hand gedrückt hatte.

*

Es dämmerte. In den Bäumen hing noch ein letztes Restlicht, als Khans grünlich schimmerndes Hologramm auf dem Schreibtisch sichtbar wurde. Es war schon ein paar Wochen her, dass er sich zuletzt bei ihm gemeldet hatte. Er habe sich gefreut, ihn zu sehen, sagte Khan, obwohl die Diskussion ... na ja, es habe wohl keinen Sinn, sich über den vagierenden Stumpfsinn aufzuregen.

Während er sprach, dachte Damian fieberhaft darüber nach, welche Ausrede er vorbringen könnte, um sich, was Khans Angebot anbelangte, noch ein bisschen Bedenkzeit zu verschaffen. Ganz offenkundig hatte Khan mit Justine darüber geredet, sonst hätte sie ihn das letzte Mal nicht darauf angesprochen. Überraschenderweise aber kam Khan gar nicht darauf zu sprechen. Stattdessen wollte er wissen, ob er an Vorahnungen glaube.

»Vorahnungen?«

»Ich meine, hast du schon einmal etwas geträumt, was dann so oder ähnlich eingetroffen ist?«

»Ich weiß nicht. Ich habe häufig Déjà-vus, aber das liegt an einer Anomalie in meiner Amygdala. Sagt mein Neurologe. Ich weiß nicht, ob das stimmt.«

Es schien, als hätte Khan nicht zugehört.

»Ich habe geträumt«, sagte er. Und dann nach einer Pause: »Wenn ich träume, bin ich allerdings meistens wach. Verstehst du das?«

Damian war verwirrt. »Ich fürchte, nein.«

»Ich schlafe. Aber ich weiß, dass ich träume. Ich mache das schon so lang, dass ich in meinen Traumwelten herumspazieren kann. Ich gehe durch Wände. Oder ich fliege. Oder ich verabrede mich mit meinen Dämonen.«

»Verstehe ich recht? Sie reden von luziden Träumen?«

»Aber ja. Irgendwann habe ich begriffen, dass man die Träume nicht im Wachzustand analysieren kann. Warum soll ich wie der Mann, der seinen Schlüssel im Haus verloren hat, draußen unter der Straßenlaterne danach suchen, nur weil man im Licht einer Laterne besser sehen kann als im Dunkeln. Ich habe mir gedacht: Warum gehst du nicht einfach ins Haus und suchst da?«

Khan schüttelte nur einmal unwillig den Kopf und nahm einen Zug von seiner Zigarre. »Aber das wollte ich dir gar nicht erzählen!«

»Sie wollten mir von einem Traum erzählen, der zugleich eine Vorahnung ist.«

»Ich habe von dir geträumt, Damian. Von dir und mir. Aber es war anders als sonst, anders auch als meine gewöhnlichen Klarträume. Wir standen auf einer großen Bühne. Und da waren lauter Menschen ringsum, die schliefen, mit offenen Augen. Aber ich war noch nicht bereit, in diesen Traum einzusteigen. Ich habe mich von außen gesehen, wie ein Beobachter. Der Grund, warum ich gezögert habe? Ich wusste, wenn ich in diesen Traum steige, dann wird er wahr.«

»Das war die Vorahnung?«

»Ja. Aber da war noch etwas anderes. Zugleich nämlich hatte ich die Gewissheit, dass auch du auf dich herabschaust und nicht weißt, ob du in diesen Traum einsteigen sollst oder nicht. Deswegen habe ich dich gefragt, ob du an Vorahnungen glaubst.«

»Ich kann mich, ehrlich gesagt, kaum an meine Träume erinnern.«

»Wer weiß. Vielleicht passiert es ja noch, vielleicht bist du auch längst in irgendwelchen Träumen gefangen, du weißt es bloß nicht.«

»Ja, das mag sein.«

»Der Realitätscheck, Damian, darauf kommt es an. Wenn du das lange praktizierst, dann weißt du irgendwann nicht mehr, ob du dich in der physischen Welt oder in der Traumwelt befindest. Ich merke es an den Uhren. Im Traum springt die Anzeige wild hin und her, oder die Ziffern verschwimmen. Das Gleiche bei Texten. Wenn du die Buchstaben entziffern kannst, dann ist das ein Zeichen dafür, dass du dich in der Realität bewegst.«

»Ich werd's mir merken.«

»Was hältst du davon, mich zu begleiten?«, fragte Khan. »Jetzt, da du Zeit hast. Oder hat man dich nicht suspendiert?«

Darum also geht es, dachte Damian. Deswegen hat er mich angerufen. Zugleich wusste er, dass jeder Widerstand sinnlos war. So wie er ihn damals aus seiner Arbeit herausgeholt und der *Vertigo*-Mannschaft eingegliedert hatte, würde Khan auch jetzt seinen Willen bekommen. Trotzdem: Irgendein Hintergedanke musste mit dieser Reise verbunden sein. Aber was?

»Ja, das stimmt. Ich habe Zeit.«

»Wunderbar«, grinste Khan. »Dann geh packen! Es geht in die Zone, mein Freund.«

Die Zone. Da war Damian niemals gewesen, hatte auch keine Sehnsucht danach verspürt. Natürlich wusste er, dass es den einen oder anderen Romantiker gab, der, statt sich der üblichen In-vitro-Fertilisation zu überlassen, auf die natürliche Geburt und den Familienverbund schwor. Neben Exkursionen aus bloßer Abenteuerlust war dies der Hauptgrund, warum Bewohner des ECO-Systems sich dort, wenn auch nur für begrenzte Zeit, niederließen. Für Damian hingegen war die Zone mit jenem Tag verknüpft, da ein Lynchmob seinen Großvater zu Tode geprügelt hatte. Die Zone war ein Synonym für die Gewalt, das Bild jenes Mannes, der seinen blutbeschmierten Prügel gen Himmel gereckt hatte. War das ECO-System nach den Wirren der Jahre 2023 bis 2024 in ein neues Äon aufgebrochen, war es in der Zone zu erbitterten Konflikten um Land, Wasser und Rohstoffe gekommen. So waren die zu Regionalmächten zerfallenden Länder in die Hände streitender Warlords gefallen. Trotz der durchaus realen Gefahren trug Damians Angst vor der Zone geradezu phobische Züge. Selbst Justine, die mit Khan und ihrem Onkel Moxie in ihrer Kindheit häufig segeln gewesen war und dabei die exotischsten Orte in der Zone kennengelernt hatte, hatte sich über seine Ängste schon lustig gemacht.

Negroponte hatte während seiner Therapiestunden des Öfteren versucht, Damian auf dieses Terrain zu locken, nicht zuletzt auch deswegen, weil Damians Vater, seiner Schriften wegen, es in der Zone wohl zu einer gewissen Berühmtheit gebracht hatte.

»Warum schauen Sie's nicht einmal an. Sie wären dort drüben ein Star!«, hatte er gesagt.

»Ja, ich weiß«, hatte Damian bestätigt, aber inständig gehofft, dass Negroponte das Thema nicht weiter strapazieren würde. Eine Weile hatte er sich damit abgemüht, aber Damian hatte, wie ein Sprechautomat, die Vorzüge des Scores gepriesen. Hatten nicht Generationen von einer nachhaltigen Wirtschaftsweise geträumt, aber erleben müssen, dass diese Träume kurzfristigem Profitdenken geopfert wurden? Hatte nicht die Ersetzung der Geldwirtschaft durch den Score eine Kulturrevolution mit sich gebracht? Welcher auch nur halbwegs intelligente Mensch konnte das leugnen? Verglichen mit jenen düsteren Zeiten war der Slogan WIR SCHAFFEN DAS PARADIES AUF ERDEN kein törichter Werbespruch, sondern eine Realität. Denn plötzlich war möglich, was bislang nur als Hirngespinst gegolten hatte. Jeder Gedanke, der auf einen ressourcenschonenden Umgang abzielte, jedes Konzept, das die menschliche Arbeitskraft durch einen Algorithmus ersetzte, wurde auf das Großzügigste gefördert. Vom Terror der Ökonomie, von Egoismus und Kleinmut befreit, wetteiferten die Forscher um die besten Lösungen. Allein deswegen war es im Bereich der erneuerbaren Energien, aber auch in den sogenannten *life sciences* zu den erstaunlichsten Fortschritten gekommen. Verglich man all dies mit dem geistigen Chaos, das zur Verschmutzung der Atmosphäre und den Klimaveränderungen geführt hatte, war es ein Gebot der Vernunft, das ECO-System vor einem Rückfall in das Dunkle Zeitalter zu bewahren.

»Wie kann man das nur ignorieren!«, hatte Damian gesagt, für seine Verhältnisse übermäßig erregt.

»Aber Damian, warum glauben Sie immerfort, dass der Mensch ein Vernunftwesen ist?«

Damian hatte ihm von Jonas erzählt, einem Mitbewohner, mit dem er in Stanford zusammengelebt hatte. Als Sohn eines angolanischen Ölmagnaten tat der hochintelligente junge Schwarze alles dafür, seinem Erbe zu entkommen. Was sollte man in Angola auch mit einem Menschen anfangen, der sich mit einer Arbeit über *Unsupervised learning techniques for decentralized computer networks* hervorgetan hatte? Wenn sie über Politik sprachen, hatte sich Jonas nur verächtlich über seine Familie geäußert, die sich in einer regelrechten Sklavenhaltermentalität Luxuskarossen gönnte, während die Masse der Bevölkerung noch immer im Kot herumwatete. Und um seine Gräuelgeschichten zu unterlegen, hatte er Damian Joseph Conrads *Herz der Finsternis* zu lesen gegeben. Einmal war ein Cousin aus Luanda zu Besuch gekommen. Jonas, der in San Francisco nie Anlass verspürt hatte, seine Homosexualität zu verbergen, ja der sich geradezu damit gebrüstet hatte, dass die Dragqueens so etwas wie eine angolanische Nationaltradition seien, hatte ihm eingeschärft, diesem Cousin nichts davon zu erzählen. So waren sie in einer Champagnersuite in *Larry Flynt's Hustler Club* gelandet, wo ihnen eine Stripperin eine Privatvorstellung gewährt hatte. Kurz vor Beendigung seiner Thesis war Jonas spurlos verschwunden. Ein paar Monate später hatte er sich über Videofonie aus seinem Apartment in Luanda gemeldet, wo er auf den Atlantik hinausschauen konnte, dort, wo die Ölbohrinseln und der Reichtum des Landes lagen. Als sein Vater in der großen Wirtschaftskrise von 2023 starb, stieg Jonas in die Chefetage auf. Kurz darauf war er auch in der Politik ein gefragter, bedeutender Mann. Als der Score zu einer Weltersatzwährung wurde, hatte ihn Jonas immer wieder angerufen und mit ihm diskutiert, ob Länder wie Südafrika oder Angola sich dieser Währung anschließen sollten. Damian hatte ihm von den Möglichkeiten vorgeschwärmt und gesagt, dass man über den Score dem Teufelskreis von mangelnder Bildung, Verbrechen und Korruption entgehen könne. Jonas hatte eingewendet, dass in Anbetracht des fallenden Ölpreises, aber auch der konkurrierenden Cliquen, der Score bestenfalls eine Parallelwährung darstellen könne, dass zudem die Computernetze nicht für ein solch kompliziertes System ausgelegt seien. Bei einem ihrer letzten Gespräche wurden sie von seinem kleinen Sohn unterbrochen – und bei dieser Gelegenheit hatte Damian erfahren, dass Jonas kurz nach seiner Rückkehr geheiratet hatte. Wenig später erhielt Damian, mit einem Flugticket, eine Einladung nach Luanda, wo Jonas, nachdem er die angolanische Ölproduktion mit Lieferverträgen nach China gerettet hatte, zum Präsidenten gekürt worden war. Weil Damian die Reise nicht antreten konnte, trafen sie einander erst Jahre später, als eine angolanische Delegation im *Nollet*-Hauptquartier vorstellig wurde. Die Verträge mit den Chinesen hatten sich, wie die chinesische Währung, als wenig belastbar erwiesen. So war das Land in einen Bürgerkrieg geschlittert. Zwar war Jonas noch immer Präsident, tatsächlich aber hatten einander bekriegende Stämme und Warlords die Macht übernommen. So verfielen die Straßen, Brücken und jegliche städtische Infrastruktur, verwandelten sich Schulen, Labors, Krankenhäuser und Museen in Notunterkünfte, in denen Menschen, denen ein Rest an Menschlichkeit verblieben war, die Opfer eines alltäglich gewordenen Bürgerkriegs zusammenflickten. Politisch betrachtet war Jonas nur noch ein Geist, der mit den Resten seines längst veralteten informatischen Wissens den Zerfall seines Landes glaubte aufhalten zu können. Irgendwann war er in Damians Büro aufgetaucht und hatte ihm die Leitung des angolanischen Informationsministeriums angeboten, inoffiziell selbstverständlich, denn nach außen müsse ein Mitglied der Ambundu dem Ministerium vorstehen. Das größte Problem allerdings sei die Stromversorgung des Landes, die schon deswegen beständig zusammenbrechen würde, weil sich niemand für den Unterhalt der Netze zuständig fühlte. Blackout, vielleicht war dies das Wort, das die Zone charakterisierte! Schon auf den nächtlichen Satellitenbildern war mit dem bloßen Auge zu erkennen, ob eine Gegend dem ECO-System oder der Zone angehörte. Wie im Nordkorea des 20. Jahrhunderts herrschte hier Dunkelheit, während die Zivilisation, dank unerschöpflicher Energieressourcen, sich hellster Beleuchtung erfreute.

Als Jonas sein Büro verlassen hatte, hatte Damian gewusst, dass er ihn nicht wiedersehen würde. Kurz nach seiner Heimkehr war er von einer Horde bewaffneter Aufständischer entführt, kastriert und erschossen worden. Tatsächlich stand schon der nächsten Generation nicht einmal mehr die Möglichkeit einer anderen Welt vor Augen. Waren die technologischen Segnungen, die aus dem ECO-System kamen, nicht zu verleugnen, so betrieben die lokalen Machthaber eine Politik der gezielten Desinformation, lag es im Machtkalkül, die Menschen zu Terror- oder Sabotageakten aufzustacheln. Das *Herz der Finsternis* hatte sich über die Zone gelegt – das war die einzige Erklärung, die Damian dafür anbieten konnte. So scheute man sich nicht, alle erdenklichen Ideologieversatzstücke, vom Dschihad bis zum Kampf gegen den Imperialismus, zur Massenmobilisierung zu nutzen. Das ECO-System reagierte mit Drohneneinsätzen, Kampfrobotern und gezielten Vernichtungsschlägen, was sollte man auch anderes tun? Diese Kriegstechnik allerdings demonstrierte eine so demütigende militärische Überlegenheit, dass sich bei der mit Vergeltungsschlägen bestraften Bevölkerung ein abgründiger Hass auf die Aggressoren breitmachte. Schon dieser Feindschaft wegen war es für die Bewohner der Zivilisation undenkbar, sich in solche Weltgegenden zu wagen. Jeder, der es trotzdem versuchte, lief Gefahr, einem aufgestachelten Lynchmob zum Opfer zu fallen.

*

Die Stimme seines HomeBots riss Damian aus seinen Gedanken: »Obacht, Master! Besuch vor der Tür, weiblich, 1,73, 64 Kilogramm, Kleidergröße 38.« Und als verlese er einen medizinischen Beipackzettel, plapperte er immer weiter, bis Susan, Khans Assistentin, vor ihm stand. Sie war eine resolute Frau mit lockigem Haar und einem alles übertönenden, ansteckenden Lachen. Jetzt trug sie festes Schuhwerk und eine altmodische Khakihose, außerdem habe sie, wie sie sagte, einen Schleier dabei, von wegen Tripoli.

»Es geht nach Nordafrika?«

»Nein, das ist Tripolis. Tripoli in der Levante, knapp neunzig Kilometer nördlich von Beirut.«

Als Damian nach dem Anlass der Exkursion fragte, unterbrach das Piepsen ihres Kommunikators das Gespräch. Sie machte eine entschuldigende Grimasse und wandte sich dem Anrufer zu, mit dem es einen Termin zu besprechen gab.

Als das Gespräch vorüber war, klang ihre Stimme heiser.

»Ich bin so froh«, sagte sie, »dass Khan sich wieder aus seinem Arbeitszimmer hervorwagt.«

»Aber wieso?«, sagte Damian überrascht. »Justine hat mir gar nichts erzählt!«

»Um Gottes willen«, sagte sie, »Justine darf von alledem nicht das Geringste erfahren! Das müssen Sie mir versprechen! Wenn Justine etwas erfährt, ich weiß nicht, dann bringt er mich um!«

Aus der Heftigkeit ihrer Reaktion schloss Damian, dass irgendetwas vorgefallen sein musste. Tatsächlich war Khan, wie ihm Susan unter der Bedingung strengster Geheimhaltung erzählt hatte, vor ein paar Wochen von einem psychotischen Schauspieler mit einem Messer bedroht worden. Während der Attacke war Khan selbst ganz ruhig gewesen, so gelassen, dass der Schauspieler ihm am Ende das Messer ausgehändigt hatte. Auf die Frage, wie ihm das möglich gewesen sei, habe Khan geantwortet, er habe diesen Augenblick zuvor schon geträumt. Aber auch in der Folge seien merkwürdige Dinge passiert: Einmal habe man ihm eine gehäutete Katze geschickt, ein andermal das Video einer jungen Frau, der nach einer Gruppenvergewaltigung die Kehle durchgeschnitten worden sei. Zwar habe es sich um ein historisches Video gehandelt, aber weil das Begleitschreiben auf seine Tochter anspielte, sei Khan fast wahnsinnig geworden.

»Und plötzlich«, sagte sie, »war da die Vorahnung eines Attentats. Dass man ihn umbringen und Justine unversehens schutzlos sein könnte. Das war der Grund, warum er nicht einmal bei der Generalprobe des *Resurrection*-Projekts auftreten wollte. Er war felsenfest überzeugt, dass man einen Mitarbeiter der Firma darauf angesetzt hatte, ihn zu töten.«

Verwirrt versuchte Damian, das Gehörte mit dem seltsamen Gespräch in Einklang zu bringen, das er mit Khan geführt hatte.

»Vielleicht liegt es an diesem Projekt«, sagte Susan. »Ich kann's nicht beurteilen, aber einige Leute, die schon länger dabei sind als ich, haben gesagt, dass sie ihn noch nie so unsicher gesehen haben.«

»Aber dieser Auftritt von Cheng, das war großartig!«

»Ja, aber was das *Transcendence*-Projekt angeht, hat er das ganze Finale einfach umgestoßen. Jeder, aber auch jeder hat gesagt, das kannst du nicht machen! Es ist grandios, so wie es ist! Aber Khan bestand darauf, es sei Schrott, man müsse das Ende noch einmal ganz von vorn denken. Und jeder, der sich dieser Auffassung widersetzte, wurde ausgeschlossen. Und weil das Rumoren im Team nicht aufhören wollte, hat er das ganze Material einfach einstampfen lassen.«

»Ist das der Grund, warum wir nach Tripoli fahren?«

»Keine Ahnung. Wir werden dort einen Kriegsherrn treffen. Eigentlich, was Khans *Transcendence*-Projekt anbelangt, eine Nebenfigur. Der wahre Grund, warum wir dorthin fahren, ist dieser Mensch, der uns diesen Kontakt hergestellt hat, Rosenberg. Ich habe mir sagen lassen, das ist ein Jugendfreund, der schon endlose

Zeit in dieser Gegend dort lebt ... Entschuldigung.« Erneut unterbrach das Piepsen ihres Kommunikators das Gespräch.

Weil Susan auch den Rest der Fahrt mit der Koordination von Terminen beschäftigt war, schloss Damian die Augen und versuchte seine Gedanken zu sortieren. Was bezweckte Khan damit, ihn mit in die Zone zu nehmen? Und was hatte es mit dieser Frage auf sich, ob er an Vorahnungen glaube? Am meisten aber verstörte ihn die Drohung, die sich auf Justine bezog. Zwar erschien es ihm bei Abwägung aller Wahrscheinlichkeiten absurd, aber als Susan davon gesprochen hatte, hatte er sofort das Gesicht des Szenografen vor Augen gehabt. Er musste sich hüten, überall Gespenster zu sehen!

Wenig später stand Damian mit ein paar Sicherheitsleuten auf dem Gelände eines ehemaligen Militärflughafens. Ein Mann mit rasiertem Schädel und einer Tätowierung hatte sie in Empfang genommen und zu der kleinen Gruppe geleitet, die am Rande der Startbahn stand und darauf wartete, dass Khan einschweben würde. Niemand sprach. Nur das Zirpen der Grillen war zu hören. Ohne je zuvor einen Vertreter dieser Gruppierung kennengelernt zu haben, wusste Damian, dass die Männer jener Spezialeinheit angehörten, die *Nollet* für Auslandsmissionen, aber auch für den Personenschutz ausgebildet hatte. Offiziell gab es sie nicht, aber in der Firma machten sie, wenn eine Beförderung bevorstand, Witze darüber, dass der Betreffende irgendwann in die Fänge dieser Wachhunde fallen würde. Vor allem in den ersten Jahren des ECO-Systems hatte es Anschläge, aber auch Entführungen prominenter Repräsentanten gegeben. So war, wenn er mit Justine unterwegs war, immer auch einer dieser Personenschützer in der Nähe. Allerdings waren sie so gut ausgebildet, dass sie kaum je in Erscheinung traten.

Dass Khans »kleine Exkursion« mit solchen Sicherheitsmaßnahmen verbunden war, erschien ihm einerseits beruhigend, andererseits erschreckte es ihn. Allein die körperliche Nähe dieser

Männer hatte etwas Einschüchterndes. Ein junger Mann vor allem zog Damians Aufmerksamkeit auf sich. Er hatte sich eine Glatze rasiert und war von einer Massivität, wie man sie nur mit einem extremen Körpertraining erreichen konnte. Dennoch besaß er noch immer das Gesicht eines Kindes: sommersprossig, mit einer kleinen Stupsnase und leuchtend blauen Augen. Wie nur war dieses Kind in diese Gruppe hineingeraten? Waren es die Privilegien, die diesen Männern zustanden: ein unbegrenzter Score und die Möglichkeit, in der Zone eine Art Doppelleben zu führen, mit Gewalt, schmutzigem Sex und all dem, was im ECO-System mit einer Penalty belegt wurde? Was waren das überhaupt für Menschen, die gewillt waren, sich den extremsten Entbehrungen und Gefahren zu unterziehen? Irgendwann einmal hatte Olsen von einer fehlgeschlagenen Expedition berichtet. Dabei war einer dieser Elitesoldaten in die Hände eines fundamentalistischen Terrorkommandos gefallen, gefoltert und schließlich gekreuzigt worden. Aus Abschreckungsgründen waren die letzten Stunden dieses Mannes aufgezeichnet und an das Einsatzkommando übertragen worden. Um die künftigen Mitglieder der Einheit vorzubereiten, hatte man diese Aufzeichnung zu einem Schulungsvideo gemacht. Als Olsen ihm ein paar Bilder gezeigt hatte, hatte Damian sein Gesicht abwenden müssen. Dieser Kindmann hingegen musste es gesehen und als ein mögliches Schicksal akzeptiert haben. Nur ein einziges Mal, so erinnerte sich Damian, hatte er sich mit einem Mitarbeiter über die Frage der Gewalt ausgetauscht. Es war die Kollegin aus Olsens *Penalty Group,* die man nach einem Trip in die Zone suspendiert hatte. Sie hatte gesagt, dass die Stigmatisierung der Aggressivität auf einen Kulturverfall hinauslaufe, nur eine Gesellschaft, die den Kampf praktiziere, habe überhaupt eine Zukunft vor sich. Als Damian Einwände erhob, hatte sie ihn nur mitleidig angelächelt und gesagt, schon Marx habe gewusst, dass Gewalt die Hebamme der Geschichte sei.

Wenig später war es so weit. Das Surren der ausschwingenden Helikopterrotoren vermischte sich mit dem Zirpen der Grillen, dann erschien Khans massiger Körper in der Öffnung des Hubschraubers. Er war blendend gelaunt, und seine dröhnende Stimme brachte sogleich Bewegung in die Gruppe. Wie sich erwies, hatte Susan alles perfekt koordiniert. Kaum fünf Minuten später saßen sie im Flugzeug. Zu Damians Beruhigung handelte es sich, wie Khan sagte, um eine hochmoderne Maschine, die für den feindlichen Radar und die Flugabwehrraketen unsichtbar blieb. Damian sah, wie die Lichter Berlins sich ausdünnten und nur mehr eine tiefe Schwärze übrig blieb. Ein junger Mann aus Khans Gefolge verteilte ein paar Tabletten, die zur Vorbeugung gegen Infektionskrankheiten dienten, und brachte dann ein paar Kleinigkeiten zu essen vorbei. Damian hatte keinen Hunger, also ließ er das eingeschweißte Sandwich unberührt. Khan wiederum, der ihn herzlich begrüßt hatte, hatte sich in ein Gespräch mit einem langjährigen Mitarbeiter vertieft, einem Drehbuchautor, dem Damian schon beim *Vertigo*-Projekt des Öfteren begegnet war. Eigentlich hatte er gehofft, mit Khan ein paar Worte wechseln zu können, aber jetzt saß er mit Susan ein paar Reihen hinter ihm. Kaum dass das Flugzeug abgehoben hatte, hatte sie sich eine Nachtmaske über die Augen gezogen und war eingeschlafen.

Als er sich ein paar Fotos von Tripoli ansah, hatte er sofort Kindheitsbilder aus Marrakesch vor Augen. Die anfängliche Neugierde schwand schnell, sobald er sich in eine Dokumentation über die Stadt vertiefte: ein übervölkertes Elend, in dem verschiedene Sekten einander bekriegten. Der Gedanke, in diese städtische Hölle zu fahren, wo die Häuserfassaden von Kugeln durchsiebt waren, die Straßen Krater von Autobomben aufwiesen und die Kinder mit größter Selbstverständlichkeit mit Waffen hantierten, erschien ihm wie ein böser Traum. Was in Gottes Namen hatte Khan vor? Für einen Moment dachte er daran, Justine anzurufen, dann aber nahm er sich das Sitzungsprotokoll der *Penalty Group* vor, das ihm Olsen geschickt hatte. Anstelle der erhofften Diskussion, wie man mit empathieunfähigen Spielern umgehen sollte, Raum zu geben, hatte Olsen das Thema so ausgelegt, dass er seine kleine *rechtsphilosophische Delikatesse* nach Kräften auswalzen konnte. Dabei hatte er die Meinung vertreten, dass auch die Verführung zu einer sexuellen Aktivität den Tatbestand der Nötigung darstelle, aber da er den Hund nicht fragen könne, ob er von sich aus (also ohne aufreizende Zurschaustellung eines männlichen Anus) zu einem Sexualakt geneigt gewesen sei, rege er an, ein solches Experiment unter Laborbedingungen (also unter Zuhilfenahme von Hirnstrommessungen) zu wiederholen. Idealiter bediene man sich des Hundes und des mutmaßlichen Täters. Sei dieser nicht willig, könnten sie ein identisches Replikat des Täters, einen Geminoiden, anfertigen lassen.

Olsen hatte ihn schon mehrfach eingeladen, das Labor der *Penalty Group* zu besuchen. Damian jedoch hatte stets abgewinkt. Die Vorstellung, sich Experimente anzuschauen, bei denen Gewalttaten, aber auch die entsprechenden Sanktionen ausprobiert wurden, war ihm noch verabscheuungswürdiger vorgekommen als der Anblick von Blut. Ein einziges Mal hatte er mit angesehen, wie ein Mörder gezwungen worden war, die Gefühle seines Opfers zu durchleben. Hatte man ihm zuvor erzählt, diese Sanktion führe bei manchen Mördern dazu, dass der Täter den Verstand verliere, hatte sich dieser Mörder an seiner Tat geradezu delektiert. Die einzig denkbare Sanktion war mithin, dass man ihn lebenslang in die Verbannung schickte, in eines jener Länder der Zone, die sich im Tausch für technologische Dienste zur Aufnahme derartiger Delinquenten hergaben. Obwohl Damian nichts Genaueres wusste, gab es immer wieder Gerüchte, dass die *Penalty Group* Geheimgefängnisse in der Zone unterhielt, wo all die Dinge ausprobiert wurden, die man aus humanitären Erwägungen ansonsten nicht durchführen konnte. Wenn dies der Fall war, musste Olsen darüber Bescheid wissen; mehr noch, dann musste er selbst spezielle Experimente in Auftrag gegeben haben. Trotzdem hatte Damian ihn niemals danach gefragt, er stellte die Legitimität des neuen Strafsystems nicht infrage. Ihm genügten die Statistiken: Hatte man früher, unter Zuhilfenahme von Polizisten, Gefängnisaufsehern oder Psychiatern, eine gigantische Überwachungs- und Strafmaschinerie unterhalten, dem Verbrechen aber nicht im Mindesten Einhalt geboten, so hatte die Automatisierung der Strafe zu einem dramatischen Rückgang der Kriminalität geführt. Dass schon eine Beleidigung als Vergehen galt und die entsprechende Strafe auf dem Fuße folgte, hatte eine deutliche Zivilisierung des Verhaltens zur Folge. Dabei fußte das neue Recht auf nur wenigen Grundsätzen. Die Hauptmaxime lautete, dass man niemanden gegen seinen erklärten Willen zu einer Handlung zwingen dürfe. Kam es hingegen zu einer einverständlichen Handlung, so galt diese, auch wenn es sich beispielsweise um einen kannibalistischen Akt handelte, nicht als Straftat. Nur Tiere und Kinder, deren Einsichtsfähigkeit eingeschränkt oder nicht voll ausgebildet war, stellten hier ein Problem dar: Deswegen wurden fast alle Kinder auf Internate geschickt, wo sie auf die Gesetze der Zivilisation vorbereitet wurden. Trotzdem aber fanden sich, wie Olsen mit nicht nachlassender Begeisterung erzählte, immer irgendwelche Grenzfälle, die im System nicht vorgesehen waren und folglich eingeordnet werden mussten. Vor allem das Tierreich schien Olsens rechtssystematische Maschinerie mächtig anzufeuern, zitierte er ausgiebig, mit welchen Schlangen, Schoßhündchen, Truthühnern, Schweinen und so weiter welche Sexpraktiken möglich waren. Als Damian zu einer Stelle gelangte, wo Olsen den Fall eines Sicherheitsmannes zitierte, der den Beischlaf mit einer Sau deshalb genoss, weil *ihn die Haut der Sau an die zarte Haut seiner Frau erinnere,* entschied er sich, die Augen zu schließen und an nichts mehr zu denken. Doch statt Olsens Gesicht oder der Bilder von Tripoli sah er plötzlich wieder die blutunterlaufenen Augen von Symeon Castoriadis vor sich und hörte Negropontes Stimme, die ihm zuflüsterte, dass er sich alles nur einbilde. Eine posttraumatische Störung, nichts weiter.

*

Jemand berührte ihn sacht an der Schulter.

»Wir sind da.«

Auf Susans Stirn glänzten Schweißperlen. Es war so feuchtheiß, dass es ihm beinahe den Atem verschlug.

»Kommen Sie, wir müssen aussteigen!«

Noch ganz benommen vom Schlaf, stand Damian auf und folgte ihr. Im fahlen Licht eines Strahlers war der Schemen eines Hangars zu sehen, dann eine Bunkeranlage, Teile einer Piste, die mit Bombenkratern übersät war. Ein Konvoi staubbedeckter Autos stand mit laufenden Motoren auf dem Flugfeld bereit, daneben zwei bewaffnete Araber, mit Maschinengewehren im Anschlag. Damian folgte Susan und stolperte in den Fond eines wartenden Wagens – und noch bevor die Tür ins Schloss gefallen war, setzte sich das klapprige Gefährt in Bewegung. Ein bärtiger Mann im Unterhemd, der eine Art Militärkappe auf dem Kopf trug, saß am Steuer. Er sagte etwas auf Arabisch, und Damian bemerkte, dass die Zähne des Mannes unsagbar schlecht waren, dann, dass das Übersetzungsoverlay seiner Kontaktlinse nicht funktionierte. Susan, die seine Verwirrung bemerkt hatte, sagte: »Wir können hier nur auf wenige Funktionen des Kommunikators zurückgreifen.«

Erst jetzt begriff Damian, dass der Blick auf das Display überflüssig gewesen war. Denn auch wenn sich der Dialekt fremd anhörte, hatte er den Fahrer doch verstehen können. Seit seinem neunten Lebensjahr, seit er Marrakesch verlassen hatte, hatte er kein Wort Arabisch mehr gesprochen.

Damian kurbelte das Fenster herunter und ließ den Fahrtwind sein Gesicht kühlen. Bis auf die Rücklichter des Wagens, der vor ihnen fuhr, war nichts zu sehen. Die einzige Sinneserfahrung: der Geschmack des Meeres auf der Zunge. Als sie das Stadtgebiet nach einer halben Stunde erreichten, beschleunigte der Fahrer, ja raste geradezu durch die Straßen, ohne Rücksicht auf die wenigen Menschen, die dort zu sehen waren. Ganz in der Nähe war Maschinengewehrfeuer zu hören. Am Straßenrand standen von Schüssen zerlöcherte oder ausgebrannte Autos. Wenig später ging es einen Hügel hinauf, dort, wo der Rais residierte, in einem ehemaligen Luxushotel. Jemand trat an den Wagen, öffnete den Schlag und führte sie in das Haus, wo sie eine angenehme, klimatisierte Kühle erwartete.

In der Menschentraube, die sich zur Begrüßung versammelt hatte, war Rosenberg, der Rais, sofort auszumachen. Ein schlanker Mann, der auf den ersten Blick wie ein Priester wirkte, ein merkwürdiger Kontrast zu den beiden puppenhaft geschminkten Blondinen, die ihn begleiteten. Als Damian ihm die Hand gab, fiel ihm auf, wie schmalgliedrig, geradezu weiblich seine Hände waren. Sein Händedruck war schlaff, sein Blick von einer abgründigen Müdigkeit. Obwohl er Damian musterte, fühlte es sich an, als ob er einfach durch ihn hindurchschaute. Trotzdem schien er den ganzen Raum im Auge zu haben. Auf einen kleinen Wink von ihm erschien ein bärtiger Hüne, dem er etwas ins Ohr flüsterte, und wenig später sah Damian, dass das Chaos, das von Khans Sicherheitsleuten ausging, plötzlich einer Ordnung wich.

Obwohl es weit nach Mitternacht war, hatte man im Salon eine große Tafel vorbereitet. Khan unterhielt die Gesellschaft mit Erzählungen über seinen Freund Rosenberg, den einzig *wahren Anarchisten*, den er in seinem Leben je kennengelernt habe.

»Als junger Mann galt er als genialer Sicherheitsexperte, und er hätte Geld verdienen können ohne Ende. Aber anders als die meisten seiner Kollegen hat Rosenberg die Programmierung nicht als Lebensersatz, sondern als Kunst betrieben. Als er fand, dass seine Wohnung, wie die Mieten in der Bay Area überhaupt, zu teuer geworden war, hat er sie aufgegeben und ist stattdessen jede Nacht mit Laptop, externer Festplatte und einer elektrischen Zahnbürste auf irgendein Hochhaus geklettert. Als er's mir erzählte, habe ich's nicht glauben wollen, aber als wir uns trafen und er bei Starbucks gerade seine elektrische Zahnbürste auflud, da hab ich's begriffen. Statt sich von der NSA einkaufen zu lassen, ging er segeln und schrieb Gedichte. Und schließlich hat es ihn hierhin verschlagen. Und wozu? Um Haschisch anzubauen und gelegentlich mit dem Segelboot in See zu stechen. Aber natürlich hat es Ärger gegeben, war er als *kleiner Teufel aus Amerika* auf Verbündete angewiesen. Und wieder einmal, typisch Rosenberg, war seine Antwort unendlich praktisch. So hat er einen kleinen Turm entwickelt, der als geschlossenes Biosystem funktioniert und seinem Haschischanbau, abgeschirmt von allzu neugierigen Blicken, zu unglaublicher Produktivität verhalf. Und wenn man Geld hat, kann man's verteilen und sich vor den Nachstellungen der Hisbollah und anderer Milizen schützen.«

Während Khan Rosenbergs Geschichte erzählte, verzog dieser keine Miene, sondern schüttete mechanisch ein Glas nach dem anderen hinunter. Irgendwann stand er auf und sagte, er gehe zu Bett. Ganz offenbar war seine Willensbekundung Gesetz. Seine Begleiterinnen, aber auch die Mitglieder seines Hofstaates sprangen sogleich auf. Selbst Khan erhob sich, etwas schwankend, aber doch auf ungewöhnliche Weise folgsam. Er machte ein paar Schritte auf Rosenberg zu, als wenn er ihn umarmen wollte. Rosenberg wandte sich ab und steuerte, geleitet von seinen Bodyguards, auf eine Tür zu, hinter der sich seine Privaträume befanden.

*

Als Damian am nächsten Morgen erwachte, schien die Sonne ins Zimmer. In der Nacht hatte er den Raum nur verschwommen wahrgenommen, im hellen Sonnenlicht erschien er ihm, seiner altmodischen Möblierung wegen, gänzlich bizarr: Ölgemälde, schwere Brokatvorhänge, orientalische Teppiche. Ein großer Blumenstrauß auf einem Tischchen, der einen betäubenden Duft verströmte. Daneben ein dickes Buch mit arabischen Lettern, ein Koran. Er schaute aus dem Fenster auf einen Garten, der von Bäumen und einer weißen Mauer eingefriedet war. Im hellen Blau eines Swimmingpools flackerten Sonnenpartikel. In der Ferne konnte er das Meer erahnen, das gestern nur ein salziger Geschmack auf seiner Zunge gewesen war.

Zwar war das Gebäude altmodisch eingerichtet, dennoch überraschte Damian, dass die Zone auch einen solchen Wohlstand zuließ. Er ging hinunter ins Erdgeschoss und trat in den Garten hinaus. Es war heiß. Er überlegte, ob er ein Bad nehmen sollte, aber dann legte er sich in einen der Liegestühle an den Pool. Irgendwann begann eine Sprinkleranlage zu ticken. Als er aufschaute, sah er, dass ein junger, vielleicht zehnjähriger Knabe sie betätigt hatte. Das Kind kam auf ihn zu, blieb in einem gewissen Abstand stehen und verschränkte die Arme, in der Linken eine Gartenschere.

»Wie geht's?«, fragte Damian – und bemerkte verwundert, dass er Arabisch gesprochen hatte. *Keef halak*. Der Junge schaute überrascht und machte unwillkürlich einen Schritt auf ihn zu.

»Ist es wahr, dass ihr fliegende Autos habt?«

Beim Versuch einer Antwort begriff Damian, dass ihm nur die Ausdrücke seiner Kindheit zur Verfügung standen, dass er für alles, was *Nollet* ausmachte, nicht über den nötigen arabischen Wortschatz verfügte.

»Ich bin der Gärtner«, sagte der Kleine, »und was machst du?«

Damian antwortete, er baue Gedanken zu Maschinen zusammen. Daraufhin drehte der Kleine sich um, rannte fort und kam kurz darauf wieder zurück. Er streckte ihm eine Handinnenfläche entgegen, und Damian entdeckte einen Gegenstand, der sich als Minidrohne entpuppte.

»Funktioniert die noch?«, fragte Damian.

Der Kleine schüttelte erschreckt den Kopf: »Bist du verrückt? Glaubst du, ich will mich töten lassen?«

»Lass mal sehen!« Als Damian sich umwandte, erblickte er den

Mann aus Khans Sicherheitseinheit, der ihn gestern in Empfang genommen hatte, nur dass er jetzt eine Badehose trug und ein Handtuch um die Hüften geschlungen hatte.

»Interessant«, sagte er, »dass es so was noch gibt!«

»Wozu wird das benutzt?«

Auf dem Gesicht des Mannes erschien ein Ausdruck der Belustigung.

»Das wissen Sie nicht?«

Damian schüttelte den Kopf.

Statt einer Antwort begann er zu grienen.

»Theoretiker, ja?«

»Warum erklären Sie es mir nicht einfach?«

Die Sache sei einfach, sagte der Sicherheitsmann. »Die Araber hier hassen uns. Warum auch immer. Weil man sich bedroht fühlt, weil man von den eigenen Unzulänglichkeiten ablenken möchte, was weiß ich?! Also beschießen sie uns. Und wir, wir schießen zurück.«

»Damit?«

»Das ist veraltetes Zeugs! Nein, die neue Generation ist so klein, dass man sie mit dem bloßen Auge schon gar nicht mehr erkennen kann. Aber so ein Ding, kaum größer als eine Mücke, ist mächtig, man kann es mit einem Gift oder einem Bakterium bestücken. Kommt uns jemand blöd, schlagen wir zu. Aber wir können auch einen ganzen Schwarm losschicken, der gar nichts tut. Der bleibt einfach auf einem Telegrafenmast sitzen und beobachtet die Gegend, jahrelang, wenn man will.«

»Wie nennt man das eigentlich, was Sie machen?«

»Wir?«

»Ja, Sie.«

Der Sicherheitsmann lachte.

»Wissen Sie nicht, dass der beste Schutz darin besteht, wenn man ihn gar nicht bemerkt? Und deswegen sagen wir: Uns gibt es gar nicht!«

Wenig später hatten sich auch die restlichen Sicherheitsleute am Pool eingefunden. Es herrschte eine angespannte Stimmung. Der Glatzkopf mit dem Kindergesicht hatte einen Zwischenfall mit einem von Rosenbergs Männern provoziert, man hatte einschreiten müssen, um eine körperliche Auseinandersetzung zu verhindern. Seine Nase blutete, auch eine Wange hatte eine tiefe Schramme abbekommen. Das hielt ihn jedoch nicht davon ab, seinen Gegenspieler zu verfluchen. Vor allem aber empörte er sich darüber, dass Khan den Leiter der Gruppe mit der Bemerkung zusammengestaucht hatte, er möge gefälligst seine Affen im Zaum halten. Weil Damian keine Lust auf die Streitereien der Sicherheitsleute hatte, setzte er sich nach einem Streifzug durchs Haus in die Bibliothek. Hier war es still und angenehm kühl.

Die meisten Bücher waren auf Arabisch. In Ermangelung des Kommunikators und da er niemals die arabischen Schriftzeichen gelernt hatte, schaute er ein paar Fotobände durch, die zeigten, wie Tripoli früher einmal ausgesehen hatte. Ansonsten fand sich kaum englischsprachige Literatur, nur mehrere Jahrgänge eines Segelmagazins. Ein kleines Büchlein mit einer merkwürdigen Illustration weckte Damians Neugier. Es handelte von einem syrischen Mönch, der sich, um der Welt zu entsagen, zeitweilig in einer Höhle hatte einmauern lassen. Später hatte er sich auf eine Säule gesetzt, die man, um ihn vor den Zudringlichkeiten seiner Anhänger zu schützen, mehrmals hatte erhöhen müssen. Zweimal am Tag predigte er dort seinen Anhängern, ansonsten schaute er gen Himmel und widerstand den Versuchungen Satans. Seine Exkremente, so behauptete der Erzähler, seien an der Säule heruntergeflossen wie Wachs an einer Kerze. Als Damian las, dass der Körpers des Mönchs, dieses *Märtyrers zwischen Himmel und Erde,* mit Wunden übersät war, die zu faulen begonnen und bereits Würmer angezogen hatten, legte er das Buch beiseite. *The Life of St Simeon Stylites* war auf dem Buchrücken zu lesen. Woran nur erinnerte ihn dies?

Von draußen drang das Gelächter der Sicherheitsleute herein. Simeon. Das, nur ein bisschen anders geschrieben, war der Vorname von Castoriadis gewesen. Und wie weit war Beirut von hier entfernt? Noch einmal holte er sich das Material auf den Schirm, das Olsen ihm geschickt hatte, und suchte das Schreiben heraus, das Castoriadis an Olsen geschickt hatte. Es war überaus förmlich und unpersönlich gehalten. Wenn man von der einleitenden Frage und der Grußformel absah, bestand es nur aus ein paar Bulletpoints: *Störung durch einen elektromagnetischen Puls. Identitätsdiebstahl. Unberechtigte Einsicht in einen persönlichen Lifestream. Widerrechtliche Aneignung von Score-Punkten.* Gelegentlich verirrte sich ein solches Schreiben auch auf seinen Schreibtisch. Meist stammte es von irgendwelchen Verrückten, die in den Mechanismen des Scores Außerirdische oder andere dunkle Mächte am Werk sahen, die eigene Mutter, den Geliebten oder das Weltjudentum. Möglicherweise gehörte ja auch Castoriadis zu diesen Irren. Dann wäre sein letzter Auftritt nichts weiter als das Finale einer persönlichen Apokalypse, ein Rätsel, das mit seinem Tod auf ewig ungelöst bleiben musste.

Um Aufschluss über Castoriadis zu finden, ging er noch einmal die Liste seiner Kontakte durch, bis er bemerkte, dass er nicht mehr allein im Raum war.

»Das ist selten, dass sich jemand hierhin verirrt.«

Als Damian sich umsah, kam Rosenberg auf ihn zu.

»Es ist schön hier.«

»Und wie ich sehe, hast du das Lesen noch nicht verlernt.«

War Damian Rosenbergs Gesicht bislang wie eine düstere Maske erschienen, ließ der leichte Spott, der auf seinem Mienenspiel erschien, ihn sehr viel jünger aussehen.

»Khan hat mir erzählt, wer du bist.«

»Wer ich bin? Wie meinen Sie das?«

»Ich habe das letzte Buch deines Vaters bei mir gehabt, als ich um die Welt gesegelt bin.«

Er machte ein paar Schritte zu einem Regal und zog, ohne lange zu suchen, ein kleines Bändchen hervor. Damian konnte den Titel *Vom Ende der Welt* erhaschen, nicht aber den Untertitel.

»Und ich habe mir Notizen gemacht, wie du siehst.«

Rosenberg blätterte ein paar Seiten durch und hielt ihm dann das aufgeschlagene Buch entgegen. Überall waren unterstrichene Sätze zu sehen, da und dort auch ein Kommentar, der mit Bleistift an den Seitenrand geschrieben war.

»Hast du es gelesen?«

Damian zögerte. »Nein.«

Jetzt war Rosenberg sichtlich überrascht. »Aber warum nicht?«

Dass sich jemand lobend über die Arbeit seines Vaters äußern konnte, verwirrte Damian. Wenn er, was selten geschah, auf seinen Vater angesprochen wurde, schwankte die Haltung des Gegenübers zwischen Mitgefühl und Befremden, stand da immer auch die Frage, wie der Sohn eines so dubiosen Mannes zu einer hervorgehobenen Funktion in der Firma hatte kommen können. Zwar standen seine Werke nicht auf der Liste der verbotenen Bücher, aber man hatte Sorge getragen, dass sie sich nicht elektronisch verbreiteten.

»Es gibt keinen Grund«, sagte er schließlich ausweichend.

»Vielleicht solltest du segeln gehen. Wenn du auf dem Meer bist, und nichts mehr da ist als Wellen, Wind, der Himmel und die Sterne der Nacht, begreifst du, dass du alleine bist auf der Welt, ja dass jeder Gedanke, der diese Einsamkeit nicht in sich trägt, nur eine Ausrede ist. So habe ich das Buch deines Vaters gelesen. Irgendwann, als ich wirklich am Ende der Welt war, habe ich seine Stimme zu hören geglaubt. Später, als Khan mich mit seiner Tochter besucht hat, habe ich ihm gesagt: ›Khan, vergiss diesen Programmierungsscheiß, lass uns segeln gehen!‹«

Ein Gedanke schoss Damian durch den Kopf.

»Sie sind Onkel Moxie?«

Rosenberg lächelte.

»Wo hast du nur diesen Namen her?«

»Justine hat immer von einem Onkel Moxie erzählt.«

»Gott, wie lang habe ich das schon nicht mehr gehört. So habe ich mich genannt, als ich gemeinsam mit Khan programmiert habe. Eine dieser Jugendsünden ... die wird man nie wieder los!«

Plötzlich begriff Damian den Sinn dieser Reise. Moxie, so hatte Justine ihm erzählt, war ein Jugendfreund ihres Vaters gewesen, ein begnadeter Programmier- und Sicherheitsexperte, der aber, anders als Khan, nicht den mindesten Ehrgeiz entwickelt hatte. Im Gegenteil: Bei seinen wenigen Präsentationen, die ihm vor allem unter den Gurus der Zunft eine treue Anhängerschaft eingebracht hatten, ließ er so gut wie keine Gelegenheit aus, sich über die Fantasmen der Zunft lustig zu machen. Das Einzige, was er ernst nahm, war die Segelei – und so verschwand er, meist in Begleitung von mehreren jungen Frauen, über Monate, um irgendein verkommenes Schiff herzurichten und einen Törn nach Kuba oder Hawaii zu unternehmen. Mehr noch als die Bewunderung, die Khan für seine fachliche Brillanz gehegt hatte, war es diese Unabhängigkeit gewesen, die ihn an Rosenberg, diesen einzigen Freund, gebunden hatte.

»Nimm es. Ich schenke es dir.«

Von dieser großzügigen Geste verwirrt, lächelte Damian dankbar, wusste aber nicht recht, ob er ins Buch schauen oder die Unterhaltung fortsetzen sollte. Rosenberg nickte ihm zu und sagte, er müsse jetzt gehen.

Bevor er den Raum verließ, drehte er sich noch einmal auf der Schwelle um, ein versonnenes Lächeln auf seinem sonnenverbrannten Gesicht: »Und verrate bloß diesen Namen nicht!«

*

Bevor sie gegen Mittag in das Zentrum von Tripoli aufbrachen, wo Rosenberg ein Treffen mit einigen örtlichen Kommandanten vereinbart hatte, verging eine geschlagene halbe Stunde mit

Diskussionen über die Sicherheitsmaßnahmen. Vor allem unter Khans Sicherheitsleuten war die Stimmung gereizt. Während sie sich über mögliche Gefährdungen und entsprechende Schutzmaßnahmen ausließen, schauten die Leute aus Rosenbergs Gefolge zunächst amüsiert zu. Aber als Khans Männer begannen, die Wagen mit technischem Gerät auszurüsten, wurde es lautstark. Als Rosenberg erschien, bestürmte ihn der Leiter des Sicherheitsdienstes. Rosenberg hörte ihm ruhig zu und entgegnete sehr leise, aber bestimmt, seine Leute seien sehr viel besser geeignet, Khan zu schützen. Man werde Sicherheitswesten anziehen, jede weitere Maßnahme bedeute eine Gefährdung. Dann ließ er ihn stehen, ohne ihn eines weiteren Blickes zu würdigen. Die Art und Weise, wie er den Sicherheitsmann abblitzen ließ, verriet eine Autorität, die selbst den Sicherheitsmann fassungslos zurückließ. Khan seinerseits, der sich an dieser Unterhaltung regelrecht weidete, wies ihn an, sich mit seinen Leuten zurückzuziehen – und fügte der Gruppe damit die zweite Demütigung zu.

Der Fahrer war derselbe wie am Abend zuvor. Auf dem Beifahrersitz nahm ein junger Mann mit Sonnenbrille Platz, der im Hosenbund einen Revolver trug, ein weiterer Mann zwängte sich zu Damian und Susan auf den Rücksitz. Es ging den Hügel hinab, durch ein kleines Olivenwäldchen. Kaum hatte der Wagen das Anwesen verlassen, das von einem Stacheldrahtzaun umgeben und von Kameras überwacht war, erschien ein Checkpoint. Der Wagen verlangsamte sein Tempo. Damian sah einen älteren Mann und eine junge Frau in Tarnanzügen, dann ein Kind, das eine alte Kalaschnikow im Arm hielt. Der Fahrer hob die Hand zum Gruß, die junge Frau nickte militärisch knapp zurück.

Nachdem sie ein großes Feld von Solarpanels passiert hatten, das mit einem Elektrozaun und einigen Wachtürmen gesichert war, gelangten sie in die Außenbezirke der Stadt. Hier waren Spuren von Barrikaden zu sehen, die Straße war mit Steinen, Trümmerteilen und leeren Benzinfässern übersät. Überall in den Häuserzeilen sah Damian ausgebrannte Ruinen. Da und dort drang Rauch hervor. Zumeist rührte es von kleinen Lagerfeuern her, auf denen die Ruinenbewohner Tee und Essen zubereiteten. Zwischen den Trümmern spielende Kinder und Tiere. Vor allem der Anblick der Kinder verwirrte ihn. Im ECO-System bekam man kaum je ein Kind zu Gesicht, sie wurden in Internaten auf das Leben in der Zivilisation vorbereitet.

Susan schaute irritiert und sagte: »Was machen die bloß mit den Kindern hier?« Für einen Augenblick überlegte Damian, ob er den Fahrer fragen sollte, ob man hier schon Freezing, In-vitro-Fertilisationen und entsprechende Gendiagnostik einsetze, aber dann wurde ihm klar, dass sein arabischer Wortschatz viel zu begrenzt war. Stattdessen bemerkte Susan: »Warum vermehren sich diese Leute bloß so? Wie kann man unter diesen hygienischen Bedingungen überhaupt an Fortpflanzung denken?«

Im Niemandsland zwischen zwei Stadtvierteln tauchte wieder ein Checkpoint auf, dahinter zwei ausgebrannte Busse, die man, offenbar um sich den Blicken der Scharfschützen zu entziehen, übereinandergestellt hatte.

»Ihre Leute«, wandte sich der Fahrer unvermittelt in passablem Englisch an Susan und Damian, »haben viel zu viel Panik verbreitet. Es gibt keinen, der in der Gegend so respektiert wird wie der Rais. Sein Wort ist Gesetz, niemand würde sich erdreisten, einen Wagen aus seinem Konvoi zu beschießen.«

Geschickt wich er, während er sprach, dem Heck eines Wagens aus, der als Barrikade auf die Straße geschoben war und wie ein Fisch aussah, dem der Kopf abgeschlagen worden war. Dann drängte er hupend ein paar Leute von der Fahrbahn. Susan, die schon beim Einsteigen lange auf ein Einschussloch in der Beifahrertür gestarrt hatte, klammerte sich an den Türgriff, bis das Weiß ihrer Knöchel hervortrat. Um sich zu beruhigen, hatte sie die Augen geschlossen und sich, wie die rhythmischen Bewegungen ihrer Finger verrieten, einer Musik im Audio-Extender überlassen.

War der Wagen, in dem Khan gesessen hatte, bislang vor ihnen gefahren, so führte nun das Gedränge auf den Straßen dazu, dass er im Verkehr vor ihnen verschwand. Als sie sich der Innenstadt näherten, fiel Damian eine Menge Halbwüchsiger auf, die sich an einer Straßenecke versammelt hatten und etwas umstanden, das wie eine Statue aussah.

»Das passiert mit den Leuten«, sagte der Fahrer, »die es wagen, einen Rais anzugreifen.« Als der Wagen die Stelle passierte, entdeckte Damian, dass das, was er für eine Art Statue gehalten hatte, in Wahrheit ein Gekreuzigter war, den man, wie der Fahrer sagte, *zur Abschreckung* hier ausgestellt hatte. Hier, sagte er und deutete auf einen gusseisernen Zaun, habe man in der letzten Woche die Köpfe der Verräter aufgespießt. Nach ein paar Tagen jedoch, bei dieser Hitze, sei die Geruchsbelästigung allzu unangenehm geworden. Sein Begleiter nestelte währenddessen am Autoradio herum und ließ eine martialische Musik erklingen, klopfte mit der Rechten den Takt der Musik mit und stimmte in den Refrain ein. Die Beiläufigkeit, mit der all dies geschah, ließ Damian so fassungslos zurück, dass er mit Erstaunen bemerkte, dass er nicht einmal mit einem Gefühl des Ekels reagierte. Er schaute zu Susan hinüber. Sie saß noch immer mit geschlossenen Augen da und hatte von alledem nicht das Geringste bemerkt.

In der Nähe eines Souks hielt der Wagen. Ihr Fahrer sagte, sie müssten aussteigen, es gehe zu Fuß weiter. Ihre Begleiter geleiteten sie, ohne ein weiteres Wort zu sagen, durch ein paar enge Gassen. Khan und die anderen waren längst im Gewirr des Marktes verschwunden. Knatternde Motorroller, Kindergeschrei, verschleierte Frauen, da und dort junge Männer in Kampfanzügen. Ausgemergelte alte Männer, die reglos in Hauseingängen lagen. Ein Mann, dem noch eine Spritze im Arm steckte. Menschlicher Unrat. Umgestürzte Möbel. Elektroschrott, zu Bergen aufgetürmt. Obwohl sie sich, auf Bitten der Sicherheitsleute, unauffällig gekleidet hatten, spürte Damian, dass Susan und er die Blicke auf sich zogen. Überwältigt von den Gerüchen, den Blicken, der körperlichen Nähe all dieser Menschen, folgte Damian ihrem Führer, dessen dünnes, schweißfeuchtes Hemd an seinem Rücken klebte wie eine Art Erkennungszeichen. Der schnelle Wechsel von Licht und Schatten. Lumpen, die irgendwann einmal Markisen oder Sonnenschirme gewesen waren, jetzt notdürftig zusammengeflickt von den alterslosen Fassaden herabhingen. Zu beiden Seiten kleine Geschäfte, von nackten Glühbirnen erleuchtet. Fisch, Gemüse, Kleidungsstücke. Und Waffen. Und immer wieder: zerbombte Häuser, die eine Mischung aus Verbranntem und menschlichen Ausscheidungen ausdünsteten.

*

Stille und Angst. Das war das Erste, was Damian wahrnahm, als er in dem Innenhof stand, der sich nach labyrinthartig verwinkelten Gängen vor ihnen geöffnet hatte. Zuerst war da die Stille gewesen. Vielleicht hatte er sie zuerst bemerkt, weil sie nach dem Geschrei der Menschen und dem Knattern der Motorräder so überraschend gekommen war. Die Angst dagegen schlich sich sehr viel langsamer ein. Sie kam mit den bewaffneten Posten, die sie nach Waffen abtasteten, mit dem Blutfleck, der an einem Türbalken prangte, sie lag im verhuschten Blick des jungen Mädchens, das schnell und lautlos in einem Zimmer verschwand, sie teilte sich im respektvollen Flüstern des Mannes mit, der sie, als sie den Innenhof betraten, begrüßte. Rosenberg, Khan und zwei seiner Begleiter waren bereits da. Auf Rosenbergs Anraten hatte Khan einen Kameramann mitgebracht, der eine extragroße Kamera mit sich führte. Der junge Mann sagte, Abu Dais werde gleich kommen. Aber dann standen sie und warteten, und Damian überlegte, woran ihn diese Mischung aus Stille und Angst erinnerte. Dann fiel es ihm ein. Wenn er, was nicht häufig vorkam, als Kind zu Besuch bei seinen Großeltern gewesen war und sein Großvater ihn mit ins Büro in die City genommen hatte, hatte eine ähnliche Stille geherrscht. Da hatten sich die jungen Männer, die *Sykophanten,* wie sein Vater gesagt hatte, gleichermaßen devot und ehrerbietig gezeigt, während die *Bittsteller,* die seinen Großvater mit ihren Laptops und PowerPoint-Präsentationen dazu bewegen wollten, eine größere Summe in dieses oder jenes Unternehmen zu stecken, eine aufgekratzte, geradezu zwanghafte Lockerheit an den Tag gelegt hatten. Obwohl er als Enkel in den Räumen der *Hades Capital* tun und lassen konnte, was ihm beliebte, hatte Damian diesen Ort immer gemieden. Diese Stimmung von Stille und Angst hatte ihm großes Unbehagen bereitet. Der Unterschied war nur, dass hier, wo sie auf den Auftritt des Hausherrn warteten, der Grund ganz offen dalag: rohe, nackte Gewalt. Irgendwann waren Schritte zu hören. Ein bärtiger Mann mittleren Alters erschien. Er hielt zwei Kinder an der Hand, ein etwas älteres Mädchen und einen vielleicht vierjährigen Jungen, der ein Superman-T-Shirt trug. Das also war der Mann, den Susan ihm als *Schlächter von Tripoli* vorgestellt hatte, berüchtigt dafür, seinen Gegnern die Nase abschneiden zu lassen.

War sein Auftritt eher bescheiden, fiel die Begrüßung hoch zeremoniell aus. Der junge Mann küsste ihm die Hand. Rosenberg umarmte ihn, Khan nickte ihm, eine Verbeugung andeutend, zu. Rosenberg, der sie einander vorstellte, erklärte Abu Dais, welch eminente Bedeutung Khan in der Zivilisation besitze und dass er von dem legendären Ruf gehört habe, den Abu Dais sich erworben habe. Als Tripoli in den Syrienkrieg hineingezogen wurde, hatte Abu Dais sich als Scharfschütze einen Namen gemacht. Auch in seiner folgenden Karriere hatte er diese Kaltblütigkeit an den Tag gelegt: bei den Entführungen, dem Waffenschmuggel, den Bündnissen, die er einging und wieder löste. Damian bemerkte, wie der Mann die Aufmerksamkeit genoss, die ihm entgegengebracht wurde. Vor allem die Kamera, die Damian wie ein etwas lächerliches historisches Relikt erschienen war, schien es ihm angetan zu haben. Der Kameramann, ein spirreliger, eigentlich unscheinbarer

Mann, spielte das Bedeutungsspiel mit, überprüfte das Licht, bat ihn, ein bisschen zur Seite zu rücken, und machte ein Foto, das er ihm auf dem Display präsentierte. Abu Dais warf nur einen kurzen Blick darauf, das genügte.

Für das *Transcendence*-Finale war das Interview gänzlich unbedeutend. Zwar gab es da eine Gestalt, die der Vita von Abu Dais nachempfunden war, aber sie war kaum mehr als Staffage. Khan jedoch, das hatte Susan verraten, hatte behauptet, die Frage, welche Rolle die Religion für Abu Dais und seinen Erfolg spiele, sei der Schlüssel für das gesamte Projekt. Abu Dais nahm Platz und ließ seine beiden Kinder auf seinem Schoß sitzen, den Sohn auf dem linken, die Tochter auf dem rechten Bein.

»Können Sie sich an den ersten Menschen erinnern, den Sie umgebracht haben?«, wollte Khan wissen.

Aber ja, er sei dreizehn Jahre alt gewesen, man habe ihm ein Gewehr in die Hand gedrückt und gesagt, dass nicht er, sondern Allah den Abzug drücke. Er habe einen Mann auf ein Gebäude hinaufsteigen sehen und habe abgedrückt. Es komme auf den Herzschlag an, es sei wichtig, den Atem zu kontrollieren.

Mit einer Mischung aus Widerwillen und Faszination lauschte Damian dem Gespräch. Mehr noch als die Erzählung des Mannes beeindruckte Damian, wie Khan sich seinem Gegenüber anpasste, wie er jede Regung aufnahm und durch seine Aufmerksamkeit noch verstärkte. Dabei trat er selbst gar nicht in Erscheinung. Wie eine Lampe, die den dunklen Raum des Gedächtnisses erleuchtet, ließ er die Vergangenheit des Abu Dais hervortreten.

Irgendwann kam das Gespräch auf eine Entführung, die Khan offenbar sehr beschäftigte. Als der Krieg ausgebrochen war, an dessen Ende das Staatsgebilde Libanon nur mehr eine Fiktion gewesen war, hatte Abu Dais einen amerikanischen Reporter begleitet, der als Freelancer für eine große Zeitung gearbeitet hatte. Zwar war er ein *Kafir,* ein Ungläubiger, der Alkohol trank und gottlose Reden führte, aber er sei überaus witzig gewesen, ein wirklich großartiger, wahrer Freund! Wochenlang hatten sie zusammengearbeitet, bis er den Befehl bekommen hatte, seinen Freund zu kidnappen. Eine Zeit lang hatte man ihn als Geisel gehalten, aber die Zeitung hatte nicht bezahlt, nicht mal einen läppischen Preis, dessen einziger Sinn die beiderseitige Gesichtswahrung gewesen wäre. So hatte er den Auftrag bekommen, ihn zu eliminieren.

»Und was haben Sie gemacht?«

Eine Weile war nichts zu hören, selbst die Kinder, die die ganze Zeit über gewispert oder an ihrem Vater herumgezupft hatten, waren plötzlich still.

»Hier«, sagte Abu Dais ohne jedes Pathos, »trage ich das Bild meines geliebten Freundes mit mir herum, seit fast zwanzig Jahren.« Ohne irgendeine Verlegenheit knöpfte er sein Hemd auf und deutete auf das Medaillon, das auf seiner behaarten, von wuchernden Narben übersäten Brust ruhte. Er öffnete es, und Damian sah das ernste Gesicht eines jungen Mannes, mit kurzem schwarzem Haar und einem Kinnbart.

Khan näherte sich, nahm das Medaillon in die Hand und schaute es sich genau an, dann wiederholte er die Frage.

»Ich habe ihn getötet. Und ich habe ihn mit meinen eigenen Händen begraben. Dann habe ich mir geschworen, dass es in Zukunft niemanden mehr gibt, der mir Befehle erteilen wird.«

Es herrschte eine Stille, die so unangenehm war, dass auch sein kleiner Sohn schließlich zu quengeln begann. Auf ein Zeichen von Abu Dais kam einer seiner Getreuen und gab dem Kleinen ein Gewehr in die Hand. Abu Dais strich ihm über den Kopf und deutete auf die Kamera. Der Kleine strahlte und begann eifrig, zur Freude seines Vaters, das Gewehr auseinanderzunehmen. Die Tochter wiederum schaukelte auf den Beinen des Vaters, spielte mit ihrem Haar und verlangte nach Süßigkeiten. Khan machte eine kurze Pause, vielleicht weil er das Bild einfach wirken lassen wollte, dann begann er sachte die Stationen von Abu Dais' Leben abzuschreiten. Warum er darauf verfallen sei, seinen Gegnern die Nase abzuschneiden? Abu Dais sagte nüchtern, das sei die Strafe, die Allah den Homosexuellen und Ehebrechern zugedacht habe, ihm sei diese Strafe, in Anbetracht all der verweichlichten Schwuchteln, nur angemessen vorgekommen. Im Übrigen sei es keineswegs so, dass er Lust dabei empfinde. Entscheidend sei, dass der Rais, der Anführer, sich als gerecht und unbestechlich erweise, nur so könne er seine Reputation und seinen guten Ruf wahren. So habe er nicht einmal einen seiner Getreuen, der sich mit einem Knaben vergnügt habe, von dieser Strafe ausnehmen können. Wieder gab Abu Dais einen kleinen Wink – und man führte einen barfüßigen, vielleicht dreißigjährigen Mann mit Bart und Wuschelkopf herein. Er fiel auf die Knie, küsste seinem Herrn und Gebieter die Hand und lächelte auf sein Geheiß in die Kamera. Dort, wo seine Nase gewesen war, war ein vernarbtes, ungestaltes Loch, und plötzlich schien es Damian, als ob aus diesem Loch gleich ein Blutschwall herausfließen müsste. Kalter Schweiß brach ihm aus, ein Gefühl, als ob sogleich Arme und Beine taub würden.

»Ihr Begleiter ist ein bisschen bleich!«, sagte Abu Dais und begann zu lachen. Auch seine beiden Kinder stimmten in das Gelächter mit ein, ebenso wie der Wuschelköpfige, dessen offener Mund ein paar vereinzelte, schadhafte Zahnstummel zeigte. Damian versuchte, sich an der Tischkante festzuhalten, griff aber ins Leere. Bevor er vom Stuhl fallen konnte, packten ihn feste Hände, und jemand führte ihn, begleitet vom herzlichen Gelächter aller Anwesenden, in einen Nebenraum, wo er auf einer Liege zusammenbrach.

*

Als er das Bewusstsein wiedererlangte, sah er als Erstes den kleinen Schimpansen, der im Raum herumsprang. Dann erst bemerkte er, dass ein junges Mädchen neben ihm saß. Sie lächelte ihn an, streichelte ihm über das Gesicht und begann, sein Hemd zu öffnen. Als er etwas sagen wollte, legte sie ihm zwei Finger auf den Mund und begann, sich die Bluse aufzuknöpfen. Sie war höchsten dreizehn, vierzehn Jahre alt, vielleicht jünger. Mit schnellen Blicken überprüfte er, ob irgendwo an den Wänden Kameras befestigt waren. Nach den Gesetzen des ECO-Systems war der Missbrauch Minderjähriger ein gravierendes Verbrechen. Auch wenn die Zone nicht dem *Penalty*-System unterlag und man für dort begangene Straftaten nicht belangt werden konnte, hatte Olsen ihm von Fällen erzählt, bei denen einzelne Bürger des ECO-Systems mit kompromittierendem Material aus der Zone erpresst wurden. Vor allem aber standen ihm noch die Bilder vor Augen, die, wie Olsen sagte, eine Konsequenz des ungeschützten Geschlechtsverkehrs sein konnten. Der kleine Schimpanse kam, mit ein paar Kleidungsstücken bewaffnet, aus einem Kleiderschrank gekrochen und postierte sich auf dem Schrank, um die Szenerie zu beobachten.

»Lass das!«

Das Mädchen schaute verwirrt, und Damian wiederholte die Aufforderung, jetzt in eine Bitte gekleidet, auf Arabisch.

Plötzlich begann sie zu weinen. Mit den Tränen sprudelten lauter wirre Erklärungen hervor. Wenn sie nicht tue wie befohlen, werde der Rais sie bestrafen, oder noch Schlimmeres, bitte, bitte, das könne er ihr doch nicht antun. Es sei ein solches Glück, dass sie hier sei, wenn sie heim nach Baalbek geschickt werde, werde die Familie über sie herfallen. Während sie ihre Geschichte erzählte, zog sie sich weiter aus. Sie streifte ihren kurzen Rock ab, und er sah, dass sie ihr Schamhaar nicht abrasiert hatte.

Der kleine Affe, der unter einem viel zu großen Herrenhemd hervorlugte, schien die Situation zu genießen, auf jeden Fall begann er zu masturbieren.

»Du musst das nicht tun«, sagte Damian, »wir sagen einfach, wir hätten es gemacht.«

Aber sie ließ sich nicht beirren, sondern öffnete seinen Gürtel.

»Das darf ich nicht! Er sieht, wenn ich lüge!«

Damian versuchte ihre Hände zu ergreifen, aber sie entwand sich ihm und fuhr einfach fort. Mehrfach, mit einem geradezu verzweifelten Gesichtsausdruck, schaute sie zum Ventilator hoch, der sich über ihnen an der Decke drehte, dann beugte sie sich über ihn und flüsterte ihm ins Ohr:

»Er kann uns zuschauen, verstehst du das nicht?!«

Der Schimpanse, der noch immer sein dünnes, längliches Glied bearbeitete, schaute ihn aus schwarzen Augen unverwandt an. Damian schloss die Augen. Ihm war übel. In der Schwüle des Zimmers hing etwas Animalisches. Als kleines Kind, so erinnerte er sich, hatte er beim Opferfest zugeschaut, wie mehrere Männer, mitten auf der Straße, einem Ochsen die Kehle durchgeschnitten hatten. Der Blick des verendenden Tieres hatte sich mit dem seinen gekreuzt. Das Blut war in einen Gully hinabgelaufen – und er hatte, zur Säule erstarrt, einfach bloß zugeschaut. Er spürte, wie das Mädchen sein Glied in ihre Scheide schob und wie sich ihre Oberschenkel an den seinen rieben. Plötzlich hatte er den Abend mit Justine vor Augen, eine schimmernde Zahnreihe – und fragte sich, was passiert wäre, wenn er ihrem Wunsch entsprochen und sie tatsächlich gewürgt hätte. Irgendwo in der Tiefe seines Körpers konnte er spüren, wie die Fragen sich zu einer körperlichen Anspannung verwandelten, zum Wunsch, all dieser Geheimnisse ledig zu werden.

Als er ejakuliert hatte, stand sie sofort auf und zog sich an.

»Du musst ihm sagen, ich war gut! Versprichst du mir das?!«

Als ein verwirrter Damian zur Gesellschaft stieß, war der Tisch gedeckt. Es gab Teigtaschen, gefüllte Weinblätter, Hähnchenspieße. Abu Dais, der eine halb geleerte Flasche Wein vor sich stehen hatte, ließ sich von Khan die Fortschritte der Aufklärungstechnologie erklären, vor allem aber, wie man sich gegen Minidrohnen schützen könne. Susan beschäftigte sich mit den beiden Kindern, während sie sich gleichzeitig mit einem der Bodyguards unterhielt. Der Kameramann und Khans Drehbuchautor vergnügten sich mit zwei dunkelhäutigen Frauen. Damian nahm neben Rosenberg Platz, der ihm ein freundliches Lächeln schenkte.

»Ich bin sehr froh, dass ich dich kennengelernt habe.«

»Warum?«

»Als ich damals das Buch deines Vaters las, habe ich mich immer gefragt, wer Damian ist. Ich wusste nicht, dass er es seinem Sohn gewidmet hat, wusste überhaupt kaum etwas von ihm. Aber jetzt, wo ich dich sehe, denke ich, du bist ihm ganz ähnlich.«

»Wie meinen Sie das?«

»Na ja. Dass du den Anblick einer solchen Wunde nicht erträgst.«

»Ich weiß nicht, vielleicht ist es auch bloß eine körperliche Idiosynkrasie.«

Rosenberg lachte und sagte, das Fatale an dieser Weltgegend sei, dass man verrohe. Abu Dais beispielsweise sei berüchtigt, aber er setze Gewalt bloß instrumentell ein, so wie man sich die Zähne putze.

»Als ich hierhergekommen bin, habe ich mich gefühlt wie Rimbaud. Als ob ich dem wahren, pulsierenden Leben begegnet wäre. All diese Menschen hier schienen mir so viel näher am Leben als ich. Im Gegensatz dazu erschienen mir die Leute, die ich in Amerika gekannt hatte, wie Untote, die übernächtigt vor ihren Computerschirmen hocken und nach einem Stoff gieren, mit dem sich der Blutmangel kompensieren lässt. Das habe ich geglaubt, in meiner größenwahnsinnigen Naivität. Aber in der Hölle kann man nicht dichten. Wo Gewalt herrscht, gibt es keine andere Sprache als die Gewalt. Du entdeckst, dass du nur die Wahl hast, ob du Sklave oder Sklavenhalter sein möchtest. Dieser Ort, das habe ich begriffen, wird mich vernichten. Und trotzdem – man kann selbst der Niederlage eine Art Größe abgewinnen.«

Plötzlich begann Rosenbergs Smartphone zu klingeln. Rosenberg nahm ab, jovial und herzlich, aber seine Heiterkeit verschwand auf der Stelle. Er stand auf und trat beiseite. Wenig später sah Damian ihn einen Gang auf und ab wandern. Das, was er im Gespräch mit seinem telematischen Gegenüber zu hören bekam, schien ihn zu beunruhigen. Mehrmals fluchte er in sich hinein, schien aber bemüht, kein Aufsehen zu erregen. Nach Beendigung des Gesprächs winkte er einen der Bodyguards zu sich und redete leise auf ihn ein.

Der Bodyguard nickte und begann nun seinerseits, Telefonate zu führen. Rosenberg selbst setzte sich an den Tisch, nahm ein paar Bissen zu sich, schob seinen Teller aber dann von sich weg. Als er sich Damian zuwandte, musste er sich regelrecht zu einem Gespräch zwingen.

»Wirst du Justine von mir grüßen?«

»Aber ja«, sagte Damian und fügte hinzu, Justine habe ihm mit glänzenden Augen von ihrem Trip nach Aden erzählt. Aber Rosenberg hörte nicht zu. Immer wieder, als erwartete er irgendetwas, schaute er sich um. Als Abu Dais für einen Augenblick verschwand, stand er auf, trat auf Khan zu und flüsterte ihm etwas ins Ohr. Dieser schaute zunächst ungläubig, verwirrt, dann geradezu bestürzt drein. Als Abu Dais zurückkam, eröffnete ihm Khan, er habe eine wichtige Nachricht erhalten, man müsse sich leider vorzeitig auf den Weg machen.

Der Abschied geriet so überstürzt, dass er Damian wie eine Flucht vorkam. Nur Rosenberg blieb zurück, verabschiedete sich und sagte, man müsse eine gewisse Normalität vorspielen, er könne den Gastgeber nicht einfach so sitzen lassen. Als sich die Tür hinter ihnen geschlossen hatte, sagte Khan zu Damian und Susan, es tue ihm leid, aber man müsse vorzeitig abreisen.

»Aber warum? Was ist passiert?«

»Moxie, also Rosenberg hat mir gesagt, wir wären nicht sicher. Und dass wir unverzüglich aufbrechen müssen. Wir werden auch nicht mehr zum Hotel, sondern gleich zum Flughafen fahren.«

»Und das Gepäck?«

Aber Khan hatte sich schon abgewandt. Dabei schien er weniger schockiert als vielmehr enttäuscht, dass das Gespräch mit Abu Dais ein so abruptes Ende gefunden hatte.

*

Kaum zwei Stunden später waren sie schon am Militärflughafen. Am Tag wirkte er noch trostloser als in der Nacht. Die Hangars waren durchgerostet, und die wenigen Flugzeuge, die am Abend zuvor als Schemen sichtbar gewesen waren, erwiesen sich als fluguntüchtige Wracks, deren einzige Funktion wohl darin bestand, die Fiktion eines Flughafens aufrechtzuerhalten. Nach ein paar Minuten erschienen die Sicherheitsleute, die man aus dem Hotel abkommandiert hatte. Ihre Stimmung war gereizt. In ihrer Abwesenheit waren die Auseinandersetzungen mit Rosenbergs Leuten erneut aufgeflammt. Die Aggressivität drohte sich jetzt gegen die Araber zu richten, die mit Gewehren im Anschlag den kleinen Konvoi bewachten. Susan hatte die undankbare Aufgabe, die Neuankömmlinge zu beruhigen, andererseits über den Grund der verfrühten Abreise aufzuklären. Währenddessen saß Khan im Fond seines Autos und schaute mit dem Kameramann und dem Drehbuchautor das abgedrehte Material durch. Die Sonne stand tief und tauchte die Szenerie in ein wunderbares Licht, das Damian wie ein Versprechen schien, diesem schrecklichen Ort bald zu entkommen. Er hätte sich gerne von Rosenberg verabschiedet, aber alles war so schnell gegangen, dass es dazu keine Gelegenheit gegeben hatte. Als es dämmerte, war die Maschine startklar. Damian nahm neben den Tragflächen Platz und schaute zu, wie das Flugzeug sich vom Boden löste und schon bald über dem Mittelmeer schwebte. Ein paar Minuten nach dem Start setzte sich Khan zu Damian, ein Glas in der einen, eine halb leere Flasche *Black Bull* in der anderen Hand.

»Geht es dir besser?«

Damian wusste nicht, was er sagen sollte. Mit dem vorzeitigen Abbruch hatte sich ihm die Frage nach dem Zweck der Exkursion gestellt. Während der Konvoi mit Vollgas durch die Stadt gerast war, hatte er darüber nachgedacht, ob die Botschaft, die er in Castoriadis' Lifestream entdeckt hatte, sich womöglich auf Khan bezog. Wie sonst war Castoriadis in den Besitz von Khans Kontaktdaten gekommen? Und hatte nicht auch Khan, für genau diesen Tag, die Vorahnung eines Attentats gehabt? In welchem Zusammenhang stand dieser sonderbare Traum, von dem er erzählt hatte? Vielleicht hatte Khan ihn nur mitgenommen, um ihn zu testen. Aber wozu? Oder ging es ihm um Justine? War da irgendeine väterliche Instanz, die überprüfen wollte, ob er ihrer würdig sei?

Khan wiederholte seine Frage noch einmal.

»Ja«, stammelte Damian. »Ich weiß gar nicht, wie es passiert ist. Ich glaube, es war das Blut. Ich hatte plötzlich das Gefühl, ich kann es riechen.«

»Du hast recht. Er ist ein Monster.«

»Ich glaube, es war dieser Mann mit der Nase. Und seine Kinder ...«

»Ja, die Kinder. Und all die Menschen, die ihn verehren und alles für ihn tun würden. Mein Gott, denkt man sich, was für ein Mann! Aber das Einzige, was ihn wirklich beeindruckt, ist eine Vorkriegskamera.«

»Aber wenn Sie ihn für ein Monster halten, warum ...«

»Du möchtest wissen, warum er mich interessiert?«

»Ja.«

»Weil er mit seinen Kindern auf dem Schoß vor dir sitzt und dir erzählt, wie er seinen besten Freund umgebracht hat, so beiläufig, als erzählte er dir gerade, dass er heute Mittag Spargel gegessen hat. Man sucht nach irgendeinem Zeichen von Reue, Scham, schlechtem Gewissen. Und plötzlich merkst du, dass du dich selber schuldig fühlst.«

»Aber Sie haben doch nichts dergleichen getan.«

»Nein, aber ich habe etwas anderes getan. Oder unterlassen. Ich habe meinem Kind nicht genug Aufmerksamkeit geschenkt, ich habe mich nur für mich selbst interessiert. Auf jeden Fall fühle ich mich schuldig.«

»Also dreht sich die Geschichte gar nicht um ihn, sondern um uns?«

»Vielleicht. Aber er ist derjenige, der uns dies vor Augen führen kann. Das ist die Aufgabe des Monsters. Es zeigt dir, was du ansonsten nicht sähest. Hast du bemerkt, wie er, wenn er seine Augenbrauen anhebt oder die Stirn in Falten legt, sich plötzlich verwandelt? Und du sitzt da und hast das Gefühl, das ist ein anderer Mensch! Das ist großartig! Einfach großartig!«

Khan schenkte sich ein weiteres Glas ein. Seine Hände zitterten. Aber anstatt zu trinken, stierte er lange in das halb volle Glas. Für einen Moment machte er einen solch verlassenen Eindruck, dass Damian den Impuls verspürte, ihn aufzumuntern.

»Ich habe die Generalprobe der Feier gesehen. Und dieser Augenblick, als Cheng die Frage gestellt hat, ob all das geplant gewesen sei …«

»Wie schön, dann hat es wenigstens einer bemerkt. Aber ich glaube nicht, dass ich mir viele Freunde damit gemacht habe.«

Khan ließ die halb geschmolzenen Eiswürfel im Glas klirren.

»Was ist eigentlich passiert, dass wir vorzeitig aufbrechen mussten?«

»Rosenberg sagte, er hätte Informationen, dass ein Anschlag auf mich geplant sei, noch an diesem Abend, im Haus von Abu Dais.«

»Aber warum? Warum sollte man Sie umbringen wollen?«

Khan sah ihn an, dann begann er zu lachen.

»Oh, mir fiele da einiges ein!«

»Hat dieser Mann, hat Abu Dais irgendetwas damit zu tun?«

»Wenn du ihm nur genug Geld und Waffen gibst, wird er alles für dich tun. Oder meinst du, die Unterhaltung mit ihm war umsonst?«

Damian zuckte fragend die Achseln. Aber Khan schien in Gedanken schon längst woanders zu sein. Er bewegte das Glas in seiner Hand und brachte den Whisky in eine kreisende Bewegung.

»Du weißt, dass all dies nur deinetwegen stattgefunden hat, oder?«

Jetzt war Damian überrascht. Zugleich spürte er, wie ihm ein vages Schuldgefühl den Schweiß auf die Stirn trieb.

»Du erinnerst dich noch, als wir uns über das Erzählen unterhalten haben und du gesagt hast, dir fehle es an Fantasie.«

»Ja.«

»Das ist es, was ich dir habe zeigen wollen. Es geht nicht darum, dass wir etwas erfinden, nein, es geht ums Finden. Und wir finden es einfach, indem wir jemandem zuhören. Ich höre diesem Monster zu und entdecke die Fragen, die mich zu ihm geführt haben, vor denen ich weggelaufen bin, die ich mir vielleicht niemals habe stellen wollen. Aber jetzt sind sie da. Und weil ich zugehört habe, sind sie unüberhörbar. Versteht du das?«

»Ja, ich glaube schon.«

»Du musst nichts erfinden, Damian. Du musst nur deine Frage finden. Aber du findest sie nur, wenn du zuhörst.«

In diesem Augenblick unterbrach Susan ihr Gespräch. Die Zentrale frage an, ob Khan für eine kurze Besprechung Zeit habe. Khan fluchte in sich hinein, erhob sich und begab sich schwankenden Schrittes in den vorderen Teil der Kabine.

Eigentlich hatte er sich vorgenommen, Khan danach zu fragen, ob er je mit einem gewissen Symeon Castoriadis in Kontakt geraten war, aber die Gelegenheit war vorüber. Die Unterredung, in die Khan verwickelt worden war, zog sich hin, vor allem aber ließ sie ihn immer ungehaltener werden. Also verbrachte Damian den Rest des Fluges damit, das Buch seines Vaters, das ihm Rosenberg geschenkt hatte, durchzublättern. Es war abgegriffen und fühlte sich an, als ob es jeden Moment zerbröseln würde. Rosenberg hatte das Buch gründlich gelesen. Es gab kaum eine Seite, die nicht eine Anstreichung oder eine Seitenbemerkung aufwies.

Wenn alles machbar ist, begann der erste Abschnitt, *muss das historische Bewusstsein ausgelöscht werden. An die Stelle der Geschichte tritt die Wiederkehr des Immergleichen, das System, das die Stelle Gottes eingenommen hat. Anders jedoch als die Götter der Vergangenheit, die noch immer einer Mythologie oder eines Buches bedurften, hat das System keinen Namen. Gehen wir davon aus, dass die Götter nichts weiter als Erfindungen des Menschengeschlechts sind, so ist das System die Erfindung der Kopflosigkeit: das Vermögen, sich selbst vergessen zu können.* Es fühlte sich sonderbar an, diese Zeilen zu lesen. Das lag nicht bloß daran, dass er die Gedanken seines Vaters erstmals im Original vor sich hatte. Nein, als er über die Formulierung stolperte, dass man sich selbst vergessen könne, kam es ihm vor, als wäre dieser Satz auf ihn selbst gemünzt, hatte er doch alles dafür getan, um sich mit der Gestalt seines Vaters nicht beschäftigen zu müssen.

Justine war der letzte, ja überhaupt der einzige Mensch, mit dem Damian länger über seine Familiengeschichte gesprochen hatte. Wie Damian besaß auch sie nur eine verschwommene Erinnerung an die eigene Mutter. Sie war drei, er war vier Jahre alt gewesen, als er vom Tod seiner Mutter erfahren hatte. Auf den Bildern und Videos, die ihm seine Großmutter hinterlassen hatte, war eine sehr schöne Frau mit kastanienbraunem Haar zu sehen, die einen kleinen, stets griesgrämig dreinschauenden Jungen im Arm hielt. Seltsamerweise gab es kein einziges Bild, das seine Mutter und seinen Vater gemeinsam zeigte. Fast alle Aufnahmen waren auf dem großelterlichen Weingut in Südfrankreich entstanden, wo sie die Sommer verbrachten. Die Wohnung in Marrakesch, in der Damian die ersten neun Jahre seines Lebens verbracht hatte, existierte allein in seiner Erinnerung. Im Nachhinein erschien es ihm sonderbar, dass er nie wieder dorthin zurückgekehrt war. Die Ferien hatte er stets bei seinen Großeltern verbracht, während sein

Vater ihn für ein paar Tage besuchen kam, gelegentlich auch, zum Missfallen seiner Schwiegereltern, in Begleitung einer jungen Frau. Als sein Vater im Jahr 2017 bei einem Busunfall ums Leben gekommen war, war Damian mitten in den Vorbereitungen für seine Abschlussprüfungen gewesen. Man hatte die Asche seines Vaters nach England geflogen, wo er in der Familiengruft bestattet wurde. Der Riad in Marrakesch wurde verkauft. Weil dabei niemand einen Gedanken an Damian verschwendet hatte, war nichts aus dem Besitz seines Vaters an ihn übergegangen. Aber warum? Warum hatte er seine Großeltern niemals danach gefragt? Noch einmal rutschte sein Blick an den Anfang des Textes zurück. *Wenn alles machbar ist, muss das historische Bewusstsein ausgelöscht werden.* Ja, vielleicht war es das! Vielleicht war die Erinnerung an seinen Vater eine verwaiste, erloschene Erinnerungsinsel, die Damian auch deswegen mied, weil die Flashbacks, die ihn aus heiterem Himmel heimsuchten, zeigten, dass in seiner Kindheit irgendetwas Schreckliches passiert sein musste. Da war das Bild einer Frau, die sich, den Kopf unter einer Plastiktüte, gegen die Hände zur Wehr setzte, die sie zu erdrosseln suchten, aber während sie um Atem rang, sog sich die Plastiktüte nur umso fester an ihren weit aufgerissenen Mund. Obwohl das Gesicht der Frau nicht zu erkennen war, meinte er, sie ähnelte dem Bild der jungen Frau, das er von den Fotografien seiner Mutter kannte. Offiziell war seine Mutter im Universitätsklinikum Ibn Tofail verstorben, an den Folgen eines Gehirnschlags, insgeheim jedoch war Damian davon überzeugt, dass man ihm nicht die Wahrheit gesagt hatte. Aber ebenso gut konnten diese Flashbacks Streiche sein, die ihm seine Erinnerung spielte.

Dabei waren die Erinnerungen, die er an die gemeinsame Zeit mit seinem Vater hatte, keineswegs unglücklich. Er erinnerte sich, wie er unter dem Schreibtisch seines Vaters gelegen und Bilderbücher angeschaut hatte, während der bloße Fuß seines Vaters im Rhythmus der Musik gewippt hatte und nur zur Ruhe kam, wenn seine Finger die Computertastatur bearbeiteten. Manchmal war Damian auch unter dem Schreibtisch eingeschlafen, zusammengerollt wie ein kleines Tier. Vielleicht hatte sein Vater ja schon damals an diesem Buch gearbeitet. Als er nach dem Erscheinungsdatum suchte, entdeckte er die Widmung, die Rosenberg erwähnt hatte – und fühlte, wie ihm dieses »Für Damian« einen Stich versetzte. Dem Erscheinungsdatum zufolge musste sein Vater es etwa um die Zeit geschrieben haben, als er schon drei oder vier Jahre nicht mehr in Marrakesch gewohnt, sondern die St Edwards Boarding School in Oxford besucht hatte.

Umso rätselhafter war ihm die Feindseligkeit vorgekommen, die seine Großeltern seinem Vater gegenüber hegten – und die sich in dessen Beisein in spitzen Bemerkungen, in dessen Abwesenheit in offen herabwürdigenden Reden äußerte. Es sei ein Rätsel, dass sich Louise in diesen Träumer verliebt habe, der kaum einmal für sich selbst aufkommen könne. Lange bevor Damian verstand, was ein *Intellektueller* war, wusste er, dass dies etwas Verachtenswertes war und dass seine Großeltern alles dafür taten, um ihn vor einem solchen Schicksal zu bewahren. Neben der frühen Trennung war dies wohl der Hauptgrund dafür, dass er niemals eines seiner Bücher zur Hand genommen hatte. Der andere war, dass die Werke seines Vaters den Ruch des Aufwieglerischen trugen und tatsächlich, als der große Crash von 2023 die Welt in eine tiefe Krise stürzte, als Kampfschriften gegen das digitale Zeitalter gelesen wurden. Als Damian, auf Empfehlung von Carlotta DiBroca, zum Mitglied der *Social Design Planning Group* werden sollte, hatte es Bedenken gegeben, ob der Sprössling eines Revoluzzers für eine solche Funktion infrage komme, ja ob selbst im Falle der fachlichen Eignung nicht schon der Name Christie ein Ausschlusskriterium sein müsse.

Was hatte es zu bedeuten, dass sein Vater ihm dieses Buch gewidmet hatte? Es tat ihm leid, dass er Rosenberg nicht gefragt hatte, was ihn bewogen hatte, es auf seinen langen Trip mitzunehmen, ja ob er seinem Vater irgendwann einmal begegnet war. Nach dem, was ihm Khan gerade gesagt hatte, war Rosenberg nicht zufällig in der Bibliothek erschienen. Vielleicht war ja das der Grund, warum man ihn in die Zone mitgenommen hatte: dass er von Rosenberg das Buch seines Vaters erhalten sollte. Aber warum? Lag in dieser Geste irgendeine versteckte Botschaft, die er nur nicht zu entziffern wusste? Oder war es das Buch selbst, das eine solche Botschaft enthielt? Merkwürdigerweise rief diese Frage das Bild der Kleinen zurück und wie sie mit angsterfüllter Stimme geflüstert hatte, dass er ihnen zuschauen könne. Er dachte an das Loch, die Anomalie, die er auf Negropontes Monitor entdeckt hatte. Binnen weniger Tage war er nun schon das zweite Mal ohnmächtig geworden.

4

§ 4. Man ist, was man isst. Wenn wir Fleisch von Tieren zu uns nehmen, müssen wir uns klar darüber sein, dass der Preis dafür die Tötung eines Lebewesens ist. Eine solche Ernährungsweise läuft also auf eine Kultur des Todes und der Ausbeutung hinaus. Das ECO-System baut demgegenüber auf eine Kultur des Lebens und der Nachhaltigkeit. Je geringer der Verbrauch an natürlichen Ressourcen, je größer der informatische Anteil, desto wirkmächtiger ist der Prozess. In diesem Sinne müssen die Wälder in die Städte ziehen, müssen die Flüsse lernen, bergauf zu fließen, müssen die Berge zum Propheten kommen. Die kleinste Einheit gibt mehr, als sie verbraucht. Im ECO-System ist alles Teil eines Kreislaufs. Was sich dem widersetzt, unterminiert die Grundlagen unserer Gemeinschaft.

Im Nachhinein erschien es Damian merkwürdig, wie begriffsstutzig er gewesen war. Eigentlich hätte schon ein Blick auf seinen Status ausgereicht. Er aber hatte die Meldungen, die ihn beim Wiedereintritt in das Kommunikationssystem von *Nollet* erreicht hatten, nicht auf sich, sondern auf den gerade abgewendeten Anschlag in Abu Dais' Haus bezogen. Carlotta DiBroca hatte ein Hologramm geschickt, in dem sie sich besorgt erkundigte, was denn vorgefallen sei; ähnliche Nachrichten hatte er auch von Takao und einem gewissen Joseph Munro erhalten, der sich als Mann des Sicherheitsdienstes vorstellte. Lediglich Negroponte, der nach den Vorkommnissen in der Zone von der Notwendigkeit einer *Krisenintervention* sprach und gleich den kommenden Morgen als Termin vorschlug, war konkreter gewesen.

Vielleicht lag seine Begriffsstutzigkeit auch an dem Traum, den er gehabt hatte und der ihm noch immer, was ungewöhnlich für ihn war, deutlich vor Augen stand. Er hatte gemeinsam mit einem Entomologen vor einem Terrarium gestanden und zugeschaut, wie eine französische Sandwespe mit neun chirurgisch präzisen Stichen eine weiße Laborratte anästhesiert hatte. Damian wusste, dass diese Versuchsanordnung eine Fälschung darstellte. Denn statt der Laborratte hätte sich eine Gottesanbeterin im Terrarium befinden müssen – so jedenfalls hatte es in dem Buch gestanden, das ihm sein Vater vorgelesen hatte. Als die Laborrate nach zwei, drei zuckenden Bewegungen reglos liegen blieb, begann die Sandwespe ihren leblosen Körper in einen Kokon einzuspinnen. Auch hier ging es, wie er bemerkte, nicht mit rechten Dingen zu: Die Proportionen stimmten nicht, die Sandwespe war im Verhältnis zur Ratte viel zu groß. Als sie schließlich vollständig in den Kokon eingesponnen hing, sagte der Entomologe, die Ratte sei nicht tot, sondern werde der Brut der Sandwespe als eine Art Frischkonserve über den Winter helfen. Als er dem Insektenkundler ins Gesicht sagen wollte, dass es sich hier um eine Fälschung handele, schaute Damian nicht in ein Gesicht, sondern in eine ungestalte weiße Leere hinein. Nein, das war keine Maske, sondern eine physische Unmöglichkeit, als hätte man ein Stück aus der Realität herausgeschnitten. Auch die Wände des Raums, die an das Facettenauge eines Insekts erinnerten, sahen nicht so aus, wie Wände aussehen, eher wie eine Art lebende Membran. Was hatte Khan gesagt? Um einen Realitätscheck vorzunehmen, müsse man sich eine Uhr vornehmen. Tatsächlich hatte der Insektenkundler plötzlich eine riesige Digitaluhr an der Hand, und mit einem schnellen Blick sah Damian, dass ihre Ziffern wild hin und her sprangen. Jetzt war es gewiss, er befand sich in einem Traum. Der Insektenkundler, der ihn jetzt, obwohl noch gesichtslos, an Negroponte erinnerte, sagte, wenn er den Traum verstehen wolle, müsse er sich in die Position der Ratte versetzen. Als Damian die Ratte sah, die vollständig eingesponnen an einem dünnen Faden baumelte, dachte er, dass auch dies nur ein Traumgespinst war. Trotzdem war der Anblick dieses Kokons, vor allem des schlaff heraushängenden rosafarbenen Schwanzes so ekelhaft, dass er erwachte.

Die erste Körperempfindung, die er im Wachzustand hatte, war, dass seine Oberlippe schmerzte – und bizarrerweise erschien ihm dies wie die Folge eines Wespenstichs. Im Bad sah er, dass sie sich entzündet hatte. Vielleicht hatte er etwas Falsches gegessen. Sein MediBot empfahl eine Kamillentinktur. Als er sie auftrug, hatte er plötzlich das kleine Mädchen aus Tripoli vor Augen – und das unangenehme Gefühl, als hätte er sich möglicherweise eine jener Infektionen eingefangen, von denen Olsen erzählt hatte.

Er war gerade dabei, die Kamillentinktur aufzutragen, als ihn ein Anrufer aufschreckte, der fragte, ob man einen Besichtigungstermin vereinbaren könne.

»Was wollen Sie? Einen Besichtigungstermin? Aber wofür?«

»Ihre Wohnung. Ich habe erfahren, dass die Wohnung frei wird.«

»Entschuldigung, aber Sie müssen sich täuschen.«

Als sich danach zwei weitere Anrufer mit demselben Anliegen meldeten, blockierte Damian seinen Kommunikator und beschloss, sich die Zeit bis zur Verabredung mit Negroponte mit einem Spaziergang zu vertreiben. Er setzte sich eine tiefschwarze Sonnenbrille auf und verließ das Haus.

*

Vielleicht hätte er Verdacht schöpfen müssen, als der alte Mann von gegenüber ihn beim Verlassen des Hauses zu beschimpfen begann. Aber er schrieb diesen Ausbruch nur der psychischen Verwirrtheit zu, an der der Alte litt. Ansonsten war es ein friedlicher Morgen. Das Villenviertel lag still. Da und dort hörte man das Geräusch einer Sprinkleranlage. Obschon die Sonne noch gar nicht hoch stand, hatte sich der Asphalt so aufgeheizt, dass man die Hitze unter den Sohlen spüren konnte. Hinter einem Gartenzaun sah er eine Reihe von Alligatoren, die unbeweglich auf einem Rasenstück lagerten; einer löste sich und ließ sich in das Wasser eines künstlichen Teichs gleiten. Die Echsen waren in einigen Vierteln Mode geworden. Außer ihm war kein anderer Passant auf der Straße zu sehen. Eigentlich war ihm der Anblick des Straßenzugs vertraut, ließ er sich doch Tag für Tag durch diese Straße chauffieren. Jetzt aber erschien ihm jedes einzelne Haus sonderbar fremd, stellte er sich immer wieder die Frage, wer wohl hinter den Hecken oder den dunklen Scheiben eines modernen Baus leben mochte.

Er hatte gehofft, dass er die Fragen, die ihn seit dem Vorfall mit Castoriadis umtrieben, Schritt für Schritt würde abschreiten können. Doch die Eindrücke des letzten Tages, die Szene mit der kleinen Hure und die Begegnung mit Abu Dais, hatten seine Verwirrung nur noch gesteigert. Was bedeutete dieser Satz, der ihm noch immer durch den Kopf spukte: *Das ist die Aufgabe des Monsters. Es zeigt dir, was du ansonsten nicht sähest.* Hatte Castoriadis sich nur deswegen umgebracht, um zu beweisen, dass die hochgerühmte Verschlüsselungstechnik *Nollets* in Wahrheit nur eine Einbildung war? Davon freilich war in den Fragen, die er Olsen gestellt hatte, nicht die Rede. Am rätselhaftesten allerdings war Damian, was all dies mit ihm zu tun hatte. Warum hatte man ausgerechnet ihm aufgelauert und eine Botschaft in Form einer Pille überbracht? Warum er, warum nicht Carmen? Auf eine schwer fassbare Weise verbanden sich all diese Fragen mit dem kleinen Büchlein, das ihm gewidmet war und das ihm Rosenberg geschenkt hatte.

Mit diesem Buch waren Erinnerungen zurückgekehrt, für die sein logischer und auf Problemlösungen fixierter Geist keine Verwendung hatte. Zwar hatte Damian auch schon vorher gewusst, dass das Werk seines Vaters in der Zone ein gewisses Renomme besaß, ja dass sich einige Terroristen explizit auf seine Gedanken beriefen. Aber da er keine seiner Schriften zu Gesicht bekommen hatte, war dieses Wissen wie ein Ortsname, mit dem sich weder ein Bild noch eine Erinnerung verband. Vielleicht, so tröstete er sich, hatten die Gedanken seines Vaters eine Bedeutung erhalten, die ihm beim Schreiben gar nicht einmal bewusst gewesen war! Denn immerhin war er gestorben, bevor sich die neue Gesellschaft formiert hatte. Abgesehen davon erschien es ihm unmöglich, dass sein sanftmütiger Vater eine solch schreckliche Welt gutgeheißen hätte, wie er sie jetzt in Tripoli erlebt hatte.

Seine Oberlippe brannte. Konnte er sich nicht vielleicht doch bei der kleinen Hure angesteckt haben? Wer weiß, wen sie sonst noch bedient hatte. Wenn er nur an all die verwahrlosten Menschen dachte, die er beim Gang durch die Straßen von Tripoli zu Gesicht bekommen hatte! Hier mussten die schrecklichsten Krankheiten wüten, war eine Geschlechtskrankheit wohl kaum der Rede wert. Während er mit dem einen Auge noch einmal den Gesundheitsbefund seines MediBots überflog, beobachtete er, wie eine kleine Schar von Gartenrobotern sich daranmachte, einer Buchsbaumhecke einen geradezu abenteuerlichen Formschnitt zu verpassen. Konnte die junge Frau im Bikini, die dort am Rande eines Pools an einem Softdrink nuckelte, sich vorstellen, dass ein paar Hundert Kilometer entfernt Menschen einander bekriegten? Dass man sich umbrachte, weil die Kleidung nicht züchtig, der andere ein Ungläubiger war oder sich im Besitz irgendeines Kleinods befand? Hatte er denn selbst bis zum gestrigen Tag auch nur einen Gedanken an die Zone verschwendet?

Die junge Frau, die Augen hinter dunklen Sonnengläsern verborgen, folgte seinem Gang. Sie hatte, wie ihre Akte verriet, all ihre Accessoires mit ihrem Wert und einer eingehenden Beschreibung versehen, ganz offenbar, um zu signalisieren, dass man hier, trotz dürftiger Bekleidung, nicht einer x-beliebigen Frau, sondern einem Luxuswesen gegenüberstand. Tatsächlich verriet das akustische Abbuchungssignal, dass schon sein Blick auf ihre langen, makellos gebräunten Beine eine Transaktion zu seinen Ungunsten zur Folge gehabt hatte. Für einen Moment überlegte er, ob ihr perfekter Körper irgendein Rätsel barg, aber beim Blick auf die

Roboter, die sich anschickten, dem Buchsbaum (*Buxus sempervirens*) die Form einer Ente zu verpassen, verlor er das Interesse. All diese perfekten Häuser und Gärten erschienen ihm wie jener Kokon, in den die Laborratte seines Traums eingesponnen war. Und wenn, für wen stand dieses Bild? War er nicht selbst aus einem solchen Dämmerzustand erwacht? Vielleicht sollte er Negroponte davon erzählen, auf jeden Fall würde er ihn bitten, sich die entzündete Stelle auf seiner Oberlippe anzuschauen.

*

»Ich verstehe das nicht«, sagte Negroponte. »Ich verstehe einfach nicht, wie Ihr Score in so kurzer Zeit so tief hat absacken können.«

Diese Bemerkung traf Damian, als wäre ein Meteor von der Größe eines Schädels direkt vor ihm eingeschlagen. Ein Blick auf seine Statusanzeige belegte, dass Negroponte recht hatte. Sein Score war in einen Bereich abgerutscht, der jenseits seiner Vorstellungskraft lag. Es reiche kaum aus, wie Negroponte ihm mit einem ebenso gönnerhaften wie verlegenen Lächeln klarmachte, eine halbe Stunde seiner kostbaren Zeit zu kompensieren.

»Das muss ein Irrtum sein«, stotterte Damian, insgeheim jedoch wusste er, dass sich damit all die Sonderbarkeiten erklärten, die er in seiner Begriffsstutzigkeit nicht hatte deuten können: die impertinenten Anfragen von Leuten, die auf seine Wohnung spekulierten, der Umstand, dass sich jemand vom Sicherheitsdienst gemeldet hatte, der pöbelnde Alte, der ihn als *Lumpenpack* beschimpft hatte.

»Nur keine Angst!«, sagte Negroponte und beugte sich väterlich zu ihm vor. »Wahrscheinlich wird sich das in kürzester Zeit aufklären. Trotzdem. Manchmal trägt selbst ein solcher Irrtum eine Botschaft in sich. Haben Sie eine Vorstellung, warum das passiert sein könnte? Ich meine, warum es gerade *Ihnen* und nicht jemand anderem passiert ist?«

Die Selbstverständlichkeit, mit der Negroponte diese Frage in den Raum stellte, war wie ein Gift, das in Damians Bewegungszentrum trat. Statt einer Antwort hatte er Castoriadis vor Augen – und wie das Blut aus seinen Poren hervorgetreten war.

»Möchten Sie mir vielleicht irgendetwas erzählen? Oder haben Sie eine Idee, irgendetwas Abgelegenes, scheinbar ganz Unzusammenhängendes, das Sie, ohne es genau erklären zu können, damit in Verbindung bringen?«

Damian schüttelte nur stumm seinen Kopf.

»Damals«, sagte Negroponte, »als ich in São Paulo über die Brüstung gestürzt bin und zwei Tage in diesem Innenhof gelegen habe, einer verlassenen Kindertagesstätte, habe ich erlebt, wie mein Geist durch verschiedene Stadien hindurchgegangen ist. Selbstverständlich habe ich, als ich wieder bei Bewusstsein war und mich nicht mehr habe bewegen können, gewusst, dass ich infolge des Sturzes eine Querschnittlähmung erlitten habe. Am Anfang war ich in einem Zustand des Aufbegehrens, aber je länger ich dort gelegen habe, desto klarer wurde mir, dass mein ganzes Leben eigentlich auf diesen Augenblick hinausgelaufen ist, auf die Entscheidung, mich mittels Gedankenkraft zu erheben, wie die Märchengestalt des Barons Münchhausen, der sich am eigenen Schopf aus dem Sumpf gezogen hat.«

Damian wurde schwindelig. »Kann ich mich einen Augenblick hinlegen?«, bat er.

»Aber gewiss«, sagte Negroponte.

Als Damian sich erhob, um die paar Schritte zur Liege zu machen, fühlten sich seine Knie so weich an, dass er sich am Stuhl abstützen musste. Er legte sich hin. Als er die Augen schloss, hörten seine Hände auf zu zittern. Wie es seine Angewohnheit war, wenn er sich beruhigen wollte, begann er zu zählen. Nach einer Weile breitete sich in seinem pochenden Kopf eine raumlose Schwärze aus.

»Ich habe über meinen Vater nachgedacht«, sagte er in diese

raumlose Schwärze hinein. Aber noch während er die Worte aussprach, fragte er sich, ob es ratsam sei, darüber zu reden.

Negroponte gab einen unbestimmten grunzenden Laut von sich.

»Jemand hat mir ein Buch in die Hand gedrückt, das er geschrieben hat.«

»Hm...«

Abermals keine Regung. Aber vielleicht war das bloß ein therapeutischer Kunstgriff, um ihn aus der Deckung zu locken.

»Ich habe entdeckt, dass er das Buch mir gewidmet hat. Ist das nicht merkwürdig?«

»Wie gut«, sagte Negroponte, »dass wir endlich von Ihrem Vater zu reden beginnen.«

*

Als Damian wieder auf der Straße stand, in der blendenden Mittagssonne, war er wie betäubt. Er hörte, wie die Haustür mit einem Klick ins Schloss fiel, er sah den Schatten einer Lieferdrohne, die irgendwo über ihm zur Landung ansetzte, und wie auf einer hausgroßen Projektionsfläche die Losung *Nollets* erschien: *Das Paradies auf Erden.* Die Wachleute des angrenzenden Hotels hatten sich in den Schatten unter einer Markise verzogen. Nur eine kleine Gruppe Japanerinnen, kreischend vor Aufregung, störte die Mittagsruhe. Von irgendwoher kullerte eine Wasserflasche auf die Fahrbahn. Wie eine Erinnerung an die Schwerkraft rann ihm ein einzelner Schweißtropfen die Schläfe hinab. Es war, als ob er erst jetzt begriffe, was Negroponte angemerkt hatte. Sein Score war über Nacht in den Bereich eines Parias abgesackt. Als er die History-Funktion überflog, entdeckte er außer der kleinen Abbuchung, die die junge Frau im Bikini bewirkt hatte, nur eine einzige Transaktion. Sie datierte auf den gestrigen Tag, auf genau 13:42 Uhr. Als Betreffzeile stand dort: BYE. Eigentlich war dies unmöglich. Der Betrag war so hoch, dass er sein ausdrückliches Einverständnis hätte abgeben müssen. Zu dieser Zeit jedoch war er bereits in Tripoli gewesen, also jenseits des ECO-Systems. Als Damian die dazugehörigen Informationen auf seine Datenbrille holte, stockte ihm der Atem: Als Empfänger war Symeon Castoriadis ausgewiesen.

Das konnte nicht wahr sein! Castoriadis war tot, sein Account längst eingefroren. So wie das System implementiert war, stellte der Vorgang gleich auf mehreren Ebenen eine Unmöglichkeit dar. Zum einen war es ausgeschlossen, dass er selbst die Überweisung beauftragt hatte, zum anderen konnte ein Toter nicht zum Nutznießer einer solchen Transaktion werden. Damian war selbst beteiligt gewesen, als man diese Sicherungslogik implementiert hatte. Anlass war, dass Eindringlinge aus der Zone Bürger des ECO-Systems getötet hatten, mit dem einzigen Ziel, sich über den Account des Leichnams mit verschiedenen Hightechgütern, Waffen oder womit auch immer auszurüsten. Um diesen terroristischen Aktivitäten Einhalt zu gebieten, hatte man beschlossen, den Account eines Nutzers im Todesfall zu deaktivieren. Wie also war es möglich gewesen, diesen Sicherungsmechanismus zu umgehen?

Damian überquerte die Straße in Richtung auf einen kleinen Park, wo er manchmal saß, wenn er über irgendetwas nachdenken wollte. Bis auf eine junge Frau, die auf einer entfernten Rasenfläche ein Sonnenbad nahm, war niemand zu sehen. Er setzte sich in den Schatten einer großen Eiche und holte sich seine persönliche Sicherheitskopie des *Freeze*-Projekts auf den Schirm. Es dauerte nicht lange und er hatte die Schlüsseldatei vor sich, in der die Prozedur implementiert worden war. Abgesehen vom üblichen Verschlüsselungsbrimborium war die Logik relativ simpel, eine einfache ON-OFF-Weiche, über die das Transaktionsmodul eines Accounts an- und ausgeschaltet werden konnte. Genau darin aber bestand die Schwachstelle. Sie hatten in der Gruppe diskutiert, ob es nicht besser wäre, den Vorgang mit einer Irreversibilitätssignatur zu versehen. Carmen jedoch, die testamentarisch festgelegt hatte, dass man sie im Todesfall einfrieren, bei entsprechenden medizinischen Fortschritten wieder auftauen solle, hatte argumentiert, dass eine solche Entscheidung eine Kapitulationserklärung vor dem Tode darstelle. Tatsächlich gab es, über Carmens Ewigkeitsgelüste hinaus, gute Gründe für diese Entscheidung. Weil auch ein komatöser Patient nach dem Erwachen sein Leben weiterführen sollte wie zuvor, hatte man die Deaktivierung des Transaktionsmoduls als Prozedur definiert, die auch wieder rückgängig gemacht werden konnte. Das hatte der Betreffende ausgenutzt. Er hatte Castoriadis' Konto einfach wieder aktiviert und die Überweisung veranlasst. Eigentlich war das nur logisch. Warum sollten die Leute, denen es gelungen war, die Verschlüsselungslogik des Lifestreams zu knacken, an einer solch trivialen Prozedur scheitern?

Seine Oberlippe schmerzte. Zwar hatte ihm Negroponte Entwarnung gegeben, dennoch überlegte Damian, ob es nicht sinnvoll wäre, einen Virologen zu konsultieren. Möglicherweise war die entzündete, unterdessen auch leicht angeschwollene Oberlippe das erste Symptom einer heimtückischen venerischen Krankheit, die, weil sie so selten war, von seinem MediBot nicht diagnostiziert worden war. Als er anrief, um einen Termin zu vereinbaren, fiel ihm ein, dass ihm schon Negroponte gesagt hatte, dass er mit seinem Score kaum eine halbe Therapiestunde begleichen könne. Also entschuldigte er sich und sagte, er habe sich vertan. Ja, sein Score. Den hatte er völlig vergessen!

Nie zuvor hatte Damian über seinen persönlichen Score nachdenken müssen. Wie alle Angestellten *Nollets* bekam er ein so üppig bemessenes monatliches Gehalt, dass er sich niemals fragen musste, ob er sich eine Anschaffung leisten konnte oder nicht. Trotz seines luxuriösen Salärs hatte er keinerlei besondere Bedürfnisse, sondern pflegte, wie Justine verwundert bemerkt hatte, einen geradezu asketischen Lebensstil. Schon deswegen hatte sich auf seinem Konto eine Summe angehäuft, die einem Normalsterblichen astronomisch vorgekommen wäre, ihm aber nicht das Geringste bedeutete. So hatte er, als er sich in Berlin eine Wohnung gesucht hatte, nicht einmal nach dem Preis gefragt, geschweige denn darüber verhandelt. In diesem Sinne hatte er sein ganzes Leben an jener Ökonomie, die doch der Hauptgegenstand der *Social Design Planning Group* war, vorbeigelebt. Gewiss, als junger Mann hatte er sich für Khans *Amnesia*-Spiel begeistert und war überaus stolz gewesen, als er das höchste Level erreicht hatte und in den *Orden der Lethe* aufgenommen worden war. Seither aber hatte er sich nicht mehr an den Spielen der Gesellschaft beteiligt, oder wenn, nur als Beobachter, Schiedsrichter oder Spielarchitekt.

Zu seiner Überraschung machte ihm schon der Gedanke daran Angst. Als er den Park verließ und über den Boulevard schlenderte, bemerkte er die Veränderung. War er zu Anfang noch davon überzeugt, dass es der Anblick seiner geschwollenen Oberlippe war, der ihn stigmatisierte, begriff er jetzt, dass in Wahrheit sein Punktestand für das veränderte Verhalten der Passanten ihm gegenüber verantwortlich war. Hatte er ansonsten alle paar Meter ein erotisches Angebot erhalten, von den schönsten Frauen und den attraktivsten Modellathleten, war er jetzt nur noch Luft für sie. Als er durch eine luxuriöse Einkaufspassage ging und, in einer anerzogenen, reflexhaften Höflichkeitsgeste, einer älteren Dame die Tür aufhielt, notierte er, dass diese Transaktion als *Anmache* begriffen und folglich mit einem Punktabzug quittiert wurde. Wie vom Donner gerührt blieb er stehen und starrte auf die Anzeige seines Scores, die dem Nullpunkt bedenklich nahe gerückt war. Ein Security-Mann fasste ihn sacht unter den Arm und sagte, er könne hier nicht einfach stehen bleiben. Dieses Etablissement sei einer Klientel vorbehalten, die über eine gewisse Kaufkraft verfüge.

Noch zwei, drei Begegnungen dieser Art, und er würde mit einer Reihe von Maßnahmen konfrontiert, die von der Reinigung der städtischen Parks, Aufräumarbeiten bis zum Einsammeln von Getränkedosen reichten.

Eine junge Frau trat auf ihn zu. »Sind Sie neu? Kann ich Ihnen vielleicht helfen?«

Damian schüttelte nur unwillig den Kopf. Eine Animatrice, das war das Letzte, was er gerade benötigte! Für einen Moment war er versucht, ihr zu erklären, dass das, was sie gerade aufführte, nichts weiter war als eine Maßnahme, die er mit ersonnen hatte. Aber als er in ihr Mondgesicht schaute, in dem eine todesmutige Amüsierwilligkeit vorherrschte, wandte er sich ab. Wie viele Male hatten sie in der Gruppe über den Nullpunkt debattiert und darüber, wie man mit dem *sozialen Tod* eines Spielers umgehen müsse? Eine ganze Abteilung war damit beschäftigt, Motivationshilfe zu leisten, um Menschen, die in Lethargie und Antriebslosigkeit gefallen waren, wieder ins Spiel zu bringen. Vor allem Carmen liebte diese Planspiele, bei denen es stets darum ging, kleine Grausamkeiten in zuckersüßer Form zu verpacken. Damian jedoch hatte sie immer verabscheut.

Aus der Nähe drang Stimmengewirr zu ihm herüber. Ein paar Schritte weiter war ein älterer Herr gestürzt oder zusammengebrochen. Auf jeden Fall hatte sich eine Menschentraube um ihn gebildet. Jemand kniete über dem Bewusstlosen und gab ihm einen Klaps auf die Wange. Bei dem Geräusch fiel Damian ein, dass die Liste der Fragen, die Castoriadis an Olsen geschickt hatte, auch den Diebstahl von Score-Punkten beinhaltet hatte. Das war die Antwort! Hatte Castoriadis nicht auch EMP-Attacken notiert? Und hatte sich der Mann im Flecktarn nicht genau einer solchen Attacke mit einer elektromagnetischen Störung bedient, um das Navigationssystem der Limousine, aber auch seinen Kommunikator auszuschalten? Vielleicht war Castoriadis überhaupt nicht verrückt, sondern einer Verschwörung auf der Spur gewesen. Vielleicht hatte er, wie Damian selbst, erlebt, dass ihn jemand seines Scores beraubt hatte. Warum aber hatte er das Inquisitionsgespräch nicht dazu genutzt und sie darüber aufgeklärt?

Das änderte die Situation dramatisch, und ob suspendiert oder nicht, es war an der Zeit, Takao Tashimoto darüber in Kenntnis zu setzen. Also beschloss Damian, noch einmal in die Firmenzentrale zu fahren und ein paar Worte mit Takao zu wechseln. Um seinen Score zu schonen, nahm er einen Bus. Überall auf dem Weg zum Tempelhofer Feld sah er Werbetafeln aufflammen, die mit Chengs Porträt die Feiern zur Überwindung des Dunklen Zeitalters ankündigten. *Nollets* Ufo war schon von Weitem zu sehen. Denn zu dem besonderen Anlass hatten verschiedene Lichtdesigner eine Skulptur entworfen, die, wie ihm DiBroca erzählt hatte, dem Lichtdom, einer Skulptur der vergangenen Jahrhunderts, nachempfunden war.

Als Damian durch die Sicherheitsschleuse gehen wollte, blieb sie geschlossen. Der herbeigerufene Sicherheitsmann klärte ihn darüber darauf, dass er nicht über die entsprechende Sicherheitsstufe verfüge, folglich keine Zugangsberechtigung habe. Insgeheim hatte Damian damit gerechnet, handelte es sich um eine Maßnahme, die er, um das Gebäude vor unerwünschten Besuchern zu schützen, selbst mit entworfen hatte. Geduldig legte er dem Sicherheitsmann dar, dass er der *Social Design Planning Group* angehöre, dass ein Versehen vorliege, was seinen Score anbelange, und dass er bitte Takao Tashimoto anrufen möge. Der Sicherheitsmann zog sich in seinen Glaskasten zurück und führte einige Gespräche. Takao war nicht mehr im Büro, stattdessen erschien eine junge Frau, die sich als Assistentin von Carlotta DiBroca vorstellte. Zwar sei Carlotta DiBroca noch in einer Sitzung, aber sie bitte ihn, auf sie zu warten.

Damian folgte der jungen Frau, und gemeinsam nahmen sie den Fahrstuhl, der ins oberste Stockwerk führte. Hier hatten die Direktion und der Vorstand ihre Büros. Weil sie bei seiner Einstellung noch nicht fertig gewesen waren, hatte Damian diesen Trakt nur im Rohbau gesehen. Wie er wusste, besaß auch Khan ein großes, mit allen technischen Neuheiten ausgestattetes Besprechungszimmer, aber weil Khan jede Art von Routine verabscheute, hatten sie sich niemals hier, sondern an den verschiedensten Orten, zuletzt in seiner Villa oder bei solch ungewöhnlichen Ausflügen wie der Reise nach Tripoli getroffen. Ansonsten hatte Damian, DiBroca ausgenommen, keine weiteren Kontakte in die Chefetage. Die Welt, in der Carlotta DiBroca sich hier bewegte, war ihm so unergründlich wie der Gedankenhorizont eines Alligatorenzüchters. Der Boden schluckte jede Art von Schall. Sie gingen einen langen Gang entlang, dessen Seitenfront die Entwicklung der Arten aufzeigte, von den Einzellern bis zum *Homo digitalis*. Diese Videoinstallation war das einzige moderne Emblem. Anders als im Rest des Gebäudes, wo das Interieur dem Ufo-Motiv folgte, war die Einrichtung erstaunlich altmodisch. Ebenso gut hätte man sich in der Vorstandsetage einer Bank aus der Vorkriegszeit wähnen können. Vor jedem Büro standen Ledersessel, ein kleines Tischchen mit Getränken und ein paar Süßigkeiten.

DiBrocas Büro war groß, aber von einer gespenstischen Schlichtheit. Ein paar Besprechungsstühle. Ein gläserner Schreibtisch, der zugleich auch ein Display war, ebenso wie die Längswand des Raums. Das einzige Objekt, das keinerlei praktische Funktion zu haben schien, war ein Ölgemälde, das fast die ganze Rückfront des Büros einnahm.

Die Kargheit des Raumes passte zu Carlotta. Während andere Menschen von ihrer distanzierten Art abgestoßen waren, ja sie für kühl oder unnahbar hielten, hatte Damian stets das Gefühl gehabt, dass die Leere, die um sie herum herrschte, kein Ausdruck von Kälte war, sondern vielmehr die Gegenwart eines Geheimnisses. So war DiBroca, über die niemand etwas Persönliches zu berichten wusste, stets von einer Traube junger Frauen umschwärmt, denen sie als eine Art Rollenmodell galt. Bei einer ihrer ersten Unterredungen hatte sie seinen Geburtsort entdeckt und gefragt, ob er etwas mit William Christie zu tun habe. Wie sich herausstellte, hatte sie an einer Konferenz an der Cadi-Ayyad-Universität teilgenommen – und war danach bei seinen Eltern zum

Essen eingeladen gewesen. Seine Eltern seien ihr wie ein ideales Paar vorgekommen, eine schöne und lebenskluge Frau, ein weicher, intellektuell überaus anregender Mann. Und Damian, ach, er sei ein Schatz gewesen, ein hinreißendes, aufgewecktes Kind, mit dem sie einen ganzen Abend lang gespielt habe.

Dieses Gespräch hatte dazu geführt, dass Carlotta ihn später angerufen und eingeladen hatte, mit ihr Mittag essen zu gehen – und dass umgekehrt Damian, der vor Beginn seines Studiums seinen Vater verloren hatte, sie wie eine Verwandte behandelte. Bei den wiederholten Treffen hatte sich eine Vertrautheit zwischen ihnen eingestellt, hatten sich die vielen kleinen, beiläufig erzählten Puzzlestücke zu einer Art Lebensbild von Carlotta zusammengesetzt. Wahrscheinlich gab es, ihre Geliebten ausgenommen, keinen Menschen, der sie so gut kannte wie er. DiBrocas Mutter, eine Pianistin, war kühl, bis zur Grausamkeit abweisend gewesen. So hatte sie, während sie sich über ihre vollkommene Talentlosigkeit ausließ, beiläufig erwähnt: »Ich frage mich bis heute, warum ich dich nicht abgetrieben habe.« Da ihr Vater, ein zwar liebenswerter, aber schwacher und dem Alkohol verfallener Lebenskünstler, in der Psychiatrie gelandet war, hatte Carlotta ihre ganze Zuneigung älteren Frauen zugewandt. In dieser Zeit, ebenso wie in ihren ersten Liebesaffären, sei sie zweifellos wahnsinnig gewesen. Allein die Mathematik und die Disziplin, die sie bei den katholischen Nonnen erlernt habe, hatten sie vor der Selbstzerstörung bewahrt. Kurz bevor DiBroca die Leitung der amerikanischen *Nollet*-Dependance angenommen hatte, um 2021 herum, hatte sie ihn eines Nachts angerufen. Sie war betrunken gewesen und hatte etwas von einem schrecklichen Rückfall erzählt. Damian war sofort zu ihr gefahren und hatte sie bewusstlos auf ihrem Bett gefunden, neben sich ein aufgerissenes Päckchen Schlaftabletten. Nachdem man ihr den Magen ausgepumpt hatte und sie wieder zu sich gekommen war, hatte sie ihm unter Tränen gebeichtet, dass eine junge Geliebte sie eines Mannes wegen verlassen, dass es ein Handgemenge gegeben und sie die Garderobe der jungen Frau zerschnitten habe, ihre Kleider, Gürtel, ihre Unterwäsche, alles. Damian, der die junge Frau aus dem Seminar kannte, hatte sie daraufhin aufgesucht. Sie war erbost und drohte, den Vorfall der Universitätsleitung zu melden. Vor allem aber ging es ihr darum, aus der Geschichte irgendeinen finanziellen Vorteil zu schlagen. Also bot er ihr eine großzügig bemessene Geldsumme an, unter der Bedingung, dass sie den Vorfall vergäße. Diese Vermittlung, die zwischen DiBroca und ihm nie wieder zur Sprache kam, hatte ihre Verbundenheit nur weiter gestärkt. So nahm Carlotta auch umgekehrt an seinem Leben Anteil. Da dies hauptsächlich aus seiner wissenschaftlichen Arbeit bestand, war sie so etwas wie eine Mentorin geworden, die ihn persönlich, aber auch in seinem beruflichen Fortkommen unterstützte.

Wie Damian seinem Kommunikator-Overlay entnahm, war das Bild, das da an DiBrocas Wand hing, ein berühmtes Gemälde, das man, kurz bevor der Madrider Prado von einem wütenden Mob niedergebrannt worden war, aus dem Gebäude hatte retten können. So war Velazquez' *Las Meninas* im Besitz der Firma gelandet – und da die Vorstandsvorsitzenden sich aus der Sammlung der Firma ein Bild auswählen konnten, hing es nun hier, in Carlotta DiBrocas Büro. Im Mittelpunkt war die spanische Infantin zu sehen, um sie herum zwei Hoffräulein, zwei Zwerge und ein großer Hund. In der Tiefe des Raumes ein Bilderkabinett sowie die Spiegelung des Königspaars, das zuschaute, wie man das Kind im Reifrock umsorgte. Zur Linken stand der Maler hinter einer übergroßen Staffelei und schaute den Betrachter an. Damian war noch ganz in der Betrachtung des rätselhaften Gemäldes versunken, als Carlotta DiBroca plötzlich neben ihm stand.

»Dieses arme Kind«, sagte sie, »wenn man sich vorstellt, in was man sie dort eingeschnürt hat. Nicht bloß die Kleidung oder die Etikette, für die der spanische Hof berüchtigt war. Schlimmer als das müssen die Familienbande gewesen sein. Stell dir vor! Ihr eigener Vater ist auch ihr Onkel, und später wird sie genötigt, einen anderen Onkel zu heiraten, den sie auch während der Ehe nicht beim Vornamen, sondern ›Onkel‹ nennt. Dieses Chaos! Ich habe mich immer gefragt: Wie haben die Menschen das aushalten können? Ganz abgesehen einmal von den medizinischen Folgen des Inzests. Ihr Bruder war bis zum zehnten Lebensjahr nicht einmal stubenrein.«

Damian wusste nicht, was er sagen sollte. DiBroca fasste ihn sacht am Arm und geleitete ihn zu einem Sessel. Sie werde einen japanischen Grüntee, einen Matcha, zu sich nehmen, was sie denn ihm Gutes tun könne? Ja, sagte er, vielleicht nehme er auch einen solchen Tee. So unvermittelt, als hätte er vor der Tür auf seinen Einsatz gewartet, betrat ein junger Hispano den Raum und goss vor ihren Augen das Teepulver auf. Das Ritual vollzog sich schweigend, auch wenn DiBroca jede Geste genauestens beobachtete. Erst als er verschwunden war, hob sie ihre Stimme.

»Mein Gott, Damian, was stellst du nur an?«

»Nichts. Oder wenn, so verstehe ich es selber nicht. Es hat begonnen, als wir diesen Castoriadis befragt haben, wie sein Score in so kurzer Zeit so tief absacken konnte. Und jetzt bin ich derjenige, der erleben muss, dass es ihm ganz genauso ergeht ...«

DiBroca schaute etwas verwirrt. »Ach ja, dein Score. Mach dir keine Sorgen, mein Lieber, das bringen wir schnell wieder in Ordnung. Was mich weit mehr beunruhigt, sind die Implikationen, all das, was sich für uns daraus ergibt. Vielleicht ist es ja ein Naturgesetz«, sagte sie und seufzte, »dass sich jede Gesellschaft in ihren eigenen Netzen verfängt. Damals, als wir begonnen haben, habe ich gedacht, dass in der Zukunft alles rational und transparent sein wird. Und jetzt, jetzt fühle ich mich manchmal wie dieses arme Kind am spanischen Hof.«

Sie hielt inne und schaute ihn prüfend an. »Hast du eigentlich Khan von der Sicherheitsproblematik erzählt?«

»Nein, bislang noch nicht.«

»Ich bitte dich inständig: Wir müssen absolutes Stillschweigen bewahren. Wenn sich herumspricht, dass unsere Verschlüsselungstechnik angreifbar ist, haben wir unweigerlich mit kriminellen Elementen zu rechnen, Terroristen, die sich in unser System einhacken werden. Aber noch schlimmer als eine Attacke wäre der Vertrauensverlust. Die Menschen vertrauen uns. Verlieren sie dieses Vertrauen, fallen wir in die schrecklichsten Zeiten zurück. Niemals, Damian! Das darf unter keinen Umständen geschehen!«

»Das verstehe ich schon, aber irgendjemand muss sich doch darum kümmern, die Sicherheitslücke zu schließen.«

»Ja. Es gibt jemanden. Aber eigentlich darf ich dir nicht sagen, wer das ist. Wüsstest du es, brächte ich dich damit in Lebensgefahr. Das Beste wäre, du vergisst alles, was du gesehen und gehört hast.«

»Aber was machen wir mit dem Mann, der verblutet ist?«

»Schließ ihn in deiner Erinnerung ein und pass auf, dass er dort bleibt. Oder besser noch, stell dir vor, es wäre gar nicht passiert. Bevor du es untersucht hast, hättest du dir niemals träumen lassen, dass Chengs Verschlüsselungsalgorithmus ein Sicherheitsleck haben könnte. Und das ist nicht nur dir, sondern es ist uns allen so ergangen, selbst unseren Feinden! Warum sollten wir irgendetwas an dieser Überzeugung ändern? Bleiben wir dabei, kommt niemand auf den Gedanken, uns angreifen zu wollen. Aber beginnen wir daran zu zweifeln, ist es der Anfang vom Ende.«

Damian nickte, obwohl er innerlich nicht recht überzeugt war. Offenbar hatte sich DiBroca entschieden, den Vorfall totzuschweigen.

»Wem hast du von deinem Verdacht erzählt?«

»Außer dir niemandem. Nein, das stimmt nicht. Ich habe meinem Neurologen davon erzählt, aber er hat mir nicht geglaubt.«

DiBroca machte sich eine Notiz. Plötzlich etwas entspannter, ließ sie sich im Sessel zurücksinken und fragte, ob die kleine Exkursion nach Tripoli sein erster Besuch in der Zone gewesen sei.

Damian fragte sich unwillkürlich, woher sie davon wusste. War es möglich, dass sie auch über den Vorfall im Wald unterrichtet war?

»Ja«, sagte er, »ich habe mir einfach nicht vorstellen können, wie schrecklich es ist.«

DiBroca schaute aus dem Fenster. Von hier aus genoss man, wie aus einem Cockpit, einen grandiosen Blick auf die Außenhaut des tellerartigen Gebäudes. Die weiße Oberfläche, die zugleich auch Energiepanel und Sonnenkollektor war, glitzerte in der Sonne. Von hier aus besehen sah das Ufo noch imposanter aus, als wenn man davorstand.

»Offen gestanden weiß ich nicht, was Khan dorthin treibt. Ein so genialischer Mann, warum tut er sich das nur an?«

Offenbar erwartete sie keine Antwort, denn sie begann unvermittelt von Khans Tochter zu sprechen und wie sehr sie sich für ihn, Damian, freue. Zweifellos handele es sich um eine ganz außergewöhnliche junge Frau, die mutterlos und noch dazu mit einem solch exzentrischen Vater aufgewachsen sei. »Da habt ihr doch einiges miteinander gemein?«

Kurz bevor er ihr Büro verließ, kam er auf seinen Score zu sprechen und erzählte Carlotta DiBroca davon, dass irgendjemand, möglicherweise dieselben Leute, die Castoriadis' Lifestream manipuliert hatten, auch sein persönliches Konto leer geräumt hatte. Jedenfalls habe er bei der Untersuchung des *Freeze*-Moduls die Sicherheitslücke ausfindig machen können. Als er geendet hatte, fragte sie nur, wie viel er benötige, und überwies ihm gleich die vierfache Summe. Zwar besaß er nun genug, um einen ganzen Monat über die Runden zu kommen, dennoch empfand er, als sich die Tür des Fahrstuhls hinter ihm schloss, ein merkwürdiges Gefühl des Ausgeschlossenseins.

Um nachzudenken, setzte er sich in einen Besuchersessel der Eingangshalle. Es war still. Man hörte nur das leise Plätschern der Wasserskulptur. Ihm fiel ein, dass er in der *Social Design Planning Group* anrufen und sich nach Carmen erkundigen könnte.

Ein junger Sekretär meldete sich und sagte, dass Carmen zwar im Haus gewesen, aber mit Takao Tashimoto zu einem externen Termin aufgebrochen sei. Ob er etwas ausrichten solle.

»Nein«, sagte Damian, »oder doch, richten Sie einen schönen Gruß aus!«

»Von wem, bitte, soll ich sie grüßen?«

Als Damian seinen Namen sagte, versetzte ihm das einen Stich. Bis zu diesem Augenblick hatte er Carmen niemals als Konkurrentin erlebt, aber ihre Anwesenheit in der Firma und ihre plötzliche Vertrautheit mit Tashimoto waren höchst irritierend. Offenkundig traf der Vorfall mit Castoriadis allein ihn, ebenso wie die Einbuße, die er mit seinem Score erlebt hatte. Belastender jedoch als die Ungerechtigkeit war die Aussicht, dass er, wenn er DiBrocas Geheimhaltungsbitte entsprach, letztlich zur Untätigkeit verdammt war. Er würde niemanden über die Gefahr unterrichten können, die sich im Kern des Systems aufgetan hatte. Wenn aber die Liste, die Castoriadis an Olsen übersandt hatte, sich auf lauter Sicherheitslücken bezog, dann war die Lage weit schlimmer, als er es im Gespräch deutlich gemacht hatte. Auf der großen Projektionswand der Halle war die Wiederholung von Chengs Rede zu sehen, ein überlebensgroßes Gesicht, das in allen Einzelheiten, jeder Hautfalte, jeder einzelnen Pore mit dem Antlitz des Mannes übereinstimmte, dessen Beharrlichkeit sich dieses Gebäude verdankte. Seine Augen blickten ins Leere – und noch bevor Damian die Silben von seinen Lippen ablesen konnte, wusste er, was er sagen würde: *Haben wir all dies geplant?* Der Sicherheitsmann, der ihm vorhin den Einlass verwehrt hatte, durchquerte die Halle und warf ihm einen misstrauischen Blick zu. Damian nahm es als Aufforderung, das Haus zu verlassen.

*

Er erwog kurz, ob er den Limousinenservice rufen sollte, entschied sich dann aber spontan für ein öffentliches Transportmittel. Also verließ er das Gebäude über den Hinterausgang. Von hier aus waren es nur ein paar Minuten Fußweg bis zur nächsten U-Bahn-Station. Wie vor zwei Tagen waren viele Leute unterwegs, zudem hatte die spektakuläre Lichtinstallation über dem Firmengebäude weitere Schaulustige angezogen. Obwohl seine Kindheit ein Durcheinander von Stimmen und Gerüchen gewesen war, hatte Damian im Laufe der Zeit eine Aversion gegen Menschenansammlungen entwickelt. Schon die Entscheidung, sich der Bahn zu bedienen, hatte sein Herz merklich schneller schlagen lassen. Seine Handinnenflächen wurden feucht – ein Stresssymptom, das sein Körpermonitor unbestechlich registrierte. Um sich zu beruhigen, versuchte er, den Blicken der Passanten auszuweichen. Also fixierte er seinen Blick auf den ausrasierten Haaransatz eines jungen Mannes, der vor ihm ging, und starrte auf das Display, das seine Herzfrequenz anzeigte. Das war eine Technik, die er sich angewöhnt hatte: In seiner Vorstellung verwandelte sich sein Kopfinneres dabei zu einer Kuppel, in der große Schwungräder, von seinem Atem angetrieben, sich langsam vorwärtsbewegten. Heute jedoch war sein autosuggestives Schutzschild durchlässig: Lauter Einzelheiten, unverbundene Bildfragmente, schossen ihm in den Kopf. Die Warze auf dem Kinn der älteren Frau, eine hervortretende Ader, der Essensrest am Mund des adipösen Mannes, der dort in einem Elektromobil an ihm vorbeifuhr. Eine leichte Erschütterung unter den Füßen, die sich als ein Schwindelgefühl in seinen Kopf hinein fortsetzte. Als er, eingekeilt in eine Menschenmenge, die Rolltreppe hinabfuhr, musste er sich, um nicht das Gleichgewicht zu verlieren, am Geländer festhalten. Zu seinem Glück verlor er nicht die Beherrschung, sondern ließ sich von den Bewegungen der anderen treiben, bis er endlich einen Platz im Waggon gefunden hatte.

Er schloss die Augen, atmete tief ein und versuchte, sich mit angehaltenem Atem zu erinnern, wie er mit Justine auf dem Dach gelegen hatte und sich ihr Gesicht zu einer schimmernden Helle aufgelöst hatte. Obschon ihn das herbeigerufene Bild in einen Vertrautheitskokon einspann, lauerte, wie hinter einer Nebelwand, die Ahnung, dass da irgendjemand saß, der ihn anstarrte. Als die Station angesagt wurde, an der er umsteigen musste, stand er auf und bahnte sich seinen Weg zur Tür. Mit dem Quietschen der sich öffnenden Türen schlug ihm der stickige, feuchte Geruch einer spätsommerlichen U-Bahn-Station entgegen. Hatte da jemand seinen Namen gerufen? Er drehte sich um und sah, wie sich die Bahn in Bewegung setzte. Dann entdeckte er sie. Sie stand an der Tür des Waggons, aus dem er ausgestiegen war, und winkte ihm zu. Das alles dauerte nicht lang, ein, zwei Sekunden vielleicht – dann war sie nicht mehr zu sehen. Woher nur kannte er sie? Als die Bahn im Schacht verschwunden war und ein kühler Lufthauch in die Station zurückströmte, fiel es ihm ein: Es war die junge Frau, die sich auf Khans Party volltrunken in seine Arme hatte fallen lassen. Wie hieß sie noch? Vittoria, Violetta oder so ähnlich. War das ein Zufall?

Ein kurzer Augenkontakt, der Bruchteil einer Sekunde. Ein Gefühl wie im Traum, als er sich im Innern eines Facettenauges wiedergefunden hatte. War nicht dieser Mann mit dem kahl rasierten Schädel, der dort am Getränkeautomaten stand, mit ihm eingestiegen? Anstatt auf die Bahn zu warten, die auf dem gegenüberliegenden Gleis einfahren sollte, lief Damian in Richtung Ausgang, stieg, mehrere Stufen auf einmal nehmend, die Treppen empor und fand sich wenig später am Potsdamer Platz wieder. Er überlegte, wohin er gehen sollte, entschied sich schließlich für ein Hotel, in dem er während des *Vertigo*-Projekts häufig gewesen war. Khan hatte während der Produktion mehr oder weniger dort gelebt, auch für Damian war jederzeit ein Hotelzimmer reserviert. Als der Livrierte ihn fragte, ob er eine Einladung habe, begriff er, dass das Level, an dem sie damals gearbeitet hatten, noch immer dort lief: eine Hitchcock-Szene, bei der alle Anwesenden genau umrissene Aufgaben hatten, aber nicht wussten, was sie dort erwarten würde. Damian zeigte seinen *Nollet*-Ausweis und registrierte befriedigt, dass die Suspendierung hier keine Gültigkeit hatte. Wie damals, als er das Geschehen überwacht und auf Interaktionskonsistenz überprüft hatte, setzte er sich in den hinteren Teil der Halle. Das »Opfer« (der einzige professionelle Schauspieler) saß bereits an seinem Tisch und las das kleine Büchlein, an dem ihn der »Täter« erkennen würde. Obwohl das Ganze Jahre her war, erinnerte Damian sich noch immer an den Titel: *Des choses cachées depuis la fondation du monde*. Irgendwo dort drüben mussten sich auch die »Geheimagenten« befinden, deren Aufgabe darin bestand, den Anschlag zu verhindern. Im Grunde war das Ganze eine Art Räderwerk, nur dass sich die Besetzung immerfort änderte. Gleich würde eine Dame mit einem kleinen Schoßhündchen hereinkommen, sich einen Tee bestellen und einen lautstarken Disput beginnen. Und weil die Szene Hunderte von Malen an ihm vorübergelaufen war, ignorierte er die Umgebung und konzentrierte sich stattdessen auf seinen Lifestream. Als er die Bilder der Fahrt an sich vorüberlaufen ließ, sah er, dass seine Intuition ihn nicht getrogen hatte: Der Glatzköpfige war nicht nur mit ihm ausgestiegen, er war auch mit ihm eingestiegen. Dies musste nichts bedeuten. Darüber hinaus wäre es absonderlich, wenn man – wer immer das sein mochte – sich zu einer solch altmodischen Maßnahme wie einer körperlichen Überwachung entschlossen hätte. Eine Sängerin trat auf und begann, von einem Pianisten begleitet, *Que sera, sera* zu singen. Das wiederum war das Zeichen für den Auftritt des »Täters«. Tatsächlich zückte ein junger Mann seinen Revolver, gab einen Schuss ab und das Opfer sank, während sich ein großer roter Fleck Theaterblut auf seinem weißen Hemd ausbreitete, dramatisch zu Boden. Damian nutzte die Aufregung und verließ die Hotelhalle.

Die einfachste Art, herauszufinden, ob er beobachtet wurde, bestand darin, bei einem 360-Grad-Lifestream-Modus eine Reihe von überraschenden Ortswechseln zu vollziehen. Damian durchquerte eine Bar, betrat ein Bad, das er gleich wieder verließ, schlenderte durch einen Luxus-Store, in dem erotische Düfte, aber auch Geruchssynthesizer verteilt wurden, betrat eine Schönheitsklinik und verließ sie durch den Hintereingang. Dann ging er durch einen moosbewachsenen Innenhof und kam in einem anderen Straßenzug wieder heraus. Als er eine japanische Touristengruppe bemerkte, die dem Computermuseum zustrebte, schloss er sich ihr an. Wenig später fand er sich in einer großen, dunklen Halle wieder. Vor Jahren, als das Gebäude eingeweiht worden war, war er schon einmal hier gewesen. Erst jetzt, da der Raum fast menschenleer war, sah er, wie schön es hier war. Einer der ältesten Whirlwind-Computer stand hier, auch die Maschine, die Konrad Zuse in den Dreißigerjahren des 20. Jahrhunderts gebaut hatte. Er schlenderte durch die raumgroßen Ungetüme, an blinkenden Kathoden und Transistoren vorbei. Als er das Zeichen eines Notausgangs entdeckte, trat er ins Treppenhaus hinaus.

Mit dem Fahrstuhl fuhr er hinauf in das 131. Stockwerk, wo sich eine Aussichtsplattform befand. Eine Menge Menschen drängte sich hier. In der schwindelnden Höhe herrschte ein kühler, böiger Wind, der durch sein Haar und seine Kleidung fuhr. Es war das erste Mal, dass er diesen Ort physisch erlebte, zuvor hatte er ihn sich nur über eine Drohnenansicht angeschaut. Auch heute kreisten die fernbedienten Drohnen wie ein Schwarm Vögel um die Menschen herum. Die Touristen drängten sich an der gläsernen Brüstung und schauten hinaus auf die Stadt, die sich im Licht des späten Nachmittags bis zum Horizont ausdehnte. Niemand, wie er befriedigt registrierte, hatte Augen für ihn.

*

Irgendwann ertönte die Ansage, dass die Plattform geschlossen werde. Gemeinsam mit den anderen Besuchern drängte Damian zu den Fahrstühlen. Als er aus dem großen Gebäude trat und die

Freitreppe zur Straße hinunterstieg, fasste ihn plötzlich jemand am Arm. Es war der Mann mit dem rasierten Schädel, nur dass er jetzt eine Sonnenbrille trug.

»Folgen Sie mir bitte. Joseph Munro möchte Sie sehen.«

Der Kahlköpfige war nicht allein, sondern in Begleitung eines zweiten, etwas untersetzteren Mannes. Beide waren durchtrainiert, wie die Männer, die sie nach Tripoli begleitet hatten.

Damian folgte ihnen zu einer übergroßen Limousine mit abgedunkelten Fenstern. Beim Näherkommen öffnete sich der Wagenschlag, und als Damian hineinstolperte, befand er sich urplötzlich im Inneren eines fahrenden Büros. Überall waren Displays zu sehen. Einige zeigten Dokumente, andere Bilder von Überwachungskameras, ein letztes Display wiederum gab den Lifestream irgendeines Menschen wieder.

»Munro«, so stellte sich der Mann vor, »Joseph Munro«, saß an einem Schreibtisch, ein kleinwüchsiger Kerl, an dessen Äußerem zuerst der übergroße Schädel ins Auge sprang, über den sich Bahnen schütteren Haares zogen. Seine Stimme war weich, beinahe feminin, und sie passte zu dem leichten Doppelkinn, das einen merkwürdigen Widerspruch zu seinen wie gemeißelt wirkenden Zügen darstellte.

»Sie müssen entschuldigen, dass wir Sie so überfallen, aber ich habe mir gedacht, wir essen einfach etwas zusammen und bringen Sie bei dieser Gelegenheit nach Hause.«

Der Kahlköpfige stellte zwei Weingläser auf den Tisch und servierte dann zwei Portionen Goldbrasse, auf deren Rücken sich dünne Zitronenscheiben befanden und die einen leichten Geruch von Knoblauch und Basilikum ausdünstete.

»Wenn ich mich recht erinnere, mögen Sie Fisch?«

Damian nickte. Anstatt irgendetwas anzurühren, schaute er bloß zu, wie Munro sich eine kleine Serviette um den Hals band, sie glatt strich und sich dann, als erforderte das Essen seine ganze Konzentration, dem Fisch zuwandte.

»Es sind immer die Gerüche«, sagte er, »die uns tief in die Kindheit zurückführen.«

Damians Blick schweifte zu den beiden Sicherheitsleuten hinüber, die in einiger Entfernung im leisen Gespräch auf der Bank saßen, hinter sich die dunkle Trennscheibe zur Fahrerkabine. Um den Wagen vor den Blicken Außenstehender zu schützen, waren auch die Fenster vollständig verdunkelt. Von außen fiel ein schwaches Licht herein. Als der Wagen in einen verschatteten Straßenzug einbog, sprang die Bordbeleuchtung an.

»Ich hoffe«, sagte Munro nach einer Weile und fuhr sich mit der Serviette über den Mund, »dass Sie den Charakter unserer Unterhaltung nicht missverstehen. Das ist kein Verhör, sondern, sagen wir ... ein erstes Kennenlernen.«

Er nickte einmal kurz in Richtung Monitor, und plötzlich war dort Justine zu sehen. Sie stand in ihrem Zimmer; es schien, als wäre die Aufnahme an jenem Tag gemacht worden, als sie sich mit dem Szenografen getroffen hatte.

»Sie sehen, wir haben uns kundig gemacht. Sie haben, wie ich sagen muss, eine sehr hübsche Freundin.«

Ein weiteres Nicken, dann konnte Damian sich selbst sehen: wie er zum rotierenden Ventilator des Zimmers in Tripoli hinaufschaute, während die kleine Prostituierte mit hektischen Bewegungen ihren Auftrag besorgte.

»Was wollen Sie von mir?«, fragte Damian mit zitternder Stimme. »Ich wüsste nicht, wobei ich Ihnen helfen könnte.«

»Genau das wollen wir herausfinden, mein Bester!«

Das Video auf dem Monitor sprang auf eine Straßenansicht um. Statt fortzufahren, widmete sich Munro wieder seinem Essen. Die Art, wie er seinen Fisch zerlegte, ihn in den Mund schob und zerkaute, hatte etwas irritierend Mechanisches. Am Ende blieben nur der Kopf des Fisches, das Rückgrat sowie die Flossen auf dem Teller.

»Schauen Sie sich um«, sagte Munro. Freilich war dies eine

eher metaphorische Aufforderung. Denn unvermittelt begann er davon zu sprechen, dass die Gesellschaften der digitalisierten Welt in einer Art Paradies lebten, in dem man die Bewohner von der Arbeit, ja allen Zumutungen befreit habe. Weil die Errungenschaften der Zivilisation gleichsam zu einer Art Naturtatsache geworden seien, habe man keinen Blick dafür, dass alle Gesellschaften dieser Welt aus dem Kampf hervorgegangen seien. Diese Gesellschaftsvergessenheit sei eine ernste Gefahr, ja geradezu das Einfallstor, das es den Feinden *Nollets* erlaube, das System zu infiltrieren.

»Welchen Feinden?«

»Warum fragen Sie? Waren Sie nicht gerade in der Zone?«

»Ja.«

»Und warum, meinen Sie, wollen die Leute dort unsere Technologie, aber verdammen alles, was unser Leben ausmacht?«

Munro wartete keine Antwort ab, sondern fuhr fort: »Weil sie instinktiv spüren, dass eine bloß hedonistische Lebensweise die Fundamente der Gesellschaft untergräbt. Ihren Überlebenswillen. Verstehen Sie das?«

»Nein, ich glaube nicht. Oder wenn …«

»Sehen Sie, Damian, Sie sind der Beweis! Sie lassen es einfach geschehen und schließen die Augen. Wir hingegen … wir stehen für das ein, was unsere Gesellschaft nicht wahrhaben will. Dass man in einer gewalttätigen Welt bereit sein muss, Gewalt anzuwenden. Einer Carlotta DiBroca allerdings werde ich mit einer solchen Meinung nicht kommen können. Oder wenn, so wird sie mir wahrscheinlich eine Änderung meines Speiseplans nahelegen! Japanischer Grüntee, nicht wahr?«

Er zwinkerte ihm mitwisserisch zu. War es möglich, dass Munro sein Gespräch mit DiBroca abgehört hatte?

»Im Übrigen finde ich«, sagte Munro, und jetzt erschien ein feines Lächeln auf seinem Gesicht, »wir haben unsere Aufgabe ganz passabel gelöst.«

»Wie meinen Sie das?«

»Sie haben noch nichts von uns gehört, oder? Ist das nicht großartig?«

»Aber warum jetzt? Warum reden wir jetzt miteinander?«

Munro lächelte noch immer, aber in seinen wässrig blauen Augen lag eine Kälte, die in scharfem Kontrast zu seinem bislang so jovialen Gebaren stand.

»Weil Sie, Damian, aus welchen Gründen auch immer, die Neugierde unserer Feinde auf sich gezogen haben. Weil Sie uns helfen können ... Oder weil Sie, wie man das früher genannt hätte, Ihrer patriotischen Pflicht nachkommen können. Oder wie ich es vielleicht formulieren würde: Weil Sie das Paradies bewahren können, das *Nollet* geschaffen hat. Wie ein Erzengel, der, wie wir wissen, ein Überbringer von guten Nachrichten ist.«

Man wisse, so setzte er Damian auseinander, dass eine Untergrundorganisation Kontakt zu ihm aufgenommen habe. Über die Gründe könne man nur spekulieren. Vielleicht sei es deswegen geschehen, weil Damian an dem Tag anwesend gewesen sei, als sich Symeon Castoriadis getötet habe, vielleicht liege es aber auch an seinem Namen, daran, dass sein Vater *in diesen Kreisen* den Ruf eines Heiligen habe und man sich auf diese Weise mit seinem Sohn brüsten wolle. Aber das, wie gesagt, sei bloße Spekulation. Gewiss sei lediglich, dass es der Gruppe gelungen sei, Chengs Verschlüsselungsalgorithmus zu knacken. Dies setze sie in den Stand, hochgeheime Informationen zu entwenden und damit die Fundamente der Gesellschaft zu untergraben. Dass ein Mitglied der *Social Design Planning Group* in den Fokus geraten sei, sei keineswegs zufällig. Könnte man eine Programmänderung einschleusen, so wäre das gesellschaftliche Leben von einem Augenblick auf den anderen gefährdet.

»Und was habe ich dabei zu tun?«

»Sie zeigen sich kooperativ. Sie nehmen Kontakt auf. Sie schlucken die Pille, die man Ihnen zugesteckt hat.«

Bei diesem Satz zuckte Damian zusammen, aber bemühte sich sogleich, sich das Erschrecken nicht anmerken zu lassen.

»Was ist das für eine Pille?«

»Es handelt sich dabei um ein simples Nanoradiomodul, das in Ihren Blutkreislauf eintritt. Körperlich merken Sie nichts. Aber in Ihrem Kommunikator finden Sie eine Zusatzfunktion, eine Frequenz, auf der Sie sich mit anderen Mitgliedern der Gruppe austauschen können, und zwar ohne dass der Lifestream diese Botschaften auffangen kann. Sie bekommen sozusagen ein Doppelleben geschenkt.«

»Ist das gefährlich?«

»Aber nein. Eigentlich eine ganz gewöhnliche Technik.«

»Woher wissen Sie das?«

Munro lachte. »Stellen Sie sich einfach vor, dass Castoriadis ein braver Junge gewesen ist, so wie Sie!«

»Bevor er sich hat umdrehen lassen.«

Munro beugte sich etwas vor.

»Wir glauben einfach, dass Sie etwas mehr Charakter besitzen.«

»Und was, wenn ich mich weigere?«

»Was, denken Sie, wird wohl passieren, wenn Ihr Score wieder fällt? Wenn Sie Ihre Wohnung, Ihre Arbeit, wenn Sie alles verlieren?«

Die beiläufige Art, mit der Munro dies sagte, verriet, dass er es nicht einmal für nötig befand, ihn einzuschüchtern. Offenbar wusste der Sicherheitsdienst nicht nur von der Lücke in Chengs Verschlüsselungstechnik, sondern war selbst in der Lage, das System zu manipulieren.

»Nehmen wir an, ich schlucke die Pille. Was passiert dann?«

»Man wird Kontakt zu Ihnen aufnehmen. Man wird Ihnen Beweise vorlegen, die belegen, dass wir hässliche Dinge getan haben.«

Mit einem Kopfnicken deutete Munro auf den Monitor, wo eine Reihe von Bildern erschienen: Menschen mit aufgequollenen, blutverschmierten Gesichtern, Ödemen, Folterspuren. Das, so sagte er, sei das übliche Material, mit dem man Sympathisanten rekrutiere, Bilder, die beim Betrachter Ekel und Abscheu hervorrufen sollten. Allerdings vergesse man zu erwähnen, dass es sich bei dem Großteil der vermeintlichen Opfer um Terroristen handle, die kein anderes Ziel als die Zerstörung des ECO-Systems im Blick gehabt hätten.

Munro lehnte sich in seinem Sessel zurück und legte die Fingerspitzen gegeneinander.

»Aber das, mein Lieber, werden wir zu verhindern wissen!«

*

»Wir sehen uns wieder«, hatte Munro gesagt, dann war die Tür des Wagens zugefallen und Damian hatte zugeschaut, wie sich die Limousine entfernte und hinter einer Biegung verschwand. Jetzt, da er am Schreibtisch saß, erschien ihm die Begegnung mit Munro so unwirklich, dass ihm noch der Vorgang des Sich-Erinnerns, ja die Gegenwart selbst wie ein Traumbild vorkam: der Abdruck seiner schweißfeuchten Hand, das Wasserglas, in dem die Kohlensäurebläschen auftrieben, die Spiegelung des eigenen Kopfes, den er wie einen Fremdkörper in den Händen hielt, als müsste er, wenn er ihn losließe, wie ein Ball auf der Schreibtischplatte aufschlagen. Die Tatsache, dass der Sicherheitsdienst irgendwelche Menschen in seiner Umgebung eingeschleust hatte, ja dass selbst Justine ins Fadenkreuz geraten war, erschreckte ihn. Wem würde er noch vertrauen können?

Vielleicht der fatalste Eintrag in der Liste, die Castoriadis an Olsen gesandt hatte, lautete *Identitätsdiebstahl.* Eigentlich war dies eine Gefährdung, die man mit Chengs Verschlüsselungsmechanismus überwunden geglaubt hatte, ein Relikt aus den wilden Zeiten des Internets, das Cheng selbst als eine Form des *Bürgerkriegsgebarens* bezeichnet hatte. Aber hatte ihm nicht gerade Munro vorführen wollen, dass man genau dazu imstande war?

Um sich abzulenken, öffnete Damian das Buch seines Vaters, das vor ihm lag. *In der digitalen Gesellschaft,* so las er, *wird Identität zum Phantom. Tatsächlich aber müssen wir begreifen, dass wir in dem Augenblick, da wir den Kopf des Königs abgeschlagen haben, der Hydra begegnet sind, jener Kopflosigkeit, mit der wir uns weismachen, dass wir noch immer dieselben, dass wir »identisch« sind. Aber die Hydra ist die Tochter des Typhon, des Vaters aller Monster. Ihr Blut ist giftig, selbst ihre Spuren sind giftig.* Es war merkwürdig. Wann immer er das Buch aufschlug, hatte er das Gefühl, sich in einem Labyrinth der Wörter zu verlieren, in einem Bedeutungsnetz, das genau das Gegenteil von dem predigte, was er immer geglaubt hatte. Schon als er im Flugzeug zu lesen begonnen hatte, hatte sich ein geradezu körperlicher Widerstand in ihm geregt. Und doch hatten diese Sätze irgendetwas mit diesem Augenblick zu tun. Eine Armeslänge entfernt lag noch immer der aufgeschlagene Kopf der Athena Lemnia. Er holte die Pille hervor, die man ihm zugedacht hatte, und legte sie in das Innere des Schädels zurück. Dann gab er dem Metallfragment einen kleinen Stoß und schaute zu, wie die Pille im Schädelinnern hin und her kullerte. Irgendwo im Haus begann eine Wasserspülung zu rauschen – wie eine Aufforderung, die Tablette zwischen die Finger zu nehmen. Es war nichts Auffälliges daran: eine Pille, wie er schon Hunderte in seinem Leben eingenommen hatte. Trotzdem elektrisierte ihn allein die Berührung. Ihm fiel ein, wie er im Hygieneraum gestanden und die Amnesiakapsel zerbrochen hatte. Jetzt war es ein gegenteiliger Impuls. Jetzt kam es Damian vor, als berge dieses kleine Ding die Antwort auf all die Fragen, die ihn in den letzten Tagen so beunruhigt hatten. Er nahm das Wasserglas und führte es an den Mund. Was war schon dabei? Seinen Blick auf das eigene Spiegelbild auf der Schreibtischplatte gerichtet, nahm Damian die Pille, legte sie auf die Zungenspitze und tat einen Schluck. Er setzte das Glas vorsichtig ab, streckte die Hände von sich und atmete einmal tief durch. Er schloss die Augen und horchte mit angehaltenem Atem in sich hinein. Nichts. Alles war wie zuvor. Er wusste nicht, ob er enttäuscht oder erleichtert sein sollte. Nur um irgendetwas zu tun, stand er auf und ging in den rückwärtigen Teil der Wohnung. Er zog sich aus, faltete die Kleidungsstücke sorgfältig zusammen und nahm eine Dusche. Anschließend legte er sich in das Solebad, überließ sich der Schwebe und schaute zu, wie sich das Stück Himmel, das er von hier aus im Blick hatte, langsam verfinsterte.

5

§ 5. Der Mensch ist ein Wesen der Ferne, er sucht und findet sich nicht dort, wo er ist, sondern wo er hinmöchte. Unser Heimatplanet ist erforscht, er wird eines fernen Tages untergehen. Die Satelliten und Raumstationen, die unsere Erde umkreisen, sind eine Aufforderung, den extraterrestrischen Blick nicht bloß zur Nabelbeschau zu nutzen, sondern nach außen zu wenden. Infolgedessen ist die Besiedlung des Weltraums ein Muss. Mars wird der erste Planet sein, auf dem wir die Prinzipien des Terraforming und der zweiten Genesis erforschen. Hat Prometheus den Göttern das Feuer entrissen, so muss Prometheus II. den Göttern das Geheimnis des Lebens entreißen.

Beim Erwachen hatte Damian die Einzelheiten eines Traums vor Augen. Er wusste genau, dass das Buch seines Vaters darin eine Rolle spielte, ja dass die Lösung aller Verwicklungen darinstand. Es sah anders aus als das abgegriffene Bändchen, das ihm Rosenberg ausgehändigt hatte: ein schwerer Foliant, in dem sich lauter Illustrationen befanden. Unter dem Bild eines schwarzen Engels stand eine Seitenzahl – eingekringelt und mit einer handschriftlichen Bemerkung versehen. Aber als Damian sich den Schriftzug vor Augen führen wollte, verlief die Handschrift und die Erinnerungsfetzen verschwanden wie Schatten, die vom Einfall eines Sonnenstrahls überstrahlt werden.

Als Erstes überprüfte er seinen Kommunikator. Alles sah aus wie am Tag zuvor. Keine Botschaft, nicht das geringste Anzeichen dafür, dass die Einnahme der Pille irgendeine Wirkung gehabt hätte. Aus einem unerfindlichen Grund enttäuschte ihn das. Um seine Gewohnheiten nicht schleifen zu lassen, gab er seinem Drucker den Auftrag, die Skulptur des heutigen Tages auszudrucken, eine nordische Gottheit namens Loki, von der er niemals gehört hatte. Gegen Mittag hatte er ein kurzes Gespräch mit Takao, der verständnisvoll klang. Trotzdem glaubte Damian in seiner Stimme eine Reserviertheit herauszuhören, die er sich nicht erklären konnte. Noch während Takao von der Sitzung mit der *Penalty Group* erzählte, erschien eine merkwürdige Nachricht in seinem Newsfeed. Sie trug die Überschrift *Privat* und stach schon vom Format her aus dem Vertrauten heraus. Hastig verabschiedete er sich von Takao und öffnete sie. Schon beim ersten Blick wusste er, es wäre besser gewesen, die Nachricht zu löschen. Justine saß, in ein eng geschnürtes Mieder gekleidet, das ihre Brüste hervorquellen ließ, an einen Stuhl gefesselt. Ihr Mund stand offen, von einer metallenen Apparatur, die um ihren Kopf geschnallt war, weit aufgerissen. Zudem trug sie ein Hundehalsband. Eine kleine Japanerin, die in ein Ganzkörperlatex-Kostüm gekleidet war, das nur ihr Geschlecht und ihre Brüste freiließ, war damit beschäftigt, Justines Augen zu schminken. Drei identisch gekleidete Männer mit kurz geschnittenem Haar saßen in tiefen Sesseln und schauten dem Ritual unbeteiligt zu. Gelegentlich fiel eine Anweisung, dann trat einer der Männer, eine Peitsche in der Hand, an Justine heran und ließ die Peitsche mit einer gleichermaßen bedrohlichen wie achtlosen Geste über ihre Brüste gleiten. In einem Glasbehälter waren echsenartige Tiere zu sehen. Es waren so viele, dass sie übereinanderkrochen. Obwohl Damian schon beim ersten Blick eine Art Scham verspürte, konnte er seine Augen nicht von dem Bild lassen, so lange jedenfalls, bis die Berührung mit der Peitsche zu einem heftigen Schlag geworden war und Justines Gesicht sich schmerzhaft verzerrte.

Selbst als er den Stream geschlossen und die Datei gelöscht hatte, hatte er noch Justines schmerzverzerrtes Gesicht vor Augen. Von wem nur kam diese Nachricht? War es Munro, der ihm vorführen wollte, wie gut er über sein Umfeld unterrichtet war, oder stammte sie von der Verschwörergruppe, die sich in Justines Lifestream gehackt hatte? Wenn sie von seiner Athena Lemnia wussten, waren sie bestens über ihn unterrichtet – und wenn sie ihn im Visier hatten, warum nicht auch Justine? Nur eins war gewiss: Auf der Liste, die Castoriadis an Olsen geschickt hatte, war auch der unerlaubte Zugriff auf einen persönlichen Lifestream enthalten gewesen.

Am Nachmittag meldete sich dann Justine selbst. Obwohl er bemüht war, möglichst normal zu klingen, spürte er, wie es ihm den Hals zuschnürte. Ihr Hologramm vor Augen, versuchte er sich vorzustellen, ob sie dazu imstande wäre, ihren Vater oder ihn an irgendjemand anderen zu verraten – ein Gedanke, der jetzt, da er ihr Gesicht vor sich hatte, ganz und gar unmöglich erschien.

Sie erzählte, dass sich ihr Vater seit seiner Rückkehr aus Tripoli merkwürdig verändert gezeigt habe, aber ihr nicht sagen wolle, wieso. Ihre Stimme klang drängend.

»Was ist passiert, Damian?«

»Nichts. Na ja, wir waren in einem Interview, da hat dein Onkel Moxie einen Anruf bekommen und erfahren, dass man einen Anschlag auf Khan plane. Aber ich weiß nicht, warum, auch nicht, wer dahinterstecken könnte. Wir haben alles abgebrochen und sind zurückgeflogen.«

»Und Papa? Wie hat er reagiert?«

»Ich hatte nicht das Gefühl, dass es ihn sonderlich beunruhigt hat.«

»Hat er irgendetwas gesagt oder getan, was ... anders war?«

»Was ist los, Justine?«

»Er hat ...« Nach einem Stocken brach sie unvermittelt in Tränen aus. Dann sagte sie, auf sein drängendes und wiederholtes Fragen, flüsternd beinahe: »Er hat geweint.«

Damian war wie vor den Kopf geschlagen. Die Vorstellung, dass Khan, der jede Herausforderung angenommen und mit brachialer Gewalt ausgelebt hatte, in Tränen ausbrechen könnte, erschien ihm absurd. Als Justine sich so weit beruhigt hatte, dass sie erzählen konnte, begriff er, warum sie so verschreckt war. Am Tag nach seiner Rückkehr war Khan urplötzlich unauffindbar gewesen. Sein Kommunikator war deaktiviert, in seinem Arbeitszimmer hatte Justine auf seinem Desktop lauter merkwürdige Zeichnungen entdeckt. Tatsächlich war es nur ein einziges Bild, das er in endlosen Variationen vor sich hingekritzelt hatte: eine geflügelte Figur, die aussah wie ein schwarzer Engel. Die Sicherheitsleute hatten das Haus durchsucht, die Studios, selbst das angrenzende Waldstück. Gegen Abend hatte man ihn in einer Besenkammer gefunden, apathisch. Er hatte sie mit dem Namen ihrer Mutter angesprochen, sie in die Arme geschlossen und sich wieder und wieder bei ihr entschuldigt. Und dann hatte er zu weinen begonnen. Ein Arzt hatte ihn sediert.

»Jetzt ist er wiederhergestellt – aber manchmal ...«

»Was ist – manchmal?«

»Er macht so komische Bemerkungen.«

»Was für Bemerkungen?«

»Als ob man ihn vergiften wollte. Ich habe ihm einen Kaffee hingestellt, aber er hat ihn nicht angerührt.«

»Soll ich zu dir kommen?«, wollte Damian wissen, aber sie sagte nein, sie habe Onkel Moxie gebeten zu kommen. Im Hintergrund war ein Geräusch zu hören, jedenfalls schaute Justine sich um und trocknete die Tränen. Dann schüttelte sie den Kopf, machte eine Geste, die Damian nicht deuten konnte, und war urplötzlich verschwunden.

*

Die Nachrichten trafen genau um 19:54 Uhr ein.

»Pack ein paar Sachen zusammen!«, lautete die erste. Und kurz darauf: »Ich bin in dreißig Minuten bei dir. DrunkenGirl.«

Weil ein entfernter Bekannter sich gemeldet hatte, um ein paar Hinweise zu bekommen, wie man das *Catastrophe-III*-Level erreichen könne, hatte Damian noch nichts zusammengepackt, als es an der Tür klingelte. Auf dem Display erschien das Gesicht einer jungen Frau, die sich nervös umschaute. Sie war ungeschminkt, im Gegensatz zu jenem Abend, da sie ihm bei Khans Empfang in die Arme gefallen war. Als er öffnete, sah er, dass sie nicht allein war, sondern in Begleitung einer anderen, etwa gleichaltrigen Frau. Diese hatte kurzes Haar, das sie mit Pomade in Form gebracht hatte, was ihr das Aussehen eines androgynen Stummfilmstars verlieh. Als sie eintrat, schob sie demonstrativ ihre Jacke beiseite, und er sah, dass sie einen Taser bei sich trug.

»Ich bin noch nicht so weit«, sagte er, »und ich weiß nicht, für welchen Anlass ich überhaupt etwas einpacken soll.«

»Kein Problem, ich werde dir helfen.«

Als wäre sie mit den Gegebenheiten der Wohnung vertraut, schob sie ihn sanft in Richtung Schlafzimmer.

»Du kannst mich Vittoria nennen«, sagte sie, während sie wahllos ein paar Sachen in die bereitgelegte Tasche stopfte.

»Ist das Ihr Name? Vittoria?«

»Ja, aber ich finde, wir sollten uns duzen.«

Als sie einen Blick in den Kleiderschrank warf und dort eine Batterie gleichartiger, penibel nebeneinander aufgereihter Schuhe sah, lachte sie und kommentierte, er sei wohl ein sehr organisierter Typ.

Mit der gepackten Tasche gingen sie in den vorderen Teil der Wohnung, wo Vittorias Begleiterin auf sie wartete. Anders als Vittoria musterte sie ihn feindselig und bestand darauf, ihn mit einem portablen Scanner auf Wanzen zu untersuchen, eine Maßnahme, die Damian rührend altmodisch fand. Mit einem kurzen Kopfnicken deutete sie auf seine Götterarmee und fragte, was das solle. »Ein Zeitvertreib«, sagte Damian, »nichts weiter.« Auf dem Schreibtisch lag noch immer das Buch seines Vaters. Als er es einsteckte, kam es ihm vor, als ob es ein Talisman wäre, als ob er sich damit gegen eine Gefahr schützen könnte.

Vor dem Haus stand eine Limousine, die noch per Hand gesteuert werden musste. Vittorias Begleiterin, die Coco genannt wurde, setzte sich ans Steuer und startete den Wagen. Im Innern befanden sich eine Reihe Apparaturen, die aussahen, als hätte man sie aus dem Computermuseum entwendet.

Vittoria, die seinen Blick bemerkt hatte, sagte, diese Lowtechapparate seien eine Vorsichtsmaßnahme. »So können wir ungestört miteinander reden.«

»Wo fahren wir hin?«

»Wir werden Tesla treffen, du erinnerst dich an ihn?«

»Tesla? So nennt er sich?«

»Ja, seit er zehn Jahre alt ist.«

Bei der Nennung des Namens begriff Damian, dass seine Vermutung, der Mann im Tarnanzug habe den Navigator mithilfe einer elektromagnetischen Störung ausgeschaltet, zutraf. Folglich mussten auch die Instrumente im Auto die Funktion haben, die Kommunikatoren des *Nollet*-Systems funktionsuntauglich zu machen. Als er sein eigenes Display überprüfte, sah er, dass die Verbindung gestört war.

Schon die ersten Kilometer der Fahrt verliefen äußerst turbulent. Noch auf der Stadtautobahn begann Coco plötzlich zu fluchen, wechselte die Spur und fuhr in einem halsbrecherischen Manöver von der Autobahn ab. Als der Wagen in einem blickgeschützten Firmengelände endlich zum Stehen kam, behauptete Coco, dass ihnen ein anderer Wagen gefolgt sei.

»Diese Drecksäue!«

Kurz darauf gab sie vor einer roten Ampel unverhofft Gas, raste durch einen Vorort und fuhr frontal auf einen entgegenkommenden Wagen zu. Zum Glück war es ein Selbstfahrerauto, so dass der Wagen, gesteuert vom Notfallprogramm, rechtzeitig ausweichen konnte. Im Rückspiegel jedoch sah Damian, dass er sich überschlug und, einen Jägerzaun durchbrechend, in einem Vorgarten landete. Wenn Coco es bemerkt hatte, so zeigte sie nicht die mindeste Regung, sondern fluchte mit zusammengebissenen Zähnen, dass sie sich von *diesen verfickten Drecksäuen* nicht den Schneid abkaufen lassen werde. Dann nestelte sie in der Innentasche ihrer Lederjacke, holte eine Pillendose hervor, öffnete sie und setzte sie sich wie eine Wasserflasche an den Mund.

Bei einem kurzen Halt an einer Raststätte, wo Coco sich mit Proviant eindecken wollte, erkundigte sich Damian bei Vittoria, ob Coco immer so nervös sei.

»Mach dir keine Sorgen, sie ist cool.«

Als Coco zurückkam, bemerkte Damian, dass ihre Pupillen geweitet waren. Seinen prüfenden Blick quittierte sie mit einem aggressiven »Was guckst du so blöd?«.

Während sich draußen die Dämmerung auf das Land hinabsenkte, stopfte Coco Kartoffelchips in sich hinein und trommelte im Takt einer Elektronikmusik vor sich hin. Zwar stammte der Wagen, ein alter BMW, aus jener Zeit, da die Autos noch nicht einmal Internetanschluss hatten, die Musikanlage jedoch war auf dem neuesten Stand. Vittoria sagte, die Fahrt werde sechs, vielleicht sieben Stunden dauern, sie werde versuchen, ein wenig zu schlafen. Damian schaute aus dem Fenster. Die Ausfahrten trugen jetzt polnische Namen. Dann und wann kreuzten sich seine Blicke mit denen Cocos im Rückspiegel. Vittoria, die eingeschlafen war, atmete ruhig. Irgendwann rutschte ihr Oberkörper zur Seite, und ihr Kopf lehnte an seiner Schulter.

Dass auch er während der Fahrt eingeschlafen war, wurde ihm erst bewusst, als er von den Erschütterungen des Wagens erwachte, der über Kopfsteinpflaster fuhr. Der Navigator zeigte 2:32 Uhr an. Im Scheinwerferlicht waren ein paar Häuserruinen zu erkennen, die Überreste eines Dorfes, das von seinen Bewohnern vor langer Zeit aufgegeben worden war. Hinter einem kleinen Friedhof zweigte ein Waldweg ab. Zur Linken war eine Viehkoppel zu sehen, aber der Zaun war an vielen Stellen niedergerissen. In einem Graben, von einer Hecke überwuchert, lag ein umgestürzter, verrosteter Traktor. Der Waldweg war mit tiefen Schlaglöchern übersät. Der Wagen wurde so heftig durchgeschüttelt, dass auch Vittoria aufwachte. Vor ihnen tauchten Lichter auf. Im Näherkommen sah Damian zwei kleine Häuser, eine Kapelle, dann ein Gebäude, das jedenfalls zu Teilen wiederhergestellt schien. Coco hupte kurz, parkte den Wagen und schaltete den Motor aus. Sie stiegen aus. Die Eingangsbeleuchtung ging an, und ein großer Hund sprang ihnen entgegen. Coco tätschelte ihn, ganz offenbar kannte sie ihn. In der Eingangshalle, von der aus zwei Treppen in die oberen Geschosse hinaufführten, hingen Jagdtrophäen an den Wänden. Sie betraten einen großen Saal. Damian registrierte leise Musik und einen merkwürdigen Geruch. Dann bemerkte er eine Reihe von großen Displays sowie einen Flügel, dessen Tastatur von einer Axt zerteilt worden war. In der Tiefe des Raumes stand eine Sitzgruppe. Drei Männer und eine Frau saßen in tiefen Ledersesseln, tranken Wein und unterhielten sich. Als sie näher kamen, erhob sich ein Mann – Tesla. Er kam auf Damian zu und reichte ihm die Hand: »Schön, dass du gekommen bist.«

Die Begrüßung durch die restlichen Anwesenden fiel freundlich, aber distanziert aus. Die Ankömmlinge nahmen Platz. Das Gespräch drehte sich um Kleinigkeiten, Fragen weitgehend praktischer Natur: ob man ein Gerät ausgedruckt, die *Farming Units* überprüft, Einzelteile aus der Stadt mitgebracht habe. Während er zuhörte und nur ab und zu an seinem Weinglas nippte, versuchte Damian die Beziehungen der Gruppenmitglieder untereinander zu verstehen. Tesla war zweifelsohne der Kopf. Hob er die Stimme, verstummten die anderen, nicht immer einverständig. Die beiden anderen Männer hätten unterschiedlicher kaum sein können. Slavoj, ein kleiner, bärtiger Dicker, auf dessen T-Shirt das Bild einer Nesselqualle prangte, hatte eine laute Stimme und einen ebenso durchdringenden Humor, verstärkt durch die enormen Mengen an Alkohol, die er in sich hineinschüttete. Gerrit wiederum, ein hagerer, groß gewachsener Typ, sah aus wie ein Priester mit einem wächsernen, ausdruckslosen Gesicht. Über seine schlanken Hände zogen sich dünne schwarze Härchen, und obwohl er keine dreißig Jahre alt sein mochte, hatte sich sein Haupthaar deutlich gelichtet. Er ließ den Blick langsam hin und her wandern, sagte aber selbst kein einziges Wort. Die Frau neben ihm, Gudrun, hatte ein teigiges, leicht aufgedunsenes Gesicht. Sie hing in ihrem Sessel und schaute teilnahmslos vor sich hin. Gelegentlich wanderte ein blödes Grinsen über ihr Gesicht, ganz offenbar war sie auf Drogen.

Der Gedanke, sich hier im Kreise einer Untergrundorganisation zu befinden, erschien Damian beinahe absurd, in Anbetracht der Trivialitäten zumal, die im Gespräch verhandelt wurden. Slavoj unterhielt die Gesellschaft mit den Problemen, die ein Dicker mit seinem MediBot habe. Jedes Mal, wenn er sich eine Flasche Wein reinziehe, bekomme er von diesem die Kalorien vorgehalten, aber da er auf derlei Vorhaltungen mit *äußerster Schärfe* reagiert habe, damit nämlich, Schokolade oder andere Kalorienbomben in sich hineinzustopfen, habe sein MediBot dazugelernt und versuche ihn nun positiv zu konditionieren, schlage ihm Spaziergänge, Liegestütze oder Quallensalat vor. Während er ihm mit großem Amüsement zuhörte, schien es Damian, als ob die Gruppe nichts weiter als eine Versammlung von Aussteigern war – Leute, die sich aus irgendeinem Grund dem System entfremdet hatten oder von einem diffusen Überdruss heimgesucht worden waren. »Zweifellos«, sagte Slavoj, »ist der MediBot das Resultat einer hinterhältigen Verschwörung. Die Internationale der Veganer hat sich verbündet, mich, Slavoj, mit allen Mitteln der psychologischen Kriegsführung auf Stromlinienform zu trimmen.« Was hatte die kleine Gruppe nur dazu bewegt, sich diesen gottverlassenen Platz auszusuchen? Damian überlegte, wie er das Gespräch auf diese Frage bringen könnte, aber fand, in der allgemeinen Müdigkeit, die sich breitmachte, keine Gelegenheit mehr dazu. Als jemand gähnte, stand Vittoria auf und sagte, sie werde dem Besucher zeigen, wo er schlafen könne. Sie brachte ihn in ein Zimmer im ersten Stock. Es roch feucht, aber Damian war viel zu müde, um an irgendetwas Kritik üben zu wollen. Er kroch unter die Decke und schlief sogleich ein.

*

Bei Tageslicht wurde sichtbar, dass der Ort wohl schon lange Zeit verlassen war. Die kleine Kapelle war von einer Bombe getroffen worden, die Nebenhäuser zerfielen, eines war niedergebrannt. Das Hauptgebäude selbst war nur notdürftig mit ein paar Eimern Farbe und einigem technischen Gerät als Logis hergerichtet worden. Ein Teil des Seitenflügels war eingestürzt, das obere Stockwerk unbewohnbar. Große Teile der Decke waren aufgebrochen, überall lagen Schutt, Steine oder sonstiges Zeug: zusammengeschnürte Zeitungsstapel, verkohlte Bücher, die man als Feueranzünder genutzt hatte, ein aufgeschlitzter Basketball. Von einem Balkon aus sah man auf die Terrasse hinab, wo neben einigen Solarpanels die Skelette von Gartenmöbeln standen und auf einen verwilderten Park hinausschauten. Ein paar Schritte weiter war ein leerer Swimmingpool zu sehen, in dem neben Bauschutt und verfaulendem Laub allerlei Gartengerät und ein ausgemustertes Schlagzeug herumstanden.

Damian spazierte durch den Park und dachte darüber nach, ob auch Castoriadis hier empfangen worden war. Als er zu einem kleinen Rondell gelangte, setzte er sich auf eine Bank. In einiger Entfernung standen ein paar überwucherte Grabsteine, auch eine Familiengruft war zu sehen. Überall hatte ein unbekannter Graffitikünstler seine Tags hinterlassen. In seiner Jacke spürte er das Buch seines Vaters, aber statt zu lesen, versuchte er sich an die Gesichtszüge seines Vaters zu erinnern. Vergeblich. Ein großer streunender Hund näherte sich und blieb, gefährlich knurrend, ein paar Meter entfernt stehen. Nach einer Weile trollte er sich, und Damian stand auf und ging zurück zum Haupthaus. Dort traf er Vittoria, die gerade Frühstück machte.

»Wo sind wir hier eigentlich?«

Der Ort sei etwa siebzig Kilometer von Lemberg entfernt, an der Zonengrenze. In dieser Gegend habe es im Großen Krieg, vor allem der ukrainischen und russischen Flüchtlinge wegen, heftige Auseinandersetzungen gegeben. Deswegen hätten die Bewohner das Weite gesucht.

»Gefällt es dir hier?«

Vittoria schaute ihn überrascht an, dann lachte sie ein glockenhelles Lachen.

»Was für eine Frage!«

Trotzdem schickte sie sich an, ihm den Zweck ihres Hierseins zu erklären. Es handele sich nicht um eine dauerhafte Bleibe, sondern nur um einen von mehreren Stützpunkten, von denen aus man verschiedene Dinge erledigen könne. Während sie sprach, ließ Damian seinen Blick über ihr Gesicht wandern. Vor allem ihre tiefschwarzen, strahlenden Augen gefielen ihm. Obwohl ihre Wimpern nicht sehr dicht waren, hatte sie sie sorgfältig aufgebürstet. Er war schon im Begriff, ihr ein Kompliment zu machen, als Coco mit einem lauten Schniefen die Küche betrat, nur mit Slip und einem karierten Männerhemd bekleidet.

Damian nahm sich eine Tasse Kaffee und setzte sich in den Salon, wo Tesla im Beisein von Gerrit gerade dabei war, verschiedene Videodateien zu sichten. Als er Damian sah, winkte er ihn zu sich und deutete auf das Display. »Hast du das schon mal gesehen?«

Damian erkannte ihn sofort. Das lange Haar, die schiefe Körperhaltung, die rudernden Handbewegungen. Selbst das helle Jackett, das er trug, kam ihm bekannt vor. Als die Kamera an sein Gesicht heranzoomte, wurde sein Name eingeblendet: William Christie, Université Cadi Ayyad, Marrakesch 2016. Er stand in einem Hörsaal, der so überfüllt war, dass ein Teil der Studenten auf dem Fußboden sitzen musste.

»Kennst du das?«

»Nein«, sagte Damian und hörte, dass seine Stimme belegt

klang. »Und du? Warst du dabei, als das aufgenommen worden ist?«

»Nein, ich war zu jung. Zu dieser Zeit hatte ich kein größeres Ziel, als unseren Schulcomputer zu hacken.«

Dann begann Tesla davon zu reden, dass er Christies Lehre erst sehr viel später begegnet sei und welch großen Einfluss sie auf sein Denken gehabt habe. Damian hatte Schwierigkeiten, seinen Worten zu folgen. Wie gebannt starrte er auf die Videoaufnahme und versuchte zu verstehen, worum es dort ging. Ein Student trat an ein Mikrofon und fragte, ob Christie, wenn er von einem digitalen Faschismus rede, daraus nicht notwendigerweise ein Recht, ja geradezu eine Pflicht zu gewaltsamem Widerstand ableite. Sein Vater legte die Stirn in Falten und erwiderte, zögernd beinahe, die Frage sei, wie man Geister bekämpfe, ohne zu okkulten Praktiken Zuflucht zu nehmen. Coco trat hinzu, flüsterte Tesla etwas ins Ohr, und Tesla stand auf und ging mit ihr auf die Terrasse hinaus. Erst als das Video einfror, konnte Damian den Blick von der Anzeige lösen. Ihm gegenüber saß Gerrit, der ihn unverwandt musterte.

»Du hast keine Vorstellung von dem, was hier läuft, oder?«

Es war der erste zusammenhängende Satz, den er von ihm hörte; insofern war Damian nicht sicher, ob die Verachtung, die er aus der Bemerkung heraushörte, sich einer grundsätzlichen Haltung verdankte oder auf ihn gemünzt war.

»Wie meinst du das?«

Gerrit verzog keine Miene, sondern legte bloß die Finger beider Hände gegeneinander.

»Hast du je darüber nachgedacht, dass ein System nicht bloß aus Zahlen und Statistiken besteht?«

Gerrit schien an einer Antwort nicht interessiert, denn er beantwortete die Frage gleich selbst.

»Du wirst mir erzählen, dass hinter jeder Zahl letztlich ein Mensch steckt. Aber das ist Propaganda, nichts weiter. Es geht darum, wer den Zugang zu seltenen Rohstoffen hat und wer die Informationen kontrolliert. Das sind die Schlüssel: Macht und Gewalt.«

Aus irgendeinem Grund fühlte sich Damian plötzlich in das Gespräch mit Munro zurückversetzt. Offenbar war Gerrit die Aufgabe zugefallen, ihn aus seiner Verblendung zu erlösen. Um es ihm leicht zu machen, stellte er sich unwissend, und Gerrit erging sich in einer Suada gegen die Volksverblödung, die *Nollet* sich zum Ziel gemacht habe. Während er sich ereiferte, kam Tesla zurück und merkte amüsiert an, sie hätten sich wohl jetzt miteinander bekannt gemacht. Gerrit verstummte, schaute aber noch feindseliger als zuvor.

In der anschließenden Sitzung, zu der sich auch Vittoria, Coco und Gudrun gesellten, machte Tesla klar, dass das Ziel der Gruppe keineswegs darin bestehe, Damian unter Druck zu setzen.

»Jeder der Anwesenden ist freiwillig hier, aus tiefster, innerer Überzeugung. Eine solche Überzeugung ist nichts, was man predigen kann, Damian, so etwas kann nur aus der unmittelbaren Anschauung erwachsen. Ein Lernprozess, der sich einstellt, wenn du einen ungeschminkten Blick auf die Realität wirfst. Aber was ist die Realität? Wie kann man sicher sein, dass die Menschen wirklich tun, was sie zu tun vorgeben?«

Als Damian verständnislos schaute, erwähnte Tesla leichthin den Namen eines Mannes, der vor einigen Jahren, bevor Olsen zum Leiter der *Penalty Group* wurde, die Abteilung geführt, in Wahrheit aber für eine feindliche Macht gearbeitet hatte. Woher wusste Tesla davon? Man hatte in der Firma alles getan, um diesen Fall zu vertuschen. Die einzige Erklärung war, dass Tesla selbst einmal für *Nollet* tätig gewesen sein musste.

»Bist du dir zum Beispiel klar darüber, wie eine normale Grenzanlage zur Zone aussieht?«

Damian schüttelte den Kopf. Was überwog? War er hier, weil er der Sohn ihres Helden William Christie war oder weil er, wie

Castoriadis, eine Funktion bei der *Social Design Planning Group* hatte?

Auf der großen Projektionsfläche rief Tesla Bewegungsbilder einer Grenzanlage auf. Zwei parallel verlaufende Betonmauern mit viel Stacheldraht, dazwischen ein Streifen Niemandsland.

»Diese Architektur hat«, wie die pathetische Stimme des Kommentators erläuterte, »vor allem die Funktion einer Einschüchterungsarchitektur, ebenso wie die martialisch ausschauenden Kampfroboter, die auf dem Todesstreifen patrouillieren.«

Die Roboter waren, unterlegt von einer dramatischen Musik, wie bei einem Computerspiel aus dem Museum in Szene gesetzt.

»Weit bedeutsamer und effektiver sind aber die unsichtbaren Sicherheitsmechanismen des *LIMES*-Projekts. So wird die Grenzanlage von *Micro Air Vehicles* überwacht, kaum fingerkuppengroßen Drohnen, die nicht nur Grenzverletzungen festhalten, sondern Eindringlinge darüber hinaus unschädlich machen. Handelt es sich um gefährliche Terroristen, kann sich dieses Unschädlichmachen nicht nur in einer temporären, sondern auch einer dauerhaften Neutralisierung niederschlagen, etwa dadurch, dass die Drohne in das Ohr des Betreffenden eindringt und dort eine letale Dosis injiziert. Die meisten Mechanismen jedoch zielen darauf ab, den Grenzübertritt überhaupt zu verhindern. Schon bei der Annäherung an den Zaun werden Mechanismen ausgelöst, die die Orientierung beeinträchtigen, etwa dadurch, dass man den Betreffenden rätselhafte Stimmen, Halluzinationen, Angst- oder Übelkeitsgefühle induziert.«

Obwohl er auf diesen Augenblick vorbereitet war, hatten die Bilder von Menschen, die orientierungslos durch die Gegend torkelten, zusammenbrachen oder mit verkrümmten Gliedmaßen leblos am Boden lagen, etwas Beklemmendes. Vollends übel wurde ihm, als der Film die Behandlung eines Menschen vorführte, den das System als Terroristen klassifiziert hatte. Aus der Perspektive einer Drohnenkamera gefilmt sah man, wie die Drohne sich in Bewegung setzte und langsam auf das Opfer zuflog. Der Mann, dessen Hemd zerfetzt war und der in der Hand einen Schuh trug, war offenkundig desorientiert und hatte Schwierigkeiten, auch nur einen Fuß vor den anderen zu setzen. Als sein Gesicht, schräg von oben gefilmt, das ganze Bild einnahm, sah man einen verdrehten Blick, dem die Pupillen weggerutscht waren, und den offenen Mund, aus dem schlaff die Zungenspitze heraushing. Dann verwandelte sich das Ohr, in dem die einzelnen Härchen zu Wurzelwerk anschwollen, zu einer Höhle, bis die Kamera schließlich in die Schwärze des Gehörganges eintauchte. Kurz nachdem die Erfolgsmeldung *Mission Accomplished!* aufblinkte, sprang die Perspektive auf eine Begleiterdrohne um, deren Aufgabe in der Dokumentation des Vorgangs bestand: Hier sah man, wie sich der Mann ans Ohr griff, daraufhin wurde ein kleines Blutgerinnsel zwischen seinen Fingern sichtbar, zugleich quollen seine Augen hervor und Schaum trat ihm aus dem Mund. Er begann heftig zu zittern und ging zu Boden, wo er noch einen kurzen Moment unkontrolliert zuckte und dann still liegen blieb.

Damian hatte das Gefühl, sich übergeben zu müssen. Aber als er bemerkte, dass Gerrit seine Verstörung regelrecht zu genießen schien, beherrschte er sich und fragte, weshalb es zum Bau dieser Grenzanlagen gekommen sei, vor allem, weshalb er und seine Kollegen in der *Social Design Planning Group* so wenig darüber wüssten.

Gerrit lachte einmal kurz auf, Tesla hingegen antwortete geduldig, dass es in der Nachkriegszeit das Bestreben aller Verantwortlichen gewesen sei, das Territorium zu befrieden. Da in vielen der angrenzenden Regionen noch immer bürgerkriegsähnliche Zustände geherrscht hätten, habe man sich zum Bau eines solchen Zauns entschlossen. In gewisser Hinsicht sei das eine durchaus rationale Maßnahme gewesen. Auf diese Weise hätte man die Militärs und Sicherheitsexperten beschäftigen und *Nollet* vor einem drohenden Militärputsch bewahren können.

»Die Perversion, Damian, besteht nicht darin, dass man die eigene Lebensweise zu schützen versucht. Sie besteht darin, dass man diesen Schutz zu einer Religion gemacht hat, einer Religion, bei der jeder Zonenbewohner nicht mehr als Mensch, sondern als Insekt betrachtet wird. Und dieses Insekt wird einfach ausgemerzt, wenn es zu stören beginnt. Streng genommen ist ja schon diese Doktrin überholt. In dem Maße nämlich, in dem die Kluft zwischen dem ECO-System und dem Rest der Welt gewachsen ist, hat man realisiert, dass die wirksamste Schutzmaßnahme vor unerwünschter Immigration darin besteht, die Konflikte der Zone anzuheizen und sie auf diese Weise ausbluten zu lassen.«

»Ausbluten?«

Jetzt meldete sich Gerrit zu Wort.

»Was habe ich euch gesagt? Was können wir schon von einem solchen Zombie erwarten?«

Aber Tesla ließ sich nicht beirren, sondern erklärte, man wolle ihn gar nicht indoktrinieren. Stattdessen sei er eingeladen, sich selbst einen Überblick über die Verhältnisse zu verschaffen.

»Aber warum ich? Was macht es für einen Unterschied, ob ich Bescheid weiß oder nicht?«

Wahrscheinlich hatte man auch Castoriadis dieses Video vorgespielt. Die Musikuntermalung, die raunende Stimme des Sprechers, all das hatte etwas Propagandistisches, wie auch die unkomplizierte Offenheit Teslas. Weil niemand antwortete, fragte Damian erneut: »Was wollt ihr von mir? Was kann ich für euch tun?«

Tesla ließ seinen Blick auf ihm ruhen, ohne mit den Augen zu blinzeln.

»Ich glaube, du kennst die Antwort. Weshalb sonst bist du hier?!«

Jetzt meldete sich Gudrun zu Wort, die sehr viel lebhafter wirkte als noch in der Nacht zuvor.

»Drehen wir die Frage mal um: Warum hast du die Pille geschluckt? Du hättest dein kleines Leben doch ganz ungestört weiterleben können.«

»Ich weiß nicht. Vielleicht, weil mich die Möglichkeit beunruhigt, dass der Verschlüsselungsmechanismus des Scores fehlerhaft ist. Weil ich gesehen habe, wie sich ein Mensch umgebracht hat. Weil ich die Wahrheit wissen will.«

»Die Wahrheit!«, äffte Coco ihn nach und ließ ein höhnisches Lachen folgen.

»Wozu soll das führen?«, sagte Gerrit, an Tesla gewandt. »Wollen wir diesen ganzen Scheiß noch einmal durchziehen?«

»Was wir sagen wollen«, versuchte Vittoria zu vermitteln, »ist, dass die Wahrheit keine Frage der Technik ist. Du musst untertauchen, du musst in deinem Innern die subtilen, giftigen und blutsaugerischen Mechanismen des Systems finden. Nur so wirst du dich davon befreien können.«

»Es gibt Formen der Gewalt«, sagte Slavoj, »bei denen man keineswegs physischen Zwang anwenden muss. Stopf die Leute mit Zucker voll, und sie können sich ein Leben ohne Zucker nicht mehr vorstellen! Verführung, verstehst du, das ist der Schlüssel, das ist die wahre Gewalt!«

»Es gibt nur eine Befreiung und nur eine Heilung«, fuhr Gudrun sichtlich ungehalten dazwischen, »das ist Gewalt gegen die Schweine. Wir sind entwaffnet, aber sie können uns nicht unser Bewusstsein rauben. Unser Bewusstsein besteht nicht im Wissen, wie irgendeines dieser Scheißprogramme funktioniert, sondern im Hass!«

»Wollt ihr predigen, oder was?«, fragte Tesla. Ganz offenbar, das war unübersehbar, hatte Damians Gegenwart einen lange schwelenden Konflikt in der Gruppe angerührt. Während Tesla die anderen daran erinnerte, dass man sich auf eine gemeinsame Agenda geeinigt habe, schaute Coco ihn mit kaum verhohlener Wut an und ließ nur ihre Finger knacken, einen nach dem anderen.

Die Spannung nahm nicht ab. Selbst während des Mittagessens, einer wässrigen Kartoffelsuppe, setzten sich die Diskussionen fort, arbeiteten sich die verschiedenen Positionen, in zermürbender Wiederholung, aneinander ab. Obwohl Tesla der intellektuelle Kopf der Gruppe war, führten vor allem die Frauen das Wort – und als er den Raum verließ, wurde der Ton noch schärfer. Nicht bloß, dass Damian der revolutionäre Jargon, mit dem jede Kleinigkeit begründet werden musste, fremd war, er fand vor allem die Vulgarität ihrer Redeweisen abstoßend. Insbesondere Gudrun schien eine ausgesprochene Vorliebe dafür zu hegen. Nachdem sie sich mit Slavoj für einen *kleinen Fick* absentiert hatte, kam sie zurück, um sich zu erkundigen, wie es sich Damian besorgen ließe. Damian kam gar nicht dazu, diese Anzüglichkeit zu kommentieren. Statt seiner antwortete Coco, dass er sich fürs Küchenpersonal zu fein sei, weswegen sonst habe er sich mit der Tochter des Obergurus eingelassen.

»Du stehst auf Edelfotzen, ja?!«

Er wusste nicht, was er darauf sagen sollte. Er spürte nur seine schmerzende Oberlippe und eine merkwürdige Leere im Kopf. Die beiden Frauen vergnügten sich weiter damit, sich sein Sexualleben auszumalen, zum Beispiel, ob er es über sich bringe, dreckigen, ungeschützten Sex zu praktizieren, bekanntermaßen seien Leute seines Schlages doch eher körperfeindlich, »mit Waschzwang und so«.

Irgendwann war es ihm zu viel. Er stand wortlos auf, ging hinaus auf die Terrasse und setzte sich in einen Korbstuhl. Nach einer Weile gesellte sich Vittoria hinzu und sagte, halb entschuldigend, dass die Umgangsformen in der Isolation wohl etwas verroht wären, aber es sei nicht böse gemeint, sie müsse sich auch solche Bemerkungen gefallen lassen.

»Ich verstehe euch nicht. Was glaubt ihr denn, was ihr hier, am Ende der Welt, ausrichten könnt?«

»Wir sind nicht allein. Es gibt Tausende, Abertausende Menschen, die nicht wollen, dass man sie wie Insekten behandelt.«

»Niemand will, dass man Menschen wie Insekten behandelt!«

»Aber was tust du dann, wenn du eine Gruppe programmierst?«

»Das ist nicht wahr! Wir programmieren die Leute nicht, wir halten fest, was sie wollen. Im Grunde sind unsere Programme nichts weiter als Spiegel dessen, was sie begehren.«

»Du willst es nicht sehen, Damian! Das Wesen einer Gesellschaft erkennt man nur an ihren Grenzen. Und das ist es, was wir aufzeigen wollen!«

»Und was soll das Gerede von der Gewalt, den Schweinen, dem Hass? Glaubt ihr denn, dass die Grenze nicht auch in euch selber verläuft?«

Sie lächelte ihn an, nicht herablassend, eher als betrachtete sie ein Kind.

»Ja, für dich ist alles wunderbar. Weil du es verinnerlicht hast, weil du das, was die Gesellschaft dir an Denkmöglichkeiten bietet, frisst, weil du glaubst, du hast die Wahl zwischen diesem und jenem. Deswegen glaubst du, dass du das, was du in dich hineinfrisst, auch verdauen kannst. Aber das ist nicht wahr! In Wahrheit frisst es dich auf, wie ein Krebs! Lies! Du musst nur lesen, was dein eigener Vater geschrieben hat, und du wirst alles verstehen!«

Die Bemerkung traf ihn wie ein Schlag. Was hatte sein Vater gesagt? Wie konnte man gegen Geister ankämpfen?

*

»Das Treffen ist gefährlich«, hatte Vittoria gesagt, man müsse mit allem rechnen. Der Mann, den sie in Lwiw treffen wolle, sei hochgradig gestört. Man wisse nie, wie er auf einen unbekannten Menschen reagiere. Andererseits sei es ihr wichtig, diesen Fall zu dokumentieren. Und auch für ihn, Damian, könne das ein guter Einstieg in die Problematik sein. Damian sagte, das mache ihm nichts aus. Tatsächlich fühlte er sich in ihrer Nähe wohl, ganz anders als im Beisein von Gerrit, Coco oder Gudrun, von denen stets eine mehr oder minder offene Aggression ausging. Insofern war er erleichtert, als Vittoria sagte, dass Coco, anders als geplant, nicht mitkommen werde. Sie würden zu dritt fahren, er, Slavoj und sie. Die Psychodynamik der Gruppe war Damian noch immer ein Rätsel, ebenso wie die Frage, ob sie tatsächlich in irgendwelche illegalen Aktivitäten verstrickt waren. Gerrit, Coco und Gudrun traute er einiges zu, Tesla hingegen erschien ihm wie jemand, der aus schierem Idealismus heraus handelte. Eine solche Ernsthaftigkeit war ihm neu. Zwar waren die Fragen, die man in der *Social Design Planning Group* diskutierte, durchweg ernster Natur, dennoch waren hier stets technische und pragmatische Argumente ausschlaggebend. Auch in Khans Umfeld, wo sich alles um psychologische Fragen drehte, waren moralische Erwägungen letztlich irrelevant, ging es allein darum, ob eine Szene den erwünschten Effekt erreichte oder nicht. Dass man das eigene Handeln an einer selbst gewählten moralischen Richtschnur ausrichten konnte, kam Damian so fremdartig vor wie alles, was er bislang über die Zone erfahren hatte.

Am frühen Nachmittag saß Damian, gemeinsam mit Vittoria, Slavoj und Tesla in dem alten BMW, in dem überall noch die Reste von Cocos Kartoffelchips verstreut lagen. Tesla saß am Steuer. Damian schaute in eine menschenleere, flache Landschaft hinaus, in der das einzig Bemerkenswerte die Strommasten waren, die sich durch die Landschaft schlängelten, da und dort auch eine verrostete Windkraftanlage. Vittoria und Slavoj wechselten auf dem Rücksitz gelegentlich ein paar Worte. Vor allem Slavoj war bemüht, die Stimmung aufzuheitern. So ließ er sich über die Genüsse aus, die ihn in der Zone erwarteten, Kalorienbomben, die er, von seiner Moralkeule, dem MediBot, befreit, endlich ohne schlechtes Gewissen zu sich nehmen könne. Aber irgendwann war auch Slavojs Witzevorrat verbraucht. Tesla schwieg. Damian dachte an das, was ihm Vittoria gesagt hatte, und wie sich das zu dem fügte, was er in der Zone erlebt hatte. Würde sie, wenn sie Khan einmal aus nächster Nähe erlebt hätte, weiter behaupten können, dass das Leben im ECO-System nur eine sinnlose Gefräßigkeit sei, hinter der sich ein bösartiges, menschenverachtendes Krebsgeschwulst verstecke? Was war mit Menschen wie Abu Dais, die sich im Lichte ihrer Schandtaten sonnten? Was mit dem dreizehnjährigen Mädchen, das sich selbst schon völlig aufgegeben hatte? Andererseits, jemand wie Rosenberg hatte sich für die Zone entschieden, obwohl ihm, wie Khan doch erzählt hatte, bei *Nollet* eine grandiose Karriere bevorstand. Warum? Und was hatte das mit dem Buch seines Vaters zu tun? Wie überhaupt hatte er zum Gewährsmann einer Welt werden können, die er selbst gar nicht miterlebt hatte?

Sie näherten sich einigen heruntergekommenen, verlassenen Baracken, die aussahen wie eine Grenzanlage.

»Das ist die alte polnisch-ukrainische Grenze. Die jetzige Grenze verläuft ein paar Kilometer weiter in Richtung Lemberg.«

»Wenn das alles so gut bewacht ist, wie werden wir über die Grenze kommen?«

»Wir werden die Grenze gar nicht sehen«, sagte Tesla. »Ich werde euch in einem Waldstück rauslassen. Von dort sind es nur ein paar Hundert Meter zum Eingang eines Tunnels.«

»Du meinst, wie spazieren da einfach so durch? Aber was hindert die Leute auf der anderen Seite dann, auf unsere Seite zu kommen?«

»Wenn jemand aus der Zone stammt, besitzt er keinen Kommunikator. Und damit wird er von den Detektoren sogleich als Fremdkörper identifiziert. Das ist auch der Grund dafür, dass der Schmuggel von Luxusgütern weitgehend in der Hand von Leuten liegt, die auf unser System schwören. Ist aber trotzdem ein profitables Geschäft.«

»Aber wenn die Leute in der Zone nicht in Scores zahlen können, womit dann?«

Tesla verzog keine Miene. »Was immer das Herz begehrt. Großwildjagd. Menschenjagd. Sex.«

Ja, er verstand. Die Zone war eine ausgelagerte Wildnis, in der sich all die Gelüste, die das ECO-System tabuisiert hatte, ausleben ließen. Insofern war es logisch, dass sich die Gruppe auf die Frage des Grenzverkehrs fixiert hatte, konnte man hier all jene Grenzfälle herausarbeiten, mit denen sich der Funktionsmodus des Systems beleuchten ließ. Tesla schien Anstalten zu machen, ihn auf irgendetwas hinweisen zu wollen, aber schaute dann unverwandt geradeaus. Am Straßenrand Schilder aus der Vorkriegszeit, die Alkohol und Zigaretten bewarben. Slavoj stöhnte vor Lust und sagte, er werde sich volllaufen lassen. Damian war es peinlich, wie wenig er über die konkrete Wirklichkeit der Grenzanlagen wusste. Abstrakt war ihm all dies durchaus geläufig, sei es, weil es die Arbeit der *Social Design Planning Group* berührte, sei es, weil Mitarbeiter aus Olsens *Penalty*-Abteilung, wenn das Gespräch auf die Zone kam, über *systemische Intransingenzen* oder *Permabilitätskontrollmechanismen* debattierten. Hier, wo die Grenze Wirklichkeit war, streiften die Begriffe ihre Schutzhüllen ab, tat sich ein Niemandsland auf, das ihm fremd vorkam.

»Wir sind da«, sagte Tesla und hielt den Wagen an. Sie befanden sich mitten in einem Waldstück. Damian fragte sich, woran Tesla sich hier hatte orientieren können. Sie stiegen aus und stapften ins Unterholz. Schon nach ein paar Schritten hatte Damian die Orientierung verloren. Slavoj, der voranging, folgte einem kleinen Pfad, der unter herabgefallenen Ästen und wucherndem Farn kaum auszumachen war. Nach einer Viertelstunde Fußmarsch signalisierte Slavoj, sie seien angekommen. Als Slavoj einen Laubteppich anhob, zeigte sich der Eingang zu einem kleinen Tunnel. Er holte Stirnlampen aus seinem Rucksack und verteilte sie. Vittoria stieg als Erste hinein, Damian folgte ihr, dann kam Slavoj, der den Eingang hinter ihnen sorgsam wieder verschloss.

Bei dem Geruch feuchter Erde, der ihn empfing, musste er an

das Mädchen aus Tripoli denken. Der Gang war dunkel, eng und so niedrig, dass man nur gebückt gehen konnte. Das Licht der LED-Lampen huschte an den feuchten Wänden entlang. Es war unerträglich heiß, schon nach ein paar Metern bekam Damian Atembeschwerden. Wenn es stimmte, was Slavoj im Auto erzählt hatte, brachen immer wieder Tunnel ein und begruben Menschen. Damian versuchte sich einzureden, dass seine Begleiter schon wussten, was sie hier taten. Allerdings, waren sie nicht Fanatiker, zu allem bereit? Als hätte sie seine Gedanken gelesen, drehte sich Vittoria zu ihm um und sagte, es werde nicht mehr lange dauern. Im Schein der Lampe sah Damian, dass an der Decke überall Fledermäuse hingen. Nach einer gefühlten Ewigkeit kletterten sie durch eine Luke und gelangten in einen Heizungskeller. Als sie eine Treppe hinaufgestiegen waren, fanden sie sich in einem Wohngebiet wieder. Khan hatte bei seinem *Amnesia*-Projekt eine Reihe von Videos gedreht, die in einem postsowjetischen Bürgerkriegsgebiet spielten, und so ähnlich sah es hier aus. Ein Teil der Häuser war niedergebrannt. Die Straßen menschenleer. Da und dort standen ausgebrannte Autowracks und umgestürzte Müllcontainer, aber mitunter schnurrte auch ein gut gepflegtes Elektroauto um die Ecke.

Mit der Trostlosigkeit des Ortes stieg in Damian ein Gefühl vollständiger Sinnlosigkeit auf. Konnte es sein, dass die Motivation dieser selbst ernannten Untergrundkämpfer nichts anderes war als Abenteuerlust? Ging es vielleicht nur um den Thrill, an irgendeiner verbotenen Sache teilzunehmen? Als Khan sich in Tripoli mit Abu Dais getroffen hatte, hatte er keine Sekunde an dem Sinn dieses Treffens gezweifelt. Wie oft hatte er in der Zusammenarbeit mit Khan erlebt, dass Khan einen scheinbar unbedeutenden Augenblick zu einer großen Geschichte aufblühen ließ, hier aber schrumpften die großen Worte zu leeren Phrasen zusammen.

Auf die Frage, was der Zweck dieser Unternehmung sei, hatte Vittoria geantwortet, dass man am Beispiel des Mannes, mit dem sie verabredet seien, der Gesellschaft vorführen könne, wie das Unterhaltungsbedürfnis des ECO-Systems in der Zone skandalöses Unrecht erzeuge.

»Das ist wie früher«, hatte sie gesagt, »damals haben wir der Dritten Welt die Rohstoffe weggenommen, jetzt rauben wir ihnen die Seele.«

Obwohl sich Vittoria, von Slavoj unterstützt, wortreich über *symbolische Ausbeutungsverhältnisse* ausgelassen hatte, hatten Damian ihre Erklärungen eher ratlos gelassen. All diese fleischlosen Begriffe erinnerten ihn an die Abende in Stanford, wo sein Mitbewohner Jonas eine Reihe von Leuten versammelt hatte, die sich über alle erdenklichen Geheimpläne, Verschwörungen und Machenschaften erbosten; aber wenn man all das eindampfte, lief es letztlich nur darauf hinaus, dass Bill Gates der Teufel sei und das Stanford Institute einen Mann entdeckt habe, dessen Körper im Dunkeln leuchte. Dennoch: Auch wenn ihm all die Begründungen letztlich fadenscheinig vorkamen, hatte er Vittoria aufmerksam zugehört. Er mochte es einfach, wenn sie sich über irgendeine Frage erregte. Ihr Gesicht strahlte dabei eine solche Lebendigkeit aus, als ob sie sich nicht über Politik, sondern über etwas ganz Persönliches ereiferte.

*

»Unser Mann wohnt nur ein paar Blocks entfernt«, sagte Vittoria unvermittelt, »wir können zu Fuß gehen.« Und dann begann sie zu erzählen.

»Sein eigentlicher Name ist Sergej Litwinow. Er ist in Lemberg geboren, als Kind einer Prostituierten. Schon seine Kindheit aber war ein einziges Kuddelmuddel. Denn er hat die Großeltern, bei denen er aufgewachsen ist, als Eltern betrachtet, während er seine Mutter für seine ältere Schwester gehalten hat. Dabei ist es nicht unwahrscheinlich, dass der Großvater, ein ehemaliger KGB-Offizier, seine Tochter missbraucht und geschwängert hat.«

»Oh«, sagte Slavoj, »das wusste ich nicht!«

»Ja, die frühe Unordnung, das ist ein Muster, das bei Serienmördern ziemlich häufig vorkommt.«

Als Kind, so erzählte Vittoria weiter, sei Sergej fast krankhaft kontaktscheu gewesen. Aufgrund seiner Intelligenz und seines fotografischen Gedächtnisses jedoch habe er die Schule und das anschließende Medizinstudium mit Bravour absolviert. Danach habe er in Odessa als Pathologe zu arbeiten begonnen.

»Gleich zu Beginn seiner Tätigkeit ist es in Odessa zu einer Mordserie an Prostituierten gekommen. Die Ermittler, mit denen er zusammenarbeitete, kamen gut mit ihm klar – und so ermutigten sie ihn dazu, auch noch ein Aufbaustudium der Forensischen Psychiatrie dranzuhängen. Weil Litwinow die Schritte des Prostituiertenmörders entziffern konnte wie niemand sonst, winkte ihm eine steile Karriere – aber vor allem zog er die Aufmerksamkeit des Mörders auf sich.«

»Du meinst, er ist selbst in Gefahr geraten?«

»Nein, das nicht. Eher muss wohl der Mörder, der schon seine Morde in der Zeitung angekündigt und sich dabei mit dem Kürzel *A.B.C* oder *Alpha Bête Chimera* vorgestellt hatte, in Litwinow eine Art ebenbürtigen Gegner gesehen haben. Für die Medien war das ein gefundenes Fressen. Profiler und Serienmörder, Schwarz und Weiß. Dieser Mann, so dachte man, würde dem »Wolf« das Handwerk legen.«

»Wieso hat man ihn Wolf genannt?«

»Einfach deswegen, weil er seinen Opfern die Brustwarzen, manchmal aber auch Finger abgebissen hat. Zudem waren die strangulierten Körper häufig mit tiefen Bisswunden übersät.«

»Und? Hat Litwinow ihn fassen können?«

»Tja. Ich weiß nicht, ob man das als Erfolg oder als Karriereende verbuchen kann. Auf jeden Fall gelang es einem der Opfer, einem Anschlag zu entkommen – und ihr gelang es, den Killer zu identifizieren.«

»Lag er denn vollkommen falsch? Oder weswegen war es sein Karriereende.«

»Na ja, es war niemand anderer als Litwinow selbst.«

Slavoj begann zu lachen.

»Vor Gericht hat sich Sergej selber verteidigt, auf so souveräne, ja kaltblütige Art und Weise, dass er bergeweise Fanpost und Dutzende von Heiratsanträgen bekommen hat. Zehn Jahre nach seiner Inhaftierung, als das russische Protektorat seine Macht an lokale Warlords abgeben musste, ist er aus dem Gefängnis entlassen worden. Da Sergej nicht nur hochintelligent und kommunikativ ist, sondern darüber hinaus eine Handvoll Sprachen beherrscht, ist er zum Mittelsmann zwischen den Warlords und den Geheimdienstleuten von *Nollet* geworden. Das ist die Pointe! Im Schutz dieser Tätigkeit hat er seine mörderischen Gelüste ungehemmt ausleben können, ist es nicht selten passiert, dass ihm seine Bodyguards ein Opfer zugeführt haben. Sein einziger Fehler war, dass er bei der Wahl seiner Verbündeten auf den falschen Warlord gesetzt hat!«

Nach einem Anschlag, so erzählte Vittoria weiter, sei er in die Stadt seiner Kindheit zurückgekehrt. Seine Vita habe ihn in der Spielewelt *Nollets* zu einer Berühmtheit, ja geradezu zu einem Popstar gemacht. Schon bald hätten verschiedene Spieledesigner ihn aufgespürt. Sergej wiederum sei, um sich mit Geld und schmerzstillenden Medikamenten zu versorgen, auf das eine oder andere Angebot eingegangen. Auf der Suche nach dem ultimativen Kick hätten ihn die Designer mehrfach dazu bringen wollen, seine Taten aufzuzeichnen oder ihnen ein spektakuläreres Gepräge zu geben – und das wiederum sei der Aspekt an der Geschichte, den sie, Vittoria, aufzeichnen wolle.

Während Vittoria erzählte, überlegte Damian angestrengt, wo er die Geschichte vom Wolf schon einmal gehört hatte. Vor nicht allzu langer Zeit war er einer Einladung Olsens gefolgt und hatte einem Vortrag über die *Funktion des Serienmörders im Spiele-*

kontext beigewohnt. Bei dieser Gelegenheit hatte der Vortragende, ein etwas wirrer Psychiater, eine Reihe von Fällen demonstriert, die seiner Meinung nach die These belegten, dass die Attraktivität dieser Genrefigur nur daher rühre, dass man ihn zur negativen Projektionsfläche der eigenen Passivität mache. Aber Damian hatte nicht viel Zeit, seine Erinnerung zu sortieren, denn plötzlich sagte Slavoj: »Wir sind da!«

Das Haus, in dem Litwinow wohnte, war ein mehrstöckiges, heruntergekommenes Hochhaus, das noch aus den Zeiten des Kommunismus stammte. Das kleine Rasenstück vor dem Gebäude war verwildert, in den Fugen des Gehwegs hatte sich Wurzelwerk festgesetzt, da und dort standen auch ein paar mannshohe rosa blühende Pflanzen. Die geflieste Eingangsfassade war voller Graffiti, das Glas der Eingangstür gesplittert. Gleich im Eingang hatte jemand seine Notdurft hinterlassen, einen so großen Haufen, dass Damian Mühe hatte, ihn einem Menschen zuzuordnen.

»Ekelhaft«, sagte Vittoria. Da der Fahrstuhl defekt war, mussten sie, verfolgt vom Gestank, die Treppe nehmen. Ab und zu waren Stimmen zu hören, aber der Großteil der Wohnungen schien verlassen. Litwinow wohnte im obersten, dem zehnten Stockwerk des Hauses.

Der Mann, der ihnen nach mehrmaligem Klopfen öffnete, war überraschend klein und sah eher nach einem ältlichen Bibliothekar als nach einem berüchtigten Serienmörder aus. Sein Blick jedoch war von einer solchen Kälte, dass er bei Damian ein geradezu physisches Unwohlsein auslöste. Statt einer Begrüßung deutete er kurz auf Damian. »Wer ist das?«

»Ein Freund«, sagte Vittoria. Diese lakonische Antwort schien Litwinow zufriedenzustellen. Mit einer Handbewegung bedeute er ihnen einzutreten. Ein schmaler, dämmriger Flur. Überall Bücherkisten, leere Konservendosen, ein Globus, eine Fernbedienung, eine Handpuppe. Auch das Wohnzimmer war mit Bücherkisten, unzähligen Schachteln und Kartons zugestellt, dazwischen

Essensreste, Plastiktüten, aus denen Wodkaflaschen hervorquollen, halb volle Gläser, die so etwas wie Markierungspunkte darstellten. Und überall entdeckte Damian weibliche Unterwäsche, Slips und Büstenhalter, die an Regalen und Fenstergriffen hingen. In einer Ecke: ein Vorschlaghammer und etwas, das Damian auf den zweiten Blick als abgesägtes Gewehr identifizierte. Neben einem Bücherstapel, auf dem ein stummer Ventilator thronte, hatte Litwinow eine Unzahl von Tatortfotografien mit verschiedenfarbigen Bändern zu einer Collage angeordnet. Mochte die Wohnung auch einen chaotischen Eindruck machen, so sah man doch, dass hier ein methodischer Geist am Werk war. Obwohl das Fenster weit geöffnet war, hing ein süßlicher Geruch im Raum. Litwinow schien sie erwartet zu haben, denn er hatte ein kleines Tischchen freigeräumt und ein paar Kaffeetassen daraufgestellt. Als er neben Slavoj auf der Couch Platz nahm, entdeckte Damian, dass sich vor ihm lauter kleine Plastiktütchen befanden, in denen Haarlocken steckten.

Litwinow bemerkte Damians Blick und griff sich in seinen dichten Haarschopf.

»Raten Sie mal, was eine Locke von mir wert ist?«, fragte er süffisant.

Damian wusste, dass sein Gesichtsausdruck in diesem Moment alles andere als intelligent wirkte.

»Es übersteigt das Honorar eines ukrainischen Auftragskillers bei Weitem. Und da es ein nachwachsender Rohstoff ist, bin ich, wie Sie sehen, finanziell völlig autark. Schauen Sie, diese Dame hier«, er begann in einem Stapel von Briefen zu suchen, »diese Dame zum Beispiel hegt den Wunsch, sich mit mir im Reagenzglas zu vereinen. So was kann man doch nicht ausschlagen, oder?«

Slavoj lachte, und Litwinow hob zu einem kleinen Vortrag über die Psychologie der »Zivilisierten« an, die sich in ihren Puppenstübchen eingerichtet hätten und nach nichts mehr lechzten als nach einem Tropfen Blut oder dem Stofffetzen eines Höschens, das sich am Tatort befunden und in das er, Litwinow, hineinejakuliert habe. »Das hier«, sagte er und deutete auf einen undefinierbaren Gegenstand, »ist ein kleiner Glücksbringer, den ich von meinem ersten Projekt aufbewahrt habe.«

»Projekt?« Damian war das Wort einfach herausgerutscht, und als er seiner Stimme nachhorchte, fürchtete er, dass sie den ganzen Ekel verriet, den er empfand.

»Opus No. 1«, entgegnete Litwinow völlig ungerührt, »wenn man den Mord als schöne Kunst betrachtet. Aber das ist, wie gesagt, Geschmackssache. Halten wir uns nicht mit ästhetischen Fragen auf, lassen Sie uns das Geschäftliche klären. Haben Sie alles dabei?«

Vittoria öffnete ihren Rucksack und packte aus, was sie mitgebracht hatte. Drogen, Medikamente, einen Drohnendetektor, ein paar SymBios-Tabletten, schließlich ein Kit, das der elektromagnetischen Camouflage diente und das Litwinow ersichtlich herbeigesehnt hatte.

»Können wir mit dem Gespräch beginnen?«, fragte sie.

Wie sich erwies, hatte sich Litwinow bestens vorbereitet. Auf einem Großbildschirm war eine Videoaufzeichnung der Rede zu sehen, die Chengs Avatar zum fünfzehnten Jahrestag der Überwindung des Dunklen Zeitalters gehalten hatte. Litwinow hatte bestimmte Behauptungen herausgepickt, wie etwa die, dass *Nollet* die Menschheit aus der Sklaverei der Arbeit befreit und sie so ins Paradies zurückgeführt habe. Das, so höhnte Litwinow, sei eine Verirrung. Nie zuvor in der Geschichte des Menschengeschlechts habe es eine verachtenswertere Gesellschaft gegeben als diese, eine Gesellschaft, die sich schon nicht einmal mehr daran erinnere, dass es früher einmal so etwas wie ein Leben gegeben habe. Und dann wandte er sich direkt Damian zu. Weißer Speichel sammelte sich in seinen Mundwinkeln.

»Statt zu leben, verkapselt ihr euch in Datenhüllen, ihr vegetiert in einem gläsernen Sarg vor euch hin, in der vagen Hoffnung, eines Tages von irgendeiner überirdischen Instanz wach geküsst zu werden. Tatsächlich zielt alles an eurer sogenannten Zivilisation«, verächtlicher konnte man ein Wort gar nicht aussprechen, Litwinow spuckte es geradezu aus, »nur darauf ab, die Zudringlichkeiten des Lebens fernzuhalten. Gezüchtetes Fleisch, entkoffeinierter Kaffee, alkoholfreies Bier, Sex ohne Sex, ohne Sperma und Fotzensaft. Aber wenn man das Leben zum bloßen Probehandeln auflöst, wenn man die GAME-OVER-Botschaft mit der Verheißung einer technischen Wiederauferstehung verkoppelt, dann entweiht man das, was diese verdammte Welt ausmacht, das Leben selbst. Ihr macht daraus einen schäbigen Vergnügungspark, eine Geisterbahn, bei der bestenfalls technische Springteufel hervorschnellen können. Leben! Das ist ein reißendes Raubtier, auf dem Sprung und immer bereit, seine Zähne in ein anderes Leben zu schlagen, es zu verschlingen. Nein, vom Leben weiß nur, wer auch bereit ist, Leben zu nehmen! Wer bereit ist, dem Tod ins Auge zu sehen.«

Vittoria nutzte eine Atempause Litwinows und fragte: »Können Sie uns von Ihrer ersten Begegnung mit einem Gamedesigner erzählen?«

Litwinow lachte und sagte, das sei eine bizarre Begegnung gewesen, ein hyperventilierender Jüngling mit feuchtem Händedruck. Als er gefragt habe, wie viele Todeswerkzeuge sich hier im Raum befänden, habe der sich vor Angst beinahe in die Hose geschissen. Und als er, Litwinow, gesagt habe, er sei Arzt, er könne ihm eine kleine Beruhigungsspritze verpassen, habe der bloß gestammelt, er möge ihm bitte nichts tun, dann sei er auf und davon. Später sei man dazu übergegangen, Drei-Mann-Teams loszuschicken, die sich gegenseitig Mut gemacht und solchermaßen gestärkt umso hirnlosere Fragen abgelassen hätten. *Wie haben Sie sich gefühlt …* Beim ersten Mal habe er, benebelt von einem großartigen Cognac, den Fehler begangen, sich zur Rekonstruktion eines Tathergangs seiner Notizen zu bedienen. Als er für einen Moment den Raum verlassen habe, habe man sich der Notizen bemächtigt und sie heimlich abfotografiert, mit der Folge, dass das Kunstwerk, das er an einer billigen Schlampe aus Odessa vollbracht habe, in den Schmutz gezogen worden sei, auf solch erbärmliche, oberflächliche Weise, dass er fortan dazu übergegangen sei, seine Gesprächspartner peniblen Voruntersuchungen zu unterziehen.

»Und wissen Sie, was ich dabei herausgefunden habe?«

Damian schrak zusammen, als Litwinows Blick plötzlich auf ihm ruhte. Er zuckte bloß mit den Achseln.

Litwinow kicherte, und Damian wusste, dass er dieses Kichern so bald nicht vergessen würde.

»Niemals«, sagte Litwinow jetzt, »ihr werdet es niemals begreifen. Wenn man der Spiritualität des Todes nicht begegnet ist, so begnügt man sich mit den Details. Was hat sie angehabt? Aha, eine Strumpfhose. Was haben Sie gemacht? Ich habe ihr mit dem Vorschlaghammer das Gesicht eingeschlagen. Und dann, was hat sie gesagt? Nichts, in Gottes Namen, nichts hat sie gesagt! Und warum nicht? Weil das ein tödlicher Schlag war, der sie getroffen hat, wie er dich selber trifft, als göttlicher Blitz, weil sich in diesem Augenblick die ganze Erhabenheit einer Tat und eines Lebens verdichtet, weil man wieder und wieder, wenn man sich diesen Augenblick vergegenwärtigt, die Grenzen des Raums und der Zeit überwindet. Und dann siehst du diesen Vollidioten vor dir, der darüber räsoniert, ob man beim nächsten Mal statt eines Vorschlaghammers nicht eine Kettensäge nehmen könnte.«

»Das hat er wirklich gesagt?«

»Was denken Sie? Natürlich hat er das gesagt!«

»Er hat ernsthaft versucht, die Dramaturgie eines Tötungsaktes festzulegen?«

»Aber ja. Minutiös. Schritt für Schritt, mit kleinen Schlenkern, damit die Spannung möglichst langsam ihren Höhepunkt erreicht.«

»Und Sie? Sind Sie darauf eingegangen?«

Litwinow beugte sich ein wenig vornüber – und umfasste, als wollte er sie beruhigen, mit beiden Händen ihre Hand.

»Aber Vittoria, was denken Sie nur?!«

»Ich weiß nicht. Erzählen Sie mir, was passiert ist.«

»Ich habe ihm gesagt, dass ich mich auf ein solches Projekt nur einlassen kann, wenn er, als der geistige Urheber dieses Geschehens, selbst mit anwesend ist.«

»Und?«

Litwinow schwieg lange. Dann lächelte er versonnen und kicherte schließlich, als ob irgendein amüsantes Detail in seine Erinnerung getreten wäre, in sich hinein.

»Als es so weit war, war alles bestens ausgeleuchtet, eine große Kettensäge lag parat, eine Solo 636, die er eigens dafür mitgebracht hatte. Und ich sage, legen wir los. Und er schaut sich um und fragt: ›Wo ist das Opfer?‹«

Vittorias Stimme zitterte, als sie fragte: »Sie haben sich einen Scherz mit ihm erlaubt?«

Litwinow holte einen kleinen Memory-Stick hervor und warf ihn in die Mitte des Tischchens. Hatte er sich eben noch amüsiert, so war seine ganze Erscheinung jetzt nur noch ein Ausdruck tiefster Verachtung.

»Das kommt dabei heraus, wenn man das Feld Dilettanten überlässt. Es ist jämmerlich! Wobei ich, damit das nicht falsch verstanden wird, jede Verantwortung für diesen Schund ablehne. Ich habe mich peinlich genau an das Drehbuch gehalten, nichts hinzugefügt, sondern nur ausgeführt, was sich dieses kranke Hirn ausgedacht hat.«

Als sie nach anderthalb Stunden das Haus verließen, spürte Damian bei jedem Schritt eine Erschütterung im Kopf, wie das Klirren der Fenster in Litwinows Wohnung, als draußen ein schwerer Lastwagen vorübergefahren war. Nicht nur er, auch Slavoj war bei der Erzählung vor Schreck erstarrt, ein Umstand, der Litwinow im höchsten Maße belustigt hatte. Nur Vittoria war äußerlich ungerührt geblieben. Das hatte in Damian die Hoffnung geweckt, dass Litwinows Erzählungen Übertreibungen gewesen waren, wenn nicht überhaupt pure Erfindung. Auf der Straße fragte er sie, ob sie glaube, dass Litwinow die Wahrheit gesagt habe.

»Ich weiß nicht«, sagte sie und tippte auf die Tasche, in die sie den Speicherstick gesteckt hatte, »aber ich glaube, wir werden es sehen.«

Mit einem Gefühl von Übelkeit kehrten die Bilder des Ortes wieder zurück, in ihrer Vereinzelung noch furchterregender als zuvor: die Fotografie eines blutigen Beins, das aus einer Badewanne herausschaute, ein Einmachglas, auf dessen Grund sich eine milchige Flüssigkeit abgesetzt hatte, eine bräunliche Wolke, in der ein Objekt schwamm, das irgendwann einmal zu einem Menschen gehört hatte, ein Damenslip, den Litwinow an die Wand genagelt und als Überwurf für eine Christusikone benutzt hatte. Jedes Wort, das Litwinow gesagt hatte, war wie eine Rasierklinge durch sein Denken gefahren. Es gab keinen Zusammenhang mehr, nur Einzelheiten, die man auf groteske, widernatürliche Weise zusammengenäht hatte.

*

Es hatte zu dämmern begonnen. Ein dramatischer Abendhimmel senkte sich über die graue, trostlose Vorstadt hinab. Nach ein paar Minuten erschien ein Lieferwagen, in dem es nach Diesel roch, und brachte sie ins Stadtzentrum. Es waren nicht viele Passanten unterwegs. Immerhin gab es Straßenlaternen, deren Lichtkegel einen schrundigen, von Rissen durchzogenen Asphalt beleuchteten. Auf der Wartebank einer Busstation lag ein lebloser Körper, daneben stand ein Paar und schaute in unterschiedliche Richtungen.

Vittoria hatte eine Verabredung mit einer Gruppe von Politaktivisten arrangiert, die in einem Haus in der Lemberger Altstadt wohnten. Schon als sie das Haus betraten, hörten sie laute Musik und sahen Kinder durchs Treppenhaus toben. Die Wohnungstür stand offen. Einige Gäste tanzten, andere saßen in Plastiksesseln und diskutierten lautstark, vereinzelt sah man auch ineinander verschlungene Paare. Eine junge Frau in einem schwarzen T-Shirt, auf dem in Riesenlettern REAL! stand, stritt sich heftig mit einem muskulösen Glatzkopf. Überall in der Wohnung brannten Kerzen. Was das bedeute, wollte Damian von Vittoria wissen, aber in diesem Augenblick kam ein groß gewachsener Rotschopf auf sie zu, küsste sie überschwänglich und verwickelte Vittoria und Slavoj in ein Gespräch. Damian blieb abseits und fragte sich, den Blick auf Vittoria gerichtet, ob diese Vertrautheit daher rührte, dass sie mit dem Mann ein Verhältnis gehabt hatte. Die Art und Weise, wie sie sich bewegte, gefiel ihm, gleichwohl wusste er nicht, was genau ihn anzog. Erst als sie zu reden und dabei zu gestikulieren begann, begriff er, dass es ihre Handgelenke waren: kindlich schmal, von einer Zerbrechlichkeit, die einen großen Kontrast zu ihrer temperamentvollen Redeweise darstellte.

Eine üppige Frau mit aufgeworfenen Lippen und einer ebenso imposanten Turmfrisur trat hinzu, im Gefolge ein spirreliger Jüngling, der seine langwimprigen Augen mit Kajal untermalt hatte. Sie fragte Damian, ob Tesla mitgekommen sei. Als Damian verneinte, wandten sich die beiden schnell wieder ab. In einem Nebenzimmer entbrannte ein Streit, dann gingen die Lichter aus. Im Licht der flackernden Kerzen verstand Damian, dass man sie angezündet hatte, weil der Strom jederzeit ausfallen konnte. Er trat ans Fenster und sah, dass der ganze Straßenzug im Dunkeln lag. Eine junge Frau fasste ihn an der Schulter und sagte, er sei wohl das erste Mal hier. Als er sich umdrehte, sprang ihm als Erstes der Schriftzug auf ihrem T-Shirt ins Auge: REAL!

»Du kommst von drüben, oder?«

»Ja, aus Berlin.«

»Berlin«, wiederholte sie, bedächtig, als wollte sie sich mit der Artikulation des Wortes die Entfernung vergegenwärtigen.

Damian wollte sie fragen, ob sie jemals dort gewesen sei, bis ihm einfiel, dass seine Welt von hier aus gesehen eine verbotene Zone darstellte. Also schwieg er.

»Passiert nicht häufig, dass Leute von drüben rüberkommen.«

Sie hieß Alina und war Krankenschwester – ein krisensicherer Beruf, wie sie sagte. Dieser Ort, so erzählte sie ihm, sei für Lemberger Verhältnisse etwas Besonderes. Sie sei überglücklich, in diese Gemeinschaft von Intellektuellen und Künstlern aufgenommen worden zu sein. In der Klinik sehe sie jeden Tag, was die Menschen einander antäten. Umso wichtiger sei, dass man im Kopf das Bild einer anderen Welt trage. Stepan beispielsweise, sie deutete auf den Rotschopf, der noch immer bei Vittoria stand, sei ein solcher Mensch, jemand, der bereit sei, für seine Überzeugung zu sterben. Und während sie sich über Stepans Heldenmut und seine Unbestechlichkeit ausließ, blieb Damians Blick bei Vittoria hängen. War es das? Der Sex-Appeal des Widerstandskämpfers, der sie für die Sache begeistert hatte?

»So was gibt's bei euch nicht, oder?«

»Was meinst du?«

»Dass man für seine Ideen kämpfen muss.«

»Nein, das gibt es nicht. Oder wenn, habe ich noch nichts davon mitbekommen.«

Noch während er das sagte, fragte er sich, ob nicht das Geschehen um Castoriadis einen solchen Kampf dargestellt hatte. Worin aber, wenn es denn überhaupt eine solche gab, hatte seine Überzeugung bestanden?

Ob es nicht langweilig sei, immer nur spielen zu müssen.

Damian sagte, er spiele nicht, er sei vielmehr damit beschäftigt, die Bedingung der Kommunikation zu gestalten, das, was sie *Spiel* nenne. Aber eigentlich sei das viel zu heroisch ausgedrückt.

»Eigentlich besteht meine Aufgabe nur darin, das Gleichgewicht zu halten, kleine Fehler zu lokalisieren und auszutarieren.«

»Das heißt, du bist mittendrin, in diesem Raumschiff, wo sie sich all diese Sachen ausdenken?«

Ja. Vielleicht war es das. Vielleicht war *Nollet* von hier aus besehen ein Raumschiff, das unversehens auf dieser Welt gelandet war.

Die Fragen, die ihm Alina in schier unerschöpflicher Neugierde über das Leben in der Zivilisation stellte, bewirkten auf paradoxe Weise, dass Damian sich erstmals vorstellen konnte, wie es in ihr aussah. Dabei schien es keineswegs so, dass ihr sein Leben besonders erstrebenswert erschien. Gewiss faszinierte sie die technische Vollkommenheit dieser Welt: dass es keinen Energiemangel gab, dass Arbeit wie Arbeitslosigkeit vergessene Lebensmodelle darstellten, dass die Menschen in schier unvorstellbarem Luxus lebten und jeder frei entscheiden konnte, was er tat, solange er denn auf seinen Score achtgab. Aber dass man für all diese Annehmlichkeiten sich einverstanden erklärte, unter totaler Beobachtung zu leben, erschien ihr ein Schreckensgemälde. Tatsächlich blieben die Vorstellungen, die sie sich zurechtgelegt hatte, weit hinter den tatsächlichen Möglichkeiten zurück. So gelang es Damian nicht einmal, ihr das Funktionieren des Lifestreams zu erklären, geschweige denn, was er mit dem *Resurrection*-Auftritt von Cheng gesehen hatte: die Wiederauferstehung eines Toten in neuer Gestalt. Während er sich damit abmühte, bemerkte er, dass Vittoria, die noch immer mit Stepan im Gespräch stand, ihm Blicke zuwarf. Möglicherweise war das auch Alina aufgefallen, denn sie wechselte urplötzlich das Thema.

»Hast du eine Freundin?«, wollte sie wissen. »Oder ist diese Frage zu indiskret?«

Damian sagte, ja, es gebe eine Frau in seinem Leben. Sie heiße Justine und ihr Verhältnis sei sehr speziell. »Das ist nicht so wie bei euch, verstehst du?« Und dann versuchte er, ihr zu erklären, wie sich die biologische Reproduktion vom Körper abgekoppelt habe und dass auch der Sex von so etwas wie Liebe getrennt sei.

»Sex ist bei uns eher so eine Art Sport – so wie du mit jemandem Tennis spielst. Oder Golf. Wie im Sport gibt es bestimmte Anforderungen, Ranglisten, Herausforderungen. Und so geht's meist auch gar nicht mehr um die Sache selbst. Stattdessen zählt, mit wie vielen Männern, Frauen oder auch Zwitterwesen man kopuliert oder welche Praktiken mit wem bereits ausgeführt hat. Oder was, physiologisch gemessen, die meiste Lust gebracht hat ...«

»Und du? Misst du auch deine Lust? Gehst du auch wahllos mit irgendwelchen Leuten ins Bett, egal ob Mann oder Frau?«

War das jetzt so etwas wie Scham, was Damian empfand? »Gelegentlich. Ich fürchte aber, ich bin nicht so wahnsinnig sportlich.«

»Und die Gefühle? Ist dir das denn vollkommen egal?«

»Ich glaube, Sex und Gefühle werden bei euch in der Zone überschätzt. Und um mich geht's auch gar nicht. Im Übrigen habe ich den ganzen Tag mit der Frage zu tun, wie man solche Mikrogefühle in eine Ökonomie übersetzt.«

Alinas Gesicht verriet Entsetzen und Mitgefühl. Sie schaute ihn lange an, dann wollte sie wissen, ob er mit der Frau, mit der er dies spezielle Verhältnis unterhalte, Kinder habe oder zumindest einen Kinderwunsch.

»Nein«, sagte Damian, »so ein Verhältnis ist das nicht. Außerdem, sie hat diesen Anti-Baby-Chip in der Schulter, da kann man keine Kinder bekommen.«

Auf ihrem Gesicht zeichnete sich ein so deutlicher Widerwille ab, dass Damian nachfragte: »Benutzt ihr das nicht?«

»Natürlich ist das bekannt, wir sind ja keine Hinterwäldler. Aber wie ich gehört habe, lassen sich diese Chips ja nicht nur zur Schwangerschaftsprävention, sondern auch zur Gedankenkontrolle einsetzen. Niemals! Ich würde mir so was niemals einpflanzen lassen!«

Irgendwo im Raum war ein dumpfes Wummern zu hören, das den Boden in Schwingung versetzte, dann folgte der Aufprall eines Möbelstücks. Der Glatzköpfige, der sich bei ihrem Eintritt mit Alina gestritten hatte, trat zu ihnen, aber Alina ignorierte ihn. Stattdessen setzte sie das Gespräch mit gesteigerter Verve fort.

»Ist es wahr, dass ihr glaubt, dass ein Kind, das nicht in vitro befruchtet und genüberprüft ist, eine Art Sicherheitsrisiko ist?«

Ja, sagte Damian, diese Überzeugung habe sich durchgesetzt. Zwar gebe es noch immer Leute, die eine konventionelle Zeugung vorzögen, aber die Vorzüge der In-vitro-Zeugung seien unübersehbar. Man habe das Vorkommen von Erbkrankheiten beinahe auf null senken können. So gedankenlos, wie man ihn selbst in die Welt gesetzt habe, werde die Reproduktion heute nicht mehr praktiziert.

Dieses Gespräch vor einem Dritten zu führen, der ihn mit sichtbarem Argwohn musterte, war ihm unangenehm – und tatsächlich blaffte Alina ihren Begleiter unvermittelt an, ob er nicht sehe, dass sie sich unterhalte. Während des darauffolgenden kurzen Disputs hielt Damian nach Vittoria Ausschau. Sie war nicht mehr zu sehen, ebenso wenig wie Stepan.

Als der Glatzkopf sich getrollt hatte, schüttelte Alina den Kopf und sagte, es müsse ein Alptraum sein, die Frucht eines solchen Kretins im Bauch nähren zu müssen. Unvermittelt begann Alina von den *Dämonen,* einem Buch von Dostojewski, zu erzählen. Da gebe es eine Figur namens Schatow, und dieser Mann sei der Meinung, dass, wenn die Menschen ihre Angst besiegten, sie selber zu Gott würden. Damit aber wäre die Menschheitsgeschichte in zwei neue Teile geteilt: vom Gorilla bis zum Menschen und dann von der Vernichtung Gottes bis zur großen Transformation, bei der man alles verändern werde, Gott, den Menschen, die Welt, die Gefühle. Ja, vor allem die Gefühle.

»Und genau so«, sagte sie, »stelle ich mir eure Gesellschaft vor.«

Das überraschte ihn. Dabei war ihm nicht klar, woher das rührte. Lag es daran, dass diese Krankenschwester plötzlich eine Figur aus der Literatur heranzog, oder war es der Gedanke selbst: die Möglichkeit, dass das ECO-System einen neuen Menschen geschaffen hatte? Sein Vater, so erinnerte er sich, hatte immer wieder von Dostojewski geschwärmt, ja hatte ihm, als er vielleicht acht oder neun war, die Geschichte vom Doppelgänger vorgelesen.

»Stimmt es eigentlich, dass man bei euch automatisch bestraft wird, wenn man sich eines Vergehens schuldig gemacht hat?«

Als Damian dies bestätigte, verwandelte sich jede Faser ihres Körpers zu einem Ausdruck des Abscheus.

»Aber das hört sich dramatischer an, als es in Wirklichkeit ist. Die Strafen sind gerecht, und im Übrigen zeigt die Kriminalitätsstatistik, dass es immer weniger Vergehen gibt.«

»Aber das bedeutet doch, dass jemand die ganze Zeit über schaut, was ich tue!«

»Ja, aber das macht eine Maschine, kein Mensch.«

»Und was, wenn ich jemandem wehtun will, ganz egal, ob ich später dafür bestraft werde oder nicht? Wird das System versuchen, das zu verhindern?«

Es gebe, sagte Damian, Fälle von Mordlust, bei denen man die Intention des Handelnden vorab erkennen und mit einer Tat verknüpfen könne, zum Beispiel, weil der Betreffende das Tatwerkzeug schon in der Hand halte. Man könne das Handlungsmuster erkennen. Trotzdem habe man noch keine gesicherte Technik, um die Untat vor der Ausführung zu verhindern.

»Letztlich aber läuft es darauf hinaus. Irgendwann wird man ein Verbrechen verhindern, bevor es ausgeführt wird.«

Alina schüttelte nur den Kopf und sagte, ein solches System komme ihr einfach nur unmenschlich vor.

»Komm mit, ich will dir was zeigen«, sagte sie und fasste ihn an der Hand. Sie führte ihn in den hinteren Teil der Wohnung zu einem dämmrigen kleinen Zimmer, das eher wie ein Verschlag aussah.

Als er sich zu ihr umwandte, schloss sie die Tür und zog ihr T-Shirt über den Kopf. Das geschah so selbstverständlich, dass Damian sie entgeistert anschaute. Alina jedoch ließ sich nicht im Mindesten beirren, sondern trat auf ihn zu und begann sein Hemd und den Hosenbund aufzuknöpfen. Sie machte ein, zwei Schritte auf ihn zu und schob ihn nach hinten, bis der Bettrahmen an seine Waden stieß.

»Leg dich hin!«

Sie gab ihm einen leichten Stoß, und Damian ließ sich auf die schmale Pritsche fallen. Er schloss die Augen. Er spürte, wie sie sein Glied zuerst in die Hand, dann in den Mund nahm. Das Moment der vollkommenen Passivität, die Empfindung, einfach benutzt zu werden wie ein Ding, hatte etwas merkwürdig Erregendes. Als sein Glied erigiert war, kniete sie sich über ihn, führte es in sich ein und ließ ihren Unterleib kreisen.

Sie beugte sich über ihn und ließ ihre Brüste über sein Gesicht fahren.

»Wir könnten ein Kind machen, verstehst du?«

Jede Bewegung ihres Beckens fand durch das metallene Bettgestell ein quietschendes Echo. Da war der Blick des masturbierenden Schimpansen, der sich mit dem seinen gekreuzt hatte, da waren die Bilder des Videos, auf denen Justine zu sehen war, das Mieder, aus dem ihre Brüste hervorquollen, der Metallknebel, die Peitsche. Wie weit nur war all dies entfernt? War es diese Entfernung, die Alina überbrücken wollte? Es spürte das Gewicht ihres Körpers und wie irgendwo, in seiner, ihrer Körpermitte, eine Energie freigesetzt wurde. Als seine Reiterin schließlich wimmernd innehielt, öffnete Damian wieder die Augen. Auf ihrer Stirn war ein einzelner Schweißtropfen zu sehen, in dem sich das Licht sammelte.

Als sie sich, ganz erschöpft, von ihm löste und sich erhob, sah er, wie sein Sperma zwischen ihren Beinen hervorfloss. Sie lächelte und sagte: »Jetzt habe ich dich in mir«, nahm die Flüssigkeit mit den Fingern auf und strich sie sich über die Brüste, dann über den Mund. Dann griff sie sich noch einmal in den Schritt, beugte sich über ihn und fuhr ihm mit der feuchten Hand über Mund uns Gesicht. »Riechst du's? Jetzt wirst du dich den ganzen Tag an mich erinnern.«

Als sie sich später wieder unter die Leute mischten, schien es Damian, als wäre ihre gemeinsame Abwesenheit genau registriert worden. Der Glatzköpfige, der betrunken in einem Plastiksessel hing, stierte ihn hasserfüllt an. Auch Vittoria war deutlich missgestimmt und sagte, sie habe ihn gesucht, Stepan wolle ein paar Worte mit ihm wechseln. Alina warf ihr ein zuckersüßes Lächeln zu und strich Damian einmal kurz über die Wange, sie müsse sich jetzt für ihre Nachtschicht fertig machen.

Stepan begrüßte ihn mit einer Herzlichkeit, als wäre er ein alter Freund, den er lange nicht mehr gesehen hatte. Wieder waren die Bücher seines Vater das Bindeglied. Sogleich begann Stepan davon zu reden, dass die Lektüre von William Christies Schriften eine Offenbarung für ihn gewesen sei. Die Entdeckung beispielsweise, dass die Politik mit der Digitalisierung eine Metamorphose, ja geradezu eine Art Kernschmelze erlebt habe ... Zwar schien ihm Stepan, trotz aller Begeisterungsfähigkeit, ein kühler Denker, andererseits waren die Dinge, auf die er sich bezog, so rätselhaft wie eine Hieroglyphenschrift. Während er sprach, kam Damian das Traumbild des Buches in Erinnerung – und dass die Zeichnung, die er im Folianten entdeckt hatte, eine Hydra gezeigt hatte. *Ihr Blut ist giftig, selbst ihre Spuren sind giftig.*

Wie sich herausstellte, war das eigentliche Anliegen Stepans nicht die Wiederbelebung einer Lektüreerinnerung, sondern die Frage, in welchem Zustand *Nollet* sich befand und welche Position Khan im derzeitigen Machtgefüge einnahm. In Kürze werde eine Konferenz stattfinden, auf der es um die Sonderwirtschaftszonen gehen solle, in denen Länder oder einzelne Städte die Gesellschaftsarchitektur *Nollets* ausprobieren und sich im Erfolgsfall dem ECO-System anschließen könnten. Das sei eine große Chance, die man nicht verstreichen lassen dürfe. Vor ein paar Jahren, als er jünger gewesen sei, habe er noch anders gedacht. Da habe er in einer jugendlichen Empfänglichkeit für Verschwörungstheorien geglaubt, dass der Score eine Art kapitalistische

Falle sei, die die Menschen nur noch tiefer in die Abhängigkeit werfe.

»Gewiss ist der Hedonismus, der mit dem Spiel einhergeht, eine große Gefahr«, erläuterte Stepan. »Er führt dazu, dass man sich in wachsender Empfindungslosigkeit die Welt einverleibt. Andererseits ist, was in der Zone passiert, eine Katastrophe. Denn allen schönen Beteuerungen zum Trotz sind wir immer tiefer in einen immerwährenden Bürgerkrieg hineingeschlittert und haben die Welt mit unseren Ausdünstungen verpestet. Heute muss ich, wenn ich die Dinge gegeneinander abwäge, zugeben, dass ich mich geirrt habe. Wenn wir uns vom Joch der Arbeit und des Mangels befreien können, so ist das ein unglaublicher Segen, ganz abgesehen davon, dass das ECO-System die einzige Instanz ist, der es gelingen kann, die Folgen des Klimawandels zumindest einzuhegen.«

Wenn man die Träume der Zone mit der Architektur des ECO-Systems verbinden könne, so sei dies vielleicht der Anfang für eine lebenswerte Gesellschaft. Als der Score eingeführt worden sei, sei er als Austauschschüler in London gewesen und habe mit größter Faszination Khans *Amnesia* gespielt. Überhaupt sei Khan die interessanteste Gestalt des ECO-Systems. In ihm vereine sich die avancierteste Technologie mit der Wertschätzung von Geschichte. »Was meinen Sie, Damian?«

Damian war verwirrt. Tatsächlich hatte er nur mit halbem Ohr zugehört, war er noch immer mit der Frage beschäftigt, wie es zu diesem kurzen Intermezzo mit Alina hatte kommen können, zum anderen, woher eigentlich Vittorias Missbilligung rührte.

»Sie meinen, was ich von Khan halte?«

»Sie kennen ihn doch. Das hat mir Vittoria erzählt.«

»Ja, wir haben verschiedentlich zusammengearbeitet. Ich könnte Ihnen sagen, was er gern isst oder welche Weine er trinkt. Aber ich weiß nicht das Geringste über seine politische Haltung.«

»Vittoria sagt, dass Sie kürzlich zusammen in Tripoli gewesen sind?«

»Ja. Das war wegen der Recherchen für sein neues Projekt, aber wir mussten vorzeitig abbrechen.«

Unterdessen war auch die Frau mit der Turmfrisur dazugekommen. Sie hieß Valeria und hatte noch immer den melancholischen Begleiter im Schlepptau, der sich als Schauspieler vorstellte und Karol hieß. Auch bei ihnen hatte der Name Khans eine elektrisierende Wirkung, denn sie zeigten sich an jeder Einzelheit, jeder Marotte Khans interessiert, umso mehr, als sie aus erster Hand kam. Karol räsonierte, dass Khan im Grunde in der Tradition des Autorenkinos gesehen werden müsse, ein Epiker, dem es gelinge, die Psychologie an die Oberfläche zu bringen. Ob Damian eine solche Einschätzung bestätigen könne?

Wenn sich jemand, so mischte sich Vittoria ein, über Khans Psychologie auslassen könne, so Damian. »Nicht bloß, dass er ihn aus der Arbeit kennt. Außerdem ist er mit seiner Tochter befreundet.«

In ihrem Tonfall lag etwas Herabsetzendes, ja eine Form der Aggressivität, die ihn verletzte. Zudem irritierte ihn, dass all diese Leute so viel mehr über Khan zu wissen schienen als er selbst. Dass Khan im Jahr des Berliner Mauerfalls geboren war, als Kind eines ostdeutschen Professorenpaars, das in der Folge in eine Ehehölle, aber auch in die soziale Bedeutungslosigkeit abgerutscht war, war ihm neu, ebenso wie der Umstand, dass man den Dreizehnjährigen zeitweilig der Obhut des Jugendamtes unterstellt und als potenziell gemeingefährlich eingestuft hatte. Zwar konnte sich Damian dunkel daran erinnern, dass Khan von einer tablettensüchtigen Mutter erzählt hatte und dass auch Justine gelegentlich über die schwierige Kindheit ihres Vaters sprach, aber diese Dinge waren lediglich am Rande eines Gesprächs aufgetaucht. Während Valeria und Karol sich an solchen Details labten, war Stepans Interesse politischer Natur. Ihm ging es darum, herauszufinden, welche Position Khan bei der anstehenden Konferenz einnehmen werde, vor allem, ob er innerhalb der Gesellschaft noch immer als unumstößliche Nummer eins gelte.

Damian sagte ausweichend: »Ich glaube nicht, dass Khan eine politische Agenda verfolgt. Fragen dieser Art hat er, soweit ich mich erinnere, immer schon anderen überlassen. Für ihn stand immer nur sein jeweiliges Projekt im Zentrum.«

Während er dies sagte, kam ihm der Seufzer Carlotta DiBrocas in den Sinn, die darüber geklagt hatte, dass die Verwaltung des Konzerns nicht, wie erhofft, offen und transparent erfolge, sondern sich den Verstrickungen des spanischen Hofstaates annähere.

»Aber was sind das für Leute? Eine politische Entscheidung fällt doch nicht einfach vom Himmel!«

»Ehrlich gesagt, ich weiß nicht, was für politische Fragen derzeit überhaupt diskutiert werden. Wichtiger ist, dass man die Probleme in einem praktischen Sinne löst, Katastrophenschutz, Gesundheit. Wir haben uns beispielsweise mit der Frage beschäftigt, wie man den Katastrophenschutz intelligenter organisieren kann, als das bislang geschieht. Effizienz, verstehen Sie? Das ist viel bedeutsamer als die Frage, aus welchen weltanschaulichen Motiven man daran interessiert ist!«

Stepan schaute ihn verständnislos an.

»Aber schauen Sie sich keine Nachrichten an? Diskutiert man denn nicht, in welche Richtung man gehen will?«

Diese Frage, so einfach und unvermittelt gestellt, ließ Damian für einen Moment verstummen. Zwar hatte er, auf die gleiche Weise, wie er sich täglich eine Götterstatue schicken oder sich über die Fortschritte der Marsmission unterrichten ließ, auch verschiedene Informationsdienste abonniert, gleichwohl konnte er sich nicht daran erinnern, dass er im Kreise der Kollegen über Weltanschauungsfragen diskutiert hätte. Was Einzelprobleme anbelangte, gab es durchaus Diskussionen, bei denen Unterschiede hervortraten, aber Politik, so wie sie Stepan begriff, war ein Kontinent, der mit den Wohngemeinschaftsgesprächen seiner Jugend verbunden, aber irgendwann einfach versunken war. Aber war dieser Mangel an Ideologie wirklich ein Rückschritt? Hatten sie sich damals in

Stanford über Rassismus, Feminismus und Identitätspolitik ereifert, hatten sich heute die Umgangsformen, über kleine und kleinste Disziplinarmaßnahmen, deutlich zivilisiert, herrschte die allgemeine Übereinkunft, dass man mit *Nollet* in ein transpolitisches Zeitalter eingetreten sei.

»Vielleicht machen Sie sich falsche Vorstellungen, welchen Stellenwert die Politik bei uns hat.«

Als er Vittoria einen verstohlenen Blick zuwarf, wich sie ihm aus. Er wusste nicht, ob es daran lag, dass sie seine Äußerungen missbilligte oder ihm die Geschichte mit Alina verübelte. Irgendwann versiegte das Gespräch, oder genauer, ertrank in Unmengen von Alkohol und der hämmernden Musik, die einer der Partygäste, der endlich tanzen wollte, bis zum Anschlag aufgedreht hatte.

*

»Wenn ein Vogel in deiner ausgestreckten Hand landet, dann wirst du es begreifen.« Zwar verstand Damian, was er sagte, aber nicht genau, was er meinte. Khan hatte ein kleines Kind in den Raum geführt. Es saß jetzt auf dem Boden und hackte sich mit einer kleinen Guillotine Teile seines Zeigefingers ab. An einem Tisch saß Alina, über einen großen Braten gebeugt und schlang ein Bratenstück nach dem anderen in sich hinein, obwohl ihr Bauch schon so groß wie ein Fußball war. Damian lag im Bett, über und über mit Blut beschmiert. Merkwürdigerweise störte sich niemand daran. Und dann begriff er, das war ein Traum. Was hatte ihm Khan eingeschärft? Weil er keine Uhr finden konnte, drehte er sich um und erwachte in diesem Moment. Ein fahler Schein Sonnenlicht fiel ins Zimmer. Weil er kein Bad fand, wusch er sich das Gesicht am Waschbecken. Trotzdem kam es ihm vor, als hätte er noch immer Alinas Geruch auf der Haut. Um noch ein wenig allein zu sein, suchte er die Toilette auf und las eine Passage im Buch seines Vaters. *Wenn ich wählen kann, wer ich bin, werde ich mich in der Unendlichkeit meiner Wahlmöglichkeiten verlieren. Im Ver-*

schwinden bleibt mir nichts, als den unendlichen Mangel, den ich empfinde, trotzig zu ästhetisieren. Insofern ist der Traum der einzige Ort, an dem ich sein kann, ohne mich behaupten zu müssen. Als er diese Stelle las, kam ihm Alinas T-Shirt in den Sinn – und warum er immerfort auf diese Aufschrift hatte starren müssen: REAL! Irgendjemand klopfte an die Tür, und er schlug das Buch zu und gesellte sich zu den anderen, die sich um einen Frühstückstisch versammelt hatten. Stepan, Slavoj und Vittoria. Auch Valeria war da, aber da sie abgeschminkt und ohne Turmfrisur erschienen war, hatte Damian sie nicht gleich erkannt. Das Gespräch drehte sich um die Nöte der Lemberger Zone, Energiemangel, die zusammenbrechende Infrastruktur, den Mangel an fortschrittlicher Technik. Gott sei Dank habe man seit einiger Zeit eine halbwegs passable Regierung. Zwar sei sie einem Mafia-Warlord verpflichtet, aber im Vergleich zu vergangenen Machthabern sei das eine Verbesserung. Der jetzige Herrscher verspüre keine Lust, seine Feinde bei lebendigem Leibe zu verbrennen, er stelle sie in Beton und versenke sie kurzerhand in einem nahe gelegenen Baggersee. Karol, der hinzugekommen war, erzählte zum Amüsement aller Anwesenden, dass er als Schauspieler bei einem Film mitgewirkt habe, bei dem eine Reihe führender Gangster ihre Vergangenheit glorifiziert hätten. Dieser Film sei im Grunde eine Art friedenserhaltende Maßnahme gewesen. Anstatt Köpfe rollen zu lassen, hätten sich die Gangster mit Theaterblut begnügt. Selbstverständlich hätten die Bösewichte aus dem wirklichen Leben auch im Film die Hauptrollen übernommen. Ihre Schuldner wiederum hätten ihre Schulden einfach dadurch abgearbeitet, dass sie sich vor der Kamera hätten verprügeln lassen. Er habe einen Rechtsanwalt gespielt, für den sich aus den Reihen der Bösewichte kein reales Vorbild habe finden lassen. Eine Charge, nicht mehr, aber formidabel bezahlt. Er habe in seiner Sprechrolle lediglich sagen müssen, dass man, während man früher mit Bügeleisen oder Lötkolben gefoltert habe, sich heute der Mittel des Gesetzes bediene.

»Die Frage ist natürlich: Wie betreibe ich überhaupt ein legales Business? Im wirklichen Leben haben es die Gangster mit einem bewachten, kostenpflichtigen Parkplatz versucht. Der blieb allerdings leer. Also verfielen sie auf den genialen Gedanken, einfach die Scheiben der Autos einzuschlagen, die in der Umgebung unbewacht parkten. Und siehe da, das war die Lösung!«

Irgendwann kam Alina von ihrer Nachtschicht zurück. Sie sah erschöpft aus und sagte nur kurz, sie hätten ein Folteropfer verarzten müssen, das man im Wald gefunden habe. Damian verspürte den Impuls aufzustehen. Als er Vittorias Blick auf sich spürte, blieb er sitzen. Als eine halbe Stunde später das Signal zum Aufbruch kam, stahl er sich davon und klopfte an Alinas Zimmertür. Kein Laut. Er drückte die Klinke hinunter, aber die Tür war verschlossen.

Beim Geschrei der Kinder im Treppenhaus, das ihnen noch bis auf die Straße hinaus folgte, begriff Damian, wie zuvor in Tripoli: Es war die Anwesenheit von Kindern, die ihm signalisierte, dass er sich hier in der Zone befand. Merkwürdigerweise war dies eine der Fragen gewesen, die Alina ihm gestellt hatte: ob er einen Kinderwunsch habe. Überall waren spielende Kinder, in den Autowracks, in den Überresten eines doppelstöckigen Busses, in den Ruinen einer heruntergebrannten Mietskaserne.

Einmal hatte er Justine gefragt, ob sie sich vorstellen könne, ein Kind zu haben. Sie hatte ihn irritiert, beinahe verständnislos angeschaut und hatte gefragt: »Wie soll ich mir ein Kind vorstellen können, wenn ich nicht mal ein Bild von meiner eigenen Mutter habe?« Vielleicht war es die Rückkehr dieser lang verdrängten Frage, die zu Khans Zusammenbruch geführt hatte. Oder weshalb sonst hatte er sie mit dem Namen ihrer Mutter angeredet?

Sie stiegen in einen klapprigen Geländewagen. Schon nach ein paar Hundert Metern musste Stepan anhalten. Vor ihnen auf der Straße quoll dichter Qualm gen Himmel und verstopfte die Sicht auf den Straßenzug. Zwischen den Schwaden waren aufzüngelnde

Flammen, herumliegende Gesteinsbrocken, da und dort auch demolierte Autos zu sehen. Stepan, der äußerst nervös wirkte, stieg aus und wechselte ein paar Worte mit einem anderen Autofahrer. Slavoj zündete sich eine Zigarette an und folgte dem Treiben.

Vittoria, die schon die ganze Zeit über kein Wort gesagt, sondern bloß missgestimmt aus dem Fenster geschaut hatte, wandte sich ihm zu und sagte: »Und, hast du dich gestern Abend gut amüsiert?«

Es dauerte einen Moment, bis Damian begriff, dass sie auf sein Stelldichein mit Alina anspielte. Für einen Moment spürte er ein vages Schuldgefühl und fragte sich, ob sie ihren Geruch auf seinem Gesicht wahrgenommen hatte. Das war lächerlich! Er hatte sein Gesicht wieder und wieder gewaschen. Zu seinem Glück kam Stepan zurück und sagte, eine Brandbombe habe ein Geschäft in die Luft gejagt, eine Auseinandersetzung zwischen Mobstern, vielleicht auch die Rache eines Roma-Clans, auf den Teile der Bevölkerung in den letzten Wochen Jagd gemacht hätten. Auf jeden Fall sei die Straße nicht passierbar. Wegen des Menschenauflaufs könne es gefährlich werden, dann jedenfalls, wenn sie irgendjemand als Bewohner des ECO-Systems identifiziere.

»Mittlerweile gibt's ganze Banden, die sich nur auf die Entführung von *Eindringlingen* spezialisiert haben, das ist ein blühender Wirtschaftszweig.«

Stepan wendete den Wagen, bahnte sich hupend und gestikulierend den Weg durch die Menschenmenge und bog in eine wenig befahrene Seitenstraße ein. Über Umwege gelangten sie schließlich in den Vorort, wo sich der Eingang zum Tunnel befand. Um keinerlei Aufmerksamkeit zu erregen, stiegen sie ein paar Blocks entfernt aus. Die Verabschiedung vollzog sich rasch und geschäftsmäßig. Stepans Wagen, ein uralter, klappriger Skoda, verschwand und ließ sie auf einer menschenleeren Straße zurück. Der Himmel war diesig, die Sonne nicht mehr als eine fahle Lichtscheibe, die das Grau der Wolken aufhellte. Die Häuser sahen so gleichförmig aus, dass Damian sich nicht mehr an das Haus erinnern konnte, in dem Litwinow wohnte. Über Nacht war es so kalt geworden, dass er seinen eigenen Atem sehen konnte. Slavoj, der außer seinem T-Shirt nur eine dünne Windjacke trug, fröstelte.

Vittoria schüttelte sich und sagte: »Kommt, lasst uns gehen!«

Die Vorsichtsmaßnahmen erwiesen sich als unbegründet. Bis auf einen Obdachlosen, der neben einem überquellenden Müllcontainer seinen Rausch ausschlief, war niemand zu sehen. Das einzige bewegliche Element, das Damian auffiel, war eine Satellitenschüssel, die sich ohne ersichtlichen Grund aus ihrer Verankerung löste und vom Balkon herabstürzte, bis sie, aufgehalten von einem Kabel, in der Luft hin und her pendelte. Nach ein paar Minuten hatten sie das Haus erreicht und legten die Stirnlampen an. Slavoj kletterte als Erster in den Tunnel, dann folgten Damian und Vittoria. Der Rückweg kam ihm kürzer vor, jedenfalls war er überrascht, als Slavoj die Luke hob und ins Freie hinauskletterte.

Damian sog die kühle Luft ein und bemerkte verwundert, dass sie sich anders, frischer anfühlte als in der Zone. Aus irgendeinem Grund musste er an Alina denken. Bevor er einen Gedanken fassen konnte, schaltete sich sein Kommunikator mit einem kleinen Piepsen ein und übermittelte eine Reihe von Nachrichten, die in der Zwischenzeit eingegangen waren. Als Erstes eine Videobotschaft von Justine, die sich dafür entschuldigte, dass sie das Gespräch abgebrochen hatte: »Melde dich doch!« Während er seine Nachrichten durchschaute, hörte er mit einem Ohr, wie Vittoria, die ein paar Schritte entfernt stand, mit Tesla redete. Ja, sie seien angekommen, das Gespräch mit Litwinow sei gut verlaufen, sie habe zudem ein weiteres Video dabei, das sie noch nicht habe sichten können. Auch Slavoj, der sich auf einen Baumstumpf gesetzt hatte, schien als Erstes die Nachrichten auf seinem Kommunikator durchzugehen. Bis auf das leise Rauschen des Waldes war es so still, dass Damian zu hören glaubte, wie ein einzelnes rötliches Blatt sich von einem Ast löste und zu Boden segelte.

Plötzlich ein Knacken im Unterholz, dann ein lauter, durchdringender Schrei. Es war Slavoj. Er war aufgesprungen und stand mit weit aufgerissenem Mund und hilflos ausgebreiteten Armen da. Mit wenigen Schritten war Vittoria bei ihm.

»Was ist denn passiert?«

»Das kann doch nicht wahr sein!« Er wiederholte es wieder und wieder, als hätte er Vittorias Anwesenheit gar nicht bemerkt. »Das kann doch nicht wahr sein!«

»Was ist los?«

Slavoj fasste sich ungläubig an den Kopf. Seine Stimme war heiser.

»Schaut euch das an!«

Als Damian das Screensharing seines Kommunikators aktiviert hatte, sah er, was Slavoj auf seinem Schirm hatte: eine kleine Gruppe von Menschen, die beieinanderstanden und von denen einer im Fadenkreuz einer sich nähernden Drohne stand. Dazu waren Slavojs Name und ein paar sensorische Informationen eingeblendet. Dem Blickwinkel zufolge musste sich die Drohne, die auch das Überwachungsbild lieferte, direkt über ihnen befinden.

»Was hat das zu bedeuten?«, fragte er.

Die Drohne senkte sich immer weiter auf sie herab. Hatten die drei Menschen auf dem Schirm gerade noch Insektengröße besessen, wurden sie jetzt groß und größer. Schließlich konnte man die individuellen Gesichtszüge wahrnehmen: Slavoj, wie er dastand, in seinem T-Shirt mit der Nesselqualle darauf, mit dem bärtigen, wuscheligen Kopf, in den leeren Himmel hinaufspähend. Der Perspektive nach zu urteilen, musste sich die Drohne etwa sechs, sieben Meter über ihren Köpfen befinden, aber sosehr sich Damian bemühte, sie war nicht auszumachen. Slavoj stand noch immer da und starrte ungläubig in den Himmel hinauf, dabei wiederholte er immerfort: »Was soll das?«

»Vielleicht ist es ja bloß eine Aufklärungsdrohne«, sagte Vittoria.

»Aber wieso? Wieso bin ich dann markiert?«

»Lass uns gehen«, sagte Vittoria. Sie machten ein paar Schritte. Wie das Überwachungsbild verriet, ließ die Drohne keineswegs von ihnen ab, sondern setzte ihren Sinkflug fort. Als sie vielleicht zwei, zweieinhalb Meter entfernt war, vollzog sie eine Rotationsbewegung um Slavojs Kopf, so als führte sie gerade einen Scan durch. Vittoria schien die Bedeutung dieser Bewegung zu verstehen, denn sie schrie: »Lauf, Slavoj, lauf! Du musst in den Tunnel zurück!«

Slavoj stutzte. Dann begann er zu rennen. Nun setzte sich auch das Bild in Bewegung. Während Slavoj auf seinen kurzen Beinen, die den fülligen Oberkörper kaum tragen konnten, in Richtung Tunnel lief, konnte Damian sehen, wie die Drohne jede Bewegung ihres Zielobjekts nachvollzog. Da auch Slavoj dies vor Augen hatte, begann er Haken zu schlagen, stoppte ab, machte eine ruckartige Drehung und stürmte wieder los. Er fluchte laut, dann stolperte er über einen Ast und stürzte ins Unterholz. Slavoj erhob sich wieder, mit verschmutztem Gesicht. Striemen zogen sich über seine Stirn und Wangen. Und dann begann er zu schreien. Beide Hände gegen die Ohren gepresst, mit geschlossenen Augen, stand er da und schrie.

*

Slavoj lag im Unterholz. Seine Füße standen auf unnatürliche Weise vom Körper ab. Bei seiner Flucht durchs Unterholz hatte er einen Schuh verloren. Sein bloßer Fuß zuckte noch einmal, dann war der Todeskampf vorüber. Schaum stand ihm vor dem Mund. Die Pupillen waren weggedreht, sein Kopf nach hinten weggeknickt. Sein T-Shirt war hochgerutscht und zeigte einen mächtigen weißen Bauch. Wo sich sein Geschlecht befand, war ein feuchter Fleck. Vittoria kniete neben ihm, schluchzte und streichelte ihm übers Gesicht.

»Slavoj, Slavoj, das darfst du nicht tun!«

Aus den Striemen, die die Zweige auf seiner Stirn hinterlassen hatte, traten kleine Blutstropfen hervor. Sie vermischten sich mit Vittorias Tränen und ihrem Rotz zu rosafarbenen Schlieren, aber Vittoria ließ nicht ab, sondern liebkoste sein Gesicht, wieder und wieder, als ob sie ihn damit zum Leben erwecken könnte. Aber es war vorbei. Auf Slavojs Kommunikator, den Damian noch immer vor Augen hatte, war eindeutig zu sehen, dass seine Lebensfunktionen erloschen waren. Um Diagnosefehlern vorzubeugen, war der Kommunikator so programmiert, dass er sich erst vierundzwanzig Stunden nach Einstellung der Lebensfunktionen abstellte. Waren ihm derlei Bilder aus seiner Arbeit vertraut, so war es innerhalb kürzester Zeit das zweite Mal, dass sich Damian einem leibhaftigen Toten gegenübersah. Anders als im Falle von Castoriadis war es dieses Mal weniger ein Anblick des Schreckens als ein Gefühl von Unwirklichkeit. Dass Slavoj vor einer Minute noch dagestanden und mit ihnen geredet hatte, während er jetzt erstarrt vor ihnen lag.

Irgendwann ließ Vittoria von dem Toten ab und erhob sich.

»Was sollen wir tun?«, fragte Damian.

»Wir müssen ihn mitnehmen. Wir können ihn nicht einfach hier liegen lassen.«

Aber der Versuch, Slavojs Körper anzuheben, misslang. Immer wieder rutschte sein massiger Oberkörper weg. Damian kam es vor, als kämpften sie gegen den Leichnam selbst an. Nachdem sie sich eine Stunde abgemüht und ihn kaum fünfzig Schritte hatten forttragen können, begriff er, dass sie es niemals schaffen würden. Eine Weile standen sie bloß da, keuchend und schwitzend, im Zustand wachsender Hilflosigkeit.

»Es hat keinen Sinn«, sagte Vittoria schließlich, »wir schaffen das nicht.«

Tränen liefen ihr über die Wangen. Dennoch machte sie nicht die geringsten Anstalten, sich übers Gesicht zu wischen. Sie stand, mit hängenden Schultern, ein Bild der Trostlosigkeit. Damian schloss sie in die Arme. Vittoria begann heftig zu schluchzen und schlang die Arme um seinen Hals. Damian strich ihr über das Haar und flüsterte irgendetwas Beruhigendes in ihr Ohr. Irgendwann lag sie reglos in seinen Armen. Nur gelegentlich ging noch ein leichtes Nachbeben durch ihren schmalen Leib. Der Schrei eines Vogels weckte sie aus der langen Umarmung, und ihre Körper lösten sich voneinander.

Der Leichnam zu ihren Füßen zeigte bereits die ersten Anzeichen der Totenstarre.

»Wir sollten ihn bedecken«, sagte Damian. Sie nickte abwesend, dann machten sie sich gemeinsam daran, den Leichnam mit Blättern und Zweigen zuzudecken. Als sie fertig waren, brachen sie auf. Damian war schweißgebadet und begann in der kühlen Luft zu frösteln. Vittoria, die vor ihm ging, schluchzte gelegentlich in sich hinein. Ansonsten stapften sie durch den Wald, ohne auch nur ein einziges Wort miteinander zu wechseln.

Das ist die Aufgabe des Monsters. Es zeigt dir, was du ansonsten nicht sähest. Warum nur musste er an diesen Satz denken? Slavoj hatte im Tod vor allem *ungläubig* ausgesehen, anders als seine Großmutter, deren Gesichtsausdruck, trotz der Kugel, die ihren Kopf durchbohrt und große Teile ihre Hirns auf die englische Tapete hinter ihr verspritzt hatte, ruhig, ja beinahe friedlich gewirkt hatte. Was hatte Litwinow gesagt? Vom Leben verstehe nur derjenige etwas, der bereit sei, dem Tod ins Auge zu schauen. Vielleicht war es das, was Khan mit seiner Bemerkung über das Monster hatte ausdrücken wollen. Im ECO-System selbst fand der Tod nicht mehr statt. Irgendwann hatte man aufgehört, den Toten Grabsteine zu weihen. Stattdessen pflegte man virtuelle Grabstätten, die aus Videoschnipseln bestanden, die man aus dem Lifestream der Verstorbenen zusammengestellt hatte. Aber auch das war nur eine vorübergehende Mode gewesen. Letztlich ging es vor allem darum, die Sterbenden möglichst geräuschlos aus der Welt zu entfernen. Vor drei, vier Jahren hatten sie in der *Social*

Design Planning Group diese Frage behandelt, mit der Absicht, das Sterben in einen ästhetischen Akt zu verwandeln. Nicht das Ende des Lebens, sondern seine Einlösung, ein Finale, in dem alles miteinander versöhnt und aufgehoben werden sollte. Best of.

Als sie schließlich die Straße erreichten, sahen sie, dass Tesla schon ungeduldig auf sie wartete.

»Was ist los? Wo ist Slavoj?«

Es brauchte mehrere Anläufe, bis Tesla verstand, was passiert war.

Als er es schließlich begriffen hatte, sagte er nichts mehr. Seine Hände klammerten sich nur umso fester ans Lenkrad, so fest, dass das Weiß seiner Fingerknöchel hervortrat. Er blickte unverwandt geradeaus, wo sich die schmale, von Schlaglöchern und Panzerspuren übersäte Straße durch die karge Landschaft wand. Die einzige Regung war das Pulsieren einer blauen Ader auf seiner Schläfe. Vittoria, die im Fond des Wagens saß, hatte ihren Kopf in den Händen vergraben, nur manchmal ging ein Schluchzen durch ihren Körper. Damian hatte den Kopf gegen die Fensterscheibe gelehnt und ließ die Landschaft an sich vorüberziehen. Ein Wald, verlassene Bauerngehöfte, verrostetes Gerät. Tatsächlich war all das nur ein Vorhang, der es kaum vermochte, das Schreckensbild von Slavojs aufgerissenem Gesicht zu verhüllen. Trotzdem war da noch etwas anderes, ein Gedankengeflecht, das ihm gänzlich rätselhaft, ja geradezu unheimlich erschien. Was Slavoj auf seinem Schirm vor sich gehabt hatte, war die Perspektive der Drohne gewesen, die ihn zur Tötung ausgewählt hatte. Gewiss, das war schrecklich. Die Frage war bloß: Wie hatte es überhaupt dazu kommen können? Die einzige Möglichkeit war, dass die Drohne Slavoj die Anfrage eines Lifestream-Sharings geschickt und er zugestimmt hatte. Technisch gesehen setzte eine solche Perspektivübernahme die Bekanntschaft der beiden Kontrahenten voraus. Aber weil die Drohne, wie jeder Robot auch, kein voll gültiger Agent war, war diese Option ausgeschlossen. Mochte sie den Maßgaben ihrer Künstlichen Intelligenz gemäß auch eine gewisse Autonomie besitzen, so befand sie sich nicht auf der gleichen Kommunikationsstufe wie ein Mensch. Folglich gab es nur zwei Möglichkeiten: Entweder war die Tötung das Werk eines Menschen, der sich einer Drohne bedient hatte, oder aber der Sicherheitsdienst hatte die Künstliche Intelligenz der Drohne dahingehend manipuliert, dass sie in den Kommunikationsraum eines Menschen hatte eindringen können. Das aber wäre der Bruch eines strengen Tabus. Als Cheng seinen Aufsatz zum Konversationsparadigma geschrieben hatte, bei dem es um die Frage ging, wie Objekte mit anderen Objekten, aber auch mit Menschen in Kommunikation treten sollen, war die Unantastbarkeit des *menschlichen Kommunikationsraums* wesentlich gewesen. Diese Unantastbarkeit aber, das hatte Damian in den vergangenen Tagen gelernt, war eine Illusion.

Je länger Damian darüber nachdachte, desto nagender traten andere Fragen hervor. Warum hatte es Slavoj getroffen und nicht ihn oder Vittoria? Wie hätte er sich wohl selber verhalten, wenn er das Zielobjekt gewesen wäre? Im Grunde war, was gerade passiert war, von furchterregender Obszönität: Slavoj hatte mit ansehen müssen, wie sich der Tod ihm näherte, wie er jede seiner Bewegungen nachvollzog und ihn schließlich unbarmherzig exekutiert hatte. Nein, diese Exekution hatte sich nicht nur unbarmherzig, sondern mit einer eiskalten Rationalität vollzogen. Denn was wäre passiert, hätte Slavoj um Erbarmen gefleht? Nichts. Was immer hätte passieren können, die Todesmaschine hätte ihren Auftrag erledigt und kurz vor dem Verschwinden noch einen Logeintrag gesetzt. DONE.

»Kannst du anhalten?«, fragte Vittoria. Kaum hatte Tesla den Wagen an den Straßenrand gesteuert, riss sie die Tür auf und übergab sich mit einem Schwall, der laut hörbar auf den Asphalt klatschte.

*

Als vor ihnen der Kirchturm, die Nebengebäude und schließlich das Gutshaus erschienen, hatte sich der diesige Himmel gelöst. Über dem Haus hing im Spätnachmittagslicht eine einzelne Wolke, die sich langsam bewegte wie ein majestätisches Raumschiff. Die Stimmung freilich war mehr als gedrückt. Vittoria war noch immer leichenblass und verschwand gleich im Badezimmer, wo Damian sie laut würgen hörte. Also übernahm Tesla die Aufgabe, Coco, Gerrit und Gudrun über das Geschehene zu unterrichten. Kaum dass sie begriffen hatten, was passiert war, entbrannte ein heftiger Wortwechsel. Nur Gudrun, die mit Slavoj ein Verhältnis gehabt hatte, nahm daran nicht teil, stattdessen holte sie sich eine Flasche Wodka und schüttete ein Glas nach dem anderen in sich hinein. Coco behauptete, sie habe gewusst, dass irgendetwas nicht stimme, Gerrit wiederum sagte, dieses Gespräch müsse unter Ausschluss von Damian stattfinden; also ging er nach draußen und setzte sich auf die Terrasse.

Im Vergleich zum Vortag war es deutlich kühler, im Licht der Spätnachmittagssonne dennoch warm genug, um draußen sitzen zu können. Eine Weile schaute Damian dem Zug der Ameisen zu, die sich auf einer breiten Straße quer über die Terrasse bewegten. Vor seinen Füßen krabbelte eine Ameise, die die Orientierung verloren hatte. Damian betrachtete sie, wie sie regellos hin und her irrte, sich durch Risse in den Fliesen vorankämpfte, dann wieder über einen kleinen Kiesel hinwegsteigen musste. Während seines Studiums hatte er mit Kollegen eine kleine Roboterschar programmiert, die das Verhalten von Ameisen imitierte – einfach dadurch, dass die Roboter statt der Pheromone Leuchtmarken auf dem Boden hinterließen. Der Erfolg dieser Steuerungsmaßnahme war durchschlagend. Schon nach wenigen Minuten verhielten sich die kleinen Bots genauso wie die Ameisen. Die ganze Logik dabei war, dass letztlich das statistische Mittel den kürzesten Weg markierte, sodass sich die Bewegungen der Ameisen zu Bewegungsgesetzen verdichteten. Hatte ihn diese Erfahrung für die Möglichkeiten der Statistik und des *Machine Learning* begeistert, so hatte er – das wurde ihm jetzt bewusst – niemals mit der *statistischen Anomalie* gerechnet. Vielleicht war, was sie gerade erlebt hatten, so etwas wie eine gezielt betriebene statistische Anomalie, die Ausnutzung eines systemischen Fehlers, der es erlaubte, das Gesetz zu unterlaufen. Aber war es hier überhaupt richtig, von einer *statistischen Anomalie* zu sprechen? Handelte es sich nicht in Wahrheit um ein Verbrechen, ein Verbrechen zudem, das im Widerspruch zum *Penalty*-System stand? Denn Slavoj war kein Eindringling, er war ein Bürger wie Damian selbst. Selbst wenn er ein Kapitalverbrechen begangen haben sollte, was Damian ja keineswegs ausschließen konnte, so wäre die maximale Strafe seine Verbannung gewesen, und auch diese Verbannung wäre kein Automatismus gewesen, sondern das Resultat eines ausführlichen Verfahrens, bei dem der Angeklagte hätte angehört werden müssen.

Wie so häufig, wenn seine Gedanken ins Leere führten, reagierte sein Körper mit einer Migräneattacke. Zumeist begann sie mit einer leichten Störung des Zeitempfindens, dann folgte eine gesteigerte Intensität der Wahrnehmung. Das Geräusch eines Insekts wurde zum Störgeräusch, eine Lichtreflexion schnitt wie eiskaltes Metall in seinen Sehnerv ein. Er stand auf und ging die paar Schritte zum Pool hinab. Beim Anblick des Schlagzeugs, das dort zwischen Bauschutt und verfaulendem Laub herumstand, fragte er sich, was das für Leute gewesen sein mochten, die hier gelebt hatten. Er dachte an Alina – und wie weit entfernt sie in diesem Augenblick doch war.

Der kleine Spaziergang hatte nichts genützt, seine Kopfschmerzen wurden nur schlimmer. Am liebsten hätte er sich auf die Matratze in seinem kleinen Zimmer gelegt. Aber weil er dazu die Mitglieder der Gruppe hätte stören müssen, blieb er auf der Terrasse sitzen. Auch wenn er nicht verstehen konnte, was gesagt wurde, hatte die Diskussion eine unüberhörbare Schärfe angenommen.

Vor allem Coco und Gerrit machten sich immer wieder bemerkbar, Coco mit einem schneidenden Tonfall, Gerrit mit einzelnen, brockenweise hervorgestoßenen Sätzen. Teslas Stimme wiederum folgte jenem gleichmütigen Gedankenstrom, den er auch zuvor an den Tag gelegt hatte. Obwohl Damian nicht wusste, worum es im Einzelnen ging, ahnte er, dass man Slavojs Tod auf irgendeine Weise mit seiner Anwesenheit in Verbindung bringen würde.

Und vielleicht stimmte das ja. Vielleicht war er, ohne sich darüber im Klaren zu sein, zu einem Maulwurf geworden. Vielleicht hatte sich der Sicherheitsdienst über seinen Lifestream einen Zugang zu dieser Gruppe verschafft. Und wenn dem so war: War er dann nicht selbst, strukturell betrachtet, zu einer ferngesteuerten Drohne geworden? Und war es möglich, dass auch Slavojs Tod – wie die Selbsttötung von Castoriadis – eine Botschaft war, die an ihn adressiert war? All dies war so dunkel, wie die Ziele der Gruppe selbst rätselhaft waren. Tatsächlich schienen auch ihre Mitglieder sich nicht im Klaren darüber zu sein, worum es ging. Hörte er Tesla zu, so bestand das Ziel darin, die Grenzen des ECO-Systems durchlässiger zu machen, folgte er hingegen Gudrun, Gerrit und Coco, so ging es darum, das System *zur Kenntlichkeit zu entstellen* – und dies war nur möglich dadurch, dass man es mit einer spektakulären Situation herausforderte. Was sollte das sein?

Irgendwann kam Vittoria zu ihm auf die Terrasse heraus. Sie hatte sich umgezogen und trug jetzt ein schwarzes Jackett, das wie ein Kettenhemd aussah und ihr den Anschein einer Kriegerin gab. Wie beiläufig strich ihre Hand über sein Haar.

»Geht es dir gut?«

»Ja. Nein. Nur ein wenig Kopfschmerzen, das geht vorüber. Und dir?«

»Mir? Beschissen. Aber das ist jetzt nicht wichtig. Wir können hier nicht mehr bleiben, das ist zu gefährlich.«

»Das heißt, wir fahren zurück?«

»Heute Mittag noch.«

Sie schaute sich um, ob ihnen jemand zuhörte, dann ergriff sie, um ihren Worten Nachdruck zu verleihen, seine Hand. Sie flüsterte.

»Damian, hör mir gut zu! Coco, Gerrit und Gudrun sind überzeugt, dass all dies nur passiert ist, weil du hier bist. Sie halten dich für einen Agenten, den man in unsere Gruppe eingeschleust hat. Wenn Tesla und ich zugestimmt hätten – ach, ich will dir gar nichts weiter erzählen! Ich bitte dich nur: Sei vorsichtig! Wenn sie dir irgendetwas anbieten, schütte es irgendwohin, aber trink es nicht. Verstehst du?«

Wenig später hob eine große Geschäftigkeit an. Stimmen, Rufe, das Bellen des Hundes. Schritte, die treppauf, treppab eilten. Damian blieb noch eine Weile auf der Terrasse sitzen und unterzog sich einem Hirnstimulationsprogramm. Als es zu wirken begann und die Kopfschmerzen nachließen, ging er zurück ins Haus, stieg in den ersten Stock hoch und betrat die kleine Kammer, in der er geschlafen hatte. Alles sah genauso aus, wie er es verlassen hatte. Er packte seine Sachen zusammen und war gerade im Begriff, den Raum zu verlassen, als Gerrit in der Tür erschien.

»Hast du alles?«, fragte er.

»Ja. War ja nicht viel.«

Gerrit überkreuzte seine Arme, lehnte sich gegen den Türrahmen und schaute ihn prüfend an, von oben bis unten.

»Hast du eine Erklärung dafür, was mit Slavoj passiert ist?«

»Nein. Ich habe bis gestern ja nicht einmal gewusst, dass es diese Überwachungsdrohnen überhaupt gibt, geschweige denn, dass sie ...«

Er stockte.

»Was?«

»Dass sie einen Menschen töten können, ich meine, auf solch schreckliche Weise.«

»Du meinst, es hätte einen Unterschied gemacht, wenn er nicht dabei hätte zuschauen müssen?« Gerrits Stimme klang nun offen sarkastisch.

Damian sagte ausweichend: »Es muss schrecklich für ihn gewesen sein.«

Gerrit zündete sich eine Zigarette an, inhalierte und schaute ihn lange und durchdringend an.

»Irgendeiner deiner Kollegen hat dieses Ding programmiert. Wer weiß, vielleicht warst du es ja selbst.«

Damian zuckte mit den Achseln. »Ich weiß, du glaubst mir nicht. Aber ich kenne keinen in der *Social Design Planning Group,* der davon weiß. Vielleicht …«

»Jetzt bin ich aber neugierig.«

Gerrit hatte unwillkürlich einen Schritt auf Damian zu gemacht, wie ein Raubtier, bei dem alle Sehnen zum Sprung angespannt sind.

»So wie das *Penalty*-System funktioniert, hätte es dazu gar nicht kommen dürfen.«

»Wenn eure Führer nur davon wüssten, was an ihren Grenzen tagtäglich passiert …«, sagte Gerrit sarkastisch, »das würde sie schocken, nicht wahr?«

»Tut mir leid«, sagte Damian, »aber ich habe keine andere Erklärung dafür.«

Gerrit schüttelte den Kopf und machte einen Schritt zurück.

»Du weißt, dass du ein Glückskind bist, oder?«

Das war eine offene Drohung. Aber zugleich hatte Damian das erleichternde Gefühl, dass sich Vittorias Warnung damit erübrigt hatte.

»Nein«, sagte er, »das wusste ich nicht.«

*

Die Rückfahrt führte sie durch eine friedliche Landschaft, in der Straßenschilder anzeigten, dass Kühe die Straßen kreuzen könnten. Zwar war der alte BMW geräumig, doch für die fünf Mitfahrer viel zu eng. Tesla saß am Steuer, Gerrit auf dem Beifahrersitz, Coco, Vittoria und Damian auf der hinteren Bank. Gudrun war im Gutshof zurückgeblieben, wo sie mit den Mitgliedern einer Krakauer Zelle verabredet war. Jeder der Mitfahrer war in seine eigenen Gedanken vertieft. Nur als sie sich nach einigen Stunden Fahrt Berlin näherten, kam es zu einer kurzen Unterredung. Tesla sagte, man müsse nachdenken, wie man das Material, das sie mit Litwinow aufgenommen hätten, so schnell wie möglich öffentlich machen könne. Damit hätte man auch für die anstehende Zonen-Konferenz einen wertvollen Beitrag geleistet.

Coco, die bislang geschwiegen hatte, explodierte geradezu: »Was ist das für eine Scheiße?! Habt ihr nicht gesehen, was diese Schweine mit Slavoj angestellt haben? Wir brauchen keine Aufklärung, wir brauchen eine Aktion!«

»Was schlägst du vor?« Wie immer ließ Tesla keinerlei Regung erkennen.

»Wenn überhaupt, dann würde ich vorführen, wie diese Schweine Slavoj umgebracht haben!«

Damian, aber auch Vittoria warf Coco befremdete Blicke zu. Noch kurz vor der Fahrt hatte sie Vittoria gebeten, sich auf ihrem Lifestream Slavojs Sterben anschauen zu können. Damian hatte sie dabei beobachtet. Sie hatte keinerlei Regung gezeigt. Dass sie Slavojs Sterben jetzt als Material in die Schlacht werfen wollte, zeigte die gleiche Rücksichtslosigkeit, die sie als Fahrerin an den Tag gelegt hatte.

Zwischen Tesla, Gerrit und ihr entspann sich eine heftige Diskussion, bei der es um die Frage ging, ob ein solcher feiger Mord ungesühnt bleiben dürfe oder ob man die Gelegenheit nicht zu einem Gegenschlag nutzen müsse. Als Coco gegen die perfiden Unterdrückungsmechanismen *Nollets* zu wettern begann, wandte Damian ein, dass das *Penalty*-System insgesamt zu einem deutlichen Rückgang der Verbrechen geführt habe. Coco warf ihm einen hasserfüllten Blick zu und schaute dann demonstrativ aus dem Fenster. Tesla sagte, der Rückgang der Kriminalitätsrate sei unbestreitbar, gleichwohl sei das *Penalty*-System ein gutes Beispiel dafür, dass man die sozialen Kosten nach außen verlagere. Oder weshalb sonst habe man in der Zone Geheimgefängnisse errichtet? Litwinow selbst habe in einer solchen Anstalt, unter der Aufsicht des Gefängnispersonals, ja mit wissenschaftlicher Billigung geradezu, seine Untaten begangen.

»Hältst du das für richtig?«

Damian bereute bereits, dass er sich überhaupt eingemischt hatte. Sie würden, was immer er sagte, als Rechtfertigungsrede deuten. Also schwieg er.

In Berlin angekommen, bat Damian, an einer U-Bahn-Station aussteigen zu dürfen. Als der BMW im Verkehr des frühen Abends verschwunden war, nahm er statt der Bahn eine Limousine. Nach dem Erlebten erschien ihm dies ein unerhörter Luxus, zugleich spürte er, dass etwas zutiefst Beruhigendes davon ausging. Er nippte an seinem eisgekühlten Orangensaft und ließ das Geschehen der vergangenen Tage an sich vorüberziehen, so wie die schwarzen Häusermassen der abendlichen Stadt hinter den dunkel getönten Scheiben vorbeizogen. Wie lange war es her, dass Castoriadis vor seinen Augen zusammengebrochen war? Kaum eine Woche. Seit diesem Tag kam es ihm vor, als ob er mit jedem Schritt tiefer und tiefer in ein Labyrinth hineingeraten wäre. Hatte er geglaubt, einen Faden gefunden zu haben, der ihm heraushelfen würde, so hatte der sich sogleich mit einem anderen Faden verknäult, war letztlich ein unentwirrbares Geflecht von Ereignissen und Motivationen entstanden. Auf eine absurde, schwer zu beschreibende Weise hatte alles mit allem zu tun. So war das Handeln von Castoriadis nicht nur mit der Gruppe um Tesla und Vittoria, sondern auch mit Munro verknüpft, ebenso wie Castoriadis, wenngleich nur als Strohmann, für den plötzlichen Abfall seines eigenen Scores verantwortlich gewesen war. Dann wieder waren Dinge passiert, die er zunächst für einen Zufall gehalten hatte: wie zum Beispiel, dass Khan im Hause des Abu Dais bedroht worden war. Aber nach dem, was Justine berichtete, musste es hier eine geheime Verbindung geben, die über die Situation hinausreichte. Im Grunde war all dies so unerklärlich wie das Buch seines Vaters, das ihm Rosenberg geschenkt hatte. Der einzige Satz, den er verstanden hatte, war die Widmung gewesen: *Für Damian.* Was hatte Vittoria gesagt? Lies!

Ja, er hatte das Buch gelesen. Obwohl ihm vieles noch immer vage erschien, war die Kernaussage deutlich: Die Gesellschaften der Zukunft, so hatte sein Vater geschrieben, liefen Gefahr, einem *digitalen Faschismus* anheimzufallen. Dieses Denken unterscheide sich von den Totalitarismen des 20. Jahrhunderts darin, dass man keinen Führer benötige, ebenso wenig, wie es einer Ideologie bedürfe, um den Volkskörper zu einer schlagkräftigen Einheit zusammenzuschweißen. Der Klebstoff der künftigen Gesellschaft baue allein auf das Begehren, einen entfesselten Konsumismus, bei dem der Ernst des Lebens durch einen geradezu *heiligen Unernst* ersetzt werde. Aus dem totalen Krieg werde die totale Unterhaltung.

Ein Motiv, das der Text immer wieder bemühte, war das des Untoten. In dem Maße nämlich, in dem sich die Bürger dieser Weltsimulation dem Vergnügen hingäben, näherten sie sich einer vampiristischen Existenz an, entwickelten sie einen unstillbaren Durst nach dem Lebendigen, jener Essenz, die es ihnen gestatte, ihr Totenreich für das Leben zu halten. Merkwürdigerweise waren dies die Passagen, die Damian noch am nachvollziehbarsten fand. Auf jeden Fall waren sie sehr viel verständlicher als die Kapitel, die sich mit *Libidoökonomie* oder der *positiv eugenischen Apokalypse* beschäftigten. Aber was die unmittelbare Situation anbelangte, bot ihm das Buch keine Hilfestellung – außer dass er, wie im Traum, das dunkle Gefühl hegte, dass es die Lösung all seiner Fragen enthielt.

Rational betrachtet erschien ihm die Liste, die Castoriadis an

Olsen geschickt hatte, noch am plausibelsten. *Gedächtnisinduktion. EMP-Attacken. Identitätsdiebstahl. Unberechtigte Einsicht in einen persönlichen Lifestream. Widerrechtliche Aneignung von Score-Punkten.* Bis auf die Einpflanzung falscher Erinnerungen hatte sich alles bestätigt. Darüber hinaus war mit Slavojs Tod auch die *Überwindung des Penalty-Systems* hinzugekommen. Nach allem, was geschehen war, war eines klar: Er konnte sich fortan nicht mehr damit begnügen, den Ereignissen bloß hinterherzurennen, er würde eingreifen müssen.

6

§ 6. Jede Aktion, die der Mensch allein um seiner selbst willen tut, stellt einen Diebstahl an der Gemeinschaft dar. Die wahre Handlung läuft auf Austausch und Teilhabe hinaus. Nur in der Kommunikation entsteht Mehrwert. Geheimnis, Privatsphäre, Scham sind Relikte einer Vergangenheit, die es zu überwinden gilt. Stülpt sich die Privatsphäre nach außen, entblößt ihre Scham, zeigt ihr Scheitern, gewinnt die Gesellschaft Einsicht in die Mechanismen, die dem Glück aller im Weg stehen. Wir werden nicht den Verlust, sondern den Gewinn sozialisieren.

Am nächsten Morgen erwachte Damian in seinem eigenen Bett. Er hatte ein starkes Schlafmittel genommen und fühlte sich nach einem traumlosen Schlaf frisch und erholt. Beim Urinlassen kontrollierte er seine Gesundheitsdaten, dann seinen Score. Alles in bester Ordnung. Sogar die Schwellung an seiner Oberlippe war abgeklungen. Heute, das stand fest, würde er wieder in die Firma zurückkehren. Damian frühstückte und gab dem Drucker den Auftrag, die Statuette des Gottes Shiva auszudrucken. Tatsächlich erstaunte ihn die Alltäglichkeit des Geschehens: dass der Drucker, kaum dass er den Gedanken artikuliert hatte, unverzüglich losratterte, dass der kleine HomeBot ihm wie gewöhnlich eine Tasse Kaffee und ein weich gekochtes Ei brachte, dass die Nasszelle, als er sie betrat, mit ihrem ausgeklügelten Reinigungsprogramm loslegte. Selbst der Umstand, dass die Künstliche Intelligenz seiner Wohnung noch immer nicht gelernt hatte, bei Tageslicht die Jalousien zu öffnen, hatte etwas zutiefst Vertrauenerweckendes.

Als er auf den Balkon hinaustrat, fiel ihm auf, dass die ersten Blätter der Bäume eine gelbliche Färbung angenommen hatten. Der Himmel war von einer nüchternen Klarheit. Eine Weile stand er bloß und schaute zu, wie eine Drohne sich näherte, dann aber belieferte sie nicht ihn, sondern die Nachbarn mit einem kleinen Paket. Als ihn fröstelte, ging er zurück in die Wohnung. Er setzte sich an den Frühstückstisch, den der HomeBot abgeräumt hatte, und überflog die Nachrichten, die über Nacht eingegangen waren: Die Marsexpedition hatte ein Video geschickt, in dem sich die Astronauten für das Grußwort bedankten, das ihnen der beinahe neunzigjährige Raumfahrtpionier Robert Zubrin gesandt hatte. Dann schaute er sich eine interaktive Führung durch das Gewächshaus an, das die schon auf dem Mars befindlichen Roboter für die Astronauten vorbereitet hatten. Ohne dass er hätte sagen können, warum, rührte ihn der Anblick eines Tomatenstrauchs beinahe zu Tränen. Es kam ihm absurd vor, dass man auf einem fernen Wüstenplaneten ein solches Wunder zu bewirken vermochte, die unmittelbare Umgebung aber rätselhaft blieb. Warum hatte Slavoj sterben müssen? Zwar mochte er auf einer schwarzen Liste des Sicherheitsdienstes stehen – aber dann stellte sich die Frage, was dieser Sicherheitsdienst überhaupt für eine Funktion hatte. Wenn Leute wie Munro ihre Hauptaufgabe nicht darin sahen, die Zivilisation vor äußeren Feinden zu beschützen, worin dann? Was hatte Slavoj getan, dass man ihn vor seinen Augen wie ein lästiges Ungeziefer ausgelöscht hatte? Hatte Munro nicht angedeutet, dass auch Castoriadis, bevor man ihn kontaktiert hatte, nichts weiter als ein einfacher Angestellter der Firma gewesen war? Er dachte an Vittoria und an jenen Augenblick im Wald, da sie die Arme um ihn geschlungen hatte, wie ein Kind, das getröstet werden wollte.

Nicht alles, was hätte gesagt werden können, war gesagt worden. Im Spannungsfeld der Gruppe war es unmöglich gewesen, offen miteinander zu reden. Was, wenn er Vittoria anriefe und sich allein mit ihr unterhielte? Vielleicht würde sie sich ihm öffnen und erzählen, wie es um das Verhältnis der Gruppe zu Castoriadis bestellt war und worin genau seine Aufgabe bestanden hatte.

Möglicherweise hatte auch Castoriadis ihr vertraut. Als Damian sich noch einmal dessen Kontakte auf den Schirm zog, fand er diese Annahme bestätigt. Dort war tatsächlich eine Person mit dem Namen Vittoria Pezzi verzeichnet. Zurück in der Firma, hätte er vollen Zugriff auf *Nollets* Datenbank. So würde er sie aufspüren und sich mit ihr verabreden können. Nachdem er seine Uniform angelegt hatte, ließ Damian sich in die Firma kutschieren. Hatte er sich während der Fahrt ansonsten in Unterlagen des Tages vertieft, schaute er jetzt hinaus in das Treiben der Stadt. Als der Wagen an einem Fußgängerübergang hielt, glaubte er für einen kurzen Moment, im Menschengedränge Vittoria zu sehen, aber dann war es doch nur eine Täuschung.

*

Der Sicherheitsmann, der ihn noch vor zwei Tagen abgewiesen hatte, begrüßte ihn freundlich, ja geradezu ehrerbietig. Er werde abgeholt, er möge bitte einen Augenblick warten. Wie beim letzten Mal, als er mit der Psychologin reden und sich einer Desensibilisierung unterziehen musste, war seine Rückmeldung zur Arbeit mit einer Wiedereingliederungsprozedur verbunden. Allerdings war der Arzt, der ihn bei der letzten Untersuchung mit einer gewissen Kühle behandelt hatte, dieses Mal sehr viel umgänglicher. Eine Weile unterhielten sie sich über die bevorstehende Marsexpedition: wie lange es die Crew unter diesen Bedingungen wohl aushalten werde. Ihn habe die Besiedlung des Mars, sagte der Arzt, vor allem aus ethischen Gründen beschäftigt: Nicht bloß, dass sich hier erstmals die Chance einer zweiten Genesis auftue, darüber hinaus sei damit die entscheidende Frage verbunden, wie man sich Aliens gegenüber verhalte – wobei sich die Frage der Andersartigkeit nicht erst bei einer überlegenen Intelligenz, sondern schon auf der Ebene der Mikroben stelle.

»Sollen wir fremden Lebensformen den Einlass in unsere Atmosphäre gestatten?«

»Was würden Sie tun?«, fragte Damian.

»Aber selbstverständlich bin ich dafür, einfach deswegen, weil ich bei der grundlegenden Option Leben oder kein Leben immer für das Leben optieren würde, und sei es das einer Mikrobe.«

So zwanglos ihre Unterhaltung auch war, bemerkte Damian, dass er selbst bei allem, was er sagte und tat, eine gewisse Vorsicht walten ließ. Vielleicht war auch dieser Mann, so harmlos er scheinen mochte, ein Informant, der in den Diensten des Sicherheitsdienstes stand.

*

Als Damian den Gebäudetrakt betrat, in dem die *Social Design Planning Group* untergebracht war, traf er auf Carmen. Trotz aller zur Schau gestellten Freude schien sie eher verlegen, ihn zu sehen. Als sie ihm einen Kuss auf die Wange hauchte, stieg ihm der Geruch von frischem Holz in die Nase. Synthetische Düfte, das war eine, ja vielleicht die einzige Exzentrizität, die sich Carmen herausnahm. Ansonsten war sie makellos geschminkt, mit streng zusammengebundenem Haar, sorgsam gezupften Augenbrauen. Bevor Damian irgendetwas sagen konnte, begann sie in atemberaubender Geschwindigkeit draufloszuplappern: wie schwer es gewesen sei, die schrecklichen Bilder von Castoriadis aus dem Kopf zu bekommen. Immer wieder sei sie in der Nacht aufgeschreckt, und so habe sie ihre Desensibilisierungsprozedur gleich ein Dutzend Mal wiederholen müssen.

»Aber es ist doch großartig, dass wir wiederhergestellt sind«, sagte sie.

Damian nickte. Dennoch erkundigte er sich eingehend danach, welcher Art die Irregularitäten gewesen seien, die sie erlebt habe, ob sie in der Folge merkwürdige Botschaften oder Veränderungen an ihrem Score erlebt habe. Die Art und Weise, wie sie darauf antwortete, gab seiner Befürchtung Auftrieb, dass sie ein doppeltes Spiel spielen, ja dass sie möglicherweise von Munro in die Abteilung eingeschleust worden sein könnte. Denn was immer sie in die Nähe des Geschehens gerückt hätte, wies sie kategorisch von sich. Im Übrigen habe sie beantragt, in Zukunft von allen inquisitorischen Aufgaben entbunden zu werden. Tatsächlich hatte eine Unterredung, wie sie sie mit Castoriadis hatten führen wollen, keinerlei sanktionierenden Charakter. Trotz des abschreckenden Namens, der sich einer maschinellen Übersetzung von *inquiry* verdankte, war eine Inquisition nichts weiter als der Versuch, ein Mitglied der Organisation zu befragen, das irgendwie auffällig geworden war. Anders als die Organisationsformen des Dunklen Zeitalters, die sich verschiedenster Einschüchterungstechniken bedient hatten, gab es in den Inquisitionsregeln keinen Passus, der irgendeine Sanktion festgelegt hätte. Und so war die schlimmste Strafe eigentlich informeller Natur: dass eine solche Unterredung überhaupt stattfinden musste.

Nachdem sie ein paar Belanglosigkeiten ausgetauscht hatten, besuchte Damian eine Sitzung, die für den Vormittag anberaumt war. Eine Arbeitsgruppe hatte die Präsentation eines neuen Softwaremoduls vorbereitet, das im *Transcendence*-Projekt eine besondere Rolle spielen sollte. Dabei ging es um die Frage, ob man im Falle pornografischen Materials bestimmte körperliche Unzulänglichkeiten wie überbordende Bäuche, hängende Brüste oder Zellulitis retuschieren und statt der unerfreulichen Realität geschöntes Material nutzen könne. Khan hatte den Vorschlag abgelehnt, dennoch waren die Designer der Meinung, dass man den Nutzern zumindest die Option einräumen müsse. In Anbetracht der vorgebrachten Beispiele, die Greise und Greisinnen in allerlei eindeutigen, wenig erbaulichen Posen vorführten, war man der Meinung, dass dies eine gute Lösung sei. So würde man das Bild auf die jeweilige Zielgruppe einstellen können. Während die Diskussion hin und her ging, die Beispiele für allgemeine Erheiterung sorgten, ließ Damian seine Gedanken abschweifen. Er dachte an das Bild des Gekreuzigten, an Slavojs weißen Bauch und die Angst in der Stimme der kleinen Hure. In Anbetracht all dessen erschienen ihm die Dinge, die hier verhandelt wurden, geradezu frivol. Nein, der Ernstfall war nicht, was im Jenseits lag. Er war eingetroffen, nur hatten sie alle noch nicht Kenntnis davon genommen.

Es war nur eine Frage der Zeit, bis sich Munro melden und ihn befragen würde. Was sollte er sagen? Nein, die Frage musste anders lauten: Was sollte er tun? Eigentlich war dies der Augenblick, Khan ins Vertrauen zu ziehen. Khan war wahrscheinlich derjenige, der am besten über das Innenleben *Nollets* Bescheid wissen musste, immerhin hatte er *Nollet* mit gegründet. Seit dem *Vertigo*-Projekt jedoch hatte er sich zunehmend aus dem operativen Geschäft zurückgezogen. Vor Kurzem hatte ein junger Programmierer den Witz gemacht, dass Khan das *Resurrection*-Programm vor allem deshalb auf den Weg gebracht habe, um zu simulieren, dass er noch am Leben sei – und die Runde hatte herzlich über diese Bemerkung gelacht. Auch wenn er nur eine halbe Stunde entfernt in seiner kleinen Enklave lebte, schien Khan bereits wie der Bewohner einer anderen Welt. Insofern war es nicht ausgeschlossen, dass er über bestimmte Entwicklungen im Konzern nicht mehr unterrichtet war, ja schlimmer noch, dass ihm überhaupt das Interesse dafür abging. Und vielleicht war genau dies der Grund dafür, dass Gestalten wie Joseph Munro an Einfluss gewinnen konnten. Möglicherweise hatte der Sicherheitsdienst auch schon das Umfeld von Khan unterwandert. Wer sonst, wenn nicht Munro, hätte ihm Justines Video zuspielen können? Und über Justine wiederum hatten sie Zugriff auf Khan selbst. Möglicherweise war dies der Grund, weshalb Carlotta DiBroca ihn gebeten hatte, Khan nicht ins Vertrauen zu ziehen, was die Problematik des Scores anbelangte. Ja, wahrscheinlich war es sinnvoller, nicht Khan, sondern Carlotta DiBroca zurate zu ziehen.

Als die Sitzung vorüber war, ging Damian in Takao Tashimotos

Büro. Als er im Türrahmen auftauchte, erhob sich Takao, kam auf ihn zu und schloss ihn in die Arme. Zwar kannten sie einander schon seit Ewigkeiten, dennoch hatte Damian nie zuvor eine solche Gefühlsregung bei ihm erlebt. Ein begnadeter Programmierer, war er doch zugleich der klassische Nerd. Den Austausch von Gefühlsregungen schien er vor allem unter hydraulischen Gesichtspunkten zu betrachten, als eine faszinierende Maschine, die immer neue Rätsel aufgab und der man schon deswegen mit größtmöglicher Vorsicht begegnen musste. In gewisser Hinsicht sprach dieser Wesenszug auch Damian an, war es diese Zurückhaltung, die sie miteinander verband. Weil ihre gesamte Kommunikation sich ausschließlich auf fachlicher Ebene abspielte, hatte Damian erst nach Jahren der Zusammenarbeit – eher zufällig – erfahren, dass Takao verheiratet war und zwei Söhne hatte.

»Es freut mich, dass du wiederhergestellt bist«, sagte Takao, »ich habe mir schon Sorgen deinetwegen gemacht.«

»Warum?«

»Na ja, als ich gehört habe, dass du Score-Probleme hast ... Erst diese schreckliche Geschichte mit Castoriadis, dann du.«

»Das muss an meinem Kommunikator gelegen haben«, log Damian, »oder genauer, daran, dass in meiner Wohnung merkwürdige elektromagnetische Interferenzen aufgetreten sind.«

»Interessant«, sagte Takao, »wusste ja gar nicht, dass so etwas möglich ist.«

Für einen Moment herrschte eine verlegene Pause, dann fragte Takao, ob er vielleicht mit ihm essen gehen wolle. »Ja«, sagte Damian, »gern!« So gingen sie hinüber ins *Abbé Nollet,* das Restaurant, das für die Hierarchen reserviert war. Sie plauderten eine Weile über Belangloses, vor allem über das *Resurrection*-Programm, wie großartig Khans Inszenierung gewesen sei und welche Möglichkeiten sich damit auftäten. Khan, so erzählte Damian, habe ihn zu einem Ausflug in die Zone eingeladen, das sei das erste Mal gewesen, dass er drüben gewesen sei. Diese Bemerkung regte Takao zu mehreren Nachfragen an. Allerdings bezogen sie sich, wie zu erwarten, weniger auf die Zone als auf Khans Pläne in Bezug auf das *Transcendence*-Projekt. Dass Damian eine nähere Beziehung zu Khan unterhielt, schien Takao stolz zu machen. Er selbst sei, gestand Takao, in Khans Beisein so gehemmt, dass er, wann immer es zu einem Treffen gekommen sei, kein einziges Wort herausgebracht habe. Zwar halte er, wie er zu betonen nicht müde wurde, Khan für ein Genie, allerdings rühre seine besondere Wertschätzung vor allem von den technischen Innovationen her, die Khan initiiert habe. Der *andere Khan* hingegen kam ihm schlichtweg unverständlich, wenn nicht gar ausgesprochen unheimlich vor.

Noch niemals habe er, sagte Damian, so viele Sicherheitsleute auf einem Haufen gesehen. »Haben wir als Abteilung eigentlich jemals mit dem Sicherheitsdienst zu tun gehabt?«

»Nicht dass ich wüsste«, sagte Takao.

»Hast du Castoriadis eigentlich genauer gekannt?«

Genau genommen war diese Frage, die aus dem Nichts hervorgeschnellt kam, überflüssig, war ihr einziger Sinn, Takaos Verantwortung in den Vordergrund zu stellen und dabei herauszubekommen, ob Takao in Castoriadis' Beziehung zum Sicherheitsdienst eingeweiht war. Und Takao, der ein großartiger Systemanalytiker, aber kein großer Psychologe war, fiel darauf herein.

»Ja, natürlich, ich habe ihn schließlich eingestellt. Er kannte sich aus, hat die besten Referenzen gehabt. Aber ansonsten war er unauffällig, total unauffällig! Niemals hätte ich geahnt, dass er zu so was Schrecklichem in der Lage sein könnte!«

Ob denn Carmen ihn besser gekannt habe, wollte Damian wissen. Auch die Erwähnung ihres Namens schien Takao unangenehm zu sein.

»Aber nein! Im Übrigen ist Carmen – nicht wahr, du kennst sie doch! Bei Carmen geht es in erster Linie immer um Carmen.«

Auf Takaos Stirn hatte sich ein Schweißtropfen gebildet. Vor lauter Aufregung ließ er auch seinen Tintenfischsalat unberührt, ja begann mit seiner Gabel herumzufuchteln. Ganz offenbar plagte ihn ein schlechtes Gewissen.

»Woran eigentlich hat Carmen in den letzten Monaten gearbeitet?«

Das war eine hinterhältige Frage. Denn Damian wusste genau, dass Carmen eine Reihe von Dingen groß angekündigt, aber erbärmlich wenig eingelöst hatte. Dass man die Sitzung über den Umgang mit empathieunfähigen Spielern einberufen und zu diesem Zweck Olsen hinzugezogen hatte, hatte damit zu tun, dass Carmen die architektonische Dimension dieser Frage vollkommen unterschätzt und gemeinsam mit ihren Programmierern nur ein Flickwerk vorgelegt hatte, von dem sich alle Beteiligten, Takao eingeschlossen, mit Grausen abgewendet hatten.

Takao wand sich und sagte, sie müsse wohl noch die eine oder andere Erfahrung machen. Er saß, mit hochgezogenen Schultern, die Gabel noch immer in seiner Hand, und schaute Damian dabei zu, wie dieser in aller Seelenruhe seinen Fisch zerlegte. Als er damit fertig war, ließ Damian mit äußerster Beiläufigkeit seine nächste Attacke folgen.

»Vor ein paar Tagen hat sich jemand vom Sicherheitsdienst nach ihr erkundigt.«

»Jemand vom Sicherheitsdienst? Bist du sicher?«

»Ja, ein Mann namens Munro, Joseph Munro. Weißt du etwas über diesen Mann?«

Diesmal war Tashimoto aufrichtig überrascht, nein, dieser Name sage ihm nichts. Das, so war Damian überzeugt, war die Wahrheit. Ganz offenkundig wusste er nichts. So wechselte Damian das Thema und sagte, Khan habe ihn beauftragt, eine Recherche zu unternehmen, ob er für den Nachmittag das Terminal buchen könne. Diese Behauptung war eine glatte Lüge – und Damian war selbst überrascht, wie leicht sie ihm über die Lippen kam. Die Möglichkeit, dass Takao die Behauptung überprüfen würde, tendierte gegen null, Damian wiederum gab die Terminal-Recherche die Möglichkeit, auf einige der Fragen, die ihn beschäftigten, eine Antwort zu bekommen.

Das Terminal war ein besonders geschützter Bereich, der dem Nutzer einen Lesezugriff auf die gesamte *Nollet*-Datenbank erlaubte. Normalsterblichen war ein solcher Zugriff verwehrt, aber auch im Bereich der *Social Design Planning Group* wurde ein solches Ansinnen nicht häufig vorgebracht. Andererseits war es nicht allzu ungewöhnlich, insbesondere wenn es darum ging, historische Daten einzusehen, die aus der Zeit vor Chengs Verschlüsselungsalgorithmus stammten. Im Verlaufe des *Vertigo*-Projekts hatte Damian mehrfach ein solches Sicherheitszertifikat beantragen müssen. Insofern hegte Takao kein Misstrauen, sondern sagte, erfreut, ihm damit einen Gefallen erweisen zu können: »Selbstverständlich. Ich lasse dir gleich heute eine vierstündige Sitzung reservieren.«

Sie waren schon im Begriff, sich voneinander zu verabschieden, als Takao noch eine Frage aufbrachte.

»Ist es wahr, dass du uns verlassen möchtest, Damian?«

»Aber nein, wie kommst du darauf?«

Er habe gehört, sagte Takao, dass Khan ihm ein Angebot gemacht habe. Aber Damian wehrte ab. Es werde so viel geredet, im Übrigen könne er sich keine schönere Tätigkeit vorstellen als die, die er derzeit ausführe.

Um die Zeit, bis ihm das Terminal zur Verfügung stand, zu überbrücken, ging Damian in die *Penalty*-Abteilung und klopfte an Olsens Tür. Zu seiner Überraschung öffnete Olsen sogleich. Auch er schien erfreut, ihn zu sehen. Wie immer hatte er ein paar Delikatessen parat, den Fall einer Greisin etwa, die die Unterwäsche ihrer Mitbewohnerin mit Pheromonen behandelt und ihr auf diese Weise den gemeinsamen Schoßhund abspenstig gemacht hatte. »Es ist immer das Gleiche, Damian! Tiere, die unsere Rechtsordnung durcheinanderbringen.« Damian nickte, aber setzte dann seinerseits zu einigen Fragen an. Ob im *Penalty*-System die Exekution eines Delinquenten vorgesehen sei?

Olsen schien regelrecht entsetzt: »Um Gottes willen, Damian! Was sind das für Fragen? Das erinnert mich ja an die Liste, die mir der Herr, wie hieß er noch – Castoriadis geschickt hat? Nein, nein, das ist ganz unmöglich. Der Sinn all unserer Maßnahmen besteht darin, dass wir, indem wir frühzeitig und automatisch schon die geringsten Verstöße ahnden, jede schlimmere Tat im Keime ersticken.«

»Aber, wie ich gehört habe, gibt es Menschen, die extra in die Zone reisen, weil sie dort, als Sniper beispielsweise, ungestraft Menschen töten können.«

»Ja, das gibt es. Bedauerlicherweise. Aber das werden wir nicht ändern können. Für uns ist und bleibt die Zone ein rechtsfreier Raum.«

Damian hatte diese Antwort erwartet. Übergangslos fragte er nun, rein hypothetisch selbstverständlich, welche Bedeutung es für das Strafsystem habe, wenn die individuelle Verschlüsselung geknackt werden könne.

»Rein hypothetisch betrachtet, Damian, wäre das eine Katastrophe. Denn wenn sich eine Tat vom Täter abkoppelt, könnte man einen Unschuldigen für etwas büßen lassen, was er gar nicht verbrochen hat. Weil die gesamte Technik auf den Grundlagen der SymBios-Technologie beruht, also der Übertragung einer Empfindung auf einen anderen Menschen, könnte man die schrecklichsten Dinge anstellen: So könnte ein Vergewaltiger sein Opfer erleben lassen, was er gerade selbst bei diesem Vorgang empfindet, gruselig… Als Denkmöglichkeit hingegen: Faszinierend!«

»Unter der Voraussetzung, dass das möglich ist: Ist dann nicht der Kern des Systems selbst gefährdet? Und damit die ganze Gesellschaft?«

Jetzt aber war Olsen ernstlich besorgt und fragte, wie er auf all diese Horrorszenarios komme. Damian wiegelte ab und sagte, er habe nur über eine Bemerkung Einsteins nachdenken müssen, nach der man Probleme niemals mit derselben Denkweise lösen könne, durch die sie entstanden seien.

*

Mit dem Sicherheitszertifikat ausgestattet, nahm Damian den Fahrstuhl ins zweite Untergeschoss, wo sich, neben den Servern der Firma, auch das Terminal befand. Weil dieser Bereich als Reinraumzone galt, musste jeder Besucher zuallererst durch eine Luftschleuse hindurch. Hier wurden die auf Haut, Haar und Kleidung befindlichen groben Partikel abgesaugt. Nach der Dekontamination musste der Besucher die vorgeschriebene Schutzkleidung anlegen und eine Schleuse passieren, bei der der Sitz der Kleidung überprüft und eine weitere Luftreinigung vorgenommen wurde. Währenddessen verlas eine Frauenstimme die Verhaltensregeln: nicht husten, keine schnellen Bewegungen, das ausdrückliche Verbot, Mundschutz, Kopfbedeckung oder Handschuhe abzulegen. Nachdem eine weitere Sicherheitsschleuse das Sicherheitszertifikat überprüft und sichergestellt hatte, dass auch der Kommunikator ausgestellt war, gelangte man in einen großen kreisrunden Saal. Hier befanden sich verschiedene Arbeitsplätze, die noch mit Tastatureingabe arbeiteten. Es war, als ob man eine Zeitreise in die Vergangenheit anträte – gab es im Alltag doch niemanden mehr, der sich einer solch veralteten Technik bediente. In diesem Falle jedoch stellte dieser Anachronismus (ebenso wie die Luftreinhaltungsmaßnahmen, die die Datenspeicher schützten) eine besondere Sicherheitsmaßnahme dar. Lief die allgemeine Kommunikation über Satellit oder sonstige drahtlose Netzknoten, operierte man im Terminal über Kabel mit dem Datenkorpus – und zwar ohne jegliche Nutzungsbeschränkung. Der Preis dafür war, dass man sich das, was man hier in Erfahrung brachte, tatsächlich noch merken musste.

Damian mochte die Vorstellung, dass jedes Datum nicht in einer ortlosen Wolke vorlag, sondern an einem Ort zusammengefasst war. Als Damian das erste Mal von dem Slogan WIR SCHAFFEN DAS PARADIES AUF ERDEN gehört hatte, hatte er sonderbarerweise an das Terminal gedacht und all die Reinheitsvorkehrungen, die man ersonnen hatte, um diesen Ort vor aller Kontamination zu schützen.

Außer Damian war nur noch ein weiterer Besucher anwesend, der einmal kurz aufschaute, als Damian den Raum betrat. Um möglichst unbemerkt zu arbeiten, nahm Damian in einiger Entfernung Platz und loggte sich in das System ein. Zuallererst wurde ihm sein Mitarbeiterhologramm präsentiert. Er bestätigte, und die Suchmaske erschien auf dem Schirm. Um seine Suchabfragen unverdächtig erscheinen zu lassen, begann er mit einigen Abfragen, die auf Khans *Transcendence*-Projekt verwiesen. Danach aber tippte er den Suchbegriff *LIMES* ein, unter dem, wie der Sprecher im Film gesagt hatte, *Nollets* Drohnen-Grenzschutzprogramm firmierte. Tatsächlich fand er einige historische Dokumente. Sie stammten zumeist von privaten Sicherheitsfirmen, die wiederum aus speziellen Armeeeinheiten hervorgegangen waren. Er stieß auf Baupläne der verwendeten *Micro Air Vehicles,* aber keinerlei Memos oder Dokumente, die auf einen Exekutionsbefehl hingewiesen hätten. Das überraschte ihn. Selbst wenn geheimes Material zugangsbeschränkt gewesen wäre, hätte doch zumindest die ID des Datensatzes sowie das Speicherungsdatum sichtbar sein müssen, ebenso wie ein öffentlicher Titel sowie der Sperrvermerk. Aber nichts. Überhaupt war auffällig, dass seit dem 01.01.2033 keine Dokumente mehr verzeichnet waren, die sich auf das *LIMES*-Programm bezogen.

Als Nächstes gab er den Namen *JOSEPH MUNRO* ein. Zwar gab es ein gutes Dutzend Menschen dieses Namens, aber niemanden, der für den Sicherheitsdienst arbeitete. Immerhin wurde er fündig, als er Teslas Namen eingab, der, wie er bei dieser Gelegenheit erfuhr, in Wahrheit Jean-Pierre Arbogast hieß. Wie die Akte ergab, war er von Cheng höchstselbst eingestellt worden, aufgrund eines Aufsatzes, den er im Anschluss an ein Praktikum bei der *Gorilla Foundation* über die Kommunikation von Berggorillas geschrieben hatte. Dieses Detail war höchst merkwürdig. Insgesamt war seine Vita, die mit zahlreichen Sperrvermerken versehen war, doch eher die eines jungen Hackers, der, in großzügigen Verhältnissen im 16. Pariser Arrondissement aufgewachsen, zunächst gegen die Eltern, dann gegen alle Institutionen aufbegehrt hatte. So hatte man dem Dreizehnjährigen, der sich in den Schulcomputer eingeloggt, Noten verändert und Festplatten gelöscht hatte, angedroht, dass man ihn dem Jugendamt übergeben werde, eine Maßnahme, die die Löschung aller Jugendamtsdaten im Pariser Becken zur Folge hatte. Die vermögenden Eltern hatten ihn in diverse Internate gesteckt, bis er schließlich, seiner Hackerkenntnisse wegen, an einer Eliteuniversität aufgenommen worden war. Dank seines Textes über die Berggorillas hatte er als junger Kryptologe in der Abteilung von Cheng arbeiten können. Wenige Tage nach Chengs Rückzug hatte auch Tesla die Firma verlassen. Eine kurze Zeit hatte er mit einer Frau namens Vittoria Pezzi zusammengelebt. Aber weder ihr Name noch die Pseudonyme von Coco, Gerrit und Gudrun brachten verwertbare Ergebnisse.

Der Name *CASTORIADIS* wiederum förderte die Informationen zutage, die er schon kannte. Zudem gab es eine Datei, die das Signet des Sicherheitsdienstes trug und erst jüngst erstellt worden war. Als er sie öffnete, entdeckte er nur eine einzige Zahl, die, wie es ihm schien, die ID eines Spielers sein musste. Weil sein Kommunikator aus Sicherheitsgründen deaktiviert war, nahm er einen Kugelschreiber und notierte sich die Zahl auf seiner Handinnenfläche. Ansonsten war die Datei so leer, wie es Castoriadis' Zimmer gewesen war. Auch die Suche danach, ob es einen Bezug zwischen Khan und Castoriadis gab, blieb erfolglos.

Eigentlich wollte Damian schon aufstehen, als ihm der Gedanke kam, den Namen seines Vaters einzugeben: *WILLIAM CHRISTIE*. Die Akte, die er zutage förderte, war voluminös. Ja es schien geradezu, als ob alles, was sein Vater zu Lebzeiten getan oder geschrieben hatte, hier abgelegt worden wäre. Fotos, Videos, handgeschriebene Briefe oder Notizen; Damian entdeckte sogar ein paar Kinderzeichnungen, die von ihm stammten und die sein Vater in einem Ordner abgelegt hatte. Aber warum? Welche Bedeutung konnte ein Mann, der im Jahr 2017 aus dem Leben geschieden war, für die Firma haben?

Er überflog die verschiedenen Abschnitte und stieß auf mehrere Gutachten, die sich vor allem mit der Frage beschäftigten, welcher Art die Anziehungskraft sei, die Christies Denken auf Terroristen jeder Couleur ausübe. Ausgangspunkt war, dass ein ehemaliger Student Christies, der sich Hasan-i-Sabbah nannte, gegen den, wie er es nannte, *Imperialismus Nollets* agitiert und eine Reihe von Aktivisten um sich geschart hatte. Dabei hatte er eine Art Märtyrerkult propagiert, der nicht religiös, sondern existenziell begründet war und auf einen kleinen Text seines Vaters zurückging. »Ein Märtyrer«, so hieß es da, »ist im Wortsinne zunächst einmal ein *Zeuge* – und jede Definition von Zeugenschaft rekurriert auf eine Form des körperlichen Erlebens, wie etwa im Falle des Augenzeugen. Die Simulationstechnik hingegen ersetzt das körperliche durch ein virtuelles Erleben. Man kann sie mithin als eine Form der existenziellen Anästhesie auffassen.«

Schon beim Lesen hatte Damian Mühe gehabt, diese Passage zu verstehen, wie immer, wenn sein Vater die Etymologie bemüht hatte. Hasan-i-Sabbah und seine Gefolgsleute jedoch hatten keine Probleme mit dem Verständnis gehabt. Denn mit dieser Philosophie munitioniert, hatten die Mitglieder der Gruppe Anschläge auf die Infrastruktur, aber auch auf führende Mitglieder der Firma geplant. So war Hasan-i-Sabbah festgenommen worden, als er bei der Pressevorführung des *Amnesia*-Projekts versucht hatte, Khan mit einem selbst ausgedruckten Plastikrevolver umzubringen.

Die Motive Hasan-i-Sabbahs hatten die Ermittler vor einige

Rätsel gestellt. Offenkundig nämlich handelte es sich hier nicht um einen religiösen Wirrkopf, sondern um einen kühl denkenden Intellektuellen. So räumte er ein, dass es ihm nicht so sehr um die Tötung Khans als um die *Propaganda der Tat* gegangen sei, darum, in aller Öffentlichkeit ein markantes und lesbares Zeichen zu setzen. Khan hatte ihn nach seiner Festnahme mehrfach besucht, bis zu dem Tag, da man ihn tot in seiner Zelle aufgefunden hatte. Auch dieser Tod war ein Rätsel. Einiges schien auf eine Tötung hinzuweisen, die Ermittlungsbehörden hingegen behaupteten, es habe sich um einen als Tötung maskierten Selbstmord gehandelt.

Vor allem in der zweiten Generation der Untergrundkämpfer hätten die Texte Christies, so fuhr der Verfasser fort, eine »fatale Wirkung« gezeitigt, zeige sich, dass dieses Denken – mehr als Nationalismus und religiöser Dogmatismus – eine Gefahr für die Gesellschaftsordnung in sich trage.

Als Damian den Namen des Verfassers las, stockte ihm der Atem. Tatsächlich wollte er seinen Augen nicht trauen, sondern starrte nur ungläubig auf den Schriftzug, bis seine Augen zu tränen begannen. Michael T. Negroponte. Nein, das konnte nicht wahr sein! Was hatte Negroponte mit seinem Vater zu schaffen? Aber als er auf den Link klickte und Negropontes Bild auf dem Bildschirm erschien, war kein Zweifel mehr möglich. Niemand anderer als Negroponte, *sein* Negroponte, hatte diesen Artikel verfasst. Nach Luft ringend, schob er seinen Mundschutz beiseite. Die Überwachungskameras registrierten dieses Vergehen sofort und forderten ihn zum Verlassen des Raumes auf. Damian gehorchte, schloss die Suchmaske und verließ den Raum, unter den missbilligenden Blicken des anderen Besuchers, der, wie er beim Näherkommen erkannte, kein Mann, sondern eine Frau war.

Damian entschuldigte sich beim herbeigeeilten Sicherheitsoffizier, er habe eine plötzliche Atemnot erlitten.

»Sie wissen, dass dieser Vorfall gemeldet wird?«

»Ja.«

»Wenn Sie noch einmal hineinwollen, müssen Sie sich erneut dekontaminieren.«

»Nein, ich habe alles, was ich brauche.«

*

Schon als er aus dem Fahrstuhl trat, hatte er das Gefühl, dass ihm die Knie einknicken würden. »Negroponte«, pochte es in seinem Kopf, »Negroponte, Negroponte, Negroponte.« Der Gang über den Flur war eine Qual. Alle paar Meter kamen ihm Kollegen entgegen, die ihn begrüßten; schließlich erzählte ihm ein Architekt, den er vom *Vertigo*-Projekt kannte, lang und breit davon, wie man den Bundestag zu einer Spielszenerie umbauen wolle. Obwohl Damian versuchte, möglichst normal dreinzuschauen, war er überzeugt, dass man ihm am Gesicht ablesen musste, dass etwas aus der Spur geraten war. »Negroponte.« Als er sich losgeeist hatte, betrat er sein Büro und löste von innen den Verschlussmechanismus aus. Das hatte er nie zuvor getan. Vor einiger Zeit hatte man die Zimmer der Hierarchen mit einer neuartigen Magnetverschlüsselung versehen, aber trotzdem gab es niemanden, der sein Zimmer abgeschlossen hätte. Noch immer herrschte in den Räumen der Abteilung jene Zwanglosigkeit, wie man sie aus dem Silicon Valley importiert hatte. Jetzt, da er sich in seinen bequemen Bürostuhl sinken ließ, entluden sich all jene Fragen, die sich in den letzten Tagen in seinem Kopf zusammengeballt hatten. Der heftigste Einschlag rührte von der Entdeckung her, die er gerade im Terminal gemacht hatte.

Was hatte es zu bedeuten, dass ausgerechnet Negroponte ein Gutachten über seinen Vater verfasst hatte, ein Gutachten zudem, das vom Sicherheitsdienst in Auftrag gegeben worden war? Wenn schon seine Kinderzeichnungen Eingang in das Archiv gefunden hatten, gab es irgendeinen Anhalt dafür, dass er, Damian, nicht überwacht worden war? Aber warum? Er hatte doch niemals den geringsten Anlass gegeben, an seiner Loyalität der Firma gegenüber zu zweifeln. Oder war all dies nur deswegen geschehen, weil er den Namen Christie trug?

Er nahm eine Relax und starrte aus dem Fenster, dorthin, wo sich das alte Flughafenterminal in einer sanften Rundung öffnete. Ein kleines Elektromobil, das in der tief stehenden Sonne hell aufblitzte, kam vor einem der Terminals zum Stehen. Zwei Menschen, aus der Entfernung kaum größer als Insekten, entstiegen dem Gefährt und gingen ein paar Schritte, bis sie vom Schatten der Überdachung verschluckt wurden. Was war in den letzten Sitzungen mit Negroponte passiert? Gleich mehrere Bemerkungen kamen ihm in den Sinn, die im Lichte dieses Verdachts merkwürdig zweideutig klangen – Negropontes Zweifel etwa, dass Damian einer Sicherheitslücke auf die Spur gekommen war. Unheimlicher jedoch erschien ihm, dass Negroponte ihn über einen langen Zeitraum hinweg immer wieder hypnotisiert hatte. War es möglich, dass Negroponte ihm dabei irgendwelche Ideen oder Vorstellungen induziert hatte?

Auf dem Gang ertönten Schritte. Jemand drückte die Türklinke – und dann hörte er Takaos Stimme. »Damian, bist du da?«

Er hörte, wie es in seinen Ohren zu sausen begann. Für einen Moment war er versucht, Takao zu öffnen – aber als es ein zweites Mal klopfte, war diese Regung schon wieder erloschen. Stattdessen saß er erstarrt, mit angehaltenem Atem und wartete darauf, dass Takao wieder verschwand. Nein, wem auch immer er die Geschichte erzählen würde, er würde sie ihm nicht abnehmen. Hatte er bislang geglaubt, sich zumindest Negroponte anvertrauen zu können, schien es ihm nun, als ob er den Kontakt zur Realität verloren hätte, wie ein Astronaut, der sein Raumschiff verlassen hat und durch ein leeres Weltall taumelt. All die Instrumente, die ihm Orientierung verschafft hatten, waren nicht mehr da. Stattdessen Rätselbilder, die sich nicht auflösen ließen: der blutige Schweiß auf Castoriadis' Stirn, der seinen Fisch zerlegende Munro, Slavojs Gesichtszüge, zur Totenmaske gefroren.

Er schloss die Augen. Plötzlich, mit der Erinnerung an eine der Kinderzeichnungen, die er im Terminal zu Gesicht bekommen hatte, fielen ihm der Augenblick und die Umstände ein, da er sie gezeichnet hatte. Er war böse auf seinen Vater gewesen. Sein Vater hatte gesagt, dass er ihm nichts vorlesen könne, weil er arbeiten müsse, also hatte er sich unter seinen Schreibtisch gelegt und hatte sich seine eigene Geschichte ausgemalt. In dieser Geschichte kam seine Mutter vor, eine Katze und eines jener Riesenfässer, die den Eingang des großelterlichen Weingutes säumten. Und weil er böse war, hatte er auch seinen Vater, ganz klein, in ein solches Fass gestopft und mit dickem schwarzem Stift durchgestrichen. Später, als er ihm die Zeichnung gezeigt hatte, hatte sein Vater plötzlich zu weinen begonnen, und das hatte ihn so geängstigt, dass er in die Hosen gemacht hatte.

Sonderbar. Ein einziges Bild reichte aus, um eine längst vergessene, ja geradezu untergegangene Erinnerungsinsel wieder an die Oberfläche treiben zu lassen. Vielleicht war es das, was ihm fehlte: ein Gedanke, der all die unzusammenhängenden Einzelbilder in eine sinnvolle Ordnung überführte. Hatte nicht jeder dieser rätselhaften, scheinbar für sich stehenden Momente später doch eine Wirkung gehabt? Dass er die Amnesiakapsel ausgeleert hatte, war ihm, als er im Hygieneraum stand, wie eine ungeplante Aktion erschienen, später jedoch hatte diese Entscheidung dazu geführt, dass er Teslas Pille geschluckt hatte und mit den Aktivisten in Kontakt getreten war. Und wie häufig war er in den letzten Tagen seinem Vater begegnet?! Über Rosenberg, Munro, Tesla und Stepan, bis hin zu dem Augenblick, da er im Terminal das Dossier und Negropontes Namen gelesen hatte.

Vielleicht würde er, wie in dem Traum, aus dem er vorzeitig aufgewacht war, im Buch seines Vaters die Lösung finden. Was hatte Negroponte gesagt? *Wie gut, dass wir endlich von Ihrem Vater zu reden beginnen.* Diesen Satz im Ohr, rief er bei Negroponte an. Weil dieser nicht antwortete, hinterließ er ein Hologramm: »Sie haben gesagt, wie gut es sei, dass wir über meinen Vater zu reden begonnen hätten. Sie haben recht! Deswegen möchte ich bei nächster Gelegenheit auch über das Dossier sprechen, das Sie über meinen Vater verfasst haben.«

Als Damian sich wieder ein wenig beruhigt hatte, versuchte er, die Frage etwas methodischer anzugehen. Wenn Negroponte ihm während der Hypnosesitzungen tatsächlich Gedanken induziert hatte, so mussten diese Erinnerungssprenkel, im Vergleich zu den vitalen Erinnerungen, vergleichsweise brüchig sein. *Dass* eine solche Induktion grundsätzlich möglich war, stand außer Frage. Dies hatte der Pionier der modernen Hypnose, Milton H. Erickson, schon im 20. Jahrhundert vorgeführt.

Was war nun der Bereich, der ihm in seiner Erinnerung am fragilsten erschien? Damian musste nicht lange nachdenken, um eine Antwort zu finden: Es hatte mit dem Tod seiner Mutter zu tun. Während er im Glauben aufgewachsen war, dass sie infolge eines Hirnschlags gestorben sei, waren im Laufe der Therapie eine Reihe von Träumen aufgebrochen, alptraumartige Bilder, bei denen einer Frau eine Plastiktüte über den Kopf gestülpt wurde. All diese Bilder hatten sich immer merkwürdig unzugehörig angefühlt. Ganz abgesehen davon standen sie im Konflikt zu jenen sehr viel deutlicheren Erinnerungssprenkeln, die er an den Todestag seiner Mutter hatte. Schon am frühen Morgen hatte sie über Sehstörungen geklagt, dann hatten heftige Kopfschmerzen eingesetzt. Weil das Haus in der Medina schwer erreichbar war, hatten die Sanitäter seine Mutter mit einer Bahre durch die engen Gassen tragen müssen. Negroponte jedoch hatte sich von seinen Einwänden nicht abbringen lassen, sondern hatte sie als Beleg für seinen Widerstand und damit als Beweis gedeutet, dass irgendetwas Schreckliches passiert sein müsse. Mochten die Alpträume sich auch nicht auf den Todestag seiner Mutter beziehen, so musste doch *irgendetwas* Schreckliches in seiner Kindheit passiert sein. Aber was, wenn Negroponte versucht hatte, ihm eine falsche Erinnerung einzupflanzen? Dann hätte sich auch dieser Punkt auf Castoriadis' Liste bestätigt: die *Gedächtnisinduktion.*

Um eine Elektroenzephalografie zu machen, zog sich Damian eine Kappe über, legte sich auf den Boden und versetzte sich in eine Selbsthypnose. Er war nicht besonders geübt darin, aber nach einer Weile vermochte er sich den Alptraumbildern zu nähern. Tatsächlich spulte sich, als es so weit war, die Sequenz in seinem Kopf ab, weniger heftig als in den Träumen, aber immerhin. Das Programm, das sein Enzephalogramm zu einer Bildsequenz umrechnete, zeigte, als verwischtes, leicht geisterhaftes Bild, eine Sequenz, bei der eine Frau, deren Kopf sich unter einer Plastiktüte befand, um Atem rang. Um dies mit den vorhandenen Dateien abzugleichen, lud er das Video in ein Forensikprogramm, das die Sequenz mit dem vorhandenen Datenbestand abgleichen würde. Die darauffolgende Statusmeldung sagte ihm, die Mustererkennungsberechnung werde etwa vierzehn Stunden in Anspruch nehmen.

*

Um keinem seiner Kollegen über den Weg zu laufen, verließ Damian sein Büro erst, als es draußen schon dunkel war. Der Gedanke, in seine stille, verlassene Wohnung zurückzukehren, hatte etwas Beklemmendes, also mischte er sich, ohne irgendein bestimmtes Ziel, unter die Leute, die durch die Straßen flanierten. Schon von dem Augenblick, da er ins Freie hinausgetreten war, hatte er wieder das Gefühl, verfolgt zu werden. Wahrscheinlich war es nur eine Frage der Zeit, bis die Leute um Munro auf den Plan treten würden. Allerdings war es ihm lieber, wenn ein solches Zusammentreffen nicht daheim, sondern in der Öffentlichkeit stattfinden würde. Als er zufällig an einem Friseurladen vorbeiging, der damit warb, seine Kunden wie in der *alten Zeit* zu bedienen, betrat er das Geschäft. Wie ihm einfiel, spielte das Geschäft bei einer der *Vertigo*-Missionen eine Rolle, wurden hier neben einem klassischen Haarschnitt und der obligaten Rasur auch diverse Passwörter verteilt, mit denen der Spieler einen Zugriff auf Zusatz-Level erwarb.

Der Friseur war ein älterer, glatzköpfiger Herr, der einem alten Mafiafilm entsprungen zu sein schien und sich standesgemäß zuallererst über die Probleme der Abfallentsorgung äußerte. Womit er dienen könne, fragte der Friseur mit einem südländischen Akzent, und Damian sagte, er wünsche eine Rasur. Zunächst wurde sein Gesicht mit Dampf bearbeitet, dann folgten warme Kompressen. Während der Friseur die Rasierseife schlug, verbreitete sich der Geruch von Salbei. Jeder seiner Handgriffe war so selbstverständlich, dass die Kunstfertigkeit seiner Bewegungen gar nicht mehr ersichtlich war. Als Kind hatte Damian dem Friseur um die Ecke zugeschaut, wie er seine Kunden bediente, und der Anblick des Rasiermessers hatte ihm Gefühle von Angst und Bewunderung abgenötigt.

Irgendwann ertönte die Ladenklingel. Ein weiterer Kunde trat ein und nahm auf dem Nebensitz Platz. Als ihm Damian einen kurzen, prüfenden Blick zuwarf, setzte der Nachbar reflexhaft ein Lächeln auf. Sein makelloses weißes Gebiss wirkte in dem sonnengebräunten Gesicht geradezu unnatürlich, wie überhaupt sein ganzes Äußeres wie eine Verkleidung anmutete: der Siegelring, die sorgfältig manikürten Finger, die schwere Uhr am Handgelenk. Obwohl Damian sicher war, dass er diesen Mann nie zuvor gesehen hatte, war er überzeugt, dass er nicht zufällig hier war. Als das altmodische Telefon schrillte und der Friseur kurz in ein Gespräch verwickelt wurde, sagte sein Nachbar, diese Behandlung sei großartig, allein wie der Mann mit dem Messer umgehe, verrate den Künstler.

»Ja«, sagte Damian.

»Mir«, so fuhr der Mann fort, »dürfte man ein solches Rasiermesser nicht in die Hand geben, ich wäre eine Gefahr für die Menschheit. Nicht fachgemäß ausgeführt, kann ein Schnitt tödlich sein, auch wenn es sich alles in allem um einen durchaus gnädigen Tod handelt. Das können Metzger bestätigen, die Tiere schächten. Durchtrennte Halsschlagader, Hirn ohne Blut, nicht der mindeste Schmerz. Eigentlich perfekt!«

»In der Tat«, sagte Damian und versuchte ein tapferes Lächeln. War dieser Mann Teil des Levels oder war er von Munro zur Einschüchterung eingesetzt worden?

»Schreitet man rechtzeitig ein, kann die ärztliche Kunst das Leben des Betreffenden retten. Da gab es einen Arzt, Robert J. White, kennen Sie ihn? Der hat dies in mehreren aufsehenerregenden Experimenten gezeigt. Ihm ist es sogar gelungen, den Kopf eines Affen auf den Körper eines anderen zu verpflanzen, wobei Geschmack, Gesicht und so weiter erhalten geblieben sind. Die einzige Begleiterscheinung war, dass der Affe nach vollzogener Operation den Operateur immerfort beißen wollte.«

Zu Damians Erleichterung hatte der Friseur sein Telefonat beendet und wandte sich ihm wieder zu. Er beendete die Rasur und fächelte ihm anschließend kühle Luft zu. Ob er noch einen Haarschnitt wolle. Nein, erwiderte Damian, er sei bestens bedient.

*

Als Damian am Abend seine Wohnung betrat, hatte er das Gefühl, irgendetwas sei anders als sonst. Es dauerte einen kleinen Moment, bis er begriff, dass der kleine quäkende HomeBot sich nicht zu Wort gemeldet hatte. Er rief nach ihm, ohne Erfolg. Wahrscheinlich war er mit Putzarbeiten beschäftigt, eine Tätigkeit, die seine Kommunikationsfähigkeit vollständig blockierte. Damian nahm die kleine Shiva-Statue aus dem Drucker und reihte sie seiner Götterarmee ein. Weil der HomeBot sich nicht rührte, ging Damian selbst zum Kühlschrank, um sich einen eisgekühlten Orangensaft einzuschenken. Er trank das Glas in einem Zug aus. Er überprüfte seine Nachrichten, ob Negroponte sich gemeldet hatte. Es gab keine Neuigkeiten außer der, dass die Astronauten der Marsexpedition in drei Tagen in die Umlaufbahn des Planeten eintreten würden.

Er ging er in seinen Wellnesstrakt und entkleidete sich. Als er den Kleiderschrank öffnete, um einen Bademantel hervorzuholen, fiel ihm sein HomeBot entgegen. Irgendjemand hatte ihn mit einem Baseballschläger oder einem anderen Schlagwerkzeug traktiert. Der Kunststoff war gesprungen; der Kopf, nur noch an einem einzelnen Kabel hängend, pendelte vor seiner Brust. Der Anblick war so erbärmlich, dass Damian von einer Aufwallung von Mitgefühl heimgesucht wurde – schon der zweite Blick aber machte ihm klar, dass jede Liebesmüh vergeblich sein würde.

»Tut mir leid um deinen Bot«, vernahm er eine Männerstimme aus der Tiefe des Raums. Damian erstarrte und ließ den Bot fallen, der mit einem Scheppern auf dem Boden aufschlug. Beim Aufprall löste sich der Kopf vollends und schlitterte ein paar Meter über den Boden. Er kannte die Stimme des Mannes. Sie war hoch, ja fistelig, und als er in ihre Richtung schaute, sah er die Silhouette eines Hinterkopfes und wie sich der Mann, der es sich in seiner Entspannungsliege bequem gemacht hatte, mit einem leichten Ächzen erhob. Dann trat er aus dem Dunkel des Raumes in den magentafarbenen Schein des Aquariums.

Es war Gerrit.

Wie war er hereingekommen? Und weshalb war er hier?

»Ich weiß nicht, wie du dieses Gequassel aushalten konntest. Das hat so genervt, da hab ich ihm halt eins übergebraten.«

Obwohl in seinem Kopf eine Art Neuronensturm ausgebrochen war, versuchte sich Damian zu beherrschen: Er nahm den Bademantel, zog ihn über, knotete den Gürtel zu, so bedächtig, wie ihm seine zitternden Hände erlaubten.

»Warum bist du gekommen? Wissen Vittoria und Tesla, dass du hier bist?«

Gerrit verzog keine Miene. »Ich habe mich gefragt, wie man einem kleinen Wunsch etwas Nachdruck verleiht«, sagte er. »Und bin zu dem Schluss gekommen, dass es am besten ist, wenn ich das ganz persönlich mache.«

»Was ist das für ein kleiner Wunsch?«

Gerrit schwieg eine ganze Weile, ganz offenbar bereitete ihm dieser Auftritt Vergnügen. »Du weißt, dass ich dir nicht über den Weg traue, oder?«

»Warum bist du dann hier?«

»Weil es keinen Unterschied macht, ob ich dir traue oder nicht. Das Einzige, was mich interessiert, ist, dass du unserer kleinen Bitte nachkommst.«

»Was soll ich für euch tun?«

Gerrit bückte sich und hob den Kopf des HomeBots auf, betrachtete ihn und warf ihn dann urplötzlich in Damians Richtung. Damian war so überrascht, dass er ihn nicht auffangen konnte. Der Bot krachte gegen den Kleiderschrank und hinterließ eine Schramme im Lack.

»Vor allem solltest du besser aufpassen!«, sagte Gerrit und näherte sich langsam. Als er vor ihm stand, ein schlaksiger Mann, der ihn um Haupteslänge überragte, nahm er sein Kinn in die Hand, als wäre Damian ein Kind, dem eine Lektion erteilt werden müsste. »Wir wollen, dass alle Nutzer von *Nollet* über das, was auf einem bestimmten Nachrichtenkanal passiert, unterrichtet werden.«

»Du meinst, jeder Nutzer soll diesen Kanal abonnieren?«

»Ja, genau.«

»Du weißt, dass das nicht geht!«

Gerrit löste den Griff und beugte sich so weit vor, dass Damian seinen Atem auf der Haut spürte.

»Aber gewiss. Wenn man den Score eines Nutzers manipulieren kann, warum sollte das nicht auch mit seinem Nachrichten-Feed gehen?«

»Aber eine solche Funktionalität muss dem Kern inkorporiert werden.«

»Das ist schon passiert. Das Einzige, was fehlt, ist, dass jemand aus der *Social Design Planning Group* diesen Code zertifiziert. Und genau das ist deine Aufgabe.«

Gerrit gab ihm einen Klaps auf die Wange und schaute ihn unverwandt an.

Damian wusste, dass er recht hatte. Tesla hatte in Chengs Abteilung gearbeitet, er kannte die Architektur. Folglich war es keine unüberwindliche Schwierigkeit, dem Kern ein eigenes Programm zu injizieren. Wahrscheinlich war Castoriadis dabei eine ähnliche Funktion zugekommen, hatte er als autorisierter Mitarbeiter von *Nollet* seine Signatur daruntergesetzt.

»Haben wir uns verstanden?«

Bevor Damian etwas entgegnen konnte, erhielt er einen Schlag in die Magengrube. Er sackte sofort zusammen. Bevor er zu Boden ging, ließ Gerrit einen Tritt in seinen Unterleib folgen, der Damian fast das Bewusstsein raubte. Nach Luft ringend, wand er sich auf dem Boden.

Gerrit kniete sich neben ihn und sagte amüsiert: »Die Kunst besteht darin, dass man keine Spuren hinterlässt.«

Tatsächlich schien es, als hätten die Schläge Gerrits Aggressionspotenzial vollständig aufgebraucht, denn von nun an ging er vollkommen nüchtern, fast geschäftsmäßig vor. Er zog einen Taser hervor, wie auch Coco ihn schon getragen hatte, und drückte ab. Damian spürte, wie ein unerträglicher Schmerz seinen Körper durchzog.

Als er das Bewusstsein wiedererlangte, lag er in der Embryonalstellung zusammengekrümmt, schweißdurchnässt, mit Schmerzen im Unterleib und in den Brustwarzen, einer Hand, die zur Faust verkrampft war, und einem Unterschenkel, der sich grotesk vom Körper weggedreht hatte. Gerrit kniete über ihm und war dabei, ihm die Hände hinter seinem Rücken zu fesseln. Damian rang nach Luft, zugleich hatte er das absurde Gefühl, dass an seiner Unterlippe ein schweres Gewicht hing. Nachdem er ihm auch die Beine zusammengebunden hatte, zog Gerrit ihn an den Armen empor, lehnte seinen Rücken gegen den Kleiderschrank und verklebte ihm mit einem Packband den Mund. Damian versuchte zu schreien.

»Beruhig dich! Du brauchst deinen Atem noch.«

Dann holte Gerrit eine Sichtblende hervor und zog sie ihm über.

Mundtot, blind und bewegungsunfähig, spürte Damian, wie plötzlich alle Nervenzellen im Kopf gleichzeitig zu feuern begannen. Es war wie ein Echo jenes Schocks, mit dem ihn Gerrit schachmatt gesetzt hatte, nur dass er nicht in den Zustand der Bewusstlosigkeit fiel, sondern von einer ortlosen Angst überwältigt wurde. Was hatte Gerrit vor?

Stille.

Nach einer Weile war das Geräusch eines aufflammenden Streichholzes zu hören und wie Gerrit einmal tief inhalierte. Dann steckte er ihm eine brennende Zigarette ins Nasenloch. Rauch füllte seine Lunge. Ein zweites Streichholz flammte auf. Wenig später stöpselte Gerrit auch sein zweites Nasenloch mit einer Zigarette zu. Damian begann zu husten, verzweifelt rang er nach Luft. Der Rauch, die Atemnot und die konvulsivischen Hustenanfälle steigerten sich zu einer Todesangst. Er hörte, wie Gerrit den Raum verließ, Schritte, die sich entfernten, das Geräusch einer Tür. Dann Stille. Die Zigaretten waren fast abgebrannt, und der Filter wurde immer heißer. Bei jedem Versuch, sich zu bewegen, schnitten die Fesseln nur tiefer in seine Haut. Panisch rang Damian nach Luft, doch statt Sauerstoff strömte nur Rauch in seine Lunge. Als er schon glaubte zu ersticken, kam Gerrit zurück und zog die beiden Zigarettenstummel aus seinen Nasenlöchern. Er schob die Maske hoch und hielt ihm eine seiner kleinen Götterstatuen vors Gesicht.

»Hat das irgendeinen Sinn?«

Damian schüttelte den Kopf.

»Ist aber hübsch«, sagte er und wog die Statue in seiner Hand. Dann nahm er die Zigarettenschachtel und zündete eine weitere Zigarette an. Damian versuchte etwas zu sagen, aber wegen des Packbandes kam nur ein Lallen heraus. Gerrit drückte die Zigarette auf seiner Statue aus, dann schlug er ihm zweimal mit der flachen Hand ins Gesicht.

»Hast du begriffen, was es bedeutet, einer Forderung ein bisschen Nachdruck zu verleihen?«

Damian nickte. Gerrit löste seine Fesseln und riss ihm das Packband vom Gesicht.

»Du siehst beschissen aus. Du solltest duschen gehen!«

Damian folgte dem Befehl. Während das Wasser über sein Gesicht lief, fragte er sich, wie er Gerrit Paroli bieten oder entkommen könnte und ob Gerrit, wenn er die Dusche verließ, noch eine weitere Grausamkeit folgen lassen würde. Aber als er endlich aus der Dusche trat, war Gerrit nicht mehr im Raum. Als er einen Blick auf seine Datenbrille warf, um die Wohnungssensorik zu prüfen, sah er, dass Gerrit seinen Kommunikator deaktiviert hatte. Was hatte das zu bedeuten? War er noch da? Vorsichtig, stets darauf gefasst, aus dem Nichts attackiert zu werden, ging Damian von Raum zu Raum und überprüfte, ob sich Gerrit irgendwo versteckt hielt. Nein, es war niemand mehr da, er war mutterseelenallein.

7

§ 7. Was die Bibliotheken für die Zivilisation bedeutet haben, wird der Genpool für unsere Zukunft bedeuten. Der ungezügelten, unkontrollierten Verbreitung minderwertigen Materials muss ein Riegel vorgeschoben werden. Gelingt es uns, die Geißeln der Menschheit (Dummheit, Neid, Niedertracht, Gewalttätigkeit) auf genetischem Wege einzudämmen, heben wir den Stand der Zivilisation. So wie die kapitalistische Gesellschaft die Produkthaftung eingeführt hat, müssen wir den Reproduktionsvorgang als Sache der Gemeinschaft auffassen. Die genetische Kontrolle und Optimierung des Nachwuchses ist mithin Bürgerpflicht. Diese Pflicht ergibt sich schon aus den gestiegenen Anforderungen an die Denkleistung, die die informatische Revolution mit sich gebracht hat. Wenn die Menschheit eine Zukunft hat, so gehört sie dem *Homo digitalis,* der informationsverarbeitenden Wesenheit.

Am folgenden Morgen fühlte sich sein Körper an wie ein Trümmerfeld. Jeder Atemzug versetzte ihm einen Stich, er hustete und spuckte Blut. Da der HomeBot seinen Geist aufgegeben hatte, fiel der morgendliche Kaffee aus, auch die Präparate, die ihm sein MediBot wegen eines *bedenklichen Abfalls seines Gesamtzustandes* verschrieben hatte, waren nicht aufzufinden. Jeder einzelne Muskel schmerzte, und so kostete ihn der Weg ins Bad eine geschlagene halbe Stunde. Seinem Befinden nach hatte er erwartet, im Spiegel einem Gespenst gegenüberzustehen. Abgesehen von seiner wächsern bleichen Gesichtsfarbe jedoch war nichts Ungewöhnliches zu sehen. Gerrit hatte ganze Arbeit geleistet. Keiner seiner Schläge hatte eine Spur auf Damians Körper hinterlassen. Auch sein Lifestream war für einige Stunden deaktiviert worden, folglich gab es keinerlei Beweis, dass überhaupt etwas vorgefallen war.

Die Erinnerung an den gestrigen Abend versetzte ihn in Panik. Seit er die St Edwards Boarding School in Oxford verlassen hatte, hatte ihn niemand mehr körperlich attackiert. Vor allem irritierte ihn, dass Gerrit seine Attacken ungestraft hatte ausführen können. Offenkundig war es der Gruppe nicht nur gelungen, den Score zu deaktivieren, sie hatten es auch fertiggebracht, das *Penalty*-System zu umgehen. Auch dies war ein Tabubruch – basierte die Vertrauensseligkeit, mit der die Menschen einander begegneten, doch darauf, dass jedermann wusste, dass ihm körperlich nichts zuleide getan werden konnte. Gerrits Attacke aber hatte dies widerlegt. Er dachte an Vittoria und fragte sich, ob sie diese Attacke gebilligt hatte. Es war müßig, darüber nachzudenken, denn der Wunsch, dem Gerrit Nachdruck hatte verleihen wollen, war unmissverständlich. Wie er gesagt hatte, fanden sich in dem Kanal, den Tesla ihm eingerichtet hatte, genaue Instruktionen, welche Datei er mit seinem Zertifikat versehen sollte.

Weil ihm der Gedanke, in die Firma zu fahren, in seiner jetzigen Lage undenkbar erschien, rief er Takao an und erklärte ihm hustend, er werde heute von zu Hause aus arbeiten.

In einem plötzlichen Anflug von Sehnsucht verspürte er das Bedürfnis, mit Justine zu reden. Sie war nicht erreichbar, also hinterließ er ein Hologramm, nahm eine Relax und legte sich anschließend in sein Solebad. Im Schwebezustand lösten sich die Schmerzen etwas, war er erstmals fähig, einen klaren Gedanken zu fassen. Was war in den letzten Tagen alles passiert? Dabei stellte Gerrits Attacke, allen Schmerzen zum Trotz, noch eine relativ leicht zu durchschauende Begebenheit dar. In diesem Szenario war Damian nichts weiter als ein Rädchen im Getriebe, jemand, der über ein gewisses Datenprivileg verfügte und den man aus diesem Grund benötigte. Ein nützlicher Idiot, nicht mehr. Weit rätselhafter als Gerrits Verhalten schien ihm die Frage, welche Rolle der

Sicherheitsdienst bei alledem spielte. Ganz offenbar passte diesen Leuten, wenn er Munro richtig verstanden hatte, die Annäherung an die Zone nicht, handelte es sich hier um Hardliner, die an einer klaren Abgrenzung interessiert waren. So hatte man hinter dem Rücken der Verantwortlichen das *LIMES*-Programm wohl dahingehend modifiziert, dass die Grenzanlagen nicht bloß der Abschreckung dienten, sondern tatsächlich einen Todeszaun darstellten. Die Gruppe um Tesla hatte diesen Missbrauch entdeckt – und wahrscheinlich war dies auch dem Sicherheitsdienst nicht entgangen. Ein solcher Konflikt würde die Tötung Slavojs erklären – sie war als Warnung an die Gruppe gedacht, dass man über Mittel und Wege verfüge, nicht nur hilflose Immigranten, sondern jeden beliebigen Bewohner der Zivilisation zu exekutieren. Aber was hatte er, Damian Christie, mit alledem zu schaffen? Dass man Dossiers über seinen Vater angelegt hatte, mochte vielleicht noch plausibel sein, aber wieso hatte man den Verfasser eines solchen Dossiers auch auf ihn angesetzt? Genau dies war der Punkt, an dem all die Erklärungsversuche sich im Absurden verloren.

Auf jeden Fall würde er DiBroca informieren müssen. Denn dass nicht nur der Score, sondern auch das Strafsystem der Gesellschaft außer Kraft gesetzt werden konnte, stellte einen geradezu tödlichen Anschlag auf das Gesellschaftssystem dar.

»Du bist es«, sagte sie, als hätte sie seinen Anruf erwartet, und dann: »Was kann ich für dich tun, Damian?«

»Ich hätte mich nicht gemeldet, wenn es nicht wirklich wichtig wäre. Ich muss dich sprechen«, sagte er, »allerdings nicht über die Holografie.«

»Ich bin im Augenblick noch beschäftigt, aber wenn es wichtig ist …«

»Ja, es ist wichtig, wirklich wichtig!«

Sie könnten einander am späten Nachmittag sehen, sie habe jetzt noch eine Besprechung mit einem Künstler, der für die Feierlichkeiten einen Raum eingerichtet habe. Wenn er gegen fünf im Museum vorbeischaue, könne sie sich eine Stunde Zeit für ihn nehmen.

Als er seinem Solebad entstiegen war und sich angekleidet hatte, ging es ihm besser. Der Reizhusten hatte sich gelegt, auch das Gehen war bloß schmerzhaft. Nach einem wehmütigen Blick auf die Überreste seines HomeBots gab er eine Bestellung für ein neues Exemplar auf. Wie ihm die Künstliche Intelligenz des Lieferanten sagte, sei die historische Ausführung, die er wünsche, nicht mehr lieferbar, aufgrund der Kriegswirren sei die Software kontaminiert. Man könne ihm aber, wenn er auf einer historischen Version beharre, ein Exemplar aus der *Amnesia*-Kollektion schicken. Er könne schon in der nächsten Stunde mit einer Lieferung rechnen.

Obwohl er sich etwas aufdringlich vorkam, versuchte er es noch einmal bei Justine. Vergeblich. Vielleicht war die familiäre Situation weiter eskaliert, vielleicht war aber auch das Gegenteil passiert. In jedem Fall musste, Justines Ankündigung gemäß, Rosenberg eingetroffen sein. Um die Wartezeit zu vertreiben, studierte Damian, was es Neues in seinem Newsfeed zu lesen gab. Als Erstes poppte eine dieser merkwürdigen Botschaften auf, die er schon mehrfach erhalten hatte. *»Der Konsument, der Untote aus einer anderen Welt, vampiristisch, gefräßig, von geradezu bösartiger Banalität.«* Dann fand er einen längeren Bericht über die Zonen-Konferenz, die in ein paar Tagen in der Mongolei stattfinden sollte. Er erinnerte sich: Stepan hatte davon erzählt. Beim Blick auf das Programm traf er auf viele ihm unbekannte Namen, entdeckte aber, dass Khan, als Hauptredner, die Konferenz eröffnen würde. Ein weiterer Bericht betraf die Schäden, die der Wirbelsturm Stanley im Bundesstaat New Jersey angerichtet hatte. Hier wurde lobend erwähnt, dass der Einsatz der *gewöhnlichen Spieler* überaus erfolgreich gewesen war. Von der Marsexpedition gab es, über die Tatsache hinaus, dass alles planmäßig verlief, nichts Neues. Die Suchanfrage, ob es in der Gegend von Lemberg zu einem Grenzzwischenfall gekommen war, ergab keinen Treffer. Gerade als Damian überprüfen wollte, ob Negroponte seine Nachricht abgerufen hatte, erhielt er ein kleines Schreiben von ihm. Ja, sie könnten außerplanmäßig ein Treffen vereinbaren. Allerdings wäre es ihm lieb, an seinem freien Tag zumindest seinen gewohnten Tagesablauf beizubehalten, insofern wäre es passend, wenn Damian ihn nicht in seiner Praxis, sondern in der Biosphäre des Botanischen Gartens träfe. Damian überlegte, ob er Negroponte holografisch kontaktieren sollte, aber da hörte er schon das Surren der Drohne, die den bestellten HomeBot auf dem Balkon deponierte. Er packte das Paket aus und ließ das Initialisierungsprogramm laufen. Dann begann der neue HomeBot, eine sehr viel schweigsamere Kreatur, sein Tagewerk damit, dass er die Überreste seines Vorgängers entsorgte.

Weil noch Zeit war, recherchierte er in der *Nollet*-Datenbank nach Vittorias Adresse. Sie wohnte, wie er über die Satellitenansicht sah, in einem heruntergekommenen Stadtviertel, an dem sämtliche Gentrifizierungsmaßnahmen vorübergegangen waren. Da der Datenbankeintrag auch ihre ID ausspuckte, rief er sie kurzerhand an. Schon als sie sich meldete, grußlos und ohne ihren Namen zu nennen, registrierte er, dass sie gehetzt war.

»Hier spricht Damian.«

»Ist das eine gute Idee, mich anzurufen?«

»Ich würde dich gerne sehen. Allein.«

»Schlag was vor. Vielleicht bin ich da.«

»Sieben Uhr. Ich habe zuvor einen Termin im Völkerkundemuseum. Da gibt's ein Café.«

»Ja, hab's verstanden«, sagte sie knapp und legte auf.

Er war sich nicht sicher, ob es eine gute Idee war, sie zu treffen. Andererseits war sie der einzige Mensch, der ihm etwas über Castoriadis sagen konnte.

*

Kurz vor fünf stand eine Limousine vor der Tür. Sie fuhr zum ehemaligen Völkerkundemuseum, wo ein weiterer Festakt zur Überwindung des Dunklen Zeitalters stattfinden sollte. DiBrocas Assistentin nahm ihn in Empfang und sagte, DiBroca sei noch im Gespräch mit dem Künstler, sie habe aber darum gebeten, ihn sogleich zu ihr zu führen. Sie gingen durch einige Säle, in denen alte Gemälde hingen, bis zu einer Raumschleuse, die ganz verdunkelt war.

»Hier ist es«, sagte sie, »irgendwo dort drüben müssten sie sein.«

Im Saal war es so finster, dass Damian eine Weile brauchte, um sich zurechtzufinden. Allein die Stimmen, die aus der Tiefe des Raums drangen, boten ihm Orientierung, und so schritt er in ihre Richtung, bis sich zwei Gestalten aus der Schwärze herauslösten. Da stand DiBroca im Gespräch mit einem älteren, bärtigen Herrn, den sie als guten Freund, vor allem aber als *Schöpfer dieses wunderbaren Raumes* vorstellte.

»Wie gefällt dir das, Damian? Die Kirche des Lichts.«

»Bitte?«

»Ich meine, wenn du einen Titel für diesen Raum wählen solltest?«

»Ich weiß nicht, es ist ziemlich dunkel hier.«

Der ältere Herr, der überaus korpulent war, sagte, in einigen Minuten würden sie in jenen Zustand hineingeraten, den er beim Fliegen erstmals erfahren habe, in der Frühe, wenn man aus der Tiefe der Nacht in die Morgenröte hineinsteuere. Irgendwann sei da der Augenblick, da das Licht eine solch blendende Helligkeit annehme, dass man nicht mehr hindurchsehen, sondern nur noch die Materialität des Lichts wahrnehmen könne.

»Ist das nicht wunderbar?«, sagte DiBroca. »James sagt immer: ›Wir essen das Licht, es ist eine Nahrung, die sich in unserem Körper zu Vitamin D verwandelt.‹ Und er hat recht. Komm, lass uns gemeinsam hier sitzen. Und du erzählst, was du mir erzählen wolltest.«

Sie machte eine Handbewegung ins Dunkel hinein. Ein junger Mann erschien und baute zwei Stühle für sie auf. James sagte, er werde sie jetzt allein lassen, küsste Carlotta DiBroca auf beide Wangen und sagte, zu Damian gewandt:

»Achten Sie darauf. Das Licht merkt, wenn Sie es anschauen.«

Sie setzten sich. DiBroca sagte, er möge nur ein paar Minuten Geduld haben, dann werde sie ihm ihre ganze Aufmerksamkeit widmen. Dabei legte sie ihre Hand auf seinen Arm und sagte: »Denk an nichts. Alles ist wunderbar. Du musst es nur auf dich wirken lassen!«

Während er saß und zuschaute, wie sich das Dunkel zu einer künstlichen Morgenröte wandelte, versuchte sich Damian all die Dinge zurechtzulegen, die seit dem Vorfall mit Castoriadis vorgefallen waren. Plötzlich erschien mit einer geradezu körperlichen Wucht eine helle, undurchdringliche Sonnenwand vor ihnen.

»So hätte man den Jahrestag zur Überwindung des Dunklen Zeitalters feiern sollen, nicht mit einer Rede. Und wenn wir die passende Musik dazu hätten, wie großartig wäre das doch!«

DiBroca gab ein fast schwärmerisches Seufzen von sich.

»Und jetzt erzählst du mir, was dir auf dem Herzen liegt.«

Damian fand es angenehm, dass sie nebeneinandersaßen und er ihr nicht ins Gesicht blicken musste. Er begann bei dem Vorfall mit Castoriadis, der Tatsache, dass er, einem merkwürdigen Impuls folgend, seine Amnesiakapsel nicht geschluckt habe, bis hin zu all den Entdeckungen, die er bei seinen Recherchen im Terminal gemacht hatte. Er erzählte von Munro, Tesla, Vittoria und davon, was in Lemberg passiert war, von Slavojs Tod und Negropontes Gutachten. Er erzählte auch, dass er glaube, dass man Khan bei der bevorstehenden Konferenz ermorden wolle, und dass wahrscheinlich die Leute des Sicherheitsdienstes, Männer vom Schlage eines Joseph Munro, dahintersteckten. Er jedenfalls habe eine verdächtige Akte gefunden, die eindeutig belege, dass man Khan überwacht habe. Und schließlich erzählte er auch von dem nächtlichen Besuch Gerrits, seiner Forderung, dem System einen neuen Nachrichtenfeed hinzuzufügen, und dass er bei dieser Gelegenheit herausgefunden habe, dass es gelungen sei, das *Penalty*-System zu umgehen.

»Das ist die ganze Geschichte, Carlotta.«

DiBroca atmete einmal tief ein – und er sah, wie ihre schmale Hand das Handgelenk der anderen fest umfasste, so als müsste sie sich beruhigen. Eine ganze Weile sagte sie nichts.

»Es muss schrecklich gewesen sein«, sagte sie schließlich, »ich kann dir gar nicht sagen, wie dankbar ich dir dafür bin. Dass du dich nicht mit einfachen Erklärungen zufriedengegeben, sondern dass du nachgeforscht hast.«

»Du glaubst mir also?«

»Aber natürlich glaube ich dir. Denn auch wenn wir, aus Sicherheitsgründen, nicht alles breitgetreten haben, so hat es doch immer wieder, selbst aus unseren Reihen heraus, Anschläge gegeben. Man hat einen Repräsentanten entführt, einen Satelliten beschädigt, ein Grenzgebiet bombardiert. Da sitzt du monatelang mit einem Menschen zusammen, nur um anschließend zu erfahren, dass er alles, was du ihm anvertraut hast, an unsere Feinde verraten hat. Und du fragst dich: Warum nur? Was hat dieser Mensch für ein Interesse daran, diesen Ort des Lichts zu verdunkeln? Aber dann begreifst du, es ist die menschliche Natur: Niedertracht, Rachsucht, etwas zutiefst Paradoxes. Letztlich habe ich aufgehört, die Motivationen ergründen zu wollen.«

DiBroca schwieg. Dann fragte sie, ganz unvermittelt: »Weißt du, worin die größte Gefahr für uns besteht, Damian?«

»Nein.«

»Die größte Gefahr ist der Erfolg. Dass wir es geschafft haben, die Geißeln des Dunklen Zeitalters zu besiegen. Dass wir die Frage der Energie in den Griff bekommen haben, dass wir unserer Welt ein schönes und menschliches Antlitz verleihen konnten. Dieser Erfolg, der einhergeht mit einer technologischen Überlegenheit, macht unsere Feinde neidisch, vor allem aber stellt er die Legitimität ihrer eigenen Gewalt- und Terrorherrschaft infrage. Deswegen sind sie bestrebt, auch bei uns Gewalt und Terror zu säen. Das Böse, Damian, funktioniert wie ein Virus. Ein Virus existiert nicht für sich allein. Er braucht einen Wirt, eine gesunde Zelle, in die er sich einschmuggeln kann. Das Fatale ist: Während wir Generationen brauchen, um unseren Gencode zu mischen, reproduziert sich ein Virus alle zwanzig Minuten. Haben ein paar dieser Viren eine Zelle angegriffen, so löst sich ihre Schutzhülle auf, vermischen sie sich, so schnell, dass das Böse noch bösartiger, effizienter und gefährlicher wird. Was du in Lemberg erlebt hast, mit diesem schrecklichen Litwinow, ist kein Einzelfall. Die Menschen, die vom Bösen infiziert worden sind, begnügen sich nicht damit, ein Verbrechen bloß auf spielerische Weise zu begehen, sie wollen mehr. Und dann gehen sie nach Tripoli und legen sich dort, gegen Bezahlung, auf die Lauer, um harmlose Menschen totzuschießen. Und weißt du, wer diese kleinen Touren organisiert?«

»Nein.«

»Der Mann, den du dort kennengelernt hast, Rosenberg.«

Damian schwieg betroffen.

»Das Böse, Damian, kann tausenderlei Formen annehmen. Denn es muss sich nicht um Ordnung bekümmern. Es nährt sich, wie ein Vampir, von allem, was lebt. Und wir können niemals sicher sein, dass es nicht auch uns selber befällt. Ich glaube, das ist der Grund, warum ich diesen Raum habe einrichten lassen: als Erinnerung, dass wir nicht dem Dunkel, sondern einer Morgenröte entgegensehen.«

»Aber was ist mit dem Sicherheitsdienst?«

Carlotta DiBroca sah ihn ernst an und sagte, man müsse dieser Frage nachgehen. Von Anbeginn sei der Sicherheitsdienst ein Sorgenkind der Gesellschaft gewesen, einfach deswegen, weil man hier auf Spezialisten mit zweifelhaftem Hintergrund zurückgreifen müsse. Munro beispielsweise, mit dem sie schon einmal auf höchst unerfreuliche Weise zusammengestoßen sei, habe seine Karriere beim britischen MI6 gemacht und sei schon damals in einen Skandal verwickelt gewesen. Wer weiß, vielleicht hätten all die Bemühungen um eine bessere Welt bei ihm nicht gefruchtet, vielleicht habe auch er dem Virus des Bösen nicht widerstehen können.

»Aber wie kann das ECO-System sicherstellen, dass es nicht von innen unterwandert wird? Und wie können wir sicher sein, dass das nicht schon geschehen ist, in einem Maße, das alle Befürchtungen übertrifft?«

»Du hast recht!« DiBroca nickte. Das alles klinge geradezu alarmierend. Das Einzige, was sie beruhige, sei der Umstand, dass mit der Bevölkerung ein Rückfall ins Dunkle Zeitalter ausgeschlossen sei.

»Aber gibt es etwas Gefährlicheres als eine Verschwörung, die im Kern des Systems stattfindet?«

DiBroca nickte. Ja, man müsse etwas tun. Vor allem müsse die Konferenz mit den Zonenvertretern ein Erfolg werden. Khan habe sich für diese Konferenz starkgemacht, dafür, dass man den Ländern der Zone Gelegenheit gebe, den Score als Währung zu übernehmen und damit mittelfristig selbst Teil der Zivilisation zu werden.

Einen kurzen Moment hielt sie inne, als ob ihr gerade ein Gedanke käme.

»Was hältst du davon, Damian, wenn du mich zu dieser Konferenz begleitest?«

Damian wollte etwas einwenden, aber DiBroca ließ keinen Widerspruch gelten. Bislang sei allein seine Kollegin Carmen aus der *Social Design Planning Group* vorgesehen, denn Takao Tashimoto sei zwar ein genialer Programmierer, sozial indes nicht vorzeigbar.

»Wenn du mitkommst, bin ich überzeugt: Alles wird gut!«

Sie tranken im Museumscafé noch einen Tee, dann wurde Carlotta von ihrer Assistentin abgeholt. Damian blieb sitzen und dachte nach. Carlotta hatte gesagt, es sei ratsam, die Aktivisten in einer gewissen Sicherheit zu wiegen. Also rief Damian das Programm auf, das Gerrit ihm hinterlassen hatte, hinterlegte seine persönliche Signatur und sah, wie die Farbcodierung umsprang und das Programm dem Systemkern assimiliert wurde. Das war alles, mehr war nicht zu tun.

Da er den ganzen Tag über nichts gegessen hatte, bestellte er eine Kürbissuppe und ein Glas Weißwein. Während er wartete, schaute er hinaus auf den Innenhof, wo ein Künstler ein Selbstporträt hinterlassen hatte: das Hologramm eines Mannes, der von einem Bienenschwarm umkreist wurde und als Figur vollkommen verschwand. Die Skulptur hatte etwas Altmodisches, trotzdem gefiel ihm die Idee. Obwohl es erst halb sieben war, ertappte er sich immer wieder dabei, dass sein Blick zur Tür wanderte. Aber das Museum war so gut wie ausgestorben. Gelegentlich kam einer der Mitarbeiter und holte sich eine Kleinigkeit zum Mitnehmen, ansonsten aber ließ sich niemand sehen.

Die Bedienung servierte ihm die Suppe. Als er den ersten Löffel zu sich nahm, war er überrascht, wie gut es ihm tat, etwas zu essen. Auch wenn er den Eindruck hatte, dass Carlotta die Gefahr unterschätzte, hatte ihn das Gespräch erleichtert. Vielleicht sah er, verführt von der apokalyptischen Vision seines Vaters, ja wirklich überall Gespenster. Vielleicht handelte es sich nur um die Auswüchse einer kleinen, irregeleiteten Clique, die man leicht in ihre Schranken weisen konnte. War es nicht ebenso denkbar, dass Munro und seine Leute sich nur deswegen solch unerhörte Freiheiten herausnahmen, weil niemand es für möglich hielt, dass man das System auch missbrauchen konnte? Für einen Moment kam es ihm vor, als ob schon bald jene Harmonie wiederhergestellt sein würde, die ihn vor ein paar Tagen noch umhüllt hatte, ein Geborgensein, bei dem es keine offenen Fragen gab, jedenfalls keine existenziellen. Vielleicht hatte er sich deshalb für jene Denkweise entschieden, die Khan einmal, mit Anspielung auf ihn, als *Regelhaftigkeitsbesessenheit* bezeichnet hatte.

Schon am ersten Tag, als er sich in Stanford eingeschrieben und im Büro des Dekans gesessen hatte, hatte er das Gefühl gehabt, seine Bestimmung gefunden zu haben. Als Carlotta DiBroca in den Raum getreten war, war er überrascht gewesen, dass der Dekan des Fachbereichs eine Frau war. Sie hatte ihn angelächelt und gefragt, wo er denn diese abgetragene Tasche aufgetrieben habe. Er hatte gesagt, das sei das Einzige, was er von seiner Mutter besitze.

Während er die Suppe in sich hineinlöffelte, entdeckte er die Buchstabenkette, die er sich mit dem Kugelschreiber auf die Handinnenfläche gezeichnet hatte. Ach ja, das war die ID der Akte, die er gestern im Terminal notiert hatte. Zwar war sie durchs Solebad leicht verwischt, dennoch konnte man sie noch erkennen. Beim Eingeben der ersten Ziffern fiel ihm ein, dass das Präfix PSTMT für Verstorbene benutzt wurde. Was hatte Castoriadis mit dem Account eines Toten zu tun? Als sich die Akte öffnete, stockte ihm der Atem. Denn das Erste, was er sah, war das Konterfei Khans. War es möglich, dass jemand sich in den Besitz von Khans Daten gebracht hatte? Zweifellos, was er hier vor sich hatte, war ein Spiegel seiner Akte. Allerdings war sie, wie er schon bei flüchtiger Durchsicht entdeckte, nicht vollständig. Weder sein Telefonat mit Khan noch die Vorkommnisse in der Zone waren enthalten. Dennoch, allein das Vorhandensein einer solchen Kopie war ein Skandal! Nicht bloß, dass sie mit Chengs Kopierschutz im Widerspruch stand, darüber hinaus waren die Akten besonders prominenter oder hervorgehobener Mitglieder *Nollets* tabu, war es keinem Mitglied der *Social Design Planning Group* gestattet, die Akten seiner Vorgesetzten zu studieren.

Als Damian auf seine Hände schaute, sah er, dass seine Finger zu zittern begonnen hatten. Hatte nicht auch der *Identitätsdiebstahl* auf Castoriadis' Liste gestanden? Als der erste Schreck abgeklungen und sein analytischer Geist wieder die Oberhand gewonnen hatte, schaute er sich das Protokoll von Khans Lifestream an. Der letzte Eintrag datierte auf den Tag, der Khans Vorstellung des *Resurrection*-Programms vorausgegangen war – ein Anruf, den Khan nicht angenommen hatte. Aus irgendeinem Grund hatte er das Gefühl, die ID des Anrufers schon einmal gesehen zu haben. Als Damian sie überprüfte, entdeckte er, dass er sich nicht getäuscht hatte. Es war Castoriadis selbst, der Khan kontaktiert hatte. Es schien, als habe Castoriadis Khans Leben auf sämtliche Details hin untersucht: Wo er spazieren ging, was er trank, aß oder welche Eigenheiten er hatte, überall fanden sich kleine, kommentarlose Marker. Als er die *MetaNotes* öffnen wollte, jenen Bereich, der nicht für den Spieler, sondern für die Mitarbeiter der *Social Design Planning Group* vorgesehen war, wurde ihm der Zugang verwehrt: Castoriadis hatte sie passwortgeschützt.

Eigentlich war nur eine Schlussfolgerung möglich: Entweder war dies die Akte, mit der sich ein potenzieller Attentäter auf das Attentat vorbereitet und die Castoriadis entdeckt hatte, oder aber Castoriadis selbst hatte diese Akte erstellt. In jedem Fall aber hatte der Sicherheitsdienst Kenntnis davon genommen, denn die Datei, in der er die ID gefunden hatte, hatte das Signet des Sicherheitsdienstes getragen. Damit aber hatte sich die Befürchtung bestätigt, dass die Leute des Sicherheitsdienstes, als billigende Mitwisser oder gar als Initiatoren, mit diesem Attentatsplan zu tun hatten. Sein Mund war trocken. Er nahm das Weinglas und leerte es – und plötzlich stand ihm die Erinnerung vor Augen, wie Castoriadis das Wasserglas geleert hatte. Den Blick auf seine schweißfeuchten ausgestreckten Hände gerichtet, kam es ihm vor, als ob sogleich kleine Blutstropfen aus den Poren hervortreten müssten. Warum nur hatte Castoriadis in diesem Augenblick so gelöst ausgeschaut? War es die Einsicht, dass da am Ende nur eine einzige Sicherheit stand: der Tod?

Als in der Tür die Silhouette einer Frau auftauchte, schreckte er auf. Aber es war nicht Vittoria, sondern eine Mitarbeiterin des Museums. Im Übrigen war Vittoria schon eine halbe Stunde überfällig, wahrscheinlich würde sie nicht mehr auftauchen. Damian war schon im Begriff aufzustehen, als er gleich mehrere Nachrichten auf einmal erhielt. Takao Tashimoto, aber auch Olsen von der *Penalty Group* schrieben unabhängig voneinander, dass ein mysteriöser, zweifellos subversiver Nachrichtenfeed aufgetaucht sei. Man werde Nachforschungen einleiten. Die Unmittelbarkeit der Reaktionen überraschte ihn, trotzdem hatte er nicht das Gefühl, irgendetwas Falsches getan zu haben. Er lächelte der Bedienung zu, durchquerte die leere Eingangshalle und trat ins Freie.

*

Als er auf den Vorplatz trat, spürte er unvermittelt einen Gegenstand im Rücken und hörte Vittorias Stimme, die sagte, er solle ganz ruhig weitergehen und sich nicht umdrehen. Zwar erschien ihm die Szenerie wie eine Art Spiel, doch sein Körper erinnerte sich an die Schläge, die ihm Gerrit verabreicht hatte. Also folgte er ihrer Anweisung widerspruchslos. Am Straßenrand parkte ein altmodischer Wagen. Auf Vittorias Befehl hin stieg er ein und sah, dass Tesla am Steuer saß. Die Tür fiel zu, und der Wagen setzte sich rasch in Bewegung.

»Mit wem hast du gesprochen, mit jemandem vom Sicherheitsdienst?«, fragte Tesla.

»Nein, das war Carlotta DiBroca. Sie ist zwar im Vorstand, aber doch eher so etwas wie eine Freundin für mich.«

Sein Mund war so trocken, dass sich die Zunge wie ein Fremdkörper anfühlte. Als er sich mit der Hand übers Gesicht fuhr, war seine Handinnenfläche nass. Selbst der Stoff seines Hemdes war so feucht, dass er auf seiner Brust klebte. Tesla warf ihm einen prüfenden Blick im Rückspiegel zu, Vittoria wiederum fragte, worum es bei diesem Gespräch gegangen sei. Damian ignorierte die

Frage. »Was wollt ihr denn noch? Ich habe getan, worum Gerrit mich gebeten hat.«

Das schien beide zu überraschen. Tesla warf ihm wieder einen Spiegelblick zu, der Wagen geriet kurz ins Schlingern.

»Wovon redest du?«

»Er hat sich Zugang zu meiner Wohnung verschafft und mir, wie soll ich sagen, nachdrücklich klargemacht, dass ich dein Programm mit meiner Signatur versehen soll. Habt ihr das nicht besprochen?«

Auf Teslas Stirn erschien eine tiefe Falte, aber er sagte nichts, sondern drückte, mit zusammengebissenen Zähnen, aufs Gaspedal. Vittoria wiederum nahm ihre Sonnenbrille ab und fragte: »Was soll das heißen? Nachdrücklich? Was hat er dir nachdrücklich klargemacht?«

Jetzt wiederum war Damian überrascht.

»Er hat in meiner Wohnung auf mich gewartet, hat meinen Kommunikator deaktiviert, hat mich zusammengeschlagen, gefesselt, hat mir ein Klebeband über den Mund geklebt und mir zwei Zigaretten in die Nasenlöcher gesteckt. Und dann hat er mir befohlen, Teslas Programm mit meiner Signatur zu versehen. Und genau das habe ich gemacht, vielleicht eine halbe Stunde bevor ihr mich aufgelesen habt.«

Damian fing Teslas entgeisterten Blick auf, bevor der sich wieder auf den Verkehr konzentrierte. »Scheiße!«

Vittorias Augen begannen zu flackern, ganz offenbar war sie dabei, ihren Nachrichtenstrom zu überprüfen. »Er hat recht, der Kanal ist tatsächlich online.«

Tesla ließ die flache Hand aufs Steuer klatschen und begann lauthals zu fluchen.

Eine Weile herrschte Schweigen. Vittoria war damit beschäftigt, den Nachrichtenstrom zu studieren, während Tesla sich darauf konzentrierte, den Wagen mit Höchstgeschwindigkeit an anderen Fahrzeugen vorbeizuschleusen. Dann bog er mit quietschenden Reifen auf einen Parkplatz ein und hielt vor einem Gebäude, das, wie verrostete Schilder anzeigten, wohl einmal eine Klinik gewesen war.

»Komm, steig aus!«

Damian überlegte für einen Augenblick, was passieren würde, wenn er sich weigerte, aber dann folgte er ihnen. Das Gebäude war verlassen. Wo eine Rezeption gewesen war, war allerlei Müll übereinandergestapelt. Die Zimmer waren leer. Da und dort stand ein Krankenbett auf dem Gang, von einer feinen Staubschicht bedeckt. Auf dem Boden sah man einzelne Fußspuren. Nachdem sie durch lange Gänge gegangen waren, öffnete Tesla die Tür zu einem Raum, der, wie das Schild verriet, früher einmal für Computertomografien genutzt worden war. Jetzt stand dort einiges Gerät, das aus alten Computerbauteilen zusammenmontiert worden war, dazwischen Essensreste, Flaschen, Plastikbecher.

Tesla ließ sich in einen Drehstuhl fallen und tippte ein paar Befehle in die Tastatur. Auf dem Display war plötzlich ein Mann zu sehen, der sich ratlos umschaute. Er stand in einem großen Raum mit weiß gekachelten Wänden. An der Seitenfront befanden sich große Schubfächer, und in der Tiefe des Raums waren metallene Liegen zu sehen. Offenkundig handelte es sich um eine Pathologie.

»Wo ist das Opfer?«, fragte der Mann. Als Antwort folgte ein Kichern. Damian schrak zusammen. Dieses Kichern. Sofort hatte er Litwinow vor Augen, sein knittriges Bibliothekarsgesicht, dessen Durchschnittlichkeit, hatte man nur einmal in seine Augen geblickt, sich in eine Todesdrohung verwandelte. Alles, so ließ sich Litwinows Stimme aus dem Off vernehmen, sei bestens vorbereitet, hier sei die Solo 636, und jetzt müsse man sich einfach nur ans Drehbuch halten. Nochmals ein Kichern. Dann schob sich eine Kettensäge ins Bild und wurde angelassen. In dem kurzen Moment, bevor der Motor ansprang, sah Damian, wie das Gesicht des Mannes plötzlich aschfahl wurde. Auf seine Fassungslosigkeit folgte ein Begreifen, dann eine kreatürliche, panische Angst.

Und schließlich war das Gesicht des jungen Mannes nichts weiter als ein weit aufgerissener Mund, dem ein erstickter, heiserer Schrei entfloh.

Litwinow kicherte und delektierte sich daran, dass er, während er den jungen Mann in die Enge trieb, aus dem bluttriefenden Drehbuch rezitierte. Der junge Mann hatte sich unterdessen hinter einer Liege verschanzt und versuchte gegen den Lärm der kreischenden Kettensäge anzureden, aber die Säge fuhr durch das Metall, während die Bewegungen der Kamera einen tänzerischen Charakter annahmen.

»Bitte, schalt aus!« Damian hatte die Augen geschlossen und die Hände auf die Ohren gepresst, aber die gellenden Schreie des Mannes drangen durch den Lärm der Säge hindurch bis in das Innere seines schmerzenden Kopfes. »Bitte, Tesla, schalt aus!«

Als er die Augen öffnete, sah er das eingefrorene Bild: ein Mann, der sich umwendet und die Hände hebt, während im Vordergrund leicht verschwommen die Säge sichtbar ist.

Tesla saß in seinem Stuhl und murmelte vor sich hin.

»Er hat es gemacht, Scheiße, er hat es ganz einfach gemacht.«

Es dauerte eine Weile, bis Damian begriff, dass Teslas Fassungslosigkeit sich nicht auf den Inhalt, sondern auf die Tatsache bezog, dass Gerrit den Kanal mit diesem Video bestückt hatte.

Eine Weile herrschte vollkommene Stille. Nur das Brummen der Geräte hing in der Luft, wie eine Drohung.

»Eigentlich«, sagte Vittoria, »haben wir eine Dokumentation des Falles Litwinow geplant. Aber im Kontext mit all dem, was an den Grenzen passiert: dass mordlüsterne Menschen sich da ein Wochenende erkaufen, bei dem sie wahllos Leute abknallen können, während die Menschen, die aus einem Bürgerkriegsgebiet zu uns fliehen, abgeschoben, ja manchmal sogar exekutiert werden. Das war der Sinn dieses Kanals. Wir hatten nicht vor, irgendein spektakuläres Ereignis auszubeuten und vorzuführen, wie man einen Menschen mit einer Kettensäge zerlegt. Wir wollten, dass die Leute begreifen, dass unser Verhältnis zur Zone nicht so bleiben kann wie bislang.«

Während Vittoria ihm die Beweggründe der Gruppe darlegte, war Tesla damit beschäftigt, zu rekonstruieren, was genau Gerrit mit dem Kanal angestellt hatte. Eine Reihe von Programmzeilen huschte über den Schirm – und mit jeder Änderung, die er ausmachen konnte, fluchte er in sich hinein.

Nach Slavojs Tod, erzählte Vittoria weiter, sei ein lange schwelender Konflikt ausgebrochen. Coco, Gerrit und Gudrun hätten sich für militante Aktionen ausgesprochen. Sie hätten vorgeschlagen, einen Sprengsatz vor der Zentrale von *Nollet* detonieren zu lassen, sich in die Energieversorgungssysteme einzuhacken und einen Blackout zu verursachen. Was die Programmierung anbelange, sei Tesla der Einzige gewesen, der eine nennenswerte Intervention hätte bewerkstelligen können. Aber im Gegensatz zu den drei anderen sei Tesla ein erklärter Gegner jeder Gewalt. Sie persönlich habe Gerrit schon seit längerer Zeit verdächtigt, als *Agent provocateur* des Sicherheitsdienstes zur Gruppe gestoßen zu sein. Schon Castoriadis war ja, wie er ihnen selbst gebeichtet habe, vom Sicherheitsdienst auf sie angesetzt worden, allerdings habe er bald schon die Seiten gewechselt. Nur wenige Tage später hätten die Leute beim Sicherheitsdienst Wind davon bekommen. Tesla habe den gruppeninternen Kommunikationskanal perfekt verschlüsselt – nur ein Maulwurf habe diese Information weitergeben können.

»Und wie es scheint, ist Gerrit dieser Maulwurf. Aber was hat dann Castoriadis mit alledem zu tun? Und warum hat er sich umgebracht?«

»Ich glaube, da gab es etwas Persönliches. In den Tagen vor seinem Tod ist er immer stiller geworden. Jedenfalls hat er gesagt, dass er in einer solchen Welt nicht mehr leben will.«

Wieder hörten sie Tesla laut fluchen. Als Damian zu ihm hinüberschaute, sah er, dass das Display an der Wand nicht mehr das Bild des Kettensägenmassakers zeigte, sondern den Raum, in dem sie sich gerade befanden. Er sah die Überraschung auf dem eigenen Gesicht und dass auch Vittoria jetzt seinem Blick folgte. Tesla war aufgesprungen und folgte der Perspektive des Bildes, bis zu dem Punkt, an dem die versteckte Kamera angebracht sein musste. Als er sie entdeckt und mit einem Schraubenzieher aus dem Verkehr gezogen hatte, sprang das Bild auf eine andere Kameraperspektive um.

»Dieses Arschloch hat uns verwanzt!«

Tesla wollte sich anschicken, auch diese Kamera zu entfernen, aber Vittoria sagte: »Hör auf! Das hat keinen Sinn. Wir müssen hier weg!«

Doch Tesla, wie in Trance, ließ sich nicht beirren, sondern stieg auf einen Stuhl und machte sich mit stierem Blick daran, die zweite Kamera zu entfernen. Vittoria stand auf, machte ein paar Schritte auf ihn zu und schrie ihn an: »Hör endlich auf!« Sie zerrte an seinem Hosenbein und sagte schließlich mit leiser, erstickender Stimme: »Es ist vorbei, Tesla, die wissen über alles Bescheid.«

Tesla war kreidebleich und stand mit hängenden Armen auf seinem Stuhl. Irgendwann stieg er umständlich herab, deutete auf die Geräte und sagte, das könne man diesen Leuten doch nicht einfach überlassen. Vittoria begann in einem Erste-Hilfe-Koffer zu kramen und brachte schließlich eine kleine Spiritusflasche zum Vorschein. Sie nahm einen Overall, tränkte ihn mit Spiritus und zündete ihn an. Das Feuer loderte kurz auf, aber ging ebenso rasch wieder aus.

»Es hat keinen Sinn. Lass uns gehen. Das Spiel ist aus.«

*

Als sie das Gelände verließen, legte Damian seinen Arm um Vittoria. Ihm war, als müsste er sie trösten. Er wusste, was alle wussten: Etwas war zu Ende gegangen. Sie würden auseinandergehen und sich wohl nie mehr wiedersehen. Tesla sagte etwas davon, dass er sich zudröhnen wolle und dann ein paar Tage verreisen werde. Es klang wie ein Selbstgespräch, jedenfalls schien er keine Antwort auf seine Ankündigung zu erwarten. Im Wagen setzte Vittoria ihre Sonnenbrille auf und starrte aus dem Fenster. Damian wiederum versuchte, die Geschehnisse in eine logische Ordnung zu bringen. Ganz offenkundig hatte die Gruppe von Anbeginn unter der Kuratel des Sicherheitsdienstes gestanden. Im Grunde hatte es gar keines Maulwurfs bedurft, hatte sich die Gruppe die ganze Zeit über im Bau des Maulwurfs befunden. So blieb nur das Gefühl eines Scheiterns, das so erbärmlich war wie Vittorias fehlgeschlagener Versuch, den Raum in Flammen zu setzen. Obwohl er niemals an die Ziele der Gruppe geglaubt hatte, rührte ihn Vittorias Untröstlichkeit, die stumme, fast kindliche Verzweiflung, in die sie die Erkenntnis der Vergeblichkeit gestürzt hatte. Immer wieder murmelte sie nur diesen einen Satz vor sich hin: »Es war alles umsonst.«

Es war dunkel geworden. In den Häusern gingen die Lichter an, da und dort sah man Passanten in ein Gespräch mit einem holografischen Gegenüber vertieft. Als Vittoria sagte, sie wolle aussteigen, reagierte Tesla nicht. Sie musste ihre Bitte mehrfach wiederholen, bis er an den Straßenrand fuhr und anhielt. Damian sagte, auch er würde gerne aussteigen. Vittoria nahm die Sonnenbrille ab und schaute ihn aus geröteten Augen erstaunt an, sagte aber nichts. Tesla war mit seinen Gedanken woanders. Er nickte ihnen zu, ließ sie aussteigen und fuhr wieder los. Der Wagen fädelte sich in den Strom der Autos ein, die sich in der Dunkelheit zu Schattengebilden auflösten, die Lichtspuren auf dem Asphalt hinterließen.

»Wo musst du hin?«

»Eigentlich nirgendwohin. Ich dachte bloß, wir reden noch ein paar Minuten.«

Sie lächelte und sagte, sie könnten sich dort an den Springbrunnen setzen. Es war ein absurder Ort, in der Mitte eines Kreisverkehrs, der von Hochhäusern gesäumt war; ein großstädtisches

Nichts, das lediglich von ein paar Masten umstanden war, an denen erschlaffte Fahnen hingen. Die Fontänen des Springbrunnens strahlten in wechselnden hellen Farben.

»Das ist sonderbar«, sagte Damian, »wir haben all diese Dinge miteinander erlebt, aber ich weiß nicht das Geringste von euch.«

Vittoria lächelte.

»Was möchtest du wissen?«

»Ich weiß nicht. Vielleicht, wie es angefangen hat.«

»Du meinst, mit der Gruppe?«

»Nein, ich meine, wie es für dich angefangen hat.«

Vittoria erzählte ihm, dass sie in Mailand geboren sei, die Mutter eine lesbische Werberin, der Vater das Ideal eines Mannes, wie man ihn nur im Prospekt einer Samenbank finden könne. Eigentlich hätte sie zwei Mütter haben sollen, aber die Freundin der biologischen Mutter hatte sich durch das Kind zurückgesetzt gefühlt und die Beziehung abgebrochen. Bei Ausbruch der großen Krise hatte die Mutter nacheinander den Job, die Wohnung und die letzten Reste ihres Vermögens verloren. Um ihrem Leben ein Ende zu setzen, hatte sie eine große Dosis Rohrreiniger geschluckt und war dann elendiglich im Krankenhaus verreckt.

Nach dem Ende des Großen Krieges hatte die Familie der Mutter sie auf ein anthroposophisches Internat in Deutschland geschickt. Wie die meisten Kinder hatte Vittoria sich für Mangas, Computerspiele, vor allem aber für Khans *Amnesia* begeistert; nach der Schule war sie zu einer Weltreise aufgebrochen und so in die Zone geraten, ausgerechnet nach Tunis.

»Da war ein Mann, den ich kennengelernt habe. Er war alles, was ich mir gewünscht hatte, jemand, der leidenschaftlich daran glaubte, dass Menschen die Welt verändern können. Aber er ist im Krieg zwischen die Fronten geraten. Es war früher Nachmittag, er stand auf der anderen Straßenseite, hat mich entdeckt und mir zugewinkt – dann hat ihn, aus dem Nichts, die Kugel eines Scharfschützen getroffen. Er ist in meinen Armen gestorben. Ein paar Tage später habe ich dann gemerkt, dass ich schwanger von ihm bin. Ich wollte das Kind! Um alles in der Welt wollte ich dieses Kind, aber dann habe ich's bei der Geburt schon verloren.«

Sie schluckte. Eine Weile war nur das Wasser des Springbrunnens zu hören, dann fuhr ein Windstoß über den Platz und ließ die Fahnen einmal kurz flattern. Nach der Fehlgeburt sei sie nach Deutschland zurückgekehrt. Allerdings sei ihr das Leben in Berlin farblos vorgekommen; und den Menschen, die sie kennengelernt habe, sei es genauso ergangen.

»Und dann habe ich Tesla getroffen. Er hatte alles dafür getan, um mit Cheng arbeiten zu können. Als er bei *Nollet* aufgenommen worden war, war das für ihn die Erfüllung eines Traums. Er hat das Haus, das er nach dem Tod seiner Eltern geerbt hat, verschenkt und sich vorgenommen, nie mehr als einhundert Gegenstände zu besitzen. Nach einiger Zeit jedoch hat er gemerkt, dass Cheng zum Fremden in seiner eigenen Firma geworden war. Und so hat er, an dem Tag, als Cheng die Firma verlassen hat, seinerseits gekündigt. Eine Zeitlang war er orientierungslos, hat sich mit Drogen vollgepumpt und die Zeit totgeschlagen. Der Wendepunkt war die Bitte eines alten Hacker-Freundes, der aus der Zone ›rübermachen‹ wollte. Tesla hat alles organisiert, Geld, Gerät und einen Schleuser, aber der Freund ist nie angekommen. Daraufhin hat Tesla Recherchen unternommen und dabei erfahren, dass der Freund an der Grenze getötet worden ist, als mutmaßlicher Terrorist, wie so viele.«

»Wie seid ihr mit Castoriadis in Verbindung geraten?«

»Eigentlich war es andersherum. Eines Tages hat er mich angesprochen und hat sich uns als eine Art Informant angeboten. Wir wussten, dass er auf uns angesetzt ist. Aber irgendwann ist er mit der Wahrheit rausgerückt. Letztlich war er so abgestoßen von diesen Leuten, dass er begonnen hat nachzudenken. Und in diesem Augenblick war er als Informant für Munro verloren.«

»Aber wie hat er all diese Dinge herausbekommen können?

Dass der Score manipuliert, Lifestreams eingesehen und Identitäten gefälscht werden können …«

»Er war nicht allein. Du darfst nicht vergessen, Tesla hat für Cheng gearbeitet, zu einem Zeitpunkt, da die Grundarchitektur des Systems noch in der Entstehung war. Schon deswegen hatte er Einblick und kannte den Code wie vielleicht kaum jemand sonst. Castoriadis kam uns da wie gerufen. Mit seiner Hilfe konnten wir uns Zugang verschaffen und zum Beispiel die Konten verstorbener Mitglieder nutzen. Aber der Plan zielte niemals darauf ab, das System zu zerstören.«

»Weißt du, dass er an dem Tag, bevor er gestorben ist, Khan angerufen hat?«

»Nein, warum?«

»Keine Ahnung. Ich weiß nur, dass dies in Verbindung mit einem Anschlag steht, der auf Khan geplant war. Vielleicht wollte er ihn warnen. Oder kannst du dir vorstellen, dass er selbst etwas im Schilde geführt haben könnte?«

Vittoria schüttelte den Kopf und sagte, sie hätten einander eine ganze Woche nicht mehr gesehen.

»Und Slavoj?«

Schon als Damian seinen Namen erwähnte, wusste er, dass es ein Fehler war. In der Dunkelheit konnte er Vittorias Gesicht nicht sehen, doch sie schluckte vernehmlich, fuhr sich mit der Hand übers Gesicht und verstummte. Die Fontäne vor ihnen strahlte in leuchtendem Pink, ein leichter Wind ließ die Fahnenmasten klingen. Ringsum das Rauschen der vorüberfahrenden Wagen, wie eine Welle, die sich an einem nächtlichen Strand bricht. Als die Tränenbahnen in Vittorias Gesicht eine rosa Färbung annahmen, schaute Damian auf und sah, dass über ihren Köpfen, hoch über der Wasserfontäne, das Logo der Firma erstrahlte. Sanft strich er Vittoria über die Wange. Für einen Moment schien sich ihr Gesicht seiner Hand anzuschmiegen. Sie sagte, es tue ihr leid, stand auf und ging eilenden Schrittes davon. Als sie die Fahrbahn erreichte, verfiel sie in einen Laufschritt, und Damian konnte sie schließlich hinter den vorüberfahrenden Wagen nicht mehr sehen.

Er widerstand dem Impuls, ihr zu folgen. Eine Weile noch blieb er sitzen und schaute zu, wie die Fontänen des Springbrunnens ihre Farbzyklen durchliefen und wie über allem das Logo und das Versprechen *Nollets* erschien: *Wir schaffen das Paradies auf Erden.*

8

§ 8. Blut stellt kein persönliches Eigentum dar. Im Blut der Menschen fließen Nanozellen, die mit der Weltintelligenz verbunden sind und sich laufend upgraden. Sie beobachten den Gesundheitszustand und informieren darüber. In diesem Sinn fungiert das Blutbild als Selbstbild und geht in das Bild des Volkskörpers ein. Die Reinheit des Blutes aufrechtzuerhalten, ist mithin keine persönliche, sondern eine gesellschaftliche Aufgabe.

Als Damian am nächsten Tag erwachte, war alles wie sonst: Der HomeBot kam ins Schlafzimmer gerollt und brachte ihm das Frühstück ans Bett, auch die Kleidung lag bereit, so akkurat, wie sein Vorgänger es niemals fertiggebracht hatte. Dennoch fehlte ihm die sinnlos vergnügte Redseligkeit, fühlte sich die Stille, mit der dieser Morgen begann, geradezu wie ein Phantomschmerz an. Damian wandte seine Aufmerksamkeit den Fortschritten der Marsexpedition zu, dann schaute er die Nachrichten durch, die über Nacht eingegangen waren. Die Assistentin von Carlotta Di-Broca hatte ihm die Unterlagen für die Konferenz zugeschickt, er war nun ein akkreditiertes Mitglied der Delegation. Man würde am späten Freitagabend losfliegen und am Samstag in Ulan-Bator eintreffen. Takao, den man gleichfalls darüber unterrichtet hatte, hatte ihm seine Glückwünsche geschickt und angemerkt, dass der rätselhafte Nachrichtenkanal auf eine enorme Resonanz gestoßen sei. Man wisse immer noch nicht, wie er dem Systemkern inkorporiert worden sei.

Damian überlegte, ob er Takao darüber aufklären sollte. Aber dann befand er, in Anbetracht von Takaos habitueller Ängstlichkeit, dass es besser wäre, ihm irgendwann, wenn alles vorüber wäre, die ganze Geschichte zu erzählen. Als er die Mustererkennung seiner Traumsequenz überprüfte, sah er, dass der Prozess beinah abgeschlossen war. So schaute er zu, wie sich der Zähler der Null näherte und kurz darauf eine Meldung aufpoppte. Eine Weile starrte er nur ungläubig auf die Anzeige. *Resultat: 1,* stand dort. Dies war nicht nur der unumstößliche Beweis, dass Negroponte versuchte hatte, ihm fremde Erinnerungen einzupflanzen, sondern dass er sich dabei auch eines Videos bedient hatte. Für einen Moment war es, als hätte ihm jemand einen Schlag versetzt. Er musste sich an einer Stuhllehne festhalten, um das Gleichgewicht nicht zu verlieren. Schwer atmend setzte er sich. Dann erst wagte er, sich das Video anzuschauen.

Schon einige wenige Bilder machten klar, dass man hier keiner Simulation, sondern der Tötung einer jungen Frau beiwohnte. Ihr Röcheln, dieser erstickte, kaum mehr wahrnehmbare Laut war so fürchterlich, dass ihm ein kalter Schauer über den Rücken lief. Eigentlich war es kein menschlicher, ja nicht einmal mehr ein animalischer Laut, eher etwas, das wie eine hydraulische Fehlfunktion klang. Ihr Kopf war von einer durchsichtigen Plastiktüte bedeckt, und als sie ein letztes Mal nach Atem rang, saugte sie das Plastik tief in die Mundhöhle ein. Als die kräftigen Hände sich fester um ihren Hals schlossen, flatterten ihre Augen und die Pupillen rutschten nach oben. Mehr noch als die Gewalttätigkeit des Videos erschütterte Damian, dass es die Bilder seines Traumes waren, die er hier sah. Ein paar Minuten saß er wie gelähmt. Negroponte hatte es tatsächlich getan. Was für ein erbärmlicher Mensch! Als der Schock über Negropontes Infamie nachließ, meldete sich, ganz zart, eine zweite Empfindung. Erleichterung. Erleichterung darüber, dass sein Vater nichts mit dem Tod seiner Mutter zu tun hatte. Nein, er hatte nichts vertuscht und hatte auch nicht gelogen. All dies war nichts weiter als eine Machination, ein Trugbild, dessen Sinn er noch nicht begreifen konnte.

*

Hatte er sich während des Wegs zum Botanischen Garten wieder und wieder ausgemalt, wie er Negroponte im Gespräch auseinandernehmen würde, riss ihn der Anblick der *Biosphäre 3* aus seinen Gedanken. Er hatte sich das Gebäude nicht so groß vorgestellt. Tatsächlich stellte die Architektur, die dem Vorbild in Arizona nachempfunden war, eine Art Repräsentationsbau der Firma dar. Was die Stadt anbelangte, sollte dieses Gebäude die Machtverschiebung in Richtung *Old Europe* bezeugen, die nach den innenpolitischen Wirren in den Vereinigten Staaten und der asiatischen Finanzkrise stattgefunden hatte. Denn mit all den Wissenschaftlern, die der geistigen Enge der amerikanischen Politik entflohen waren, war auch die amerikanische *Frontier* heimatlos geworden. Als die Firma, die im Begriff war, Silicon Valley zu verlassen, der Stadt Berlin diesen Bau als Geschenk angeboten hatte, hatte die verarmte Stadt dankbar angenommen, handelte es sich doch um ein wunderbares Zukunftssymbol, mit dem man die anstehende Marsmission, aber auch die Prinzipien des Terraforming sichtbar machen konnte.

Negroponte hatte gesagt, dass er in der Wüstenzone auf ihn warten werde. Als Damian die Schleuse öffnete, durch die man in die Wüste gelangte, schlug ihm heiße, trockene Luft entgegen. Es dauerte einen Moment, bis er Negroponte hinter einem Felsen ausgemacht hatte. Er saß mit seinem Exoskelett in einen kleinen Klappstuhl gezwängt, einen Tropenhut auf dem Kopf und eine Flasche Wasser auf dem Schoß. Er deutete auf einen zweiten Klappstuhl, der ihm gegenüberstand.

»Setzen Sie sich doch!«

Damian zögerte, dann setzte er sich.

Eine Weile saßen sie schweigend und schauten ein paar Wissenschaftlern zu, die eingehend einen Kaktus untersuchten. Irgendwann brach Damian das Schweigen: »Warum haben Sie mir verheimlicht, dass Sie, lange bevor ich die Therapie bei Ihnen aufgenommen habe, ein umfangreiches Dossier zu meinem Vater verfasst haben?«

»Ich habe immer gewusst, dass dieser Augenblick kommen würde. Dass Sie jemand sind, der die Wahrheit hören möchte.«

»Dann beantworten Sie meine Frage.«

»Wenn ich darauf antworte, Damian, würden Sie mir Glauben schenken? Ich weiß, dass Sie keinen Grund haben, mir zu glauben. Trotzdem wünschte ich mir, dass Sie's täten, einfach deswegen, weil ich Ihnen meine Wahrheit erzählen möchte. Sie sollten wissen, wie es zu alldem gekommen ist.«

Damian sagte nichts, sondern schluckte bloß und spürte, dass seine Handinnenflächen feucht geworden waren. Irgendwo im Raum sprang eine Klimaanlage an. Ein heißer Luftzug wehte zu ihnen herüber.

»Gut, dann erklären Sie es mir.«

»Als junger Wissenschaftler im Team von Miguel Nicolelis war ich fasziniert von der Möglichkeit, dass man dem Gehirn bestimmte Kenntnisse einprogrammieren kann. Wir haben einen Affen vor einen Computer gesetzt und haben ihn zunächst mit einem Joystick, später über die Kraft seiner Gedanken dazu gebracht, ein künstliches Körperglied zu bedienen. Zwar wussten wir nicht, wie der Speicherungsvorgang im Einzelnen funktioniert, aber über das visuelle Feedback hat sich der Affe selbst programmiert. Später konnten wir die Sinnesrückmeldungen auch auf einen anderen Affen übertragen. Wir haben ihn also zu einem Empfänger von Erfahrungen gemacht, die er selbst nicht gemacht hat. Wir waren so optimistisch! Wir dachten, wir könnten das Gehirn wie ein beliebiges Speichermedium programmieren. Was für Möglichkeiten sich hier auftaten! Wir würden Querschnittgelähmte in ein Exoskelett stecken und laufen lassen. Schauen Sie mich an! Ich bin der lebendige Beweis dafür, wie nützlich diese Forschung doch war!«

Negroponte machte eine kleine Pause und ließ seinen Blick einem Leguan folgen, der einen Fels hinaufkletterte.

»Wenn man ein Exoskelett steuern kann, kann man mit der gleichen Technologie auch einen Roboter oder einen Geminoiden steuern. Insofern war es nicht verwunderlich, dass sich das Militär für unsere Forschung interessiert hat. Wir haben der Verführung eine ganze Weile widerstehen können, nicht zuletzt deswegen, weil uns die psychologischen Aspekte weitaus interessanter schienen als der Bau einer Fernbedienung. Wir träumten davon, Menschen zu kurieren, die an Alkohol-, Drogen- oder Zigarettensucht litten. Wenn man den Bewegungsapparat eines Menschen programmieren kann, warum nicht auch sein Suchtverhalten?«

Negroponte schaute ihn fragend an. Als Damian seinem Blick auswich und auf die Hände seines Gegenübers schaute, sah er, dass dessen Finger, oder genauer, dass die Finger seines Exoskeletts zitterten und sich diese Bewegung auf seine Hand übertrug. Dabei entdeckte Damian, dass er eine kleine Plastikbox in der Hand hielt, in der sich irgendetwas bewegte.

»Sie wissen doch selbst, welche Verführungskraft in der Machbarkeit steckt!«

»Erzählen Sie weiter!«

»Auf dem Pfad, auf dem wir uns bewegten, tauchte unweigerlich die Frage auf, wie man bestimmte Erfahrungen umkodieren kann. Nehmen Sie einen Soldaten, der schreckliche Erfahrungen gemacht hat. Oder ein Missbrauchsopfer. Gelänge es, das Schmerzgedächtnis eines solchen Menschen umzuprogrammieren, hätte man nicht nur das Trauma überwunden, man hätte auch der Menschheit einen unschätzbaren Dienst erwiesen. Denn man weiß aus Erfahrung, dass die Täter in ihrer Kindheit oft selbst Opfer eines Missbrauchs waren, dass man es, so besehen, mit einer Art Erbsünde zu tun hat. Verstehen Sie? Das war mein Traum.«

Damian schaute auf die kleine Box und fragte sich, was Negroponte darin mit sich führte.

»Aber nicht jeder in unserem Team hatte solch ehrgeizige Ziele. Zudem hatten wir auch gar nicht die Mittel, unsere Pläne zu verfolgen. Aber eines Tages stehen Sie vor der Wahl! Denn da sitzen drei Herren von der DARPA und sagen Ihnen, dass Sie forschen können, wie es Ihnen beliebt, nur dass Sie sich nicht mit Missbrauchsopfern, sondern auch mit Soldaten beschäftigen müssen, die an posttraumatischen Stresserkrankungen leiden. Und weil das ohnehin zu Ihrer Forschung gehört, denken Sie, warum nicht?«

»Dann haben Sie also fürs Militär gearbeitet?«

»Ja, wir haben ihnen sogar beigebracht, wie man den Soldaten eine größere psychische Widerstandskraft mitgeben, sie sozusagen mit positiven Empfindungen in den Kampf ziehen lassen kann. Später, als unsere Ergebnisse immer subtiler wurden, hat uns die NSA übernommen. Trotzdem würde ich nicht sagen, dass ich mich habe kaufen lassen. Forschen zu können, das war die große Verführung! Allerdings habe ich im Verlauf der Experimente begreifen müssen, dass die Psyche etwas sehr viel Komplexeres ist als eine mechanische Fertigkeit. Man kann eine Information speichern, aber einen Gefühlszustand? Wie es sich anfühlt, hier zu sitzen und den Schatten des Blattes zu sehen. So etwas ist unendlich schwierig. Aber man kann – und auch dies ist ein Konzept, das lange bekannt ist – eine Erinnerung mit einer emotionalen Färbung verbinden, eine Bilderinnerung mit einem negativen Gefühl beispielsweise. An dieser Stelle habe ich die Technik der Hypnose aufgegriffen. Ich habe mir gedacht, dass ich als Therapeut eine ähnliche Funktion einnehmen kann wie die Steuerungseinheit, mit der der Affe seinen Bewegungsapparat programmiert.«

Der Leguan, der sich auf dem Fels gesonnt hatte, näherte sich, und Negroponte öffnete seine Plastikbox und nahm ein paar Insekten heraus, die er dem Reptil zum Fraß vorwarf. Als Damian dem Leguan dabei zusah, wie er die Grille mit seiner Zunge erwischte und dann verspeiste, versuchte er seinen Blick abzuwenden, aber er war fast magisch von diesem Schauspiel angezogen.

»Womit füttern Sie ihn?«

»Das sind Heimchen. *Acheta domesticus,* der heimische Sänger. Ist doch ein wunderbarer Name, nicht wahr? Lassen sich übrigens ziemlich leicht züchten. Dieser Kleine hier liebt sie jedenfalls abgöttisch.«

Damian zwang sich, nicht weiter hinzuschauen, sondern wandte sich Negroponte zu.

»Was haben Sie für den Geheimdienst gemacht? Es wird ja nicht bei der Behandlung des posttraumatischen Stresses geblieben sein.«

Negroponte blickte ihm erstmals direkt ins Gesicht.

»Sie müssen sich vorstellen, wie es damals in Amerika zuging. Tatsächlich waren wir, die Leute von der NSA, die Einzigen, die überhaupt noch an einer rationalen Politik interessiert waren. Plötzlich saßen all diese Dilettanten an den Schalthebeln der Macht, die Bibeltreuen und Tea-Party-Kämpfer, die ihre Form des Irrsinns als Bürgerpflicht ausgaben oder sich auf die Apokalypse vorbereiteten. Unter diesen Umständen haben wir uns entschieden, unsere Forschung nicht bloß im Elfenbeinturm, sondern in der Wirklichkeit stattfinden zu lassen. Also bin ich nach Washington gegangen und habe eine Praxis eröffnet, wo unsere politischen Führer sich mithilfe der Hypnotherapie von ihrer Zigarettensucht oder ihrem Lampenfieber kurieren konnten. In Wahrheit aber haben wir diese Leute unter die Aufsicht der NSA stellen können.«

»Das heißt, Sie waren niemals ein wirklicher Therapeut?«

»Streng genommen, nein. Ich war, wenn Sie so wollen, so etwas wie ein *spin doctor,* nur dass ich nicht an die politische Vernunft, sondern ans Unbewusste appelliert habe.«

»Sie haben die Menschen manipuliert.«

»Was wäre denn passiert, wenn einer dieser Apokalyptiker den Knopf gedrückt und eine Atombombe gen Moskau, Teheran oder Islamabad geschickt hätte? Selbstverständlich haben wir versucht, Einfluss zu nehmen!«

Der Leguan gab ein fauchendes Geräusch von sich. Negroponte holte ein weiteres Heimchen aus seiner Box und warf es ihm zum Fraß vor.

»Aber wie Sie wissen, haben wir diesen Krieg verloren.«

»Und dann? Wie sind Sie zu *Nollet* gestoßen?«

»In der Anfangszeit, nach den großen Unruhen, ging es darum, die Gesellschaft überhaupt erst einmal zu befrieden. Und dazu brauchte man Spezialisten, Leute, die wussten, ob dieser oder jener ein Sicherheitsrisiko darstellte. Tatsächlich war ich ja selber ein Sicherheitsrisiko, und ich kann von Glück sagen ...«

»Was meinen Sie damit: Sicherheitsrisiko?«

Negroponte lächelte, und zum ersten Mal war so etwas wie Herablassung in seinem Mienenspiel zu sehen.

»Ach, Damian! Was denken Sie wohl, warum mich die Frage des Missbrauchs so intensiv beschäftigt hat? Irgendwann passiert es halt, da entdeckt jemand, dass du lauter Bilder auf deinem Computer hast, die da eigentlich nicht sein sollten, werden Gerüchte gestreut, ja ist dir wirklich einmal ein kleines Missgeschick mit einem Knaben passiert. Aber wenn du für einen Geheimdienst arbeitest, ist das kein Ausschlusskriterium. Im Gegenteil, du kannst dich darauf verlassen, dass man dich behält, weiß man doch, dass man dich mit dieser registrierten Schwachstelle auf immer und ewig gefügig halten kann.«

»Sie meinen, das war das Kriterium, das zu Ihrer Einstellung geführt hat.«

»Ganz gewiss. Das Kuriose war ja, dass sich trotz der Tatsache, dass ein Land wie Amerika seine Vormachtstellung verloren hat, gar nicht viel geändert hatte. Natürlich brauchte auch *Nollet* einen Sicherheitsdienst. Und weil das ein Beruf ist wie jeder andere, konnte man sicher sein, hier seine alten Kollegen wiederzusehen. Auch die Probleme, mit denen wir zu kämpfen hatten, waren dieselben: Hackerangriffe, Terroristen, die Erosion des Gemeinwesens. Deswegen habe ich das Dossier über Ihren Vater geschrieben. Nicht weil ich irgendetwas persönlich gegen ihn gehabt hätte, sondern weil die Leute, die erklärtermaßen Feinde der Gesellschaft waren, sich auf ihn berufen haben.«

»Und wie erklären Sie, dass ich Kinderzeichnungen von mir in seiner Akte gefunden habe?«

»Offen gestanden, Damian, das weiß ich nicht. Natürlich habe ich, als Sie mein Patient wurden, gewusst, dass Sie der Sohn von William Christie sind. Aber wahrscheinlich war das, was Ihre Karriere anbelangt, genauso hilfreich, wie es der Missbrauch für meine Einstellung war.«

Damian war wie vor den Kopf geschlagen.

»Was sagen Sie da?«

»Was meinen denn Sie? Auch Cheng und Khan, so philanthropisch sie sich nach außen immer gegeben haben, waren sich darüber im Klaren, dass jeder, der mit dem Kern des Programms zu tun hat, ein Sicherheitsrisiko darstellt. Ein einziger illoyaler Mitarbeiter, und die Gesellschaft ist im Mark zu erschüttern. Das war das Dilemma, das Cheng fast in den Wahnsinn getrieben hat. Also wurde die Forderung laut, dass jeder, aber auch jeder, der im Entferntesten mit sicherheitsrelevanten Fragen zu tun hat, durchleuchtet und kontrolliert werden muss. Selbst wenn Sie nicht der Sohn von William Christie gewesen wären, hätte man Ihnen jemanden wie mich an die Seite gestellt ...«

»Jemanden, der mich manipuliert.«

»Wenn Sie es unbedingt so sehen wollen, ja. Andererseits aber könnte man es auch genau andersherum sehen. Da ist jemand, der Sie begleitet, der Sie vor jenen Dämonen beschützt, die ein Übermaß an Macht zwangsläufig mit sich bringt.«

»Sie haben mich betrogen.«

»Wir haben Sie manipuliert, so wie wir jeden Mitarbeiter manipuliert haben.«

»Während Sie mich hypnotisiert haben ...«

»Ja.«

»Was genau haben Sie mit mir gemacht?«

»Damian, bitte zwingen Sie mich nicht, Ihnen das zu erzählen. Ich kann Ihnen nur versichern: Nichts oder niemand wird Sie zu einer Handlung bewegen können, die Sie nicht auch im Wachzustand begehen würden.«

»Ich trage Erinnerungen an Dinge mit mir herum, die nicht stattgefunden haben. Ist das so?«

»Ja, Damian, aber das tut jeder von uns!«

Zum ersten Mal während des Gesprächs spürte Damian, wie er von einer körperlichen Wut ergriffen wurde. »Sie wollen eine Absolution von mir, nicht wahr? Aber das können Sie sich sparen! Ich habe den Film gesehen, mit dem Sie mich bearbeitet haben.«

Bei der Erwähnung des Films zuckte Negroponte zusammen. Sein Gesicht wurde bleich, aber er sagte nichts. Die Wissenschaftler, von denen nur ein entferntes Stimmengemurmel zu hören gewesen war, kamen näher und bauten sich in Hörweite auf. Damian schwieg, innerlich bebend. Erboster noch als über Negroponte war er darüber, dass er seine Gesprächslinie verlassen und ihn, statt ihn nach seinem Verhältnis zu Munro zu fragen, gleich mit dem Ergebnis konfrontiert hatte. Jetzt würde er nichts mehr aus ihm herausbekommen! Auch Negroponte sagte nichts. Er schaute zu Boden und nestelte an dem Plastikbehälter herum, in dem sich noch ein oder zwei Heimchen befanden.

Ob er diese Tiere jedes Mal mitbringe, wenn er vorbeikomme?, fragte Damian.

»Ja«, sagte Negroponte, »wenn man sie gut ernährt, sind das regelrechte Nährstoffbomben. Dieser hier«, und sein Prothesenarm deutete auf den Leguan, der sich erwartungsvoll näherte, »freut sich regelrecht, wenn ich komme und ihm etwas zu essen mitbringe.«

Damian dachte daran, dass Negroponte, wenn er nicht Klavier spielte oder sich seinen Patienten widmete, sich die Zeit damit vertrieb, jene Wesen aufzupäppeln, die er seinem Leguan jeden Freitag zum Fraß mitbrachte.

*

Damian trat hinaus in den kühlen Septembertag. Tatsächlich nahm er kaum wahr, was ihn umgab: Die Menschen, die ihm begegneten, waren wenig mehr als Schatten, die in seinem Bewusstsein keinerlei Spur hinterließen. Obwohl ihm tausenderlei Dinge durch den Kopf gingen, formten sich keine Gedanken, da war nur eine Taubheit, die zunächst seine Sinne, dann auch seine Gliedmaßen in Mitleidenschaft zog. Irgendwann, als sein Blick auf eine Bank fiel, hatte er plötzlich das Gefühl, als ob Negropontes Lähmung auf ihn übergegangen wäre. Kaum dass er sich gesetzt hatte, dachte er, dass er nicht mehr würde aufstehen können. Er starrte auf die Ritze einer Steinfliese vor sich, aus der ein paar dünne Grashalme hervorschauten. Immer wieder löste sich ein Blatt aus den Bäumen und segelte zu Boden, aber nicht einmal diese Unterbrechung des Augenblicks konnte die Empfindung seines langsamen Erstarrens aufheben. Irgendwann sah er, wie ein erster schwerer Tropfen direkt neben seiner Schuhspitze auf der Steinplatte aufschlug. Ein paar Atemzüge später ein zweiter. Ein dritter. Dann erst begriff er, dass es zu regnen begonnen hatte. Als er aufschaute, sah er, dass der Himmel klar und wolkenlos war. Beinahe schien es, als ob diese schweren Regentropfen aus einer anderen Welt in seine Gegenwart fielen. Als ein Tropfen seinen Handrücken traf, hatte er für einen flüchtigen Moment das Bild von Castoriadis vor Augen: wie sich seine Augen mit blutigen Tränen füllten, wie er schließlich von seinem Stuhl gesackt war. Die schweren Tropfen formten kein Muster auf dem Stein, so wenig, wie sie einem Rhythmus folgten. Er beobachtete, wie ein Tropfen genau in der Ritze zwischen zwei Steinplatten aufschlug, und plötzlich hatte er Alina vor Augen, wie sie sich über seinen mangelnden Kinderwunsch gewundert und ihre Nase gekräuselt hatte. Ein heller Blitz teilte den Himmel. Als er dem verklingenden Donner hinterherlauschte, begriff Damian, dass seine Empfindungen keinerlei Schutzraum mehr benötigten, kein System, keine künstliche Welt. Ganz im Gegenteil, es war schön, den Regen zu spüren, jeden einzelnen Tropfen. Die Tropfen durchnässten sein Hemd, sie ließen sein Haar in Strähnen an Stirn und Wangen kleben, liefen ihm übers Gesicht. Obwohl ihm kalt wurde, verspürte er nicht die mindeste Neigung, aufzustehen und Schutz vor dem Regen zu suchen. Jetzt, da der Regen heftiger geworden war, waren Wolken aufgezogen. Ein kühler Wind fegte in heftigen Böen über den Asphalt und trieb eine Plastiktüte vor sich her. Als ihm eine Böe ins Gesicht fuhr, so heftig, dass es ihm fast den Atem raubte, war es Damian, als wäre das Lähmungsgefühl einer Trance, ja einem Gefühl der Schwebe gewichen. Vielleicht, dachte er, wird sich alles auflösen, werde ich davontreiben, werde ich gar nichts mehr sein als die Bejahung all dessen, was ist.

*

Als er zu Hause ankam, hatte sich der Regen gelegt. Zwar standen die dunklen Wolken noch immer am Himmel, doch Sonnenstrahlen zeichneten rätselhafte Formen auf den dampfenden Asphalt. Fast war es, als ob die Luft alle Feuchtigkeit wieder in sich aufsaugen wollte. Vom Balkon aus sah er, dass über dem Grunewald ein Regenbogen stand, wie ein gutes Vorzeichen. Damian überprüfte seine Nachrichten. Justine hatte ein Hologramm hinterlassen. Zwar war sie noch immer blass, aber sie klang gefestigter als zuvor. Ihr Onkel Moxie sei gekommen, aber sie würde sich freuen, wenn er heute Abend Zeit für sie hätte. Er antwortete sogleich und hinterließ, als sie sich nicht meldete, eine Nachricht, ja, er wolle gern kommen. Dann döste er eine Weile im Solebad. Ohne dass er hätte sagen können, warum, fühlte er sich befreit. Vielleicht sollte er einfach ein paar Wochen ausspannen und mit Justine verreisen. Er freute sich darauf, sie zu sehen; womöglich hatte sich auch Khans Zustand wieder gebessert. Wenn Rosenberg angereist war, war eigentlich gar nichts anderes vorstellbar. Er und Justine könnten einen SymBios-Trip unternehmen oder sich den Abend mit den Erzählungen von Nebensächlichkeiten vertreiben.

Mit dem Augenblick, da er Negroponte verlassen hatte und ins Freie hinausgetreten war, hatte sich auch in seinem Kopf etwas gelöst. Nicht er war derjenige, der ein Problem hatte. Nichts an seiner Vergangenheit war falsch, sie war einfach das, was sie war. Wer oder was Negroponte auch immer dazu veranlasst hatte, ihm Zweifel an der eigenen Wahrnehmung einzuträufeln, dieser Bann hatte seine Macht über ihn verloren. Nie wieder! Nie wieder würde er einen Schritt in Negropontes Praxis setzen.

Er dachte an das Buch seines Vaters, das dort auf dem Schreibtisch lag und das ihm beinah wie ein Talisman schien. Wenn er in all den Jahren keine einzige Zeile hatte lesen können, so war dies nicht bloß der Tatsache geschuldet, dass sein Vater als höchst fragwürdiger Denker gehandelt wurde. Nein, es war ein Ausdruck einer tiefen inneren Angst. Hatten ihm seine Großeltern eingeredet, dass sein verantwortungsloser Vater am Tod seiner Mutter Schuld getragen habe, so hatte Negroponte diese Ängste verstärkt, bis er schließlich, wann immer er auch nur an seine Eltern gedacht hatte, überzeugt war, dort müsse ein böses Familiengeheimnis lauern. Er hatte Angst davor gehabt, der Sohn seiner Mutter und seines Vaters zu sein. Jetzt, nach dem Geständnis Negropontes, wusste er: All die Alpträume waren nichts als boshafte Machinationen.

Weil noch Zeit war, bevor die Limousine ihn abholen und in Khans *Transcendent City* hinausfahren sollte, führte Damian nacheinander Gespräche mit Olsen und Takao Tashimoto. Olsen begann sofort von jenem mysteriösen Newsfeed zu sprechen, der, da er alle Nutzer des ECO-Systems erreicht hatte, ein gewaltiges Aufsehen erregt hatte, ein Aufsehen, welches das Video selbst, schon wegen seiner primitiven Kameraführung und ärmlichen Ästhetik, niemals erreicht hätte. Snuff-Videos seien ja schon seit einem Vierteljahrhundert keine Neuigkeit mehr. In diesem Falle aber habe der damit verbundene Aufruf, allen Repräsentanten *Nollets* ein solches Schicksal zuteilwerden zu lassen, eine große

Wirkung erzeugt. Natürlich hatte es eine Reihe von Spekulationen gegeben. Eine Minorität der Kommentatoren meinte, dass man es mit dem Machwerk einer obskuren Untergrundorganisation zu tun habe, das höchstwahrscheinlich eine Fälschung darstelle. Die Mehrzahl hingegen war der Meinung, dass dieses Video nur ein rätselhafter, aber höchst spannender Teaser für Khans *Transcendence*-Projekt sein könne. Und ganz offenkundig spielte eine Untergrundorganisation eine bedeutende Rolle dabei.

»Und was ist Ihre Meinung, Olsen?«

»Khans Handschrift, das ist doch ganz klar. Wie sonst hätte man diese Nachricht an alle Nutzer des ECO-Systems schicken können? Im Übrigen, klasse besetzt! Dass er diesen schleimigen Litwinow zur Mitwirkung bewegt hat, großartig!«

Damian wusste nicht recht, ob er erleichtert sein sollte. Ganz offenbar hatte niemand aus Olsens Abteilung Anstalten gemacht, zu überprüfen, wie es möglich gewesen war, diesen Feed an alle Nutzer zu adressieren. Dies nämlich hätte sie unverzüglich auf seine Fährte bringen müssen. Tatsächlich war er, als er Olsen anrief, innerlich bereit gewesen, ihm die ganze Wahrheit zu beichten. Aber so hielt er sich, weil DiBroca ihn ausdrücklich darum gebeten hatte, mit seinem Geständnis zurück. Das Gespräch mit Takao Tashimoto verlief in einem ähnlichen Sinn. Für ihn stand außer Frage, dass Litwinows Auftritt eine erste Werbemaßnahme für das *Transcendence*-Projekt darstellte. Ob Damian ihm, in aller Kollegialität, ein paar Informationen geben könne, was genau die Funktion dieser gruseligen Szene sei?

*

Als die Limousine durch den Grunewald fuhr, stand zur Rechten eine rot glühende Sonnenscheibe, zur Linken ein fast ebenso großer silbriger Vollmond am Himmel. Der Anblick hatte etwas Beruhigendes, ja er war geradezu ein Abbild des inneren Friedens, der Damian erfasst hatte. All die gefühlsmäßigen Turbulenzen der letzten Tage hatten sich gelegt, wie die konzentrischen Wellen sich legen, die ein Kiesel auf einer Wasserfläche erzeugt. Was immer geschehen war, es hatte mit ihm nichts zu tun. Er war nichts weiter als eine Marionette gewesen, die man nur deshalb hatte spielen können, weil er sich schuldig gefühlt hatte. In der Innentasche seiner Jacke spürte er das kleine Bändchen, das er, um es Justine zu zeigen, mitgenommen hatte. *Für Damian.* Gab es etwas Schöneres als diese Widmung? Nein, es war einfach nicht wahr, was sie all die Jahre behauptet hatten. Mochte sein Vater auch ein Intellektueller sein, so war die Ehe seiner Eltern doch glücklich gewesen, hatte sich sein Vater auch in den Jahren danach stets um ihn gekümmert. Aus seiner Perspektive musste sich die Geschichte eigentlich umgekehrt darstellen, waren es seine Schwiegereltern, die ihm, mit der Hilfe ihres Vermögens und verschiedener Detekteien, das eigene Kind entfremdet hatten. Und trotzdem hatte sein Vater ihm diese Widmung hinterlassen.

Damian schlug das Buch auf und betrachtete die Widmung, die Rosenberg mit einem Fragezeichen versehen hatte. *Wenn alles machbar ist,* begann der erste Abschnitt, *muss das historische Bewusstsein ausgelöscht werden.* Wie oft hatte er diesen Satz schon gelesen? Und wie oft war er darüber gestolpert? Nach der Begegnung mit Negroponte aber begriff er, dass dies keine abstrakte Erwägung, sondern etwas zutiefst Persönliches war: etwas, das ihn selbst, seine eigene Geschichte berührte. *An die Stelle der Geschichte,* fuhr der Text fort, *tritt die Wiederkehr des Immergleichen, das System, das die Stelle Gottes eingenommen hat.* Vielleicht hatte Khan recht, vielleicht war seine Regelhaftigkeitsbesessenheit nichts als der Wunsch, die eigene Geschichte vergessen zu können. *Anders jedoch als die Götter der Vergangenheit, die noch immer einer Mythologie oder eines Buches bedurften, hat das System keinen Namen. Gehen wir davon aus, dass die Götter nichts weiter als Erfindungen des Menschengeschlechts sind, so ist das System die Erfindung der Kopflosigkeit: das Vermögen, sich selbst vergessen zu können.* Schon während er das las, stand ihm eine Unterredung mit Carmen vor Augen. Dabei war es um die Frage von Hirnimplantaten gegangen. Was man Erfahrung nenne, so hatte sie gesagt, sei nichts weiter als eine Form der mentalen Verunreinigung. All diese Erinnerungen nämlich führten nicht dazu, dass man glücklicher werde, sondern dass man sein Unglück, seine Phobien und Zwangsvorstellungen, reproduziere. Um glücklich zu sein, müsse man die negativen Erinnerungen ganz einfach löschen. Tatsächlich war ihre enthusiastische Bejahung des Neuen, das hatte er in diesem Augenblick begriffen, ihre Art, die eigene Herkunft ungeschehen zu machen. *Dass wir Geschichte sind, ist ein unverständlicher Satz, wie die Gegenwartsform überhaupt. Was ein Mensch ist, wird fortan programmiert.* Damian ließ das Buch sinken und schaute aus dem Fenster. Zum ersten Mal seit dem Augenblick, da Symeon Castoriadis das Besprechungszimmer betreten hatte, hatte er das Gefühl, als ob die Zukunft offen vor ihm läge, wie eine leere Buchseite, auf der nichts weiter steht als eine Widmung.

9

§ 9. Geschlechtlichkeit ist der Beginn aller Ungleichheit. Sie ist der Käfig, in dem der Mensch zum Gefangenen eines anderen wird. Das Geschlecht abzustreifen ist Befreiung aus der selbst verhängten Unfreiheit. Die vornehmste Beschreibung des Menschen ist also nicht ER oder SIE, sondern ES: ne-uter, das Geschlecht der Maschinen. In Zukunft wird sich die Frage, wer oder was wir sind, an der Frage entzünden, wie wir, die wir einer Lebensmatrix X entspringen, mit Wesenheiten der Matrix Y umgehen. Diese Begegnung muss nicht notwendigerweise auf eine Konfrontation mit einer extraterrestrischen Intelligenz hinauslaufen, sie beginnt schon dort, wo wir dem Alien in Form einer extraterrestrischen Mikrobe begegnen. Einen anderen Lebensbauplan als solchen erkennen und akzeptieren zu können wird die ethische Herausforderung der Zukunft sein.

Als Damian eintraf, sah er Justine auf den Stufen des Hauses sitzen, den Kopf in den Händen vergraben. Als sie aufschaute, sah er, dass ihr Gesicht kreidebleich und ihre Lippen blau waren. Sie musste nichts erklären. Aus dem Haus drang lautes Wutgeheul, begleitet vom Geräusch splitternden Glases.

Er schloss sie in die Arme, und sie begann, am ganzen Körper zitternd, zu schluchzen.

»Ich weiß nicht, was los ist. Es ist schlimmer als jemals zuvor.«

»Wo ist dein Onkel Moxie?«

»Keine Ahnung. Sie haben geredet, aber dann ist Moxie gegangen und Papa …« Wieder wurde ihr Körper von diesem Schluchzen geschüttelt.

Damian hatte von Khans Wutanfällen gehört, war aber bisher niemals Zeuge eines solchen Anfalls geworden. Schenkte er denjenigen Glauben, die dabei gewesen waren, war das Erschreckendste daran, dass sich ein solcher Wutanfall nicht in Form warnender Vorzeichen ankündigte. Er entlud sich einfach, mit einer solchen Gewalt, dass schon die Bitte, man möge sich zu einer Unterhaltung mit Khan einfinden, bei dem einen oder anderen regelrechte Existenzängste auslösen konnte. In der Firma kursierten Dutzende Erzählungen voll wüster Details, zertrümmertem Mobiliar, zu Bruch gegangenen Fenstern, Schreiorgien, bis hin zu körperlichen Attacken. Damian, der Khan stets als einen Meister der Anspielung und des Subtilen erlebt hatte, hatte sich das niemals vorstellen können. Aber auch Justine hatte ihm erzählt, dass Khan, wenn er in einen solchen Zustand hineingeriet, gegen alles wütete, was sich ihm gerade in den Weg stellte. Von ihr wusste er auch, dass einem solchen Tobsuchtsanfall in der Regel eine tiefe Depression folgte, die Khan über Tage, manchmal über Wochen außer Gefecht setzte. Nicht bloß, dass Khan dabei die Einrichtung seines Hauses in Einzelteile zerlegte, sehr viel gefährlicher war, dass er sich bei seinen berserkerhaften Exzessen mehrfach schlimm verletzt hatte. Weil er andererseits ein hoch reflektierter Mann war, hatte er, um sich vor sich selbst zu beschützen, verschiedene Psychologen und Kriseninterventionsmanager eingestellt. Allerdings überlebten die Spezialisten kaum mehr als einen Ausbruch, sei es, dass sie selbst das Weite suchten oder von Khan gefeuert wurden.

Der Mann, der in der Halle saß und seine zerbrochene Brille betrachtete, gehörte offenbar in diese Riege. Justine sagte, das sei Dr. Amendt, Khans Psycho-Coach. Amendt schüttelte bloß den Kopf und sagte, er habe alles versucht, aber dieser Mann sei einfach nicht ansprechbar, es sei, als ob man einer Naturgewalt gegenüberstehe.

»Hat es irgendeinen Anlass gegeben?«, wollte Damian wissen.

»Nein, es ist einfach passiert. Ich kann auch nicht sagen, ob irgendjemand etwas Falsches gesagt hat. Khan ist einfach explodiert. Natürlich habe ich eine Krisenintervention versucht, aber leider muss ich zugeben, nicht sehr erfolgreich. Dies«, sagte er und deutete auf sein zerbrochenes Brillengestell, »ist das Einzige, was dabei herausgekommen ist.«

Damian blieb unter dem Türsturz stehen. Überall lagen Bücher, Scherben, Mobiliar. Und in der Mitte des Raums stand Khan und tobte. Er hielt einen Golfschläger in den Händen und fegte eine Vase vom Tisch, zertrümmerte die Glasplatte und bearbeitete dann die Giacometti-Skulptur, die schon nach dem ersten Schlag in der Mitte einknickte. Jetzt erst entdeckte Damian, dass Khan nicht allein war. In einem Sessel am anderen Ende des Raumes saß eine dicke Rothaarige. Ihr Lippenstift war verschmiert, und sie trug ein Mieder, das Ringe weißen Fleisches hervorquellen ließ. Ganz offenkundig war sie betrunken, denn sie nahm von dem, was um sie herum geschah, keine Notiz.

Wie ein angeschlagener Schwergewichtsboxer, der in den letzten Runden seine Kräfte sammelt, legte Khan eine kurze Pause ein und schaute sich um. Sein Blick war glasig und leer. Damian begriff, dass der Anflug von Verwirrtheit allein daher rührte, dass Khans Wut kein Objekt mehr fand, an dem sie sich hätte austoben können. Sein Blick fiel auf das Aquarium, das in die Wand eingelassen war, ja sie fast zur Gänze einnahm. Als Damian das erste Mal im Hause Khans gewesen war, hatte er ihm die verschiedenen Fischarten präsentiert und einen langen Vortrag über die *Tableaux vivants*, die lebendigen Bilder des 19. Jahrhunderts, gehalten. Jetzt torkelte Khan auf das große Aquarium zu und begann wie entfesselt auf das Glas einzuschlagen. Das Material war widerstandsfähiger als gedacht, denn es zeigten sich bloß kleine Risse. Die Vergeblichkeit schien Khan nur mehr zu erzürnen, er drosch wie ein Berserker auf das Glas ein, dann schleuderte er den Golfschläger quer durch den Raum, nahm Anlauf und rannte mit seinem massigen Körper gegen die Aquariumswand an. Das Glas zersprang. Ein Splitter von der Größe einer Guillotineklinge verfehlte Khans Kopf nur ganz knapp. Ein großer

Schwall Wasser quoll hervor und ergoss sich über den Rasenden und auf den Boden.

Khan, durchnässt von oben bis unten, torkelte durch den Raum, dessen Boden bereits mit großen Wasserpfützen bedeckt war, und ließ sich auf eine Couch fallen. Eine Weile lang stierte er einen Fisch an, der auf dem Teppich gelandet war, zappelte und nach Luft schnappte. Noch immer quoll das Wasser aus dem Loch im Aquarium hervor. Überall waren Fische zu sehen, die zuckend in der inzwischen ein paar Zentimeter hoch stehenden Brühe zu ersticken drohten.

»Komm!«, sagte Damian und zog Justine mit sich in den Raum. Das Wasser drang ihm in die Schuhe, und jeder Schritt verursachte ein quietschendes Geräusch, das so lächerlich klang wie die Tonspur eines Zeichentrickfilms. Justine setzte sich neben ihren Vater und legte ihm die Hand auf die Schulter, Damian nahm ihm gegenüber auf einem Sessel Platz.

Khan atmete schwer. »Ich will was zu trinken! Holst du mir bitte was zu trinken?«

Justine stand auf und kam wenig später mit einer Flasche Whiskey und einem Glas wieder zurück. Khan griff nach der Flasche und nahm einen tiefen Schluck. Erst jetzt schien er Damian wahrzunehmen. Jedenfalls wanderte ein Anflug des Wiedererkennens, fast so etwas wie ein Lächeln über sein Gesicht. Aus der Tiefe des Raums hörte man ein lautes Rülpsen und dann, wie sich die Dicke erbrach.

*

In der Nacht wachte Damian auf und spürte als Erstes das Gewicht ihrer kleinen Hand auf seiner Brust. Als Justine ihn gebeten hatte, über Nacht zu bleiben, war er überrascht gewesen, wusste er doch, wie nervös sie auf die körperliche Nähe eines anderen Menschen reagierte. Nachdem Khan sein Aquarium zertrümmert hatte, hatte er sich beruhigt und ohne Probleme in sein Zimmer bringen lassen. Dort befand sich das mirakulöse Bett, in dem man in einem Magnetfeld schwebend schlafen konnte, aber da Khan viel zu schwer, erschöpft und zu betrunken war, hatten sie ihn, mithilfe von Dr. Amendt, auf eine Couch gehievt. Bis zu diesem Augenblick hatte sich Justine, weiß wie eine Wand, aufrecht gehalten. Danach aber war sie zusammengeklappt. Damian hatte sie in ihr Zimmer getragen, aufs Bett gelegt und zugedeckt. Bevor sie eingeschlafen war, hatte sie seine Hand ergriffen und gesagt: »Bitte, Damian, bleib! Bleib über Nacht!«

Damian hatte noch nie eine Nacht in diesem Haus verbracht. Seit ihrem siebten Lebensjahr, hatte Justine ihm zu Anfang ihrer Beziehung erzählt, habe sie mit keinem einzigen Menschen im selben Bett schlafen können. Aber das war nur einer ihrer vielen Ticks, nicht viel bedeutsamer als ihre körperliche Idiosynkrasie Pflaumen, Raupen oder Fahrrädern gegenüber. Im Grunde bestand Justine aus den verschiedensten Ticks, die sich wie Raubtiere gegenseitig belauerten und einander in Schach hielten. In ihrem Zimmer hing noch immer eine Liste aller Ängste, die sie sich als Zwölfjährige ausgedruckt und mit verschiedenen Buntstiften markiert hatte: Cacophobie (orange), Chemophobie (gelb), Cyclophobie (rot). Was Cyclophobie bedeute, hatte Damian gefragt, und sie hatte ungerührt geantwortet, das sei die Angst vor Fahrrädern. Wann immer Damian in ihrem Zimmer war, schaute er sich diese Liste an, die ihn, als eine Enzyklopädie ihrer Ängste, jedes Mal aufs Neue erstaunte.

Eine Weile hatte er bloß zugeschaut, wie sie schlief, und darüber nachgedacht, warum ihre gemeinsame Geschichte sich an den merkwürdigsten Stellen kreuzte. Einmal, als sie das Wort *mutterseelenallein* gesagt hatte, hatte er das Gefühl gehabt, dass in diesem Wort ihre ganze Gemeinsamkeit lag – eine geteilte Abwesenheit. Vielleicht war es, so besehen, zwangsläufig, dass das, was er ihr heute hatte erzählen wollen, ungesagt geblieben war. Irgendwann, als er selbst müde geworden war, hatte er sich schließlich neben sie gelegt. Sie war nicht aufgewacht, aber ihre Hand war auf seine Brust gerutscht und dort liegen geblieben. Beim Erwachen war er sich für einen Moment nicht sicher, ob er nicht vielleicht doch träumte, aber als er sah, dass die Schrift an der Wand sich nicht veränderte, begriff er, er war wach. Bemüht, sie nicht zu wecken, schob er vorsichtig seine Hand unter die ihre und verlagerte sie dann, mit einer zeitlupenartigen Bewegung, auf das Bettlaken. Die Brust gegen die angezogenen Beine gelehnt, blieb er im Bett sitzen.

Ihr schlafender Körper lag ganz ruhig. Schlafend sah sie viel jünger, geradezu mädchenhaft aus. Vielleicht war es das, was ihm an Justine immer am rätselhaftesten vorgekommen war: dass er sich nicht vorstellen konnte, dass sie jemals altern oder selbst ein Kind haben könnte. Sie erschien ihm wie die sonderbaren Gebilde, die die Geisterfotografen des 19. Jahrhunderts auf ihren Platten abgelichtet hatten: ein durchscheinendes Wesen aus einer anderen Welt. Sie lebe, so hatte sie ihm ganz früh und sehr ernsthaft gesagt, in einer anderen Zeit. Jetzt, da er ihren schlafenden Körper vor sich sah, wusste er, dass es stimmte.

Weil alles im Haus einem Steuerungsprogramm unterlag, ging die Beleuchtung an, als er die Treppe zum Erdgeschoss hinunterstieg. Es war ein fahles silbriges Licht, das der Designer, um die nächtliche Atmosphäre zu treffen, wohl dem Mondlicht nachempfunden hatte. Damian war durstig. Er holte sich ein Glas eisgekühlten Orangensaft aus dem Kühlschrank, schüttete es in einem Zug hinunter und schenkte sich gleich ein zweites ein.

»Kannst du nicht schlafen?«

Damian schrak zusammen. Am Ende des riesigen Raums war das aufglühende Rot einer Zigarette zu sehen, dann die Silhouette einer Gestalt, die vor dem Fenster in einem Sitzmöbel saß. Dahinter öffnete sich eine sanft abfallende Parklandschaft, in einem silbrigen Licht, das wirkte wie eine Theaterbeleuchtung, nur dass es diesmal wirklich vom Mond herrührte.

»Ich hatte Durst«, sagte er, als müsste er sich entschuldigen.

»Setz dich doch«, sagte Rosenberg. Er trug jene lässige Kluft, die er auch bei ihrer Begegnung in der Bibliothek getragen hatte, eine weiße Leinenhose und ein kaftanartiges Oberteil.

Damian setzte sich, und weil er nicht recht wusste, was er sagen sollte, erkundigte er sich nach Khans Befinden.

»Er schläft. Aber so wie er sich aufgeführt hat, ist er wieder ganz obenauf.«

Rosenberg zog an seiner Zigarette. Ein kleiner Lichtschein huschte über sein Gesicht.

»Weißt du eigentlich, wie freundlich er sich über dich geäußert hat? In all den Jahren, die ich ihn kenne, hat es kaum jemanden gegeben, über den er so liebevoll gesprochen hat.«

Damian war überrascht. Schon die Tatsache, dass er für die beiden Männer Gesprächsgegenstand gewesen war, machte ihn verlegen.

»Du musst dir keine Sorgen machen«, sagte Rosenberg, »wenn Khan gegen irgendetwas anrennen kann, ist die Krise vorbei.«

»Aber was ist denn passiert? Als Justine sich bei mir gemeldet hat, hat sie gesagt, dass er sie nicht mehr erkannt und mit dem Namen ihrer Mutter angesprochen hat.«

Rosenberg schwieg. Umständlich holte er eine Zigarettenschachtel hervor und zündete sich eine neue Zigarette an der Kippe der alten an. Während er gierig den ersten Zug einsog, beugte er sich vornüber und drückte die Kippe in einem überquellenden Aschenbecher aus.

»Er ist in einem Alter, da kommen die Geister zurück«, sagte er.

Damian nickte ins Dunkel hinein, tatsächlich aber verstand er kein Wort.

»Du kennst doch die Geschichte von den platonischen Zwillingsseelen, die, nachdem man sie voneinander getrennt hat, einander suchen. Aber das ist nur die halbe Wahrheit. Das, was wir für unsere bessere Hälfte halten, ist immer auch ein dunkler

Schatten, ein Widersacher, der auslebt, was wir uns selber verbieten. Nimm mich! Jedes Mal, wenn ich hier bin, bin ich zutiefst beeindruckt von dem, was Khan in die Welt gesetzt hat. So sehr beeindruckt es mich, dass ich vor Eifersucht rase – aber wenn ich meinen Blick abwende, weiß ich, dass ich nur in einen dunklen Spiegel geschaut habe.«

Rosenberg machte eine lange Pause.

»Verstehst du das?«

»Nein, ich glaube nicht.«

Rosenberg schloss die Augen. Lange Zeit sagte er nichts. Die Zigarette in seiner linken Hand brannte einfach herunter, und ein langer Streif Asche fiel zu Boden. Erst als sie ganz heruntergebrannt war, rührte er sich und drückte sie aus. Als er zu sprechen begann, kam er Damian wie entrückt vor, in einem tranceartigen Zustand, bei dem der Zuhörer nicht viel mehr war als ein Möbel. Zwar beantwortete das, was er sagte, Damians Frage nicht im Entferntesten, dennoch formten sich seine Sätze zu einem Bild, das sich ganz langsam vervollständigte. Sie hatten sich um 2005 in der Bay Area kennengelernt und waren einander bei verschiedenen Konferenzen, aber auch in der Start-up-Szene immer wieder über den Weg gelaufen. In einer merkwürdigen Wendung hatte sich aus einer anfänglichen heftigen Animosität eine Freundschaft entwickelt. Er, Rosenberg, habe Khans Begeisterung für die Programmierung nur in Maßen teilen können. Anders als Khan sei ihm dies niemals als Freiheitsversprechen, sondern als Kontrollraum vorgekommen, dem er habe entfliehen wollen. Deshalb das Meer, die Segelei, die Gedichte.

»Mein Gott, wie groß bin ich mir vorgekommen, und wie jämmerlich erschien es mir, meine Zeit mit irgendwelchen kryptografischen Schlüsseln zu vergeuden! So habe ich wirklich gedacht! Ich war der Künstler, Khan indes ein schleimiger Illusionist, dem es bei seinen Massenbeglückungsfantasien nur ums Geld zu tun war. In Wahrheit jedoch war es genau andersherum. Während ich meine Zeit mit dieser Beatnik-Romantik vergeudet und schlechte Gedichte fabriziert habe, hat Khan seine Träume wahr gemacht, mit ungeheurer Energie und Zielstrebigkeit.«

Rosenberg schwieg, streckte nur die Beine ein wenig von sich.

»Als ich von dem, was eine Weltumsegelung hätte werden sollen, aber doch nur ein klägliches Scheitern war, zurückkehrte, hatte ich das Gefühl, den Boden unter den Füßen verloren zu haben. Khan hatte geheiratet, ein Kind bekommen, und als er hörte, dass ich zurück bin, wollte er, dass ich mit ihm zusammenarbeite, nach Berlin komme, seine Frau kennenlerne. Ja, ich habe Saskia kennengelernt, aber vielleicht nicht so, wie er sich das vorgestellt hat. Wahrscheinlich wäre ihre Ehe auch ohne mich am Ende gewesen. Für Saskia, die zurückhaltend, ja fast krankhaft schüchtern war, war dieser Mann einfach zu viel. Eine toxische, geradezu lebensgefährliche Dosis. Andererseits, wäre ich nicht gewesen, so wäre es niemals zu jener schrecklichen Geschichte gekommen …«

»Was ist passiert?«

»Khan war eine Berühmtheit, schon damals. Er war mit der Firma nach Berlin gegangen und kam nur für Stippvisiten nach San Francisco, wo Saskia noch lebte, schon deswegen, weil sie noch immer ihre Praxis und ihre Patienten hatte. So bin ich zu Saskia, in ihre gemeinsame Wohnung, gezogen, habe mich ein bisschen um Justine gekümmert, gelesen und alle Jobangebote, die hereinflatterten, abgelehnt. Eines Tages kam ich mit Justine vom Spielplatz, und Saskia war nicht mehr da. Stattdessen kam ein Anruf, man habe sie entführt. Dann ein zweiter Anruf, eine Lösegeldforderung. Also rief ich Khan an, erzählte, was passiert war, sagte, dass die Entführer eine Million Dollar haben wollten. Er wies das Geld an und bat mich, alles zu tun, was die Entführer verlangten, auf keinen Fall aber die Polizei einzuschalten. Ich habe alles getan, Schritt für Schritt. Aber als ich das Lösegeld übergeben hatte, passierte nichts mehr. Nichts! Funkstille! Khan war unterdessen nach San Francisco gekommen – und weil die Situation zwischen uns, im quälenden Warten, immer unerträglicher wurde, bin ich gegangen. Auf einem Flug nach Hawaii erfuhr ich, dass man Saskias Leichnam in einem Erdloch in den Redwoods gefunden hatte. Wahrscheinlich hatte man sie schon am Tag der Entführung getötet. Eigentlich gab es keinen Grund, dass ich mir hätte Vorwürfe machen müssen, trotzdem kam ich mir vor wie ein Verräter, ein Deserteur. Ich habe aufgehört, Gedichte zu schreiben, stattdessen bin ich dorthin, wo um mich herum die Welt in Flammen versank ...«

»Und trotzdem haben Sie sich wieder versöhnt.«

Rosenberg schwieg, als hätte er die Bemerkung überhört. Irgendwann öffnete er die Augen, setzte sich aufrecht hin und schaute ihn an.

»Eines Tages stand er vor der Tür, mit Justine an der Hand. Sie war acht oder neun, ich weiß nicht mehr genau. Wir sind gemeinsam segeln gegangen. Es war schön, als hätte es kein Zerwürfnis gegeben, als hätte Saskia niemals gelebt. Eigentlich begriff ich nicht, was er überhaupt von mir wollte, bis ich – bis ich das hier gesehen habe.«

»Wie meinen Sie das?«

Rosenberg lächelte. »Was habe ich dir von den dunklen Schatten erzählt?«

»Sie meinen: Khan hat ausgelebt, was Sie sich selber verboten haben?«

»Ich habe mit Symbolen gespielt, aber er hat die Symbole in eine Wirklichkeit übersetzt. Hat Häuser gebaut, eine ganze Gesellschaft zu seinem Spielplatz gemacht. Meine Welt, du hast sie gesehen! Verrottete Geister, die für ein paar Waffen oder Hightech-Gadgets bereit sind, alles zu verraten, woran sie glauben, die ihre Freunde, ja ihre Liebsten umbringen würden, wenn sie sich einen Vorteil davon versprechen.«

»Aber Khan hat doch immer wieder nach diesen Menschen gesucht.«

»So wie ich in den Gedichten das Leben gesucht habe, hat er im Leben seine Gedichte gesucht. Das war seine Obsession! Er war überzeugt davon, dass wir uns im Blut, in Verrat und Niedertracht suhlen müssen, um das Leben zu begreifen. Und auf eine gewisse Weise hat er recht. Sie sind ja alle zu mir gekommen, diese verwöhnten, blutleeren Monster, die nur in der Zone ihre Fantasien ausleben können.«

Er stand auf. »Justine – ich glaube, Justine war das Wunder, das uns zusammengebracht hat. Als sie damals vor mir stand, schaute sie mich an, als könnte sie sich noch an mich erinnern. Und ich hatte vor Augen, wie ich mit diesem Kind in der Hand vom Spielplatz heimgekehrt bin, wie es in die Wohnung hineingestürmt ist und seine Mutter gesucht hat …«

Rosenberg ließ den Blick aus dem Fenster wandern.

»Lass uns ein paar Schritte an die frische Luft gehen.«

Sie gingen in den Park hinaus. Es war kühl. Auf den weißen Sitzpolstern der Sommermöbel auf der Terrasse glänzten Tautropfen im Mondlicht. Über dem See lagen Nebelschwaden. Es war ein Anblick aus einer Zwischenzeit, in der die Dinge zu schweben begannen.

Als ob sich die Welt einfach ausblenden ließe.

*

Wie sich die Lösung in seinem Kopf eingestellt hatte, ließ sich im Nachhinein nur schwer beschreiben. Eigentlich waren es nur Bilder, die durch seinen Kopf wirbelten, wie Staubpartikel, die in einem Sonnenstrahl tanzen. Der Anblick von Justines schlafendem Körper, der Kokon, aus dem der kleine rosafarbene Schwanz der Laborratte herausschaute, die Facettenaugen ringsum. Er hatte in der Limousine gesessen, die ihn nach Berlin zurückbringen sollte – und als der Wagen die Stelle passierte, wo Tesla ihn vom Weg abgebracht hatte, ließ er ihn anhalten. Plötzlich erschien es ihm wichtig, auf dem Waldweg ebenjene Stelle wiederzufinden, an der er den moosüberwachsenen Schuh gesehen hatte. Er stapfte ein paar Meter durch das Laub, das feucht war vom nächtlichen Tau. Der Waldweg sah anders aus als in der Nacht. Damian dachte schon, er hätte sich verirrt, aber dann sah er ihn plötzlich vor sich. Ein Sportschuh von einem hellen Türkis, das sich im Tageslicht deutlich vom Moos absetzte. Stärker aber als der Anblick selbst war die Empfindung, in die er ihn versetzte: das Gefühl, als wäre er ein Doppelgänger seiner selbst, als finge die Geschichte einfach wieder von vorne an. Ein Satz, den er im Buch seines Vaters über das *Phantom der Identität, die Hydra,* gelesen hatte, kam ihm wieder in den Sinn: *Ihr Blut ist giftig, selbst ihre Spuren sind giftig.* Warum ihm ausgerechnet dieser Satz vor Augen stand, war ihm nicht klar, nur dass er die Eingebung hatte, dass das Passwort, mit dem Castoriadis seine *MetaNotes* gesichert hatte, dasselbe war, das er als Botschaft in seinen Lifestream geschmuggelt hatte. Seine Hände begannen zu zittern, zugleich lief ihm ein Kälteschauer über den Rücken. Er öffnete die Akte und gab es ein. ASSASSINATION. Und tatsächlich: Das Fenster öffnete sich und das Gesicht von Castoriadis war zu sehen, bleich und übernächtigt, mit diesem schwarz gelockten, etwas zu langen Haar, das ihm in Strähnen ins Gesicht fiel.

»Hallo, Damian«, sagte Castoriadis, »wenn du dieses Video sehen kannst, dann deswegen, weil du all die Nachrichten, die ich dir zugedacht habe, entschlüsselt hast.«

Damian war so aufgeregt, dass er sich setzen musste. Für einen Moment wurde ihm schwarz vor der Stirn, aber dann fing er sich wieder.

Der Castoriadis auf dem Video machte eine Pause, fuhr sich mit der Hand an die Nasenspitze und strich sich das Haar aus der Stirn. »Tatsächlich bist du der Mensch, für den sie bestimmt waren. Ich weiß, wir haben uns niemals persönlich kennengelernt. Aber all die Leute, die dich kennen, haben mir signalisiert, dass sie dir vertrauen. Der wichtigste Grund aber, warum ich dich ausgesucht habe, hat damit zu tun, dass auch Khan dir vertraut.«

Um Atem ringend hörte Damian der Geschichte des jungen Mannes zu, der in der Zone groß geworden war, aber über einen Onkel den Weg ins ECO-System gefunden hatte.

»Bei *Nollet* aufgenommen zu werden«, fuhr Castoriadis fort, »das war die Einlösung eines Traums. Man hat mir gesagt, dass ich mich, um mich von gewissen belastenden Erinnerungen zu befreien, einer hypnotherapeutischen Behandlung unterziehen muss. Klar, habe ich gesagt. Alles! Ich hätte alles gemacht!«

Nach ein paar Wochen habe er Alpträume bekommen. Irgendwann seien zwei Männer des Sicherheitsdienstes bei ihm aufgekreuzt und hätten ihn auf eine Untergrundgruppe angesetzt, harmlose Aktivisten, deren Interesse sich in der Nutzung seines Sicherheitszertifikats erschöpft habe. Allerdings habe er über sie die dunklen Seiten der Firma kennengelernt. In den letzten Wochen freilich seien merkwürdige Dinge passiert.

»Plötzlich findest du dich unter einer Autobahnbrücke oder an einem verlassenen Waldstück, aber du kannst dich nicht mehr erinnern, wie du dort hingekommen bist. Kein Schimmer, nichts! Oder du erwachst in deiner eigenen Wohnung und hast ein Messer vor dir, und zugleich ist da die Vision, wie du auf einer Bühne stehst und auf Khan zuschreitest ... und da ist dieses Messer in deiner Hand!«

Er habe eine Weile gebraucht, um herauszubekommen, wie man sich seiner Gedanken bemächtigt habe, aber er habe es herausbekommen. All die Informationen seien diesem Dokument angehängt.

»Du weißt, was los ist, aber du kannst es niemandem erzählen. Hättest du mir geglaubt? Nein. Wie auch? Wie hättest du glauben können, dass ich die Wahrheit sage. Dazu hättest du doch für möglich halten müssen, dass die Sicherheitsarchitektur des Scores längst ausgehöhlt ist. Zugleich habe ich gewusst, wenn ich die

Geschichte jemandem erzähle, der mit Munro und seinen Leuten zu tun hat, werden sie dich für verrückt erklären oder sie werden dich beseitigen. Das habe ich begriffen. Ich bin tot, so oder so!«

Damian schauderte. War nicht alles, wovon Castoriadis berichtete, nicht auch ihm widerfahren? Castoriadis erzählte, wie er seinen Selbstmord und alles andere minutiös geplant habe. Den Verlust seines Scores. Die Vorladung zum Inquisitionsgespräch. Die versteckte Botschaft. Das tödliche Gift, eine nichtinfektiöse, hoch beschleunigte Mutation des Ebola-Virus. Um wirklich sicherzugehen, habe er Khan, um ihn zu warnen, verschiedene Drohungen geschickt, ihn am Tag zuvor sogar selbst angerufen. Natürlich habe er gewusst, dass den Leuten des Sicherheitsdienstes dieser Anruf nicht entgehen werde, ja dass diese Warnung letztlich ein Todesurteil bedeute. Er habe die Wahl gehabt, sich selbst umzubringen oder sich von Munros Leuten exekutieren zu lassen.

»Dass ich gestorben bin«, sagte Castoriadis. »darf nicht sinnlos sein. Wenn du dieses Video gefunden hast, weiß ich, dass du die Verschwörung aufgedeckt hast. Du kennst die Geschichte. Jetzt musst du sie nur noch erzählen!«

Eine Weile saß Damian wie betäubt und sah den Blättern zu, die sich aus den Bäumen lösten und langsam zu Boden segelten. Zugleich stieg, von den Füßen aufwärts, Angst in ihm auf. War es möglich, dass irgendwo tief in ihm ein Tötungsprogramm lauerte? Hatte man ihn dazu auserkoren, Khan zu töten? Sosehr er auch in sich hineinhorchte: Da war nichts. Dennoch waren die Leute vom Geheimdienst von Anbeginn über jeden seiner Schritte informiert gewesen. Sie hatten gewusst, wo er sich befand und was er gerade erlebte. Folglich mussten sie auch jetzt, in diesem Augenblick, begriffen haben, dass er das Rätsel um Castoriadis gelöst hatte. Irgendwo über ihm ertönte ein Flügelschlag und dann das ausschwingende Surren eines vibrierenden Zweiges. Was hatte Castoriadis gesagt: »Ich bin tot, so oder so!« Direkt vor ihm, in der Luft, schwebte eine Libelle.

Als sie ins Gras schoss, um die ausgespähte Beute zu erlegen, begriff Damian, dass er, um sich vor der Entdeckung zu schützen, unverzüglich seinen Kommunikator ausschalten musste. Das Standbild von Castoriadis erlosch, und mit dem verschwindenden Lichtpunkt kehrte das Gefühl für die Umgebung zurück. Da stand noch immer der moosüberwachsene Schuh, da löste sich ein Tautropfen von einer Grasspitze und rann am Halm hinunter. Dennoch hatte dieser Anblick nichts Friedliches. Eher kam es ihm vor, als hielte die Natur selbst den Atem an. Er ließ den Blick zur Straße hinaufwandern, wo die Limousine auf ihn wartete. Ein zweites Auto, mit dunkel getönten Scheiben, näherte sich, verlangsamte seine Fahrt, hielt schließlich an. Ein untersetzter Mann stieg aus und warf einen Blick in den Wagen, dann kam ein weiterer hinzu. Nach einem kurzen Wortwechsel stiegen die beiden den Waldweg hinab. Damian sprang auf und rannte los, zunächst den Waldweg entlang, dann tiefer in den Wald hinein. Ohne sich umzuschauen, war er doch sicher, dass er ihre Aufmerksamkeit erregt hatte: das Geräusch seiner Schritte, das Knacken der Zweige, das Keuchen. Zweige schrammten ihm übers Gesicht. Er rang nach Luft, zugleich begann seine Lunge zu schmerzen. Beim Versuch, sich umzuschauen, stürzte er über eine Wurzel, überschlug sich im Fall und versuchte sich festzuhalten, aber dann rutschte er ein paar Meter in eine Senke hinab. Über ihm die Wipfel der Bäume und ein kleiner Ausschnitt, in dem der Himmel zu sehen war. Er horchte angestrengt. Irgendwo in der Ferne schien jemand zu rufen. Zwar hatten sie, ohne seinen Kommunikator, keine Positionsdaten mehr, aber was sollte sie hindern, ihn mit einer Drohne mit Wärmebildkamera aufzuspüren? Mit diesem Gedanken hatte er das Bild von Slavoj vor Augen: wie er, den Kopf gen Himmel gerichtet, Haken schlagend durchs Unterholz gehetzt war. Nein, er war nicht sicher. Er musste ein Versteck finden, eine Höhle oder irgendeinen Unterschlupf, der ihn für das Auge der Kamera unsichtbar machte. Er grub seine Hände in den Waldboden und schwärzte sich mit der feuchten Erde das Gesicht. Das würde wenigstens seine Identifikation erschweren. Eine ganze Weile streifte er durch den Wald, auf der Suche nach einem Versteck. Immer gewahr, dass jeden Augenblick eine Drohne auf ihn herabstürzen könnte, drang er tiefer ins Dickicht vor. An einem überwucherten Weg entdeckte er ein großes Betonrohr, das Waldarbeiter liegen gelassen haben mussten. Hier standen die Bäume so dicht, dass kaum ein Sonnenstrahl hineinfiel. Die Erleichterung, ein Versteck gefunden zu haben, war so groß, dass er sich übergeben musste. Dann kroch er in das Betonrohr, streckte die Beine von sich und versuchte seinen Atem zu beruhigen. Im Innern war es feucht und es roch modrig. Zugleich schien es ein Unterschlupf für Insekten und Ameisen zu sein, jedenfalls spürte er gelegentlich ein Kribbeln und wie sein Unterschenkel heftig zu jucken begann. Eine ganze Weile lag er bloß da, schweißüberströmt, und hörte zu, wie das Blut in seinen Adern rauschte. Dann blieb die Zeit stehen und für Momente schien es ihm gar, als verlöre er das Bewusstsein.

*

Als sich Damian nach ein paar Stunden hervortraute, war es später Nachmittag. Er hatte lange gezögert, sein Versteck zu verlassen. Zwar hatten die Männer bestimmt längst aufgegeben, ihn zu suchen, dennoch war die Gefahr einer Drohnenattacke nicht gebannt. Hatte nicht der Sicherheitsmann in der Zone erzählt, dass eine solche Drohne wochenlang auf ihr Opfer warten könne? Irgendwann musste er gehen, warum also nicht jetzt? Mit jedem Schritt, den er sich weiter von seinem Unterschlupf entfernte, spürte er, wie die Unsicherheit wuchs. Knackte es in den Zweigen über ihm, hielt er inne und spähte nach oben. Bis zum Haus von Khan mochte es ein Fußweg von zwei, maximal drei Kilometern sein. Wenn er es bis dorthin schaffte, wusste er, was zu tun war. Was hatte Castoriadis gesagt? »Du kennst die Geschichte. Jetzt musst du sie nur noch erzählen!« Er musste Khan und DiBroca informieren – danach wäre es sinnlos, ihn zu liquidieren. Nach einer Weile sah er hinter ein paar Bäumen den Golfplatz der Siedlung auftauchen. Vorsichtig trat er zwischen den Bäumen hervor. Ein Golfspieler fuhr in einem Elektromobil vorbei und warf ihm einen erstaunten Blick zu. Damian wusste, er sah fürchterlich aus, mit verdreckten Händen, einem geschwärzten Gesicht, zerrissenen Kleidern. Aber er hatte Glück. Es war ein friedlicher Nachmittag, und auf dem Weg zu Khans Haus lief ihm niemand sonst über den Weg. Er schritt die Auffahrt hinauf, vorbei an den Buchsbaumhecken, die ein Künstler zu Arabesken verwandelt hatte. Hier waren die Sicherheitskameras verborgen, die einen Unbefugten sofort identifiziert und Khans Sicherheitsleute auf den Plan gerufen hätten. Als Vertrauter der Familie jedoch blieb er unbehelligt. Er klingelte, aber niemand öffnete. Er ging ums Haus auf die Terrasse. Eine halb geleerte Tasse Kaffee stand dort und ein Kuchenstückchen, das von Wespen umsurrt war. Die Terrassentür stand weit offen. Als er eintrat, roch er noch immer den Geruch von Nikotin, den Rosenberg hinterlassen hatte.

Khan lag in einem geschlossenen Gebilde aus Plexiglas, in dessen Innerem verschiedene Roboterarme, Scanner und andere Gerätschaften sichtbar waren. Unterleib und Bauchgegend waren abgedeckt, ansonsten war er nackt. Oberhalb dieses gläsernen Sargs befanden sich ein Terminal sowie diverse Monitore, die die Prozesse im Innern der Apparatur widerspiegelten. Nur Khans Kopf befand sich außerhalb, sanft auf ein Kissen gebettet. Als er den Raum betrat, huschte ein Lächeln über sein Gesicht.

»Mein Gott, Damian, wie siehst du bloß aus?«

Damian deutete auf die Gerätschaften. »Wozu ist das?«

»Meine Niere. Ich hatte eine Abstoßungsreaktion. Und jetzt verpasst mir dieser kleine Roboter ein neues Exemplar.«

Er habe die Prozedur schon ein halbes Dutzend Mal hinter sich, erklärte Khan beschwichtigend. Der Prozess selbst sei ziemlich trivial, nur hätten die gezüchteten Organe leider noch immer einige Makel.

»Aber deshalb bist du nicht hier, oder?«

Nach ein paar ersten stockenden Einleitungssätzen sprudelte die ganze Geschichte aus ihm heraus. Was Damian erzählte, schien Khan nicht weiter zu erstaunen. Er war nicht einmal sonderlich schockiert, als Damian von seinem Verdacht erzählte, dass er eine Art Stellvertreter für Castoriadis sein könnte, damit beauftragt, ihn zu töten. Stattdessen sagte er nur: »Wenn es so ist, so wäre das jetzt doch eine perfekte Gelegenheit. Du müsstest nur diese Apparatur ausstellen!«

Vielleicht war es Damians entgeisterter Gesichtsausdruck, auf jeden Fall begann er zu lächeln und sagte: »Weiß du, was gerade passiert ist?«

»Nein?«

»Du hast diesen Schritt gemacht. Hinaus aus dem Regelkreis, in die Geschichte hinein. Wenn du eine Geschichte erzählst, sie mag von den schrecklichsten Dingen handeln, so wird das, wovon diese Geschichte erzählt, nicht mehr passieren. Verstehst du? Du wirst mir nichts tun! Du hast mir diese Geschichte erzählt, damit es nicht stattfinden wird.«

»Aber sie werden uns töten, ist Ihnen das vollkommen egal?!«

Ja, das sei die Absicht, gewiss, und natürlich sei ihm das keineswegs gleichgültig. Man müsse jemanden kontaktieren.

DiBroca, sagte Damian sofort, sie müssten DiBroca ins Vertrauen ziehen.

»Du vertraust ihr?«

Der leise Zweifel in Khans Stimme verriet, dass er sich keineswegs sicher war. Das brachte Damian ganz aus dem Konzept. Sein Vertrauen in DiBroca war so tief, dass er niemals auch nur erwogen hatte, dass sie ein Teil der Verschwörung sein könnte. Fiebrig rekapitulierte er, ob ihm irgendetwas Verdächtiges hätte auffallen können. Nein, da war nichts. Stattdessen fiel ihm ein, dass Munro sich überaus despektierlich über sie geäußert hatte. Nein, es war unmöglich, dass sie mit einem solchen Mann gemeinsame Sache machen konnte! Und warum, was sollte sie auch davon haben?!

»Ja, ich vertraue ihr. Ich kenne sie schon so lange, ich vertraue ihr blind!«

Das Gespräch mit DiBroca war kurz. Damian rekapitulierte, was er in Erfahrung gebracht hatte, und sandte ihr als Beleg das Video von Castoriadis. Sie dankte ihm und sagte, sie werde eine Krisensitzung einberufen, vor allem aber werde sie die Sicherheitsmaßnahmen für den Besuch in Ulan-Bator erhöhen. Wahrscheinlich gehe es den Verschwörern darum, die Friedenskonferenz zu torpedieren. Umso wichtiger aber sei es, die Konferenz zu einem Erfolg werden zu lassen, danach müsse man sich um dieses Krebsgeschwür, den Sicherheitsdienst, kümmern. Dann wechselte sie ein paar Worte mit Khan, versicherte ihm, alles Nötige zu veranlassen, wünschte ihm gute Besserung und verabschiedete sich. Khan seinerseits zeigte sich während des Gesprächs von einer fast erschreckenden Sachlichkeit, als ginge es nicht um sein Leben, sondern um eine nachgeordnete, beinahe lästige Organisationsfrage.

»Wie können Sie so ruhig sein?«

Nein, entgegnete Khan, er sei nicht ruhig, im Gegenteil. Wenn er so erscheine, so nur deswegen, weil er keine Angst vor dem Tod habe. Und dann begann er übergangslos vom Grund seines Zusammenbruchs zu erzählen. Aus Tripoli heimgekehrt, habe er erfahren, dass der Sicherheitsdienst, als Vergeltungsschlag für das Attentat, das Haus von Abu Dais bombardiert habe.

»Seine Kinder, die Hausangestellten, alle sind tot!«

Nur ein einziges Mal habe er ein ähnliches Gefühl von Vergeblichkeit gespürt, damals, als Cheng ihm eröffnet habe, er werde die Firma verlassen und sich nach New Mexico zurückziehen. Auf dem Höhepunkt der *Amnesia*-Euphorie habe er sein Verhalten nicht verstanden, im Gegenteil, es sei ihm geradezu wie eine Art Flucht erschienen.

»Verstehst du, Cheng war von der Vorstellung beseelt, dass seine Arbeit der Steigerung des Weltwissens dienen müsse. Aber entstanden ist eine Machtmaschine, die, wie jede Maschine dieser Art, zu niederen Zwecken missbraucht werden kann. Als wir urplötzlich zu einer Art Weltersatzbank wurden, brauchten wir Leute, die wissen, wie man eine große Organisation leitet, wie man Verhandlungen führt und komplizierte Kompromisse aushandelt. Und plötzlich waren sie alle wieder da, all diese *spin doctors*, Minister, dieses ganze Gesocks. Meinst du, einer von denen hätte die Vision geteilt, die uns getrieben hat?! Nein, all diese Leute waren nur interessiert an der Macht. Eines Abends, nach einer Sitzung mit diesen Leuten, sagte Cheng, diese Leute würden aus der Gesellschaft einen großen Insektenstaat machen. Wir hätten ein Monster erschaffen! Ich habe gedacht, er übertreibt, Damian, aber jetzt weiß ich, er hatte recht.«

»Das verstehe ich nicht!«

»Nimm den Kern unseres Programms, Damian. Im Grunde ist es genau so, wie ich es bei der Vorstellung des *Resurrection*-Programms gesagt habe. Wenn wir eine Revolution bewirkt haben, so liegt sie in der Entdeckung des Menschen. Aber mit dieser Entdeckung verbindet sich eine ungeheure Macht. Kannst du das Bewusstsein eines anderen Menschen entziffern, seine Träume, seine Begierden, gewinnst du Macht über ihn. Denn was man lesen kann, das kann man auch schreiben. Und natürlich ist da sofort die Idee in der Welt, all die Träume zu realisieren, die seit je auf die Verbesserung des Menschengeschlechts abgezielt haben. Wir wollen keine Fleischesser mehr? Also gewöhnen wir ihnen das Fleischessen ab, wie sie sich ihre Kinder, ihre Gebrechen, ihre ganze hundserbärmliche Hässlichkeit abschminken sollen! Warum verpasst man uns nicht, so wie man mir eine neue Niere verpasst, ein Bewusstsein, in dem es nichts Fragwürdiges mehr gibt? Keine Schlieren, keine Fehler, kein schlechtes Gewissen! Aber wenn all das erreicht ist, wird die Frage sein: Wird dieses Wesen, das wir zum immerwährenden Glück, zum Wahren, Schönen und Guten verdammt haben, noch immer ein Mensch sein?«

»Aber war dies nicht der Plan, damals, als alles begann?«

»Ich weiß nicht. Cheng wollte den Affen das Sprechen beibringen, und ich? Ich dachte, wie großartig es wäre, wenn man die Welt zum Spiel machen könnte, wenn jeder, wie ein Schauspieler, in die Haut eines Verbrechers, eines Königs oder eines Priesters hineinschlüpfen kann. Aber so sehr sich Cheng getäuscht hat, so habe auch ich mich getäuscht. Die Menschen sind gar nicht daran interessiert, ihr Repertoire zu erweitern. Im Gegenteil.«

Damian begriff. Das war die Geschichte, von der sein Vater erzählt hatte: dass die Entdeckung des Menschen nicht seiner Befreiung diente, sondern nur dazu, ihn letztlich zu überwinden.

10

§ 10. Ziel und Zweck unserer Gemeinschaft ist das Überleben der Menschheit. Da das ECO-System, als Inbegriff menschlicher Kunstfertigkeit, sich hierbei keines Selbsterhaltungstriebes bedienen kann, muss dieses Überlebensprinzip immer wieder bewusst gemacht werden. Diese gedankliche zweite Natur muss zweifelsfrei sein. Was sich dem widersetzt, ja was auch nur dienlich sein könnte, das Bewusstsein für unser Prinzip zu trüben, muss im Keim erstickt werden. Jeder, der sich an unseren Prinzipien vergeht, gilt als Schädling und muss, um der Menschheit und der Menschlichkeit willen, ausgemerzt werden.

Damian rieb sich die Augen, aber das führte nur dazu, dass sie zu tränen begannen. Die übergroßen Lettern des Plakates vor ihm verschwammen zu einer wässrigen Impression. WELCOME TO MONGOLIA, stand dort, und darüber thronte die Figur, die dem Dschingis Khan International Airport seinen Namen gegeben hatte. Die Ansagen, das Stimmengewirr, das Fauchen der Espressomaschinen, all dies erschien Damian wie ein bloßes Hintergrundgeräusch, gegenwärtig, aber bedeutungslos. Die letzten Tage vor der Abreise waren so schön gewesen. Nach dem Gespräch mit Khan war er in der Villa geblieben, hatte mit Justine, Khan und Moxie die Mahlzeiten eingenommen – und sich ansonsten mit Justine vergnügt. Tatsächlich hatten sie ein paar Tage gemeinsam im Bett gelegen und sich in Justines Kindheitsvideos versenkt. Selbst Khan war neugierig geworden, hatte sich ihnen zugesellt und erstaunt bemerkt, dass dieses im Grunde eintönige Material etwas Faszinierendes hatte. Man konnte beobachten, wie sich das Kind zunächst in Tagträume, dann in seine Zeichnungen versenkt hatte, aber wie es dann irgendwann, über die Entdeckung des Lifestreams und der *Replay*-Funktion, das eigene Gesicht entdeckt hatte. Diese Zeichnungen hatte Justine in kleinen Tests mit ihrem Vater, ihren Lehrern, aber auch den sonstigen Anwesenden eingesetzt – so methodisch, dass das Ganze, obwohl das Werk eines Kindes, beinahe den Charakter eines wissenschaftlichen Versuchs angenommen hatte. So war ein ganzer Zyklus der Frage gewidmet, wie sie die Aufmerksamkeit ihres notorisch abwesenden Vaters gewinnen könnte. Da Rosenberg bei mehreren dieser Episoden eine Rolle gespielt hatte, wurde auch er in die Gespräche einbezogen. So entstand eine gleichermaßen heitere wie anregende Atmosphäre, bei der sie einander so nahekamen, dass nicht einmal die Schilderung eines Zerwürfnisses etwas Trennendes hatte. Im Gegenteil. Als Khan und Rosenberg davon berichteten, wie ihre anfängliche Animosität sich zu einer Freundschaft gewandelt hatte, dann zerbrochen und wiederbelebt worden war, hatte Damian dies tief angerührt. Und auch Justine hatte mit Tränen in den Augen dagesessen und ihren Vater anschließend in die Arme genommen. Wie Ringe in einem See hatte sich ein Glücksgefühl in ihm ausgebreitet. Das Glück, in Justines Augen zu sehen, das Glück, ihr Haar zu riechen, das Glück, ihre Hand im Nacken spüren zu können. Einmal, als er mit Justine eine SymBios-Pille hatte einnehmen wollen, hatte er in ihr Gesicht geschaut und das Bild eines Kindes darin gesehen, nur dass es nicht Justine, sondern die Vision eines *eigenen Kindes* war, jenes Kind, dass sie gemeinsam würden haben können.

Als er sich mit tränenden Augen umschaute, spürte er etwas, was zuvor nicht da gewesen war. Nervosität lag in der Luft. Man konnte sie riechen. Sie dehnte sich aus wie der Geruch von frisch gebrühtem Kaffee. Und Damian konnte sie spüren. Sie war wie das Vibrieren eines Laufbandes, das sich irgendwo in Bewegung gesetzt hatte und sich nun fortsetzte in den Gesten der Menschen: im flackernden Blick, der eine Menschenmenge absuchte, in der ruckartigen Wendung eines Kopfes, als hätte jemand aus der Tiefe des Raums einen Namen gerufen, in der fahrigen Bewegung, mit der ein Lippenstift gegen eine Oberlippe gedrückt wurde. Wie das surrende Geräusch einer defekten Leuchte oder ein Brummton, der sich auf nicht zu ortende Weise ausdehnte. Überall war die Nervosität zu spüren.

Eigentlich gab es dafür, wie Damian während des Fluges versichert worden war, keinen Grund. Nach dem Gespräch mit Di-Broca war alles Nötige veranlasst worden, um Khans Sicherheit und das Gelingen der Konferenz zu gewährleisten. Nachdem sich zahllose Delegationen unter Ausschluss der Öffentlichkeit über zwei Jahre wieder und wieder getroffen und dabei die Vertragsdetails ausgearbeitet hatten, bestand der Sinn dieser Konferenz in der öffentlichkeitswirksamen Ratifikation des Vertragswerks, das die Schaffung von Sonderwirtschaftszonen vorsah. Dass man sich als Treffpunkt einen stillgelegten Flugplatz in Ulan-Bator ausgesucht hatte, war einer Marotte Khans geschuldet. Eigentlich hatte er das ehemalige Zentrum des Mongolenreichs, Karakorum, zum Austragungsort der Konferenz machen wollen. Der Flugplatz der Stadt Charchorin, der in der Nähe der Ruinenstadt lag, war jedoch in einem beklagenswerten Zustand. Darüber hinaus hätte sich in der ausgestorbenen Stadt kein Gebäude gefunden, das eine so große Anzahl von Delegierten hätte aufnehmen können. Also hatte man sich auf Ulan-Bator geeinigt, das immerhin einen funktionstüchtigen Flughafen besaß.

Khan hatte keinen Gedanken daran verschwendet, dass die ehemals blühende Stadt fürchterlichen Sandstürmen ausgesetzt war. Hatte am Abend zuvor, bei ungewöhnlich warmen Temperaturen, klares Wetter geherrscht, war am Morgen ein fürchterlicher Sandsturm aufgezogen. Vor einer Stunde noch war der Sturm eine ferne Wolke gewesen. Sie war am Horizont aufgetaucht und dann langsam näher gekommen. Vor wenigen Minuten war da ein Parkplatz gewesen, jetzt taumelten die Menschen, die durch den Sturm geirrt waren, vollkommen aufgelöst in die Flughafenhalle, mit geröteten Augen und zerzaustem Haar. Während die Delegierten, zunehmend derangiert und im Laufschritt, im Gebäude Zuflucht gesucht hatten, hatte Damian in einem der Wartesessel gesessen und dem Geschehen fasziniert zugeschaut. Zunächst war Wind aufgekommen, hatte Müll über den Vorplatz gefegt, dann hatte die graugelbe Wolke die nahe gelegenen Gebäude verschluckt. Irgendwann war auch das letzte Stück blauen Himmels verschwunden. Schließlich hatte sich der Tag vollends verfinstert. Die wenigen Menschen, die sich jetzt noch durch den Sturm trauten, hatten sich Tücher über die Gesichter geworfen oder hielten Mund und Augen bedeckt. Zugleich schleppten sie gelben Sand in das Gebäude herein, der sich im Eingangsbereich verteilte und eine merkwürdige Übergangszone markierte, genauso merkwürdig wie die Versammlung der Menschen, die sich hier eingefunden hatte.

Damian konnte auf Anhieb erkennen, ob jemand der *Nollet*-Delegation angehörte oder der Zone entstammte. Zu Beginn war ihm nicht ganz klar, wieso; dann aber begriff er, dass die Unterschiede sich bereits auf körperlicher Ebene manifestierten, in einem unregelmäßig oder sonst wie beschädigten Gebiss, Hautunreinheiten, ja selbst in der Körperhaltung. Schon die Art, wie jemand eine Tasse oder einen Becher hielt, verriet seine Herkunft. Gewiss, auch unter den Delegierten der Zone gab es beträchtliche Unterschiede. So gab es Gesandtschaften, die sich um einen einzelnen Warlord scharten und deren Funktion vor allem darin bestand, eine Art Bedeutsamkeitshalo zu erzeugen. Der kasachische Führer hatte sich mit einer Gruppe von Männern umgeben, die man trotz ihrer Nadelstreifenanzüge unschwer als Gangster ausmachen konnte. Damian registrierte Gruppen, die ausschauten, wie früher diplomatische Gesandtschaften ausgeschaut hatten: Anzugträger zumeist, mit ein oder zwei Frauen im unifarbenen Kostüm oder Hosenanzug. Andere Delegationen wiederum waren bunt gemischt und rekrutierten sich wohl aus einzelnen Bürgern, Aktivisten, die Damian vorkamen wie die Leute, die er in Lemberg kennengelernt hatte. Schon ihrem Verhalten war zu entnehmen, wie bedeutsam das Treffen für sie war. Offenkundig ist die Lage in vielen Gebieten der Zone so desolat, dass man freiwillig auf Selbstständigkeit verzichten und sich dem Hegemon anschließen will, dachte Damian. Allein die Aussicht, dass man zum Kandidaten für einen Beitritt ausersehen war, schien eine euphorisierende Wirkung zu haben; manche Gesandtschaften erweckten gar den Eindruck, als bereite man eine große, ausgelassene Feier vor.

So wenig Damian verstand, woher die Nervosität rührte, so rätselhaft war ihm, dass sich nun bei ihm ein Quäntchen Angst hineingemischt hatte. Vielleicht war es der Sandsturm, der Trubel ringsum oder der Anblick des verlassenen Rucksacks auf dem Sitz neben ihm. Zwar hatte er noch den Klang der Stimme im Kopf, auch die Körperhaltung des jungen Mannes, der ihn abgestellt hatte, aber sein Gesicht war nur mehr eine Leerstelle. Dabei war der Rucksack nicht weiter auffällig, ein prall gefülltes Ding, an dem eine halb gefüllte Wasserflasche befestigt war. Ein altmodisches Buch schaute heraus, auf dessen Umschlag chinesische Schriftzeichen prangten. Vielleicht war die Angst auch die ganze Zeit über da gewesen. Trotz aller Vorsichtsmaßnahmen DiBrocas war die Möglichkeit eines Attentats eine Frage, die die Mitglieder der *Nollet*-Delegation während des Flugs immer wieder diskutiert hatten. Nur Khan hatte dies gänzlich unbeteiligt gelassen. Er hatte, im Gegenteil, einen geradezu aufgekratzten Zynismus an den Tag gelegt. Während des Fluges hatte er lange über eine sagenumwobene Gestalt des Ersten Großen Weltkriegs gesprochen, den Baron Roman von Ungern-Sternberg, der während der Russischen Revolution die Mongolei erobert, die Chinesen vertrieben hatte und zum Khan der Mongolei ernannt worden war. Als er die Rote Armee angegriffen hatte, mit dem Ziel, die gestürzten Romanows wieder zu Zaren zu machen, war er von seinen eigenen Leuten, die seiner Exzentrizität überdrüssig gewesen waren, mit Maschinengewehren beschossen worden. Also hatte er sich zu den Mongolen geflüchtet. Diese wiederum hatten eine panische Angst davor gehabt, ihren wiedergeborenen Kriegsgott, denn dafür hielten sie diesen Mann, zu töten. So hatte man Ungern-Sternberg gefesselt und in der mongolischen Steppe ausgesetzt. Dort war er von einer bolschewistischen Brigade gefunden, nach Nowosibirsk gebracht und nach einem Prozess exekutiert worden.

Während Khan die Geschichte erzählt hatte, hatte Damian gedacht, dass es Khan nur darum ging, seine Begleiter zu provozieren oder sich über die enormen Sicherheitsmaßnahmen lustig zu machen. Um seine Sicherheit zu gewährleisten, hatte man Khan in eine kugelsichere, hauchdünne Nanoweste gesteckt. Zudem waren einige Sicherheitsleute allein für ihn abgestellt. Man hatte sich Mühe gegeben, ihnen ein möglichst unauffälliges Äußeres zu verpassen, dennoch waren sie leicht zu erkennen. Aber mit Blick auf das herrenlose Gepäckstück neben sich zweifelte Damian daran, ob es so etwas wie absolute Sicherheit überhaupt geben könne. Im Übrigen wusste er: Wenn ein Anschlag auf Khan verübt werden sollte, so würde der Täter aus der *Nollet*-Delegation kommen. Dabei war die Delegation höchst überschaubar. Neben Carlotta DiBroca waren eine Reihe weiterer Vorstandsmitglieder anwesend. Außerdem waren die Abteilungsleiter zugegen, wie Olsen und Tashimoto, aber auch, aus eigentlich unerfindlichen Gründen, Carmen. Makellos geschminkt wie immer, war sie aufgeregt, so vielen wichtigen Leuten zu begegnen. Ihr Gesicht, das sie wohlweislich mit einem weißen Puder abgedeckt hatte, glühte vor Aufregung, auch ihr Hals zeigte jene Damian allzu bekannten hysterischen Flecken.

Jetzt stand Carmen ein paar Meter entfernt, am Rande einer kleinen Gruppe, die sich lautstark unterhielt. Außer ihr war Damian nur Olsen bekannt, der seine Zuhörer, Inder vornehmlich, wohl mit einer seiner Rechtsdelikatessen unterhielt.

»Damian!«

Es dauerte eine kleine Weile, bis Damian in dem jungen Mann in Anzug und Krawatte Stepan wiedererkannt hatte.

»Ach, hallo! Was machst du denn hier?«

»Na ja, ich gehöre zur Delegation. Du erinnerst dich? Wir haben schon in Lemberg –«

»Ist Alina auch dabei?«

Stepan schaute überrascht und sagte: »Nein, natürlich nicht.« Allerdings sei er froh, dass er jemanden Bekannten treffe, vielleicht könne Damian ihm ja helfen.

»Ja, gerne«, sagte Damian, bemerkte aber, dass er nicht ganz bei der Sache war. Stattdessen wanderte sein Blick zu Carmen hinüber. Jetzt hatte sich ihr ein Mann zugesellt. Er hatte einen Kinnbart und einen rasierten Schädel und sah, mit seiner muskulösen Statur, in seinem grauen Anzug wie verkleidet aus. Irgendwo hatte er diesen Mann schon einmal gesehen!

»Wir haben ein vertrauliches Treffen mit Khan«, ließ Stepan sich vernehmen, »nicht lang, eine Viertelstunde bloß, aber ich dachte ... da du ihn kennst ...«

»Was möchtest du wissen?«

Carmens Begleiter näherte sein Gesicht ihrem Ohr, als ob er ihr etwas Vertrauliches mitteilen wollte.

»Wir fragen uns«, fuhr Stepan fort, »wie wir einen sanften Übergang in das ECO-System hinbekommen können. Es gibt Ängste, verstehst du? Menschen, die um ihre Privilegien fürchten ...«

Damian sagte, was Transformationsprozesse angehe, gebe es eine ganze Abteilung, die sich darauf spezialisiert habe und über ausgiebige Erfahrungen verfüge. Zum Beispiel habe man mit der Kommunistischen Partei Chinas Sonderzonen und Übergangsregelungen ausgehandelt.

»Aber Khan«, so fuhr er lauter werdend fort, um das aufbrandende Gelächter der Gruppe zu übertönen, »Khan selbst hat an diesen Fragen kein großes Interesse. Wenn ihr ihn für irgendetwas begeistern wollt, müsst ihr ihm schon eine Geschichte erzählen.«

Stepan schaute überrascht. »Eine Geschichte?«

»Irgendetwas, was seine Fantasie anregt ... Da war doch dieser Schauspieler, Karol, der die Geschichte von den Mobstern erzählt hat, die versucht haben, sich mit einem Film eine Art Denkmal zu setzen... etwas in dieser Art.«

Stepan machte ein ratloses Gesicht. Gänzlich fassungslos allerdings war er, als Damian von Khans Begeisterung für den Weißen Baron erzählte, dieses *Monster,* wie es Stepan unwillkürlich entfuhr. Nachdem ihm Damian umständlich dargelegt hatte, dass Khan das Monströse nicht verurteile, sondern im Gegenteil ein besonderes Interesse daran hege, schien Stepan zu begreifen, jedenfalls hellte sich seine Miene merklich auf.

Nach ein paar belanglosen Worten wechselte er den Tonfall und fragte mit gedämpfter Stimme, ob Damian von der Geschichte mit Tesla gehört habe.

»Nein, was ist passiert?«

»Er ist tot ... verbrannt. Irgendjemand hat seinen Wagen gerammt, auf einer kleinen Küstenstraße in Südfrankreich, das Auto hat Feuer gefangen. Und Tesla, weil er eingeklemmt war, ist nicht mehr rechtzeitig aus dem Auto gekommen.«

»Woher weißt du das?«

»Vittoria hat es mir erzählt ... Sie war dabei. Sie hat gesagt, es sei ein Anschlag gewesen.«

Ein Stich ging Damian durch die Brust. »Geht es ihr gut?«

Carmen brach in ein geradezu hysterisches Gelächter aus.

»Ich weiß nicht.« Hinter Damians Stirn begann ein Kopfschmerz zu pochen. Plötzlich wusste er wieder, woher er Carmens Begleiter kannte. Er hatte nicht, wie gemutmaßt, der Sicherheitsbrigade angehört, die sie nach Tripoli begleitet hatte. Nein, er war der Mann, der ihn in der U-Bahn verfolgt und dann zu Munro geführt hatte. Munro!

»Was ist los mit dir? Du bist ja ganz bleich«, Stepan schien regelrecht erschrocken.

»Nichts Ernstes«, stotterte Damian, »eine Kreislaufschwäche.« Irgendwo, tief im Innern, dehnte sich eine Geruchserinnerung aus, der Duft von Vittorias Parfüm, dann flatterten, wie von einer Windböe aufgescheucht, lauter Bilderfetzen durch seinen Kopf. Da war der Anblick des viel zu kurzen Rocks, der ihre Unterwäsche entblößte, die rosafarbene Tränenbahn auf ihrer Wange – und da war der Augenblick, da Tesla seinen kantigen Kopf in den Wagenschlag gesteckt hatte. Ein Anschlag! Wer, wenn nicht Munro, konnte der Drahtzieher dieses Anschlages sein? Wie automatisch wanderte sein Blick hinüber zu Carmen, die noch immer mit Munros Spießgesellen dort stand. Ja, er hatte es geahnt, auch sie war von Anbeginn eingeweiht gewesen!

»Was ist los, Damian?«, wiederholte Stepan und fasste ihm sacht an den Arm.

»Keine Sorge, es ist schon wieder gut«, sagte Damian. Aber nichts war gut. Denn wenn Carmen und ihr Begleiter sich seelenruhig in aller Öffentlichkeit unterhielten, so konnte dies nichts anderes bedeuten, als dass die Geschichte noch nicht vorüber war, dass ihr Höhepunkt erst noch bevorstand!

Gelächter brandete auf, und Olsens Lippen entblößten sein weißes Pferdegebiss. Der Glatzkopf, der die ganze Zeit über auf Carmen eingeredet hatte, gab Carmen einen Kuss auf die Wange und entfernte sich wiegenden Schrittes. Was sollte er tun? War es möglich, dass man Carmen mit einem Attentat beauftragt hatte? Was hatte sie mit diesem Mann zu schaffen? Und wie war er überhaupt nach Ulan-Bator gekommen? Damian stotterte, er müsse jetzt ein Medikament einnehmen, und ließ Stepan kurzerhand stehen. Er ging in die Richtung, wo vor einem Augenblick noch Carmen mit ihrem Begleiter gestanden hatte. Aber Carmen war spurlos verschwunden. Nur der glänzende Schädel ihres Begleiters, der die Umstehenden überragte, war in einiger Entfernung zu sehen. Olsen rief ihn heran, aber Damian machte ein Zeichen, er habe zu tun – und hastete hinter dem Glatzköpfigen her.

Der Sturm hatte zugenommen. Ein Mensch, der sich wohl verirrt hatte, hatte sich an die Scheibe gedrängt und bewegte sich mit zusammengekniffenen Augen tastend daran entlang. Davon angezogen hatten sich Schaulustige an der Fensterfront aufgebaut und verfolgten, mit welch ungeheurer Wucht der Sand das Gebäude umtoste. Tatsächlich erschien es Damian, als ob all die Menschen in seinen eigenen Kopf schauen könnten. Zwei, drei Bemerkungen, und schon fühlte es sich an wie im Wald, als er geglaubt hatte, dass über ihm eine tödliche Drohne schwebte – nur dass es jetzt Gedanken waren, die durch seinen Kopf geisterten. Vittoria! Wie wahrscheinlich war es, dass sie noch lebte? Wenn Munros Männer gewillt waren, Tesla zu töten, warum nicht auch sie? Ja, wie konnte man darin kein Vorzeichen sehen? Die Tatsache, dass dieser Mann seelenruhig durch die Menge spazierte, war der Beleg dafür, das Munros Arm bis nach Ulan-Bator reichte. Ganz offenkundig waren DiBrocas Maßnahmen nicht weit genug gegangen, oder er hatte sie einfach ausgetrickst!

Plötzlich gingen Damian die Bemerkungen, die Khan im Flugzeug gemacht hatte, durch den Kopf. Vielleicht war das kein Spiel, sondern bitterer Ernst, waren Khans Bemerkungen zum Schicksal des Weißen Barons von dunklen Vorahnungen gespeist. Hatte er nicht auch im Vorfeld des Tripoli-Besuchs von Träumen gesprochen, die sich später eingelöst hatten? Der Agent war jetzt nur noch ein paar Schritte vor ihm. Sein mächtiger, stiernackiger Hals war ausrasiert und auf der Höhe des Hemdkragens leicht gerötet. Trotz seiner Massigkeit war der Mann von einer federnden Beweglichkeit. Ohne erkennbare Hast bahnte er sich einen Weg durch die Menge. Damian spürte ein Kratzen im Hals und wie ihm zugleich die Brust eng wurde. Irgendwo im Raum begann ein eintöniges Trommeln, dann sah Damian ein paar Mongolen in einer Art Bänder- und Gefiederkleid. Der Agent schlenderte entspannt darauf zu. Dann setzte er sich an die Bar der *Sky Lounge* und bestellte etwas. Das Getrommel der Mongolen hörte auf, der gesichtslose Schamane in seinem indigoblauen Kleid sackte, begleitet vom Klingen seiner Schellen, auf den Boden, stöhnte und begann schließlich wie ein Wolf zu heulen. »Jetzt ist der Geist in ihn gefahren«, flüsterte eine junge Frau neben Damian, und ihre Augen glänzten. Der Agent saß desinteressiert an der Bar, unterhielt sich mit der Bedienung, ließ dann, mit einer Drehung des Barhockers, seinen Blick durch den Raum gleiten. Nach einer Weile stand er auf und ging Richtung Toilette.

Die große Flughafenuhr zeigte genau 10:54, bis zu Khans Eröffnungsvortrag war noch gut zwei Stunden Zeit. Der Schamane saß nun, umringt von Helfern, auf dem Boden und ließ sich kleine Schnapsgläser reichen. Auf seinem Kopf befand sich eine Art Zweig, sein Gesicht war, wie man auf einer Projektionswand sehen konnte, von Bändern, Federn und schwarzen Troddeln verborgen. »Man darf einen Schamanen niemals anschauen, wenn der Geist in ihm ist«, sagte die Frau, »das bringt Unglück!« Was sollte er tun? Tatsächlich war ja, selbst wenn ein Anschlag auf Khan geplant war, nicht ausgemacht, dass dieser Mann der Attentäter sein würde, ebenso gut konnte man auch Carmen dazu auserkoren haben. Bevor er sich jedoch entscheiden konnte, was zu tun sei, war der Agent schon wieder in sein Sichtfeld getreten.

Jetzt aber war sein Verhalten gänzlich verändert. Als habe er einen Auftrag erhalten, schnürte er zielbewusst, mit schnellen Schritten durch die Halle. Damian hatte Mühe, ihm zu folgen, nicht zuletzt, weil er an dem Menschenpulk vorbeimusste, der sich um den Schamanen gebildet hatte. Für einen Moment verlor ihn Damian aus den Augen – und dann war es passiert! Der Mann war verschwunden. Damian drängte sich vorwärts, rempelte jemanden an und erntete böse Blicke. Dann blieb er stehen und ließ seinen Blick durch den Raum schweifen. Eine Frau, die gerade aus dem Sturm gekommen sein mochte, fuhr sich mit den Händen durch ihr zerzaustes Haar. Damian bemerkte, dass sein Auge immer noch tränte. Die verschränkten Arme einer Inderin, ein schwarzes Muskelpaket in einem Netzhemd, ein pickliger Rotschopf, dessen Gesicht die Leere des Mittleren Westens spiegelte. Und das Trommeln der Mongolen, das in diesem Augenblick wieder einsetzte.

Und dann kam dieser Augenblick, da die Gegenwart in zwei Hälften zerfiel. Da war eine Hand, die ihm zuwinkte, und da war dieser spöttische Blick, mit dem ihn ein Augenpaar fixierte. Die Hand gehörte zu DiBroca, die mit einigen Mitgliedern der *Nollet*-Delegation zusammenstand, der Blick stammte von Munros Agenten. Die Beine übereinandergeschlagen, saß er in einem Sessel, im Wartebereich der Flugreisenden, und beobachtete ihn. Auf seinem Gesicht stand ein Lächeln. Als ob er die ganze Zeit auf diesen Moment gewartet hätte. Von einem Schwindel erfasst, erschien es Damian, als ob er nicht wirklich mit beiden Beinen auf dem Boden stünde, sondern an unsichtbaren Fäden aufgehängt wäre. Tatsächlich verlor er das Gleichgewicht – und wäre gestürzt, wenn ihn nicht ein Mann aufgefangen hätte.

Begleitet vom monotonen Trommeln der Mongolen durchquerte er, taumelnd wie ein Betrunkener, den Raum.

»Damian, was ist denn los?« DiBroca schaute besorgt, ihr ungeschminktes Gesicht war noch blasser als sonst.

Damian erzählte ihr kurz, was er beobachtet hatte. Zu seiner Überraschung war sie bereits über alles im Bilde. Zwei Tage vor ihrer Ankunft sei ein verdächtiges Flugzeug in Ulan-Bator eingetroffen. Untersuchungen hätten ergeben, dass Munro seine Leute eingeschleust habe.

»Er wird es wieder versuchen. Aber wir haben vorgesorgt …«

»Aber wie?«

»Wir glauben, dass der Anschlag schon bei Khans Eröffnungsvortrag stattfinden wird. Das ist die beste Gelegenheit, zudem hat uns ein Informant von solchen Plänen erzählt. Also haben wir Khan aus dem Verkehr gezogen, genauer, haben ihn abgeschirmt und bewachen ihn. An seiner Stelle werden wir einen Geminoiden auftreten lassen. Und natürlich haben wir Maßnahmen getroffen, die es uns erlauben, Munros Leute festzusetzen.«

»Aber sie sind bereits da! Ich habe einen seiner Vertrauten gesehen, und auch Carmen scheint mit diesen Leuten unter einer Decke zu stecken!«

»Ja, ich weiß, Damian«, DiBroca legte begütigend ihre Hand auf die seine. »Wir haben sie im Blick. Und trauen sie sich hervor, ergreifen wir sie!«

Damian wusste nicht, ob er erleichtert sein sollte oder nicht. Die Situation erschien ihm merkwürdig, denn während sie sich leise miteinander unterhielten, blickte Munros Agent unverwandt zu ihnen herüber.

DiBroca hatte seine Blicke registriert. »Bist du sicher, Damian, dass dieser Mann dort für Munro arbeitet?«

»Absolut!«

DiBroca winkte einen Sicherheitsmann herbei. Obwohl er sie genau im Blick hatte, machte Munros Agent nicht die geringsten Anstalten, sich zu entfernen. Im Gegenteil, er holte ein Kaugummi hervor und steckte es sich in den Mund. Mit verschränkten Armen, die Beine lässig übereinandergeschlagen, erwartete er die Ankunft der beiden Sicherheitsleute, die sich auf DiBrocas Geheiß in Bewegung gesetzt hatten. Dann erhob er sich höflich und ließ sich, nach einem kurzen Wortwechsel, von den beiden Männern wegführen.

*

Noch Minuten später ging Damian das Verhalten dieses Mannes durch den Kopf. Die ganze Szene war Damian, der sie aus ein paar Metern Entfernung hatte beobachten können, wie eine Theateraufführung erschienen. Dieses Lächeln! Das war kein Ausdruck inneren Vergnügens, sondern erschien Damian, als machte der sich über ihn oder DiBroca lustig. Er hatte noch ein paar Minuten mit DiBroca geredet, aber sie beide waren überaus fahrig gewesen, deswegen hatte sich das Gespräch bald erschöpft. Also hatte sich Damian verabschiedet und sich etwas abseits in einen Wartebereich gesetzt.

»Kann ich mich zu Ihnen setzen?«

Ein älterer Herr stand plötzlich vor ihm und lächelte ihn an.

»Dr. Schmitt. Wir kennen uns doch! Erinnern Sie sich nicht?«

Damian erinnerte sich, sie hatten sich auf Khans Empfang getroffen und sich bei dieser Gelegenheit über die merkwürdigen Botschaften unterhalten, die Schmitt auf seinem Lifestream erhalten hatte.

»Jetzt bekomme ich abscheuliche Videos geschickt, auf denen Menschen mit Kettensägen massakriert werden! Stellen Sie sich das einmal vor!« Schmitt schnitt eine angewiderte Grimasse.

»Ja, schrecklich«, sagte Damian reflexhaft. Unwillkürlich musste er an Vittoria denken. Wenn sie von einem *Anschlag* gesprochen hatte, so konnte das nur bedeuten, dass auch sie in Lebensgefahr war? Wo mochte sie stecken?

Schmitt plapperte unverdrossen weiter. Dieser Tag heute fühle sich an wie früher, als sich die Größen der Welt auf G8- oder G9-Gipfeln oder in Davos getroffen hätten, ja, es sei das gleiche Kribbeln wie damals. Als Damian verständnislos schaute, lief Schmitt zu großer Form auf. Er sei ein Relikt, ein altmodischer Mensch, der den Untergang der Alten Welt erlebt und so etwas wie *Nollet* niemals für möglich gehalten habe.

»Wie meinen Sie das?«

Der freundliche Schmitt setzte ihm auseinander, er sei jetzt weit über achtzig und im Jahr 2002, kurz nach der Einführung des Euro, zur Europäischen Zentralbank gestoßen. Kein Mensch hätte sich damals vorstellen können, dass sich binnen Kurzem eine so dramatische Veränderung der Weltlage würde ereignen können.

»Als ich Cheng vorgestellt worden bin, das muss um 2016 oder 2017 gewesen sein, hätte ich mir niemals ausmalen können, dass dieses mir vollkommen unbegreifliche Forschungsgebiet eines Tages das seit Generationen überlieferte Bankensystem überflüssig machen würde. Meinen Sie, einer von uns hätte jemals etwas von *Natural Language Processing*, geschweige denn von *Intentionsanalyse* gehört? Und wenn, wir hätten das, wenn nicht für blanken Unsinn, so doch für Science-Fiction gehalten.«

Und so redete Schmitt auf Damian ein, malte das Bild des Ökonomen alter Schule, der immerhin, im Vergleich zum Politiker, sich nicht mit dem schönen Schein abgefunden habe. Aber je tiefer er sich in den historischen Abgründen verlor, desto mehr verlor Damian das Interesse an seiner Erzählung, hing er der Frage nach, was mit Vittoria passiert war und was das Lächeln auf dem Gesicht des Agenten bedeuten mochte.

Schmitt ließ sich durch Damians Schweigsamkeit nicht beirren: »Was halten Sie davon, wenn Sie mich zu einem Essen begleiten?«

Das Flughafenrestaurant war voll, dennoch fand sich ein kleiner Tisch für sie.

»Sie müssen unbedingt ein Chorchog essen«, befand Schmitt. »Als ich das letzte Mal in der Mongolei gewesen bin, habe ich ein ganz vorzügliches Chorchog gegessen, also, keine Widerrede!«

Der Sandsturm draußen war so heftig, dass Damian sich fühlte wie in einer Flugkapsel. Das elektrische Licht flackerte bedenklich, für ein paar Sekunden versank der Raum sogar in vollständiger Dunkelheit, begleitet von vereinzelten Rufen des Erschreckens. Kaum dass das Essen, ein dampfender Topf, auf dem Tisch stand, erschien plötzlich ein braun gebrannter Herr, mit einem kleinen, sorgfältig rasierten Schnurrbart und einem Brillanten im Ohr. Damian erinnerte sich, dass er im Vorstand für die extraterrestrische Kolonisierung zuständig war. Schmitt und er begrüßten sich herzlich, und dann sah Damian, dass Ruggiano – das war sein Name – Carmen im Schlepptau mit sich führte. Kaum dass sie Platz genommen hatten, vertiefte sich das Gespräch in die Einzelheiten der Marsexpedition.

Damian beobachtete Carmen, die mit aufgerissenen Augen an

Ruggianos Lippen hing, ja jede Bemerkung mit einem emotionalen Ausrufungszeichen versah. Der Grund für ihre Begeisterung erklärte sich, als Ruggiano wenig später verkündete, die junge Dame habe eine so erstaunliche Auffassungsgabe, dass er vorhabe, sie vom Fleck weg mit der Koordination der nächsten Marsmission zu betrauen. Carmen strahlte, Schmitt beglückwünschte sie, und Damian spürte, wie das Befremden, das sich mit Carmens Erscheinen, vor allem aber mit ihrem exaltierten Verhalten eingestellt hatte, einer leisen Verachtung wich.

»Was halten Sie von der Vereinbarung heute?«, wollte Ruggiano wissen. Damian, von der Frage überrascht, versuchte, in Belanglosigkeiten auszuweichen, aber Ruggiano sagte, wissenschaftlich betrachtet handele es sich um einen Rückschritt.

»Interessant«, sagte Schmitt und leckte sich die Lippen. »Wie kommen Sie darauf?«

»Schauen Sie nur, was wir im ECO-System geschaffen haben. Wir haben die Energiefrage gelöst, die Frage der Arbeit, die Frage der sozialen Gerechtigkeit! Und weshalb? Weil wir die Wissenschaft zukunftsfähig gemacht haben! Aber das betrifft nur die Hälfte der Welt. Während unsere Energiebilanz positiv ist, meinen die Leute in der Zone, den Planeten noch weiter kontaminieren zu können! Und ich sehe nicht, warum dieser Tag hier eine Änderung bringen sollte.«

»Aber wenn sich hier weitere Regionen dem ECO-System anschließen«, wandte Damian ein, »werden sie auch unsere Umweltstandards übernehmen. Was ist dagegen einzuwenden?«

»Warum gibt es wohl meine Abteilung? Weil wir wissen, dass dieser Planet seine besten Tage hinter sich hat, weil er sich in der Lage eines Rauchers befindet, der ein Leben lang vor sich hingepafft und seine Lunge zerstört hat. Klar, er kann mit dem Rauchen aufhören, aber es ist zu spät. Irgendwann kommt der Krebs und erledigt den Rest. Das ist die Zeit, die wir haben, um uns eine neue Heimstatt zu suchen! Deswegen schicken wir Leute zum Mars! Deswegen erforschen wir die Prinzipien des Terraforming!«

Damian stocherte in seinem Essen herum, während sich Ruggiano, unterstützt von einem neuerlichen Blackout, zu einer Suada gegen die Umweltverpester verstieg. All das passt nicht zusammen, dachte Damian. Wenn Carmen hier ist, weil sie die Konferenz als eine Art Karrieresprungbrett begreift, warum trifft sie sich dann mit einem Agenten von Munro? Und wie hängt dies mit der Nachricht zusammen, dass auf Vittoria und Tesla ein Anschlag verübt worden ist? Eine Bemerkung von Khan kam ihm in den Sinn: *Da waren lauter Menschen ringsum, die schliefen, mit offenen Augen.* In welchem Zusammenhang hatte er das nur gesagt?

Irgendwann ging das Licht wieder an, was Ruggianos Redefluss befeuerte. Damian, all dessen überdrüssig, überlegte, wie er der Gesellschaft entkommen könnte. Aber als die anderen das erste Anzeichen eines Fluchtimpulses witterten, orderte Schmitt einen mongolischen Kräuterschnaps und nötigte ihn, ein Gläschen zu trinken.

Damian schmeckte noch den bittersüßen Geschmack auf der Zunge, sah das erwartungsvolle Gesicht Schmitts, der ihm zugeprostet hatte, dann entfernten sich die Wörter immer weiter von ihm, flockten aus wie ein Kondensstreifen am Himmel.

»Was ist los mit Ihnen?«, fragte Schmitt plötzlich besorgt.

»Ich glaube, mir ist ein bisschen schummerig. Vielleicht der Sandsturm.«

»Um Gottes willen, du bist ja ganz bleich!« Jetzt hatte es auch Carmen bemerkt. Damian versuchte zu beschwichtigen, aber stattdessen brachte er bloß ein »Es wird schon wieder!« heraus.

»Damian, hören Sie mich?« Schmitt gab ihm einen Klaps auf die Wange. Mit vereinten Kräften fassten die beiden ihn unter den Armen.

»Machen Sie sich keine Sorgen. Wir bringen Sie schnell zu einer Erste-Hilfe-Station.« Assistiert von Carmen zogen die beiden Männer ihn hoch. Damian registrierte wie durch Watte, wie ein kräftiger Mann ihnen zuhilfe kam. In einiger Entfernung meinte er ein weißes Kreuz auf grünem Grund zu erkennen. Nach ein paar Schritten versagten ihm die Beine. Er spürte, wie er wegsackte, spürte den festen Griff unter seiner Achseln, eine Einladung, sich gänzlich fallen zu lassen.

*

Als er wieder zu sich kam, war da eine explodierende Röte. Verflüssigtes Licht, das auf seiner Netzhaut Bewegungsschlieren hinterließ. Augenblicke wie Geschosssalven. Was war passiert? Eine Fliege umschwirrte seinen Kopf und ließ sich auf seiner Wange nieder. Das leichte Kribbeln der Insektenfüße auf seiner Haut. Damian versuchte, die Fliege mit der Hand zu vertreiben, aber seine Arme gehorchten ihm nicht, zudem hatte er kein Gefühl in den Händen. Er wollte etwas sagen, brachte aber keinen Laut hervor. Stattdessen spürte er, wie seine Augenlider hektisch flatterten. Verlaufende Farben, verwackelte Raumbilder. Er atmete tief ein und versuchte, sich im Raum zu orientieren. Überall hingen altmodische Überwachungsmonitore, auf denen verschiedene Bereiche des Flughafens zu sehen waren. Der Sturm war noch immer nicht abgeebbt. Die Uhr auf dem Display zeigte 12:45 an. Seine Augen und sein Gehirn taten immerhin ihren Dienst. Direkt über ihm prangte ein Wasserfleck an der Decke. Als er den Kopf etwas neigte, sah er die Rückansicht eines Mannes, der vor einem Monitor saß und das Geschehen aufmerksam studierte. Vielleicht ist das der Arzt, zu dem man mich gebracht hat, dachte Damian. Der Mann schien Damians Blick gespürt zu haben, er drehte sich um. Er sah nicht gerade aus wie ein Arzt, eher wie einer jener Leute, die man zur Sicherheit von Khan abgestellt hatte.

»Boss, ich glaube, er wacht auf.«

Ein undefinierbarer grunzender Laut war die Folge. Damian

schloss die Augen und hörte, wie der Mann am Monitor nachfragte: »Soll ich ihm noch eine Spritze verpassen?«

»Ich glaube nicht, dass das nötig sein wird.«

Diese Stimme! Er hatte diese Stimme schon einmal gehört. Weich und melodisch. Aber er konnte die Stimme nicht zuordnen. Er lag da und beobachtete, wie die Schultern des Mannes am Monitor sich mit jedem Atemzug hoben und senkten. Dann war das Geräusch von Schritten auf dem Steinfußboden zu hören. Ein Schatten, der über die Wand huschte, die Silhouette eines Oberkörpers. Ein Lächeln – und dann erkannte er ihn. Es war Munro.

»Habe ich nicht gesagt, dass wir uns wiedersehen?«

Und zu dem Mann am Monitor gewandt: »Könnten Sie bitte den Ton lauter stellen?«

Auf dem Monitor war das Gesicht von Carlotta DiBroca zu sehen.

»... Sie alle kennen ihn, haben seine Arbeit verfolgt, haben mit ihm die Welt erschlossen. Seit den Anfängen von *Nollet* ist er dabei, und die Welt sähe anders aus, hätte er unserer Gesellschaft nicht seinen Stempel aufgedrückt. Mögen wir gute Verwalter sein, fleißige, womöglich auch etwas langweilige Sachwalter, so ist er unbestritten ein Genie. Ein Genie, das uns mit unseren Wünschen, unserer Verwirrung und unseren Widersprüchen konfrontiert. Trotzdem geht sein Wirken über das Genialische weit hinaus. Ich kenne niemanden, der sich so unermüdlich für eine bessere, menschenfreundlichere Welt eingesetzt hat. Wann immer wir den Mut und die Hoffnung verloren haben, hat er uns daran erinnert, wie wichtig es ist, auch mit unseren Gegnern einen Modus Vivendi zu finden.«

Munro kicherte in sich hinein.

»Lassen Sie uns, meine Damen und Herren«, so fuhr DiBroca fort, »den Mann begrüßen, der uns allen als Khan bekannt ist.«

Applaus brandete auf. DiBroca breitete die Arme aus, dann

fing die Kamera Khan ein, der die Bühne betrat und ans Mikrofon trat. DiBroca küsste ihn auf beide Wangen, und der Applaus verwandelte sich zu einer Standing Ovation. Es dauerte lange, bis Khan sein Publikum beruhigt hatte und mit seiner Rede beginnen konnte. Munro stand auf, holte sich etwas, was Damian als ein Glas mit Whisky identifizierte, und setzte sich wieder. Die Eiswürfel im Glas klirrten. Damian wollte etwas sagen, aber seinen trockenen Lippen entwich nur ein tonloses Flüstern. Munro schien es nicht zu bemerken. Damian spürte einen gewaltigen Durst, als er sah, wie Khan einen Schluck Wasser am Rednerpult nahm, bevor er seine Rede begann.

»Der heutige Tag«, begann Khan, »ist ein besonderer Tag, ja die Einlösung eines Traums. Denn an diesem Tag überschneiden sich drei Ereignisse, die in meinem Leben eine große Rolle gespielt haben. Zunächst einmal wird heute das Projekt, an dem ich in den letzten Jahren gearbeitet habe, in seine Beta-Phase eintreten. Dieses Projekt heißt *Transcendence,* weil mir die Überschreitung der Grenzen, der Aufbruch in eine bessere Welt, in ein neues Paradies stets ein Herzensanliegen gewesen ist. Und genau dies ist das zweite Ereignis des heutigen Tages. Heute nämlich wird die Marsmission die Astronauten in ihr Lager bringen. Heute beginnen sie damit, jene Siedlung zu errichten, die sich in den nächsten Jahren zum Keim einer kleinen Stadt, eines Tages vielleicht sogar zu einer neuen Zivilisation entwickeln könnte. Was in der Kunst und in der Technik so einfach ist, ist in der Politik ein schwieriges Geschäft. Zwei lange Jahre haben Sie, verehrte Gäste, mit uns an der Vorbereitung dieser Konferenz gearbeitet, und jetzt ist es so weit, jetzt können wir endlich darüber reden, was das Wort *Transcendence* bedeutet, wenn wir es ins Politische übersetzen. *Transcendence,* meine Damen und Herren, heißt Überwindung aller Grenzen.«

Im Publikum brandete Beifall auf.

»Wichser«, schimpfte Munro vor sich hin.

Damian nahm alle seine Kräfte zusammen und schaffte es, seinen Worten etwas Stimme zu verleihen.

»Was ist passiert?«, würgte er hervor.

»Wir haben Sie mit einem Mittelchen außer Gefecht gesetzt«, sagte Munro leichthin und wandte seine Aufmerksamkeit wieder dem Bildschirm zu.

Ein weiterer Mann betrat den Raum.

»Wie sieht es aus?«, wollte Munro wissen. »Läuft alles nach Plan?«

»Ja, ich glaube, es wird noch ein bisschen dauern. Kann mir nicht vorstellen, dass der nur ein paar Minuten redet.«

Er warf einen Blick auf Damian.

»Und was ist mit dem?«

Munro schenkte Damian ein feines Lächeln.

»Der bereitet sich für seinen großen Auftritt vor.«

In dem Maße, in dem die Farbsensationen nachließen und die Szenerie an Wirklichkeitsnähe gewann, fiel Damian das Atmen leichter. Auch sein Kopf wurde klarer, und die Formulierung eines Gedankens fühlte sich nicht mehr an, als müsste er schwere Möbel verrücken. Die Substanz, die man ihm verabreicht hatte, hatte seinen Körper vom Hals abwärts gelähmt. Er versuchte, die Finger zu bewegen oder zumindest zu erspüren, ob der Nervenimpuls irgendeine Sensation in den Fingerkuppen bewirkte, aber da war bloß eine ungefähre, schwache Empfindung. Die Präsenz eines Gliedes, nicht mehr. Immerhin hatte seine Zunge, die bislang wie ein großer, trockener Fremdkörper in seinem Mund gelegen hatte, etwas an Beweglichkeit gewonnen. Er versuchte, sich die Lippen zu befeuchten. Sein Durst war schrecklich. Wie lange war er bewusstlos gewesen? Khans Auftritt war auf ein Uhr mittags angesetzt, also mochte vielleicht eine Stunde vergangen sein. Was ging hier vor? Klar war ihm nur, dass Munro und seine Mitstreiter irgendetwas im Schilde führten, dass sie einen Plan ausführten, der, wie es schien, generalstabsmäßig vorbereitet worden war. Was dabei *sein Auftritt* sein sollte, war ihm schleierhaft.

Khan war in seiner Rede unterdessen bei der Notwendigkeit von Sonderwirtschaftszonen angekommen.

Munro wandte sich zu Damian um. »Und der Narr glaubt daran, dass er das noch erleben wird.«

»Was meinen Sie damit: noch erleben?« Zum ersten Mal war, was seinem Mund entsprang, kein formloses Lallen mehr, sondern ein deutlich artikulierter Satz.

Munro schenkte ihm ein nachsichtiges Lächeln.

»Der Philosoph Kant«, sagte Munro, und schon die Nennung des Namens schien ihm Vergnügen zu bereiten, »dieser Immanuel Kant also hat gefragt, wie Geschichte a priori möglich sei. Und hat, wie es Philosophenart ist, sich die Frage selber beantwortet.«

»Und was hat er gesagt?«

»Eine solche Geschichte sei möglich, wenn der Wahrsager das, was er wahrsage, im Vorhinein selbst bewerkstelligt habe.« Diese Antwort schien Munro zu belustigen, denn er begann wie ein Kind in sich hineinzulachen.

»Was haben Sie vor?«

»Mit diesem Tag werden wir ein neues Kapitel in der Geschichte der Menschheit aufschlagen. Und das Kapitel Khan wird zugeschlagen.«

»Aber es ist doch alles vorbereitet. Die Verträge sind da. Und sie werden heute unterschrieben. Deswegen sind wir doch hier.«

»Aber was wird ein solcher Vertrag noch wert sein, wenn Blut vergossen wird? Wenn alle Bürger des ECO-Systems verfolgen können, wie ihr Held von einem der ihren, einem Konvertiten, getötet wird. Das haben Sie übrigens gut gemacht, Damian, Kompliment! Ich war gar nicht sicher, ob Sie es installieren würden.«

Damian wurde übel. »Was soll das?«

Munros Gesicht war voll des Spotts. Aber schon mit dem nächsten Lidschlag hatte sich der Anflug von Amüsement verflüchtigt, trat eine Form unverhohlener Aggressivität an dessen Stelle. »Glauben Sie etwa, dass dieses ganze Gerede irgendeinen Sinn hat? Sonderwirtschaftszonen, friedliche Koexistenz, ein dritter Weg? Das sind doch alles nur Wörter, Vorwände, die auf die Zerstörung unserer Gesellschaftsordnung hinauslaufen. Wir machen die Tür auf, und die Barbaren werden uns überrollen.«

»Sie wollen die Grenzen dichtmachen?«

»Natürlich. Sie haben doch an Ihrem Freund Slavoj verfolgen können, wie effektiv wir so was bewerkstelligen können. Ja, wir machen dicht! Sollen die Leute doch bleiben, wo sie herkommen. Und was wird passieren? Wenn sie ihre Konflikte nicht mehr zu uns auslagern können, werden sie sich gegenseitig abschlachten, wie sie es jahrhundertelang gemacht haben. Ich frage Sie: Warum sollten wir uns von diesem Gift infizieren lassen? Nein, es gibt keine Koexistenz und erst recht keine Integration. Wir müssen uns entscheiden, ob wir in Zukunft im Paradies leben oder in der Hölle einer finsteren Vergangenheit schmachten wollen!«

Während sich Munro in der Beschwörung der letzten Entscheidungsschlacht erging, verlor sich Damian in den Bildern, die unkontrolliert in seinen Kopf fluteten: die Pille im aufgeschlagenen Schädel seiner Athena Lemnia, das Lächeln auf Litwinows Buchhaltergesicht, Slavojs verdrehte Füße im Unterholz. Und da war noch immer der Sturm, der nicht nachgelassen hatte, sondern noch lauter brüllte als zuvor. Böen drückten gegen die Fensterfront, gelegentlich wurde auch ein Gegenstand dagegengeschleudert. Irgendwo im Raum war ein metallisches Quietschen zu hören, das Damian bekannt vorkam, als hätte irgendjemand einen Gegenstand aus seiner Wohnung hierherverpflanzt. Noch merkwürdiger freilich war, dass dieses Quietschen näher kam. Woran nur erinnerte ihn das? Etwas ging mit einem Rumpeln zu Boden, ein Gerät fiepte und irgendwo im Raum flammte ein kurzer Wortwechsel auf. Den Stimmen nach mussten sich mindestens ein halbes Dutzend Leute im Raum befinden.

Irritiert hielt Munro in seiner Rede inne, ließ seinen Kopf zur Seite rucken, dann wanderte ein Lächeln über sein Gesicht.

»Ach, ihr seid's! Seid ihr schon lange hier?«

Und dann sah er ihn: Negroponte, wie er dastand in seinem quietschenden Exoskelett!

»Du bist und bleibst ein Prediger, Joseph!«

Nein, das war nicht Negroponte, der Munros Frage mit dieser spöttischen Bemerkung quittiert hatte. Es war ihre Stimme! Das konnte nicht wahr sein! Mit Mühe wandte er seinen Kopf dorthin, wo die Stimme hergekommen war – dann sah er sie. Carlotta DiBroca. Tatsächlich: Sie stand nur zwei, drei Schritte hinter Negroponte und hielt eine Tasse in der Hand, die sie, den kleinen Finger sonderbar weggespreizt, mechanisch umrührte.

Munro grinste und sagte: »Und du warst fabelhaft!«

Vielleicht lag es daran, dass sie eben noch auf einem der Überwachungsmonitore zu sehen gewesen war, jedenfalls starrte Damian sie an wie einen Geist. Zugleich rasten Tausende von Impulsen durch seinen Kopf, die in einem einzigen Knoten zusammenliefen: Nein! Nein, nein, nein! Was hatte Carlotta DiBroca mit Munro, was hatte sie mit Negroponte zu tun? Er wollte es nicht wissen. Nein.

Negroponte sagte: »Es tut mir so leid, Damian, dass wir dein Essen und deine Konversation haben unterbrechen müssen. Das ist so unkultiviert! Aber was ist die Wahrheit gegen so etwas Schnödes wie Essen? Andererseits: Wir werden hier auch verwöhnt! Ich habe karamellisierte Heuschrecken bekommen, ein Traum!«

DiBroca schaute nicht auf, sondern rührte noch immer gedankenverloren in ihrer Tasse herum. War sie wirklich freiwillig hier?

»Es gibt keine Wahrheit, Damian. Was uns als Wahrheit erscheint, ist nur der Schleier, hinter dem sich eine andere Wahrheit verbirgt. Du hättest es wissen können! Wie kann man, wie ein Marionettenspieler, eine Gesellschaft planen, ohne nicht wenigstens einmal darüber nachzudenken, dass man selbst Teil eines Marionettenspiels sein könnte? Überall, mein Junge, wo Menschen am Werk sind, ist der menschliche Faktor dabei: Schlamperei, Lüge, Betrug! Und lässt du dich bei einem kleinen Vergehen ertappen, so kannst du, von diesem Schleier geschützt, dahinter ein noch viel größeres begehen!«

»Carlotta, was ist passiert? Warum bist du hier?«

Negroponte beugte sich etwas vornüber. Seine Gelenke quietschten sacht. Obwohl er leise sprach, hatte seine Stimme etwas Schneidendes.

»Sie ist hier, weil sie zu uns gehört. Weil sie, wie wir, daran glaubt, dass *Nollet* vor dem menschlichen Faktor geschützt werden muss! Wir werden verbrennen, Damian! Irgendwann, wenn sich der Dunst des fossilen Zeitalters verlaufen hat, wird es heißer, werden die Temperaturen noch weiter steigen. Denn die Wälder werden verbrennen – und die Menschheit mit ihnen. Wir werden also untergehen, noch bevor wir den Planeten geordnet haben verlassen können, Jahrtausende, Jahrmillionen bevor wir Opfer der Kontinentalverschiebung werden, mit Andromeda kollidieren oder die Sonne sich final ausdehnt. Nein, wir können es nicht zulassen, dass dieses System vor der Zeit der Vergnügungssucht geopfert wird, dass all die Errungenschaften unserer Zeit sich in nichts auflösen.«

Carlotta trat einen Schritt vor und unterbrach ihn.

»Lasst ihr uns einen Moment allein?«

Begleitet von den Geräuschen des Exoskeletts entfernten sich Munro und Negroponte, und DiBroca setzte sich auf die Kante der kleinen Pritsche. Eine Weile schaute sie Damian an, dann strich sie ihm übers Gesicht.

»Ich wollte mich verabschieden, Damian.«

Diese Geste. Plötzlich waren da Bilder aus seiner Kindheit. Seine Mutter. Eine springende Katze. Ein Vorhang, der sich aus der Verankerung löste. Und wie er neben ihr gestanden, ihr Gesicht gestreichelt und sie zu trösten versucht hatte. Ihr Wimmern, und dieser Blick aus glasigen Augen, als gehörte sie bereits einer anderen Welt an.

»Aber warum?« Sein Kopf war jetzt leer.

Für einen Moment füllten sich DiBrocas Augen mit Tränen. Sie schluckte vernehmlich.

»Es tut mir aufrichtig leid, Damian. Aber es ging einfach nicht anders.«

»Wovon redest du?«

»Du bist der einzige Mensch, dem gegenüber ich so etwas wie Schuld empfinde. Und ich weiß: Ich werde diese Schuld nie, nie wieder los. Wann immer ich an dich denken werde, weiß ich …«

Sie machte eine kleine Pause und griff dann mit beiden Händen nach seiner rechten Hand. Er spürte ihre Berührung, konnte aber selbst keinen Finger rühren. »Ich weiß, das kann keine Entschuldigung sein. Aber ich musste es tun: Für all die anderen Menschen, Damian, es ist die reine Notwendigkeit.«

Notwendigkeit? Damian wusste nicht, was sie damit meinte, bloß, dass ihm sein ganzes Leben plötzlich wie eine Falle erschien. »Du, du steckst dahinter? Du hast das alles geplant?«

»Wir haben es geplant, Negroponte und ich.«

»Aber was hast du mit Negroponte zu schaffen?«

»Damals, als du mich gefunden hast mit meinen Schlaftabletten, habe ich gewusst, dass ich Hilfe brauche. Und Negroponte hat mir geholfen, so wie er auch im Folgenden meine Karriere begleitet hat. Wie hätte ich sonst, in dieser Männerwelt, eine solche Karriere machen können? Aber was uns wirklich zusammengeführt hat, war die Sorge, Damian, die Sorge. Was passiert, wenn dieses Experiment scheitert, wenn *Nollet* zum Tummelplatz der Dekadenz wird, wenn alles, was von Bedeutung ist, verspielt wird? Deswegen haben wir entschieden, etwas gegen Khans schädlichen Einfluss zu unternehmen.«

»Aber warum ich? Warum habt ihr mich ausgesucht?«

»Ich habe nicht im Traum daran gedacht, dich für diese schreckliche Aufgabe zu rekrutieren. Niemals! Wir hatten Castoriadis dafür vorgesehen, einen jungen, beeinflussbaren Mann. Aber dann ist es schiefgegangen, wie du weißt. Und trotzdem, nicht einmal dann bin ich auf dich verfallen! Tatsächlich war es Castoriadis, der dich ausgesucht hat. Weil er an dich geglaubt hat und wusste, dass du einen besonderen Draht zu Khan unterhältst. Nur deswegen bist du ins Fadenkreuz unserer Planung geraten. Als Negroponte mir sagte, dass du damit sein logischer Nachfolger seist, hat mich das geradezu krank gemacht. Und dann hat er mir die Argumente aufgezählt: dass du mir vertraust, dass du den Namen deines Vaters trägst, dass wir uns keinen besseren Kandidaten vorstellen könnten als dich. Dass du geradezu die Idealbesetzung bist für dieses Drama.«

DiBroca zuckte hilflos mit den Schultern.

»Irgendwann habe ich gewusst, er hat recht. Und dann habe ich zugestimmt ...«

Damian kannte diese Geste: ein kurzer Anflug von Hilflosigkeit, die gleiche Hilflosigkeit, mit der sie ihm ihre Kindheitsgeschichten anvertraut hatte. Aber schließlich war da nur noch eine Leere, eine tiefe Müdigkeit auf ihrem Gesicht.

»Es ging nicht anders. Selbst wenn ich gewollt hätte ... Du hast dich da so hineinverbissen. Vor allem hast du Khan mit deinen Erkenntnissen munitioniert. Was hätten wir denn tun sollen?«

Für einen Moment hielt sie inne und ließ ihren Blick zu einem der Überwachungsmonitore hinüberwandern. Auch Damian, der mit zunehmendem Entsetzen ihrer Beichte gefolgt war, folgte ihrem Blick. Zunächst nahm er bloß wahr, dass die Kamera in den Zuschauerraum hineingezoomt hatte, und dann sah er, von einem Marker eingekreist, sich selbst.

»Sieht gut aus, oder?«, ließ sich Munro aus dem Hintergrund vernehmen.

»Ja«, sagte DiBroca. Dann wandte sie sich wieder Damian zu.

Ihre Stimme war fester – als hätte der Marker auf dem Überwachungsbild eine Art Entscheidung getroffen.

»Wie ich dir gesagt habe, haben wir einen Geminoiden erschaffen, den man fernsteuern kann. Aber er stellt nicht Khan, sondern dich dar. Und dieser andere, dein Zwilling, wird am Ende des Vortrags, mit all den anderen Menschen, die Khan zu dieser historischen Rede gratulieren wollen, auf die Bühne eilen – aber anders als sie wird er ihn umarmen dürfen.« DiBroca machte eine lange Pause und sagte dann, ganz leise: »Er wird ihn opfern. Vor aller Augen.«

Das also war der Grund, warum sie ihn mitgenommen hatte. Ihn würden die Sicherheitsleute ganz nah an Khan heranlassen.

»Aber was sollte ich für ein Motiv haben? Ich mag ihn, ich bin mit seiner Tochter befreundet! Warum sollte ich ihn umbringen wollen?«

»Genau das ist der Schlüssel, Damian. Niemand, aber auch niemand wird das verstehen! Das werden wir in allen Newsfeeds, auf tausenderlei Art und Weise um die zivilisierte Welt jagen, das werden alle Kinder des ECO-Systems lernen wie das Einmaleins und die Geschichte von der Vertreibung aus dem Paradies. Wenn ein Mensch, der Khan so nahegestanden hat, sich von unseren Feinden zu einer solchen Wahnsinnstat verführen lässt, dann muss die Gefahr, die von ihnen und ihren Weltanschauungen ausgeht, unermesslich groß sein, so groß, dass wir alles dafür tun müssen, um uns von ihnen fernzuhalten.«

Damian schüttelte den Kopf.

»Ich weiß, was du denkst. Dass mein Verhalten die größte Infamie ist, die man sich vorstellen kann. Und du hast recht, was dich und mich betrifft. In einem größeren Zusammenhang freilich … ich wünsche mir, dass du es verstehst. Mir ist es immer nur um das Gute gegangen, darum, dass wir uns vor der Dunkelheit schützen, die unsere Gesellschaft bedroht. Anfangs habe ich sogar geglaubt, dass es klappen könnte, aber dann habe ich begriffen: Negroponte, mit seinem Zweifel am menschlichen Faktor, hat recht! Erinnerst du dich, wie wir uns über das Böse unterhalten haben und darüber, dass es sich wie ein Virus in unserem Leben festsetzt? Es ist die reine Verblendung, wenn man wie Khan glaubt, dass man sich mit dem menschlichen Abschaum einlassen kann, ohne selbst Schaden zu nehmen. Meinst du nicht, dass es gehen wird wie mit diesem Monster Litwinow? Wir können uns an seiner Blutrunst laben, aber in dem Maße, in dem wir dies tun, werden wir selber blutrünstig. Dann genügt es uns plötzlich nicht mehr, dass wir dies bloß spielerisch tun, nein, wir werden es nur genießen, wenn unsere Träume wahr werden, wenn echtes Blut fließt. Alles, was wir uns vorgenommen haben, wird in diesem Sumpf der Dekadenz und der moralischen Korruption untergehen! Anstatt den Mars zu besiedeln und ein neues Paradies, ja einen neuen Menschen zu schaffen, werden wir uns mit den Gespenstern der Vergangenheit vergnügen. Diese Gefahr hat Khan niemals erfasst, schlimmer noch, er hat sie geleugnet und uns vorgeworfen, wir würden, wenn wir denn könnten, einen Tugendterror verbreiten, wie das Wohlfahrtskomitee der Französischen Revolution. Ich habe mich entschieden, Damian, aber es fällt mir nicht leicht, denn ich weiß, dass ich, um das Gute zu tun, Khan opfern muss. Um ihn tut's mir nicht leid, ich habe ihn niemals gemocht, aber um dich! Das bricht mir das Herz, glaub mir! Es bricht mir das Herz!«

DiBrocas Gesicht näherte sich dem seinen. Er sah die Tränen in ihren Augen. Sie streichelte ihm wieder und wieder über die Wange, küsste ihn schließlich auf den Mund, erhob sich abrupt, drehte sich um und ging.

*

Khan hatte seine Rede beendet. All die Menschen, die zu den Auserwählten gehörten, die den strengen Sicherheitsprüfungen der Security genügt hatten, strömten auf die Bühne und umringten ihn. Offene Münder. Glänzende Augen. Ein Magnetismus der Nähe, bei dem jeder der Anwesenden den Impuls verspürte, ihn zu berühren. Die Sicherheitsleute hatten alle Mühe, die Menschen von ihm fernzuhalten. Selbst über den Monitor spürte Damian, wie sehr Khan jetzt das Bad in der Menge geschätzt hätte. Sichtlich erschöpft, schien er diesen Augenblick zu genießen, ja er wirkte geradezu verjüngt, von jener Heiterkeit, die ihn die ganzen Tage vor der Abfahrt umgeben hatte. Plötzlich fiel Damian der Zusammenhang ein, in dem Khan diesen Satz gesagt hatte: *Da waren lauter Menschen ringsum, die schliefen, mit offenen Augen.* Er war in dem Holografiegespräch gefallen, als Khan ihm davon erzählt hatte, er habe sich selbst und Damian auf einer Bühne gesehen – und dass er gezögert habe, in diesen Traum einzusteigen, so wie er zugleich gewusst habe, dass auch Damian zögere. Vielleicht ist auch all das ja nur ein Traum, dachte Damian, und ich schlafe, mit offenen Augen. Ein Spiel! Sie wollen mich testen! Herausfinden, ob ich Khans Nähe und Justines auch würdig bin.

Für einen Moment war die zierliche Gestalt von Carlotta Di-Broca im Bild. Auch sie klatschte. Und dann entdeckte Damian sich selbst, etwas abseits, einen schlanken, jugendlich wirkenden Mann mit dunklem Haar. Er schlängelte sich durch die Menge langsam auf Khan zu. Als dieser ihn entdeckte, ging ein strahlendes Lächeln über sein Gesicht, und er breitete die Arme aus. Die Menge, die zwischen ihnen stand, trat respektvoll zur Seite. Als sich die Gasse öffnete, machte sein Double einen Schritt auf Khan zu. Damian stockte der Atem. Ja, dieser Mann dort sah aus wie er selbst. Trotzdem war er ein Fremdkörper, über den er keine Macht besaß. Als er auf Khan zutrat, zerfiel der Augenblick zu tausend Bildern, die sich mit den Ereignissen der letzten Tage vermischten. Eine Hand, die zur Brust ging, das Staubkorn im Auge, ein Tropfen blutigen Schweißes, die Amnesiaschliere, bevor sie in der Spülung verschwand; der Blick, mit dem ihm das Buch des Vaters überreicht wurde, die Hand, die sich vom Herzen zum

Brustbein bewegte und ein undefinierbares Objekt entblößte, Litwinows Haarlocke, in einem Plastiktütchen verpackt, der Geruch Alinas, Slavojs aufgerissener Mund; das Aufblitzen des Messers, das Khan durch die Kehle fuhr, das Quietschen von Negropontes künstlichen Gliedern, das Bild der kleinen Infantin und die narbenübersäte Brust von Abu Dais, und dann: wie Khan, bevor er sich an die Kehle fasste, Damian verständnislos anstarrte. Es ist nur ein Spiel. Ein Spiel, raste es durch Damians Kopf, das alles passiert nicht wirklich! Das kann nicht wirklich passieren!

Dann ging alles ganz schnell. Khan sackte zusammen, fiel auf die Knie, schaute noch einmal auf seine blutverschmierte Hand und hob seinen Kopf. Er öffnete den Mund und fiel vornüber. Sofort waren sie von Sicherheitskräften umringt. Die Umstehenden schrien. Immer wieder war nur dieser eine Schrei in den Lautsprechern zu hören: *O mein Gott!* Entsetzen, das wie eine Welle die Menge ergriff. Während sich jemand um den am Boden liegenden Khan kümmerte, wurde Damians Double niedergerungen, schleiften ihn zwei Sicherheitskräfte fort, während die, die seiner ansichtig wurden, den Attentäter anbrüllten, wutentbrannt. Zeigten die Überwachungskameras in der unmittelbaren Nähe des Geschehens Panik, so sah man auf den anderen Kameras Menschen, die einander fragend und beunruhigt anschauten, sich plötzlich in den Arm nahmen oder sich auf den Boden setzen, losheulten oder ins Leere starrten.

Und während die Bilder zeigten, wie der große Saal, einem Bienenstock gleich, in Panik ausbrach, hörte Damian, wie aus weiter Entfernung, die Begeisterungsrufe der Männer, die sich wieder im Raum versammelt hatten und den Erfolg ihrer Mission feierten. Irgendwo war auch die Stimme Carmens zu hören, aber tatsächlich war es, als ob das Ganze hinter der Wand eines Aquariums stattfände. Da war wieder dieser Geruch von feuchtem Beton, der ihm entgegengeschlagen war, als er mit dem Arzt in die Unterwasserwelt getreten war. Ja, die Männer klatschten sich ab und fielen sich um den Hals, aber vielleicht war das auch bloß eine Halluzination. Damian spürte, wie er jetzt fror. Er zitterte. Irgendjemand hatte Champagner vorbereitet. Jedenfalls knallten Korken und waren plötzlich Gläser da, und so stießen sie an und beglückwünschten einander zum gelungenen Coup. Ganz offenkundig hatte niemand mit einem Scheitern der Mission gerechnet. Die Konferenz hatte nur eine Bühne dargestellt, und sie waren die Bühnentechniker, die den Fortgang der Inszenierung überwacht hatten. War es das, was Negroponte ihm hatte sagen wollen? *Es gibt keine Wahrheit, Damian. Was uns als Wahrheit erscheint, ist nur der Schleier, hinter dem sich eine andere Wahrheit verbirgt.* Nachdem die Gläser geleert waren, gab Munro das Zeichen zum Aufbruch. Und die Leute, die an der Operation teilgenommen hatten, verließen den Raum. Nur Munro blieb zurück und setzte sich auf die Kante von Damians Pritsche wie kurz zuvor Carlotta DiBroca. Natürlich, jetzt musste der Schlussmonolog folgen!

»Ich fürchte, das ist das Ende unserer gemeinsamen Reise.«

Der Satz klang wie einstudiert, genauso künstlich wie seine eigene Stimme, als er zurückfragte: »Was passiert jetzt?«

Ist das meine Stimme?, fragte sich Damian. Und will ich das wirklich wissen?

In Munros schütterem Haar hatte sich ein einzelner glänzender Schweißtropfen verfangen. Sein Doppelkinn zitterte, als er zu reden begann.

»Wir werden die Konferenz verlassen, und in den nächsten Tagen werden die Menschen zu Hause erfahren, dass *Transcendence* Geschichte ist. Stattdessen werden sie damit konfrontiert, dass im Innern unseres Apparates eine Verschwörung stattgefunden hat, dass ein führender Mitarbeiter von unseren Feinden indoktriniert und zu einem Attentat angestiftet worden ist. Und niemand, aber auch niemand wird verstehen, wie Damian Christie zu einem Killer werden konnte.«

Munro fuhr mit der Hand durch die Luft, um die Fliege zu verscheuchen. Dabei löste sich der Schweißtropfen aus seinem Haar und rann langsam, in einer glänzenden Bahn, an seiner Schläfe hinab.

»Wir werden seine Mitarbeiter, Freunde und Bekannten fragen, und im Laufe der Zeit kommen die Beweise ans Licht. Wie er das Programm manipuliert und sich mit anrüchigen Personen eingelassen hat. Wie er sich von einer Minderjährigen, einem halben Kind, hat in der Zone befriedigen lassen. Mag sein, dass dieser Mann der Attentäter ist, in Wahrheit ist er nur ein verblendetes Opfer. Das ist die Geschichte! Wenn ein so sanftmütiger Mensch wie Sie durch die Begegnung mit der Zone zum Monster mutiert, werden die Menschen begreifen, dass die Koexistenz mit der Zone keine Befriedung, sondern eine Bedrohung darstellt, ganz abgesehen einmal von der ökologischen Bedrohung, die von der Überpopulation ausgeht. Also werden wir, unter dem Applaus der Bevölkerung, ganz offiziell unsere Grenzen dichtmachen. Kein Austausch mehr. Kein Fleisch von drüben und kein Tourismus, zu welchem Zweck auch immer, von hüben. Meinen Sie, irgendeiner wird sich noch darum scheren, dass ein Immigrant, der die Grenze überwindet, von einer Drohne liquidiert wird? Nein, sie werden uns danken dafür, dass wir ihr Leben sicher machen und unser System rein halten. Und dann werden wir unsere Gesellschaft von jenen Elementen säubern, die das Bild vom *Neuen Menschen* nicht teilen, die glauben, dass man auf überlebte Gedankenwelten zurückgreifen kann. Anschließend werden wir uns mit der Zone beschäftigen, mit all diesen Kreaturen, die unseren Planeten zerstören! *Transcendence!* Was Khan in den letzten Jahren gemacht hat, hat unsere Gesellschaft vergiftet. Nein, wenn wir neue Welten besiedeln wollen, können wir dies nur mit Menschen tun, die keinerlei Rücksichten kennen, die sich nicht mit Spielereien aufhalten. Schauen Sie sich um! Dieses Land hier, das kaum drei Millionen beherbergt, war irgendwann einmal eine blühende Landschaft. Seine Bewohner aber haben es zu einer Wüste gemacht, zu einem kollabierenden Biotop, das über viele Generationen nicht mehr wiederbelebt werden kann. Nichts von alledem ist Naturgesetz. Die Wüste hat ihren Ursprung im Kopf, sie drückt aus, wie wir denken. Was sind wir denn? Gefräßige Konsumenten, deren einziger Lebenssinn darin liegt, sich bespaßen zu lassen!«

Munro hielt inne. Jetzt hatten sich auch über seiner Oberlippe Schweißperlen gebildet.

»Aber das ist vorüber. Und das haben wir allein diesem göttlichen Paar zu verdanken. Negroponte! Anfangs dachte ich, der Psychiater braucht einen Psychiater, dann habe ich begriffen, er meint es ernst! Dieser Mann weiß, wie man ein Gehirn programmiert. Und DiBroca, mein Gott, ich kann gar nicht sagen, wie sehr ich diese Frau bewundere. Ein strategisches Genie! Was macht sie, nachdem unser Symeon versagt hat? Gibt sie auf? Mitnichten. Sie nutzt die Situation, eine Situation, die sie selbst kaum erträgt – und zieht sie durch. Willensstärke, Intuition, im Schlachtgetümmel den Überblick zu bewahren, das ist die wahre Feldherrenkunst! Ich hätte kapituliert, aber sie? Sie beratschlagt sich mit Negroponte und wartet über Nacht mit einem neuen Plan auf, einem Labyrinth, in dem sich unsereins schon nach zwei Schritten verloren hätte. Keine Geste, kein Schritt, den sie dann nicht antizipiert hat. Sie hat gewusst, dass Sie sich mit diesen lächerlichen Aktivisten einlassen, dass Sie die Pille schlucken, den Kern unseres Programms manipulieren und das aufwieglerische Video in die Newsfeeds einspeisen werden. Und wie hilfreich Ihre Nähe zu Khan war. Weshalb sonst, als um ihn zu töten, haben Sie sich sein Vertrauen erschlichen? Sich mit seiner Tochter eingelassen? Natürlich wird sie sich dafür rechtfertigen müssen, dass sie Ihnen vertraut hat. Einem Christie! Es wird Menschen geben, die ihr Mangel an Vorsicht vorhalten werden. Mag sein, dass der eine oder andere ihren Kopf fordern wird. Aber sie wird verlangen, dass alles, aber auch alles restlos aufgeklärt wird und dass man dabei keinerlei persönliche Rücksichten nehmen kann. Und das, der Mangel an persönlicher Rücksicht, wird der Auftakt für unsere große Säuberung sein.«

Damian schloss die Augen. *Wir schlafen mit offenen Augen.* Er versuchte sich vorzustellen, was Khan durch den Kopf gegangen war, als er, Damian, auf ihn zugetreten war und das Messer gezückt hatte. Er hatte es schon lange geahnt. Weshalb sonst hatte er die Geschichte des Weißen Barons erzählt, der von seinen eigenen Leuten verraten wird? Wenn dies ein Schleier war, hinter dem sich etwas anderes verbarg, wie konnte er sicher sein, dass dieser Augenblick kein Traumgespinst war? Vielleicht war es egal. Denn zum ersten Mal kam es Damian vor, als ob er Khan wirklich verstände. Wie er dasaß, vor den Trümmern seines Aquariums, durchnässt und hilflos, während die Fische auf dem Boden um ihr Leben zappelten. Vielleicht war seine Wut nur ein Ausdruck seiner Hilflosigkeit gewesen. Dass ihm alles entglitten war. Dass sein *Nollet* nichts weiter war als ein erkalteter Stern.

Munro schaute Damian nachdenklich an und sagte dann auf ungewohnt direkte Weise: »Sie muss Sie wirklich gernhaben.«

»Was meinen Sie?«

»DiBroca. Jeder, der an der Planung teilgenommen hat, war der Meinung, dass man Sie ausschalten muss, dass von Ihrer bloßen Präsenz schon eine Gefahr ausgeht. Nur sie war der Meinung, dass Sie eine Wahl bekommen sollen.«

»Was soll ich mir aussuchen können?«

»Ob Sie hier, am Arsch der Welt, weiterleben wollen – oder …«

»Oder was?« Damian wollte, dass Munro es aussprach.

»… sich dafür entscheiden zu sterben.«

*

Es waren nur ein paar Schritte zur Tür, durch die kleine Schleuse, auf das Flugfeld hinaus. Noch bevor Damian hinaustrat, begann der Sand unter seinen Sohlen zu knirschen. Er zog sich das Hemd über den Kopf, um die Augen zu schützen, dann trat er aus der Drehtür hinaus in den Sturm, der nicht abgeflaut war. Durch Stoff und Sand konnte er nur Schemen erkennen. Irgendwo war das Geräusch eines Motors zu hören. Der Wind fuhr durch seine Kleider, zerrte an ihm, ein einziges, allumfassendes Brüllen. Schon nach wenigen Schritten hatte er die Orientierung verloren. Blind stolperte er vorwärts, hinein in dieses raumlose Nichts. Der Sand in seinen Kleidern scheuerte die Haut wund. Er zog das Hemd von den Augen, um besser zu sehen, das Zucken der Augenlider verursachte einen stechenden Schmerz. Der Sand knirschte zwischen seinen Zähnen. Trotzdem war mit jedem Schritt ein sonderbares Freiheitsversprechen verbunden, kam es ihm vor, als würde er eins mit dem Sturm, als wäre dieser Sturm nichts anderes als das Leben selbst, zu kleinsten Partikeln zermahlen. Er stieß mit der Schulter gegen irgendein Ding, das sich sofort wieder im gelben Schleier verlor, fiel hin, spürte den Sand auf den Handinnenflächen und erhob sich wieder. Als er den Arm ausstreckte, wirbelte ihn der Sturm um die eigene Achse. Irgendwo meinte er eine Lampe zu sehen, wie ein ferner, verloschener Stern, aber ebenso schnell verschwand sie auch wieder. Umgeben vom Wind verspürte Damian keinen anderen Wunsch mehr, als in dieses Geheul einzustimmen, wie Khan, als er seine Wohnung verwüstet und seine Wut herausgeheult hatte. Und so begann er zu schreien, und sein Schrei vermischte sich mit dem ohrenbetäubenden Heulen des Windes. Mochte er sich kaum selbst hören, so löste sich doch, indem er schrie, die Erstarrung, in die ihn die Ereignisse versetzt hatten. Plötzlich kam es ihm vor, als ob alles, was ihm zugestoßen war, sich zu einer Gegenwart auflöste, als ob sein Gehirn auseinandergesprengt würde und jede Wahrnehmung wie ein einzelnes Atom in der Luft umherschwirrte. Der Geschmack von Blut breitete sich in seinem Mund aus und vermischte sich mit dem Sand zwischen seinen Zähnen. Um ihn herum herrschte tiefe Nacht. In seinem Innern erschienen Bilder, die zugleich Empfindungen waren und damit auf sonderbare Weise den Augenblick wachriefen, da es geschehen war. Wie es war, unter dem Schreibtisch des Vaters zu liegen, mit einem Buntstift in der Hand und einem Wunschbild im Kopf; wie es war, durch die schmale Tür hinaus auf die Dachterrasse zu treten und im klaren Lichte des Morgens im Süden die schneebedeckten Gipfel des Atlas zu sehen; wie es war, die Geräusche des Hauses durchs Atrium beim Einschlafen zu hören und beim Erwachen den Gesang der Vögel, wie es war, noch vor dem Öffnen der Augen das Haar der Mutter auf der Wange zu spüren. Wie es war zu leben.